浙江省"十一五"重点教材建设项目

On the Creative Writing of Films and TV Plays

影视剧创作

沈贻炜 俞春放 高华 刘连开 向宇 著

ZHEJIANG UNIVERSITY PRESS
浙江大学出版社

《暴雨将至》

《十诫之爱情短片》

《巴顿将军》

《低俗小说》

《盗梦空间》

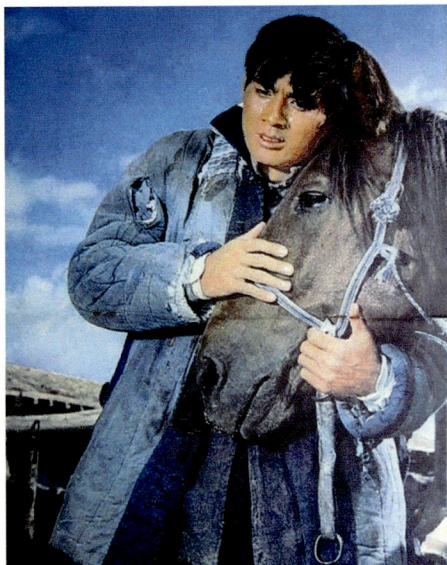

《牧马人》

《罗密欧与朱丽叶》

"在灰暗晨曦破晓时分"

《放牛班的春天》

《蓝》

《东京爱情故事》

《闻香识女人》

《拯救大兵瑞恩》

《雍正王朝》

《五月槐花香》

《无间道Ⅰ》

《不见不散》

《芙蓉镇》

前　言
FOREWORD

　　随着我国电影和电视剧生产的迅猛发展,业内人员都越来越明白"剧本剧本,一剧之本"的道理,都愿意把目光和精力首先投向剧本的寻找、策划和创作,把这份原先并不怎样经意的工作放在了本该其所在的重要位置上。

　　影视剧(这里指电影和电视剧)的创作,说到底,即是怎样去讲好一个故事。讲述故事的艺术形式有多种,运用各种形式讲述故事的人也无尽其数,但是并非每个能讲故事的人都能以影视剧的形式把一个故事讲得精彩动人或发人深省。这就是为什么有些小说家改编自己已经成功了的作品却不能成其为电影、或者被搬上银幕后却是再无人喝彩,这里的奥秘即是影视剧的写作有它们自己的艺术创作规律和技巧,那是需要学习和研究的。为之,一些影视和戏剧类的艺术院校主动承担了这方面人才的培养,开设了编剧专业或者影视文学专业,吸引了许多年轻学子来到这里寄托自己的梦想。但是,这个特殊的专业在我国起步较晚,不仅师资很少,相关教材也匮乏难得,多年间我们不得不自己培养专业教师并物色、借用国外的影视剧编剧理论。由此书架上也出现了不少被翻译过来的影视剧编剧书籍,尤其是悉德·菲尔德的《电影剧本写作基础》和罗伯特·麦基《故事——材质、结构、风格和银幕剧作的原理》,被引入课堂几乎成为该专业主要的学习用书。然而我们在教学中逐渐发现这些被好莱坞影视业捧为经典的书籍,虽有益于我们去梳理自己的创作理念、丰富我们的创作经验,同时却也有不少不符合我们创作实践的地方,譬如我国的电影创作很注重写意的手法、很注重结构的圆满完整等等,西方理论则是忽视的或是排斥的;在那些书籍中,刻意对类型化剧情的规定和等量安排,又使我们觉得很受束缚。所以,我们很需要一部适合于我国影视剧创作教学的教材,这就是我们编写本书的用意。

　　本书编写人员是浙江传媒学院一个相对稳定的教学团队,我们自 1995 年承担起这门课程教学至今已经"摸着石头过河"十多年,积累了较为厚实的教学经验,也有多方面的研究和探索。2005 年,《影视剧创作》被列入浙江省精品课程建设,省教育部门和我学院给予了悉心指导和大力支持,有益地促使我们更好地健全和完善该课程的内容。我们又同时是一个创作团队,在教学之余融入影视界实践工作,创作并推出了多部电影和数百部(集)电视剧作品,曾多次获得国际和国内电影节奖项,从而使我们的教学理论避免了许多空谈和不切合我国实际的地方。2011 年,本教材被列入省级重点教材的编写项目,历经一年多的努力,我们现在把本书展现在本专业同行和学生面前,我们期待批评和指导,以求得进一步的修订和完善;为使学生从中得益、为使我国影视剧创作拥有更多更好的编剧人员,这更是我们所盼望的。

本教材编写分工如下:

第一章:向宇

第二、三章:俞春放

第四、五章:高华

第六、七章:沈贻炜

第八、九章:刘连开

沈贻炜担任该教材主编,组织本教材编写老师讨论并在此基础上列出教材纲目和样式,俞春放协助做了许多具体的审读和统一规范的工作。

目　录

CONTENTS

第一章　剧作的价值与特征

　　随着影视工业的成熟,编剧已经成为这个体系中不可或缺的一环。任何成熟的影视工业都离不开大量优秀的编剧人才,任何优秀的影视作品也都离不开一个优秀的剧本。在今天,我们很难想象一部电影可以像早期一样在只有一个故事梗概或者一个简单的"幕表"的情况下就能够开机。尽管影视文学也许永远也无法取得和纯文学一样的独立地位,但无论如何,它对于影视创作的价值是不容否定的。然而,我们不能简单地停留在"剧本很重要"的抽象阶段,而必须对影视剧剧本的价值和本质属性有具体的理解。认识这些不仅仅是自我肯定的需要,更是我们创作出适合影视工业要求的、而不仅仅是一个文学性很强或者戏剧性很强的剧本的需要。

第一节　叙事的价值

一、作为叙事艺术的影视创作

　　"电影是什么",这个问题是电影发展过程中最核心的一个问题。百多年来,不同的人给出了不同的答案。电影诞生之时,它只是一种让人感到新奇的玩意儿,是当时众多休闲活动中的一个组成部分。但剧情片很快成为影院最受欢迎的电影类型。早在电影诞生之初,梅里爱就意识到电影必须讲述故事,而且可以比戏剧讲述的故事更加复杂、更令人惊奇。1904 年左右,剧情片成为电影工业最重要的产品。然而,也有人认为电影的价值在于它是一种独立的艺术语言。卡努杜指出,电影是一种"造型艺术的视觉的戏剧"①。卡努杜非常重视电影的媒介特征,他认为电影的"基础是光"、其"奥妙和伟大就在于它运用光的无限变化来表现整个生活,包括人的各种思想情感、意愿冲突和胜利"②。"在这种情况下,影片就成了一部有它自己的独特手法的作品。"③卡努杜批评"大部分电影导演和起统治作用的影片商人"错误地"认为影片比舞台剧更需要一个他们所谓的剧情"。在他看来,电影和其他精神产品一样,其"作用在于激发情绪而不是叙述事件"④。卡努杜的观点为此后强调电影艺术的独立性和探索电影的本质特征、挖掘电影媒介的各种艺术表现潜力的理论和实践打开了大门。20世纪20年代的先锋电影理论主要根据电影的媒介特征来界定电影的本质属性。如杜拉克认为电影"就是变幻无常和互相联系的光",阿拉贡认为电影是"运动与光的艺术",德吕克认为电影的本性在于"上镜头性"。除了强调电影的视觉性、造型性,20世纪20年代的先锋电影理论也认为电影应该通过视觉创造一种类似于音乐的节奏和韵律,唤起观众的感情共鸣。总而言之,先锋电影理论认为电影的本质特征就存在于视觉造型和节奏韵律之中,主张创造一种没有叙事性、只强调影像和时间的"纯电影"。可以说,上世纪20年代先锋电影理论和实践是之后电影发展历史过程中各种强调电影媒介的本体特征、否定电影的叙事价值的理论和实践的源头。

先锋电影这种强调电影的本体特征和独立价值,力求将电影和文学、戏剧等艺术门类区分开来的追求在电影发展的早期对于电影媒介特征的探索、电影语言的发展是有价值的。然而,过分强调电影和文学、戏剧的区别,要求电影和文学、戏剧完全分家的观念并不可取。法国电影理论家安德烈·巴赞认为:所谓的"纯艺术"观念不过是一种偏见。他指出,艺术史的发展证明各种艺术技巧相互借鉴是必要的;作为人类历史上最年轻的一种艺术,电影在演进的过程中必然受到文学、戏剧、音乐、绘画等成熟艺术的影响,电影的历史决定了它是"各门艺术发展的独特因素和已经发展的各门艺术对电影产生的影响的

---

① 卡努杜:《电影不是戏剧》,吴小丽、林少雄主编:《影视理论文献导读》,上海大学出版社2005年,第38页。

② 卡努杜:《电影不是戏剧》,吴小丽、林少雄主编:《影视理论文献导读》,上海大学出版社2005年,第39页。

③ 卡努杜:《电影不是戏剧》,吴小丽、林少雄主编:《影视理论文献导读》,上海大学出版社2005年,第41页。

④ 卡努杜:《电影不是戏剧》,吴小丽、林少雄主编:《影视理论文献导读》,上海大学出版社2005年,第41页。

汇合"①。巴赞认为，早期电影能够依靠媒介本身的独特性来吸引观众，在1950年代"再靠发明一个加速蒙太奇或改变一下摄影风格已不足以打动观众了"，"电影不知不觉地进入了剧作时代"。他说，"在主题面前，一切技巧趋向于消除自我，几近透明。……那种只要'拍电影'就是对第七艺术做了贡献的时代已经一去不复返了"②。巴赞不仅反驳了"纯电影"的偏见、强调了剧作和主题的重要性，也充分论证了文学和戏剧对于电影发展的帮助。在他看来，电影和文学、戏剧并不是绝对对立的，而是相互促进的，电影能够在与文学、戏剧的联系中获益而不是受到损害。他指出，我们应该将戏剧和戏剧性区分开来，"戏剧性是戏剧的灵魂，但是，这个灵魂往往可以附丽于其他艺术形式中"③。也就是说，电影和戏剧一样，也是戏剧性的一种具体载体。同时，巴赞也看到了电影和文学的联系：二者都是叙事的艺术。他指出，很多杰出的电影纯粹依靠叙事吸引观众，其魅力和小说一样来自于受众对于"故事继续讲叙下去"的渴望。重提巴赞对"纯电影"的批判是非常必须的。20世纪80年代，中国电影人提出电影要丢掉文学和戏剧的拐杖。这一观念在当时振聋发聩，但无疑也有它的历史局限性：它否定了电影作为一种具有戏剧性的叙事形式的可能性。即使到了今天，叙事之于电影的重要性依然未能得到应有的重视，很多人并没有充分意识到：电影首先是一种叙事形式。

　　巴赞充分肯定了电影讲故事的合理性、合法性，克里斯蒂安·麦茨则论述了叙事对于电影的价值：它极大地推动了电影语言的发展。一方面，麦茨依然强调影像的重要性，因此不无悲哀地感叹小说式的表述形式对于电影的入侵牺牲了电影的其他可能性。他指出，"电影中'说故事'的诉求太过强烈，以至于电影的主要组合要素——影像——竟退到了情节的背后，可是一部电影的情节却必须靠影像交织而成。如果我们愿意相信某些讨论分析，则可以肯定，电影应该是一种影像的艺术才对。电影，就其本质而言，应该是横切面地看，从容不迫地细看每一个镜头的内容，但现在却直切面地看，急着想知道'下面怎么了'，看电影不是在看'镜头'，而是在看'故事'"④。另一方面，麦茨也充分肯定了"讲故事"对于电影语言发展的贡献。他指出，"假使电影本身不具备

---

　　①　安德烈·巴赞：《非纯电影辩》，安德烈·巴赞《电影是什么》，江苏教育出版社2005年，第80页。

　　②　安德烈·巴赞：《非纯电影辩》，安德烈·巴赞《电影是什么》，江苏教育出版社2005年，第103页。

　　③　安德烈·巴赞：《非纯电影辩》，安德烈·巴赞《电影是什么》，江苏教育出版社2005年，第134页。

　　④　克里斯蒂安·麦茨：《电影的意义》，江苏教育出版社2005年，第42页。

说故事的本质,假使其叙述的功能不强的话,电影就不会是我们今天所看到的样子"①。他总结道,"电影是一种语言,远超越在蒙太奇的任何效果之上,并不是因为电影是一种语言,所以能叙述这么好的故事,而是因为电影能够叙述这么好的故事,所以才成为一种语言"②。

美国南加州大学洛杉矶分校剧作教授理查德·沃尔特指出,"电影是一个讲故事的媒介,如果故事讲不好,导演再费劲也没用"③。电影是一种叙事形式,电视剧更是如此。电影和电视剧媒介不同、制作方式不同、语言也有很大差异,但二者都是典型的叙事艺术。故事是理解和接受一部电影的基础,更是理解和接受一部电视剧的基础。如果说看电影的欲望不仅仅是看故事的欲望(对视听刺激的追求、对某位明星的迷恋这都是观众走进影院的主要理由),但对于电视剧观众而言:看故事的欲望可以说几乎是唯一的主要欲望。故事是吸引电视剧观众在一段时间内每晚在固定的时间内坐到电视机前的主要力量。对于电视剧观众而言,形式的审美价值、演员的明星魅力都是次要的,最关键的是吸引人的剧情和动人的人物。

二、叙事的价值

在很多人看来,听故事或者看故事的目的是娱乐、消遣。但事实上,故事的价值不仅仅是提供快乐,叙事其实是与人类生存息息相关的一种重要活动。很多影视工作者、尤其是电影工作者轻视叙事,甚至认为讲故事是电影的堕落,这在很大程度上是因为他们并没有充分认识到叙事的价值。

1. 叙事是传递经验的手段

在一个人的成长历程中,最重要、最美妙的记忆也许就是父辈、祖辈讲故事。那些在夏夜的星空下、冬日的暖阳下或者临睡前的片刻听到的故事曾给人带来多少遐想、多少欢乐和多少恐惧啊。故事自古以来就对人类具有特殊的吸引力。远古时期的人类就学会了讲故事,每当狩猎归来,族人围坐在篝火边听年长者讲述也许讲述了无数遍的故事,每一次都能给人带来新的欢乐。一方面,和动物搏斗的凶险在故事中变得遥远而美丽,一天的劳累在听故事的享受中消失了。另一方面,一代代人用鲜血和生命换来的生存经验就在故事中用美的形式传递给了后代。大卫·波德维尔指出,"叙事也具有非常突出的

① 克里斯蒂安·麦茨:《电影的意义》,江苏教育出版社2005年,第41—42页。
② 克里斯蒂安·麦茨:《电影的意义》,江苏教育出版社2005年,第44页。
③ 许还山、罗雪莹主编:《敞开的门:中美现代电影剧作理论与技巧》,中国电影出版社2009年,第110页。

社会性,对经验进行组织的方法,这样个人经验才能与他人分享"①。叙事所包含的经验不仅仅意味着知识的传递,更意味着生命的感受。本雅明曾说,"小说之所以重要,并不是因为它向我们展示了他人的命运(或许不乏说教意味),而是因为这位陌生人的命运点燃的火焰给我们温暖,而这种温暖无法从我们自己的命运中得到。吸引读者阅读小说的正是这么一种希望:用读到的死亡来温暖自己颤抖的生活"。塔尔科夫斯基认为,"人们走进电影院是为了获取生活的体验,因为电影比任何其他艺术都更能扩展、丰富和浓缩人生的现实体验,而且不仅丰富这种体验,还使它变得更加长久,非常长久"②。我们从故事中得到温暖,是因为我们能从他人的命运中看到生存的体验,那些鲜活的生命痕迹让我们感到这个世界并不是冰冷的了无生趣,而到处充满了生命的温暖。

2. 叙事是理解世界的方式

生活在本质上是破碎的、零散的,但是人类总是期待从零碎的经验中找到某种规律。也就是说,我们需要将世界上发生的事情联系起来,在各种看似互不相干的事件之间建立联系,从而解释和理解发生的一切。一旦我们这样做的时候,叙事就诞生了。因此,叙事是人类认识世界的一种方式。叙事赋予混乱的人生以可理解的形式,我们通过故事努力把握人生、认识人生。希利斯·米勒指出,"无论是在叙事作品和生活中,还是在词语中,意义都取决于连贯性,取决于由一连串同质充分组成的一根完整无缺的线条。由于人们对连贯性有着极为强烈的需求,因此无论先后出现的东西多么杂乱无章,人们都会在其中找到某种秩序"③。将某种线路连贯性强加于杂乱无章的生活素材,这其实就是对世界、人生的一种解释。事实上,故事往往以感性、经验的方式告诉我们宇宙的奥秘、人生的意义、生活的真谛。希利斯·米勒指出,"或许,我们之所以需要讲故事,并不是为了把事情搞清楚,而是为了给出一个既未解释也未隐藏的符号。无法用理性来解释和理解的东西,可以用一种既不完全澄明也不完全遮蔽的叙述来表达。我们传统中伟大的故事之主要功能,也许就在于提供了一个最终难以解释的符号"④。按照符号学的说法,几乎所有的故事都具有双重所指。故事的具体内容和形式构成第一层所指和能指,而整个故事又是一个更高意义上的符号的能指,其所指则指向那些"无法用理性来解释

---

① 大卫·波德维尔:《电影诗学》,广西师范大学出版社 2010 年,第 102 页。
② 李宝强编译:《七部半:塔尔科夫斯基》,中国电影出版社 2002 年,第 266 页。
③ 希利斯·米勒:《解读叙事》,北京大学出版社 2003 年,第 59 页。
④ 希利斯·米勒:《解读叙事》,北京大学出版社 2003 年,第 14 页。

和理解的东西",也就是无法用语言来直接表达的宇宙人生的大道理、大奥秘。神话、传说、童话等朴素、原始或质朴的故事充分体现了故事的这种特征。此外,故事也使我们得以从别的角度、他人的角度观察事物,了解他人的动机。福斯特指出,小说提供了充分了解他人的机会,弥补了我们在日常生活中对他人的无知。因为小说中人物生活的隐秘清晰可见,读者则是完全隐匿的人。这就是小说为什么给我们带来慰藉的原因,尽管它有时讲述的是邪恶的人物。

3. 叙事也是一种创造快乐的心理体验

故事传递经验、探讨人生,故事也带给人类美的享受。除了形式美感之外,叙事给人所带来的满足感和心理、欲望息息相关。亚里士多德指出,故事所提供的快乐和满足来源于它成功地模仿了真实的生活及其规律。在故事中,我们看到了熟悉的生活,这是一种快乐。故事让我们看到一个更容易理解、更容易掌握的人类和社会,使我们产生一种睿智和有力的感觉,这也是故事给人带来的乐趣之一。类型片之所以受到欢迎,一个重要原因就在于它不断重复的惯例给观众以安全感,让他们在变动不居的世界中体验着某些不变的东西。而对类型惯例的熟悉又使得观众对自己更有自信。当代叙事学认为,听故事和讲故事的乐趣都和欲望有关。故事消费中的欲望活动首先与好奇心有关。一方面,我们非常渴望知道故事的原因;另一方面,我们又非常渴望了解故事的结局。想发现秘密、想了解真相、想知道结局,这些欲望使我们被一个又一个的故事所吸引。正是依靠听故事者的好奇心,东方的山鲁佐德成功地避免了死亡,西方的珀涅罗珀成功地拖延时间、直到丈夫回来将无赖的求婚者消灭。其次,惊讶也是故事消费过程中的心理重要内涵。如果故事的讲述没有按照观众的预期发展、使观众的期待受挫,这就会带来惊讶感、它要求观众找到对已发生事件的替代解释。

总而言之,无论是在生存层面上,还是认识层面上,抑或是心理层面上,故事都是人类最本质的需要之一。故事深得人类的喜爱,故事所带来的愉悦也是影视消费最重要的内涵。讲好故事,这是影视作品的基础,创作者不能将为某场戏寻找视觉上或美学上的解决方案作为最关键的任务。海明威曾说:"故事写出来后,把所有的精彩对白拿掉,再看看剩下的还算不算一个故事。"这种说法对于电影而言同样适用。衡量一部电影的重要标准之一就是,将所有优美的画面、镜头、音乐、台词等成分都去掉,看剩下的那个基本故事还是否成立。因此著名导演兼编剧大卫·马梅指出,一部电影是否感人,要根据能删掉的比例而定。

第二节　什么是叙事

　　既然叙事如此重要,那么什么是叙事呢? 所谓叙事,简单说就是讲述故事。具体而言,叙事可分为两个部分,即叙述和故事,或者说"讲什么"和"如何讲"。形式主义者更重视"如何讲",即叙述行为,但事实上"讲什么"也不能忽视。

一、讲什么

　　这里要回答的是什么是故事的问题。首先,故事是人物所经历的一系列事件。故事必然意味着有事情发生。事件是故事的物质基础和材料。但单个事件并不是一个故事,故事必须有两件或两件以上的事件发生。"故事是主角在追求他的目标时,发生在他身上的所有重要事件的演进。"也就是说,故事是人物在时间中所经历的一系列事件。但并不是任意两件事情都可以构成一个故事。事件之间必须具有某种因果逻辑关系,否则我们不会将它们视为一个故事。正如大卫·波德维尔所言,"行为主体的某种连续与某种因果的关联都是一个最低限度叙事的条件"[①]。因此,我们可以将故事定义为一连串发生在一定时间和空间之中的具有因果关系的事件。形象地说,故事是由一条线索(因果联系)串起来的一串珍珠(事件)。

　　其次,从哲学上讲,故事往往是一个"平衡—不平衡—平衡"的过程。典型情况下,一个故事常常是一个从平衡到不平衡、再到建立新的平衡的过程。故事的开始常常是人物正常的生活状态,然后某种力量打破了人物平静的生活,一系列事件之后,产生了一个新的状态,故事结束。因此,讲故事的过程可以看做是秩序的打破与重建的过程。亚里士多德指出,"突变"是最重要的情节,是悲剧的主要吸引力的来源。所谓"突变"指的就是人物生活或者世界状态的巨大变化,这种变化常常发生在故事的开始。如《蓝》的开始,女主人公一家遭遇车祸,丈夫和女儿去世;《秋菊打官司》的开始(注意,故事的开始并不一定是叙事的开始),秋菊丈夫和村长吵架、被踢坏了下身;《雌雄大盗》的开始,生活沉闷乏味的邦妮遇到了偷车的克莱德。下面,我们以黑泽明的《七武士》为例,详细阐释"平衡—不平衡—平衡"在叙事中的体现。影片的开始,一个农夫发现土匪预谋秋天来抢劫,村庄的平静生活被打破了,农夫们决定聘请武士来保

---

　　① 大卫·波德维尔:《电影诗学》,广西师范大学出版社 2010 年,第 105 页。

护村庄。最后,武士将前来抢劫的土匪全部杀光,村庄又恢复了往日的宁静。这种结构的故事就仿佛是在平静的河流中丢了块石头,激起一阵涟漪,之后又波平浪静。然而,秩序的恢复并不意味着完全回到从前的生活轨道。既然有故事发生,就必然会带来某种变化。生活在表面上没有什么变化,然而在本质上却有了深刻的改变。在这个故事中,武士们的奋力拼杀暴露了农民的劣根性,也使某些农夫在精神面貌上焕然一新。武士的情况相对复杂。年轻的武士和假武士是变化最大的。前者由一个懵懂无知、怀着对武士的一点美好印象的少年变成了一个真正的武士,而假武士则从一个由于虚荣心而自称武士的小丑在战斗中完成了向真正的武士的蜕变。对于几个老武士而言,他们的生活倒确实是没有任何变化,牺牲者不过完成了他的使命。而幸存者,在经过一个季度的准备迎敌到最后的厮杀之后,又重新回到了原来的生活轨道:漂泊、流浪、穷困潦倒,等待着下一次为他人做嫁衣,用自己的鲜血换取他人的功名利禄。

二、怎么讲

这是一个叙述问题。任何故事都是通过一定的叙述行为被讲述出来的。在叙事作品中,观众往往不能直接接触故事,而是经过叙述(或者说叙述机制)的中介作用。所谓叙述就是讲述故事的行为和方式,对此我们可以称为叙事机制。由于有不同的叙述机制,叙事才会千姿百态、变化多端。根本上讲,故事是有限的,而讲述故事的方式则是无限的。传统叙事学经常用叙事话语一词来描述叙事机制。作为叙事学的经典著作,热奈特的《叙述话语》详细分析了叙述话语的主要方面。他将叙述话语分为三个范畴:时态范畴、语式范畴和语态范畴。时态范畴指的是故事时间和话语时间的关系,主要包括时长、时序和频率三个方面。语式范畴包含叙述距离和聚焦方式这两个主要的调节信息的机制。语言范畴指的则是叙述情境以及叙述者和接受者的表现形态。

传统叙事学最大的问题在于忽视了媒介对叙述的影响,这主要表现在两个方面:一个方面是将基于语言的叙事视为叙事的原始形态,认为所有其他形式的叙事都要向语言叙事靠拢。迄今为止,绝大部分叙事学著作对叙事的讨论都建立在对语言叙事的分析的基础上;另一个方面是认为叙事是一种前语言行为,是跨媒介、超媒介的活动。故事可以用语言讲述,也可以用图像、表演、舞蹈甚至音乐来讲述,媒介对叙事的影响可以忽略不计。

需要指出的,这两种观念都是错误的。第一种观念确立了语言叙事的霸权,认为其他形式的叙事都要自觉地接受语言叙事的规范,譬如在电影叙事中寻找叙事人称或叙事视点等机制。在叙述视点方面,文学叙述能够自由地运用任何视点,而电影叙事在第一人称叙事方面总是心有余而力不足。20世纪50年代,好莱坞演员罗伯特·蒙哥马利曾导演了一部纯粹从主观视角拍摄的影片《湖上艳尸》,主角的形象只在镜子和窗户的反射中可见。影片并不成功,普通观众难以接受这种实验意味极强的叙事手法。鉴于电影很难运用第一人称叙事,大多数情况下电影中的第一人称叙事都是从客观视角拍摄的,如《卧虎藏龙》中玉娇龙回忆新疆的段落;或者将第一人称主观视角转变成客观视角,如《色戒》中王佳芝对被看的厌恶。张爱玲的原著多次描写了王佳芝对被男人注视的反抗,但李安的电影则直接从客观的角度再现男性对王佳芝的观看。因为前者是一种纯心理的视角,而这种视角无法视觉化。试想,电影如何有效地表现一个人很厌恶地看着他人对自己的观看呢?除非他/她透过镜子或者其他反光物看到自己被其他人观看。然而,在王佳芝被看的场面中不可能合理地安排镜子,因此李安最终不得不放弃刻画王佳芝被他人观看的心理。

第二种观念尽管承认其他媒介和语言在叙述中的平等地位,但也存在很大的问题,即忽略了媒介在叙述中的作用。不同的叙事媒介既是平等的,也是有差异的。每一种媒介都只承担一部分而不是全部的基础性叙事能力,没有一种媒介能够拥有全部的叙事能力。譬如说,通过动态构图推动故事的发展,这就是电影所独有的叙述机制。电影的构图总是处于平衡和不平衡的交替变化中。由于观众对平衡的构图的视觉期待,因此,在一个不平衡的构图之后出现新的表现内容,促使构图走向平衡就成为电影推动叙事发展的重要手段。早在电影发展的早期,电影艺术家就已经成功地运用了电影这一独特的叙述机制。譬如卢米埃尔的《水浇园丁》的开始,园丁面朝画左浇水,身后是大面积的空白。此时,观众非常期待在空白处出现某个东西,使构图走向平衡,于是从画右入画的小孩适时地填补了前面画格构图的空白处。显然,构图此时就是一种推动叙事发展的机制。

每一种媒介在叙事中既有自己的优势和长处,也有自己的缺点和短处。一个成功的叙事作品必然建立在对媒介的叙事能力的扬长避短的基础上。譬如在处理时间方面,语言和文字媒介总是单线的:即使古典小说的"花开两朵、各表一枝",它也必须按照先后顺序叙述同时发生的几个动作;而影像叙事在处理同时发生的动作方面则有更多的选择:叙事者可以先后交代,可以采用平行蒙太奇,也可以用分割银幕的方式同时呈现。因此,影像叙事通过交叉蒙太奇所创造出来的扣人心弦、紧张激烈的叙事效果是文字媒介无法企及的。我们可以通过一个文学改编的影片《杀手们》(1964,唐·西格尔导演)和海明威原著《杀人者》的比较,来进一步认识媒介对于叙述的影响。海明威的小说原著讲述的是艾尔和麦克斯两个杀手受雇到一个小镇谋杀一位前拳击手的故

十分关键的。李安在《理智与情感》的拍摄过程中,大量运用远景、全景,而弃用好莱坞惯用的中近景和特写。在第一天拍摄爱德华和艾莲娜在花园中散步的场面时,李安坚持用远景镜头从背后拍摄,这遭到了扮演二人的大明星休·格兰特和艾玛的强烈反对,因为他们习惯了西方惯用的从正面用中近景表现人物语言和动作的方式。但在李安看来,用远景从背后拍摄更能揭示人物的性格和影片的主题:压抑。事实也证明,李安的处理方式比艾玛所熟悉的好莱坞常规电影语言要高明得多。从这个例子可以看出,场面调度、摄影机机位、构图、光线、剪辑等言语选择层面的修辞方式对于电影叙事也是至关重要的。

总而言之,叙事不仅仅包含情节的组织,还包括对它的风格化。因此,不同媒介的叙述既共享某些基本的叙事机制,但也存在很大的差异。优秀的叙事作品必须承认和尊重这种差异,充分发掘和利用不同媒介的叙事能力、叙事机制。日本著名导演黑泽明说,平庸的导演会毁掉一个好剧本,但是一个伟大的导演也无法把一个平庸的剧本变成一个好电影。这一方面说明了剧本的重要,另一方面也说明剧本并不是电影的全部:叙事作品的魅力既来自情节、也来自风格。

第三节　影视叙事的特征

叙事并非跨媒介的,不同媒介的叙事有不同的特征。媒介的差异决定了影视叙事与其他媒介叙事的差异。

一、叙事手段的综合性和叙事主体的多元性

影视叙事的综合性首先表现在它是"演示"和"讲述"的结合。陈述故事、表现故事的方式可以分为模仿(展示)和叙述(讲述)两种。古希腊时期,西方哲学家就注意到了模仿与叙事、展示与讲述的区别。贺拉斯认为,"情节可以在舞台上演出,也可以通过叙述"[①]。亚里士多德指出,诗歌"借人物动作来模仿,而不是用叙述"来表现情节;而史诗则用叙述来表现情节。影视叙事的方式既有模仿、也有讲述,是这两种叙述方式的混合。"电影成功地开发了一种特有的叙事传播模式,因为电影以自身的手段,灵活有机地组合了书写叙事的模式(叙述)和舞台叙事的模式(演示):影片如同戏剧,建立在人物的演出上,但是,通过以蒙太奇为首的各种技术手段,影片得以在画面之间铭刻一个隐身

---

① 伍蠡甫、胡经之主编:《西方文艺理论名著选编》,北京大学出版社1985年,第102页。

的叙述者形象,即使有别于书写的叙述者,这一影片中的叙述者还是表现出大部分与其类似的属性"①。由于和戏剧的天然联系,电影的每个镜头可以说都是对人物表演的记录,电影叙事无疑也建立在模仿和展示的基础上。由于电影的叙述机制常常不容易被人察觉,而经典叙事又努力隐藏叙述的标志,因此,电影常常被误认为"自行呈现,无人讲述"。但事实上,讲述机制在影视叙事中同样存在。和文学叙事一样,影视叙事也是通过某种中介机制出现在观众面前的。首先,任何镜头都不是对"人物表演"的简单记录,而是对表演的二度创造。机位、景别、构图、光线、色彩等都深刻地影响着观众对人物表演和其他画面内容的理解。影视表演和舞台表演最大的区别就在于,它深受摄影机的塑造。影视作品中的人物形象其实是演员和摄影师、甚至剪辑师共同创造出来的。其次,镜头和镜头的组织、连接更是一种类似于语言的"造句"行为。苏联蒙太奇学派指出,意义不存在于单个镜头内部,而存在于镜头之间。影视作品的深层意义依赖剪辑,表层的故事、情节同样依赖剪辑:剪辑不仅创造意义,它对时间的重新组织是故事能否吸引观众的决定因素之一。如何处理好"演示"(展示)和"讲述"的关系,这是电影叙事过程一个非常关键的问题。

影视叙事的综合性其次表现在它是多种叙事工具的综合。影视艺术是综合艺术,它具有多个意义输出的渠道、多种讲故事的工具。大致而言,影视叙事的基本工具可以分为影像(包括影像的组织)和声音(文字)两大类。传统观点认为,电影是视觉的艺术,画面所表现的内容(表演、布景、灯光)、对画面的处理(摄影构图)和组织(剪辑、蒙太奇)是它最基本的语言。这种建立在默片基础上的观念是不恰当的。虽然电影叙事非常依赖影像(如《楢山节考》中儿子背妈妈上山一段就充分展示了画面叙事的魅力),但这并不意味着声音(以及文字)在电影叙事中不重要。在安哲罗普洛斯的影片《尤里西斯生命之旅》的结尾,突如其来的暴力就完全是用声音讲述的。主人公和朋友一家在大雾弥漫的清晨的江边散步,快乐的孩子们在妈妈的带领下走在前面。突然,银幕上传来卡车驰近、停下的声音,我们听到有人骂骂咧咧地走下车,接下来是枪声和母子的尖叫声。显然,这个情节的讲述完全依靠声音。在大多数情况下,声音和画面处于同一时空、具有相似或者相近的所指,因此,观众常常忽略影视叙事的二元性。然而,一旦声音和画面具有不同的时空属性、表达相反的内涵的时候,这种二元性就变得非常明显了。当音乐(尤其是后期配乐)或者字幕出现的时候,这种二元性显得尤其鲜明。因为非剧情音乐和字幕明显不是被讲述世界的组成部分,它们属于讲述者的世界,是叙事者存在的标志。即使

---

① 安德烈·戈德罗:《从文学到影片——叙事体系》,商务印书馆 2010 年,第 73 页。

画面和声音处于同一时空中,一部优秀的影片总是让我们感受到影像和声音都是不可或缺的。

影视叙事综合运用多种叙事工具决定了叙事主体的多元性。欧洲作者论给电影爱好者甚至不少电影研究者留下的一个错误的印象就是,电影是"作者"(常常是导演)的独创。这种观念完全忽略了电影生产实践事实上的集体性。可以说,没有一部电影是一个人创作出来的。即使电影发展早期的那些简单、质朴的单镜头影片大部分也是分工合作的产物:至少有人操纵摄影机、有人在摄影机前"表演"。摄影师对摄影机的理解、演员对所扮演的人物的理解,这些或多或少都会影响到叙事的最终形态。而现代电影更是多种力量、多种意志博弈的产物,没有哪一方能够完全控制一部电影的生产,无论是明星、制片方还是导演或者其他工作人员。譬如李安导演的《理智与情感》。这部影片是制片人琳赛·杜伦策划了多年的一个项目,编剧和主演是英国著名演员艾玛·汤普森,导演是崭露头角的李安。琳赛·杜伦和艾玛·汤普森希望将简·奥斯汀的名著改变成一个深受女性观众欢迎的浪漫爱情故事,而李安对此不以为然:他希望努力削弱这种幼稚的浪漫主义冲动。因此,李安和她们就影片中的一些情节设置发生了很大的争议。艾玛的剧本中有几个场面描写了天鹅——爱情的象征,而李安最后坚持将这些镜头删掉了。尽管李安并没有从根本上改变这部影片的浪漫主义倾向——如电影对玛丽安与卫乐比相遇那场戏的再现依然是充分浪漫化的,但无疑削弱了这种倾向。此外,就具体的拍摄方式、表演方式上,双方也存在很大的争议,对此上文已经有所提及。这个例子充分说明,没有一个人或者一个部门能够完全决定一部电影叙事的面貌。对于编剧而言,不要幻想剧本能够决定影视作品的最终面貌,而应该努力为其他创作主体创造二度创作的机会。

影视叙事的综合性以及叙事主体的多元性决定了剧本的创作只是叙事的开始,远不是叙事的结束。用塔尔科夫斯基的话来说,剧本"只是一个'半成品'"。剧本能否被搬上银幕(荧屏),这在很大程度上取决于它能否适应影视媒介的艺术属性。塔尔科夫斯基指出,"如果不能清醒地意识到剧本是用来拍摄影片的,……那么这个剧本就不能拍成好影片"[①]、"真正的电影剧本应该是这样的,它本身并不追求给读者一个完整的和最终的印象,而是完全从转化为影片出发,只有在拍成影片后才具有了最终的形态"[②]。因此,影视剧本的价值不是体现在它所用的媒介(文字)的价值上。文学作品的价值很大一部分来

---

① 李宝强编译:《七部半:塔尔科夫斯基》,中国电影出版社 2002 年,第 277 页。
② 李宝强编译:《七部半:塔尔科夫斯基》,中国电影出版社 2002 年,第 277 页。

源于语言本身，但影视剧本不是文学创作，语言的优美、辞藻的华丽可以说是无关紧要的。影视剧本的创作并不需要追求"文学性"。如塔尔科夫斯基所言，"电影剧本与文学丝毫没有、也不可能有任何关联。……真正的剧本不应企图成为完美的文学作品。它应该从一开始就按照未来的影片来构思"①。

影视剧本的创作应该努力适应银幕（荧屏）的要求，充分尊重其艺术属性。

首先，剧本的创作必须考虑影视艺术的空间属性。影视艺术既是时间的艺术，也是空间的艺术。画面是影视作品和观众之间最直接、最主要的中介，因此，剧本表达的内容应该是可视化的。譬如说文学作品经常用大量篇幅来描写人物的心理，而这在剧本创作中并不适宜，因为观众最终是通过画面而不是文字了解人物。正如导演阿伦·德万指出，"银幕的种种可能性从根本上说，就是可叙述性，不参与反思或内省过程。银幕不能描绘一个情形，只能展现，或者半用摄影、半用文字（即字幕）来暗示。小说可以专辟出一章或两章的篇幅谈它的各种人物的思想，谈他们内心的感情与心理活动，银幕则绝对不可能专用一本或半本胶片表现男女主角的思想"②。要让观众感受到人物的心理和情绪，我们应该借助可以视觉化的内容，如动作、环境、道具，等等。然而，银幕和荧屏的空间表现能力是有差异的。银幕面积的巨大决定了电影有非常强大的空间表现能力，也决定了视觉冲击力是电影的重要追求。事实上，现代商业电影所面临的最重要的问题之一就是，如何处理好奇观展示和情节结构、人物塑造的关系。另一方面，银幕面积的巨大也有利于将观众卷入故事世界；黑暗的观影环境进一步有效地将观影主体和日常生活隔绝开来，让他/她遗失自我。银幕空间和观影空间的这种特征正是电影叙事更希望观众忘记自我、融入银幕上的世界的体现。电影正是借惊险动作、酷炫特效和壮观场面帮助观众实现逃避现实、沉湎幻想的欲望。相反，荧屏的面积和电视观看的空间决定了幻觉效应不是电视所追求的。电视荧屏的尺寸既不利于制造视觉奇观，也不利于在观看过程中占有和控制观众；而电视观看的语境——开着灯，边聊天、边干活、边看电视——进一步决定了电视的目的不是让观众成为它的一部分，而是努力成为观众日常生活的一部分。正如帕梅拉·道格拉斯所言，"电视既不是逃避，也不是幻想，而是日常生活的一部分"③。因此，如果说画面和空间在电影叙事中具有至关重要的作用的话，那么在电视叙事中的地位则不是那么突出。"尽量用画面表达，能不用语言就不用语言"对于电影编剧是金

---

① 李宝强编译：《七部半：塔尔科夫斯基》，中国电影出版社 2002 年，第 284 页。
② 《好莱坞大师谈艺录》，中国电影出版社 1998 年，第 109—110 页。
③ 帕梅拉·道格拉斯：《美剧编剧入门》，三联书店出版社 2009 年，第 8 页。

科玉律,对于电视叙事则未必。语言、对白在电视剧叙事中具有非常突出的地位。从起源上讲,与电视剧具有直接血缘关系的是广播剧而不是电影;从观看方式上讲,观众很多时候与其说是"看电视"不如说是"听电视"。电视追求的是参与观众的生活而不是控制观众的生活。电视叙事不必像电影一样追求将观众牢牢吸引在荧屏前,它应该给观众提供边看电视边干其他事情、甚至离开电视机到其他房间的机会。这意味着我们必须充分重视语言在电视叙事中的价值,尤其是当考虑到语言是一种最经济的表达方式的时候。

其次,剧本的创作也必须考虑影视媒介的时间属性。任何时间艺术都和其物质载体的时间属性有关。中国文学从最初的三言诗、四言诗,再到后来的词、曲和长篇小说,这和书写工具的进步是有关的。最初的书写工具主要是刀和龟甲、兽骨、竹木,书写的艰难决定了文学作品必须简短。此时,长篇作品还只能以口传的方式存在,如东方的《格萨尔王》和西方的《荷马史诗》。之后,书写工具逐渐发展到毛笔、绢、纸,文学作品的篇幅因此变得更长。到明代,随着印刷术的出现,长篇小说才成为可能。到了视听时代,由于媒介本身的昂贵以及消费的集体性对时间的限制,叙事作品本身的时间长度重新成为叙事艺术的重要"限制"。电影叙事和电视叙事最大的区别之一就是时间限制上的不同,大部分电影是 90～120 分钟,电视剧则是每集 45 分钟(动画一般为 20 分钟)。大卫·波德维尔指出,"形式往往取决于格式,规模大小于是能决定故事结构"[①]。影视叙事的情节建构在很大程度上就取决于其时间格式。我们都非常清楚亚里士多德的观点:故事应该是结构完整的,应该具有"头、身、尾"。问题在于,如何在既定的时间格式中分配好各个部分所占的时间呢?电影剧作的核心理念就是,如何合理分配好 90～120 分钟的讲述时间。在好莱坞剧作中影响广泛的"三幕架构"就是如何在 90～120 分钟的时间限制内组织好情节的一种典型方式。1979 年,美国著名的剧作理论家悉德·菲尔德的《电影剧本写作基础》一书让"三幕剧"这个概念变得非常流行。悉德·菲尔德指出,第一幕是影片的"开头"或者说建置,它结束于一个"情节点",时长约为全片的1/4;第二幕是一次"对质",其中包含着很多冲突和情节点,时长约为全片的1/2;第三幕是"解决问题",时长也是全片的 1/4。由于好莱坞电影剧本的一页大概相当于影片的 1 分钟。菲尔德以两小时的影片为例指出,第一个情节点应该开始于第 25～27 页,由此产生一个 30 页的开端部分;第二幕需要 60页,这一幕结尾、指向"解决问题"的情节点应该在 85～90 页;第三幕从 90～120 页。以《断背山》为例,第一幕的结束正好在第 30 分钟,恩尼斯和杰克在

---

① 大卫·波德维尔:《香港电影的秘密:娱乐的艺术》,海南出版社 2003 年,第 220 页。

帐篷里发生了肉体关系；第二幕的结束在第 90 分钟，恩尼斯从电话中得知了杰克的死讯。当然，"三幕剧"的架构并非电影剧作法的唯一真理。早期电影的剧作往往是以"本"（一本胶片）为单位的，如爱森斯坦据此将《罢工》分成六幕，每一幕都标志着罢工的一个阶段；将《战舰波将金号》分成五幕，在每一本的中间进行分割、创造出对称的分场。克里斯汀·汤普森则认为，美国长片电影从 20 世纪 10 年代末期就倾向于按照 20～30 分钟组团的方式来进行结构，每一个组团代表情节中一个明确的阶段。在中国，有人则提出按照"段"的概念结构叙事的观点。如夏衍指出，"八千英尺胶片的一部影片，无论如何不能多于十段，一般来说，有这么六七个段落就够了"。谢飞导演的《香魂女》就由七个段落组成：闹事、相亲、逼亲、结婚、训儿媳、秘密、悔婚。香港电影将电影时长限制在 90～100 分钟，即 9～10 本拷贝。一般而言，编剧往往以 9 本为情节结构的单位：第 1～3 本抓住观众注意力、塑造人物；第 4 本铺开一条重要的剧情线索，然后用 3 本来展开情节；第 7～9 本为高潮。即使是《投奔怒海》、《胭脂扣》等艺术电影同样按照这种方式结构剧情。

　　由于时间单位不同，电视剧的剧作结构和电影的剧作结构具有很大的区别。一部电影的时长一般是 90～120 分钟，而电视剧单集的长度一般为 45 分钟（动画片则一般为 20～25 分钟）。由于时间格式的区别，电影和电视剧的容量是不同的，情节结构方式也有很大的差异。比较电视而言，电影的时间具有更加严格的限制，编剧必须在 90～120 分钟的时间"限制"内讲好一个故事。这意味着，电影剧本对人物的解释和说明不能拖沓，对话不能太长，事件和事件之间的过渡（过场戏）能简则简，故事的来龙去脉、前因后果需要以最经济、最简单的方式交代出来。由于时间长度的不同，电影往往是一部电影讲述一个故事，而电视剧往往是若干集讲述一个故事、一部电视剧讲述若干故事。电影的剧作只表现一个动作、只有一条主要故事线索贯穿其中；而电视剧往往需要多条故事线贯穿其中。电影结尾，故事线索就会闭合；而电视剧每一集结尾的时候，有的故事线索闭合了，但新的故事线索必然开启，从而满足连续剧对剧情不断生长的需要。因此，电影的统一性往往建立在动作的统一性的基础上，而电视剧的统一性则往往建立在人物的统一性的基础上；只有相同的人物贯穿全剧。由于时间单位的不同，电影和电视剧分配讲述时间的方式也是不同的。《美剧编剧入门》的作者帕梅拉·道格拉斯指出，美国电视网播放的电视剧几十年来一直是四幕结构。这种结构是由电视剧播出过程中插播广告的行为所决定的。美国电视剧一集大都为 45 分钟，但需要一个小时才能播完，因为其中会插播 4 次广告，广告时间共为 15 分钟。插播广告自然地将电视剧分为 4～5 幕，这要求编剧在每次广告时间之前设置一个"情节点"，使观众在广告过后还能回到电视机前来。中国电视剧的情况不同,中国电视剧的广告插播在广电总局出台政策不能插播广告之前没有任何"规律"可言,编剧也几乎从不围绕广告时间来设置情节。此外,由于中国电视剧的播出采取的是"日播"制而不是"周播"制,因此,中国电视编剧也不是特别用心地在每一集的结尾设置有力的情节点,因为它不用和美国同行一样担心一周之后观众是否还有兴趣。"周播"制让美国电视剧越来越向电影靠拢,"日播"制对电视剧的大量需要决定了中国电视剧大部分属于粗制滥造。

二、叙事行为的仪式性

仪式是某种反复重复的动作。电影常常被认为是一种"世俗的仪式",这不仅仅因为电影反复表达了生活和社会中某些重大主题,也因为电影叙事本身就是一种仪式:不断重复某些形式特征。这种重复的结果就是"类型"。"类型"是影视艺术在发展、成熟的过程中,制作者和消费者所达成的某种默契、所订立的某种契约:某种程式化的常规。它建构了消费者的期待:通过以往的观影经验和影片发行过程中的宣传,观众非常清楚地知道自己花钱购买的是什么样的观影体验。它也构成了生产者的制约:生产者只有遵守类型的契约,才能让消费者清楚他/她所生产的影片是不是自己想看的。影视叙事、尤其是商业叙事应该努力形成成熟的类型体系并自觉接受类型规范的制约。正如罗伯特·麦基所言,"我们每一个人都深深地受惠于伟大的故事传统。你不但必须尊重而且还必须精通你的类型及其常规"[①]。

"每一个类型都给故事设计制定了一些常规:高潮时常规的价值负荷,如幻灭情节的低落结局;常规的背景,如西部片;常规的事件,如爱情故事中的男女邂逅;常规的角色,如犯罪故事中的罪犯。观众知道这些常规,并希望看到它们得到完善。结果是,类型的选择明确地决定并限定了一个故事中什么是可能的,因为它的设计必须将观众的知识和预期考虑在内。"[②]类型叙事虽然不完全是由情节设置所决定的,但情节设置的程式化、仪式化毫无疑问是类型化的重要方面。譬如爱情故事片必然为爱情设置障碍,不论这个障碍是家庭的、文化的、经济的、政治的,还是人性的;警匪片必然包含歹徒的犯罪行动以及警察的破案;黑帮片必然包含黑帮的成长和毁灭;武侠片、西部片以及绝大部分动作片都必然包含正义的侠客与邪恶势力的斗争;科幻片必然处理人类与某种高度发达的科技力量的关系:这种力量或者给人类带来巨大的威胁,或

---

① 罗伯特·麦基:《故事》,中国电影出版社2001年,第104页。
② 罗伯特·麦基:《故事》,中国电影出版社2001年,第101页。

者向我们展示了未来的某些可能性。类型可以混合，甚至可以被嘲讽和被颠覆，但一个成熟的电影工业总是建立在一系列成熟的类型的基础上。甚而至于，所谓艺术电影也有它的程式和惯例。麦基指出，"可以脱离类型而写作的先锋派观念是很天真的。没有人在真空中写作。在有了几千年的故事讲述之后，没有一个故事会彻底地与众不同，以至于与其他已经写过的故事毫无相似之处。艺术电影已经变成一个传统类型，可以分为两个次类型，最小主义艺术和反结构艺术。其中的每一种类型都有自己关于结构和宇宙论的一系列常规组成的体系。就像历史剧一样，艺术电影是一个超大类型，包含其他基本类型：爱情剧、政治剧，等等"[①]。

三、表意工具的物质现实性

任何艺术都受到媒介的物理属性的限制，所谓"带着镣铐跳舞"所指的不仅仅是艺术规律对艺术创作的约束，也包含媒介的物理属性对艺术创作的制约。卡努杜指出，"电影是受它的技术手段和放映机械制约的"。他所指的就是机器的客观物质性对于电影艺术的影响。

影视艺术的物质现实性主要表现在两个方面：一个方面，再现工具的物质现实性；另一个方面，再现对象的物质现实性。任何艺术都是用某种客观的物质工具进行创作，但没有一种艺术能和影视艺术一样与其所运用的工具的关系如此密切。譬如文学创作运用到的刀、笔、电脑等书写工具虽然书写的难易有别，但都能够保证成功地将作者的所思所想表现出来。因为文学创作最终依赖的其实是文字符号，文字符号形式上的简单决定了任何工具都能够保证书写的成功，而文字符号的抽象性则决定了任何内容和题材对文学创作而言都是可能的。影视艺术是通过机器将影像和声音"记录"下来，创造性地转化成影像符号和声音符号，不论是摄影器材、录音器材还是影像和声音本身，都受到真实的物理时空的限制。譬如说，由于摄影器材和录音器材很难克服物理时空的限制（光线的传播和声音的传播不仅需要时间，而且还要受到空气尘埃、山川地形等空间因素的影响），因此，"千里眼"、"顺风耳"、"望长城内外，千里冰封，万里雪飘"之类超越真实时空关系的浪漫化的文学想象对于电影机器而言就是一种难度很高的再现内容。虽然技术的进步（尤其是数字技术的发明）在某种程度上使影视艺术也能摆脱物理时空的限制，但这是以巨大的经济投入为代价的。更重要的是，影像符号和声音符号是一种能指和所指叠合的符号，它必须用"真实"的、可以接受经验检验的形象来表达想象的内容。譬如

---

① 罗伯特·麦基：《故事》，中国电影出版社 2001 年，第 100 页。

说,影视作品要表现一头牛被杀,那么就必须有一条真实的牛,而不能像文学作品一样用"牛"、"cow"之类抽象的符号就可以了。假使某个形象在现实生活中没有对应物,那么就必须通过特技制作出来一个足以让观众信服的形象的特殊性。影像符号和声音符号的这种性质决定了它对"现实"的依赖:任何视听符号的生产都是对真实的空间和时间的"记录",都必须以片场所建构的平行于现实世界的类现实世界为基础。这决定了影像符号和声音符号的生产不仅仅受到物理时空的制约,还要受到经济成本的制约。因此,剧本的创作必须有经济上的考虑。知名的演员、宏伟的场面、密集的镜头和神奇的画面对于影视作品的观赏性的提升毋庸置疑,但编剧必须从经济上考虑是否具有可行性。著名导演彭小莲认为,编剧必须按照预算来写剧本,"对场景大小、长短、节奏心里都要有底"、对道具、场景和演员都要有把握①。总之,影视叙事的物质性决定了影视剧本的创作不仅要考虑内容是否适合视听媒介的艺术要求,另外也必须考虑技术可行性和经济成本。我们必须清楚地认识到,有些内容是不适合用视听媒介表达的;有些想象是在现有技术条件下无法完成、或者需要付出巨大经济代价才能实现的;有些内容则对制片方的资金投入提出了很高的挑战。

第四节　剧本在影视叙事中的主要作用

电影叙事是电影"在情节叙述(syuzhet)组织以及风格式样化的基础上,去建构不断形成中的故事(fabula)的过程"②。那么,剧本在影视叙事中的地位和价值何在呢?毫无疑问,风格化并非剧本创作的任务,尽管剧本对于风格化具有一定的引导和规范作用。譬如,一个讲述西部故事的剧本显然不能运用黑色电影的视觉风格。毫无疑问,建构和组织情节是剧本创作的主要任务,但剧本对于影视叙事的贡献并不止于此。我们可以从以下几个方面认识剧本在影视叙事中的作用。

一、时间的塑形

作为时间艺术的一种,影视艺术最基本的素材无疑也是时间。经典叙事

---

① 许还山、罗雪莹主编:《敞开的门:中美现代电影剧作理论与技巧》,中国电影出版社 2009 年,第 374、380 页。

② 大卫·波德维尔:《电影诗学》,广西师范大学出版社 2010 年,第 116 页。

学理论将叙事艺术的时间分为故事时间和叙事时间两种。安德烈·戈德罗指出，"任何叙事都建立两种时间性：被讲述事件的时间性和讲述行为本身的时间性"①。事实上，我们可以将叙事艺术的时间分为三种，即故事时间、情节时间和叙事时间。所谓故事时间指的是故事本来的时间；情节时间指的是文本所反映的故事内容的时间；叙事时间则是文本本身所持续的时间。故事时间是一种线性的、连续的、匀速的、不可重复的时间；而情节时间和叙事时间则可以是非线性的、可重复的，而且必然是零碎的、不匀速发展的。比较经典叙事学而言，我们认为增加"情节时间"这个概念对于认识影视剧本的作用是有价值的。大卫·波德维尔认为，"情节是用来形容所有在银幕上观众所见和所听到的一切"。我们都知道，影视作品不可能原原本本将人物的生活再现出来，它必然要对生活素材进行挑选。不论是挑选出那些精彩的、极具戏剧性的时刻，还是挑选生活中最平常、最能反映普通生活状态的时刻，影视叙事都必然要对生活时间进行选择。观众在银幕（荧屏）上看到和听到的一切并不必然是故事的全部。任何影视作品事实上都依赖观众根据银幕（荧屏）所提供的内容（情节）推导出它所没有提供的内容，自己完成故事的建构。经过"雕刻"剩余下来的时间就是"情节时间"。塔尔科夫斯基指出，"电影创作工作的实质是什么？我们不妨姑且把它比作用时间进行雕塑。一位雕刻家面对一块大理石，内心想象着未来作品的形状，凿去一切多余的部分。和这种情形一样，电影制作者也是从包含着庞杂错综的生活事实的'大块时间'里，剔除和去掉不需要的部分，只保留未来影片需要的、将要作为形象组成要素的那些部分"②。承担最初的"雕刻"工作的就是编剧。编剧决定了哪些故事时间应该保留下来、哪些应该去掉。理查德·沃尔特指出，"编剧事实上不是去创作一个东西，而是去发现一个已经存在的东西。想象一下米开朗基罗的传世力作大卫像，它开始就是一整块大理石，他是一点点去除多余的成分，最终得到大卫像。米开朗基罗就是把已经存在的保留，把多余的去掉而已。编剧也是把多余的东西去掉。把什么去掉，比把什么添进来还重要"③。去掉多余的时间其实就意味着挑选出有价值的时间。罗伯特·麦基说："从瞬间到永恒，从方寸到寰宇，每一个人物的生命故事都提供了百科全书般丰富的可能性。大师的标志就是能够从中只挑选出几个瞬间，却借此给我们展示其一生。"④事实上，编剧所作的

① 安德烈·戈德罗、弗朗索瓦·若斯特：《什么是电影叙事学》，商务印书馆2010年，第139页。
② 李宝强编译：《七部半：塔尔科夫斯基》，中国电影出版社2002年，第266—267页。
③ 许还山、罗雪莹主编：《敞开的门：中美现代电影剧作理论与技巧》，中国电影出版社2000年，第115页。
④ 罗伯特·麦基：《故事》，中国电影出版社2001年，第35页。

必须在开始拍摄之前就基本确定下来。因此，人物形象（尤其是人物性格）的塑造也是剧本创作最重要的内容之一。悉德·菲尔德指出，"人物是剧本的基础……在动笔前，必须熟悉他"。美国纽约大学剧作系教师、研究生院主任珍妮特·内布里斯认为，一个优秀的剧本要具备三个主要因素才能成功：性格鲜明的角色、符合人物特征的对话和非常清晰的故事。[①]

在亚里士多德的理论中，叙事艺术中最重要的是"动作"（情节）而不是"性格"（人物）。情节胜过人物、人物的塑造全都是为了实现某种情节功能（最典型的是简单地将人物处理为某种动作功能的承担者），这是情节剧叙事的典型特征。这种叙事的基础就是这样一种理念，"将行为主体及其能力当做叙事的基础，而将事件当做那些特质的产物"。但事实上，影视叙事完全可以在探讨人性、人情、人的命运方面取得更好的成绩，而不仅仅将人物视为动作的承载者。正如大卫·波德维尔所言，"最有价值的叙事，是对人类心灵与心智的描绘"[②]。如何更好地处理"动作"和"性格"，尤其是"人性"的关系，使动作具有人性的深度，这是电影编剧需要深入思考的一个问题。这方面一个非常好的案例就是李安的《卧虎藏龙》。该片的杰出不仅仅体现在优美的动作设计上，更体现在动作设计具有人性的深度、文化的深度。譬如玉娇龙盗剑之后和追来的俞秀莲之间的打斗，银幕上玉娇龙极力往上飞升，而俞秀莲则一心将她拉回地面。这反映了两人性格的差异：玉娇龙追求自由解放，而俞秀莲则循规蹈矩。两人的这种性格正是传统文化深层矛盾的体现：传统文化保证了社会的基本秩序，但也带来了人性的深刻压抑。整部《卧虎藏龙》所讲述的就是一个桀骜不驯、武功高强的女孩反抗传统文化的故事。动作—性格—文化的三位一体，这使《卧虎藏龙》具有了动作片所罕见的人性深度和文化内涵。

总而言之，剧本在影视叙事中具有非常重要的作用，叙事最重要的方面都是由剧本决定的。虽然观众在观看影视作品的过程中首先接触的是"风格"，但就像一件漂亮的衣服必须穿在好身材上才能充分体现其价值一样，如果没有好的剧本作为基础，视听语言的运用再出色也不能保证生产出优秀的影视作品。最后，我们可以用好莱坞导演雷克斯·英格拉姆的话来说明剧本在影视叙事中的价值："没有一个结构很好的剧本，导演怎么努力也是徒劳的。他也许富有人情、幽默、热情，善于塑造个性和摄影，画面构图很好，以及照明恰到好处，但他若不善于叙说故事，这一切便是建立在摇摇欲坠的基础上。雕塑

---

① 许还山、罗雪莹主编：《敞开的门：中美现代电影剧作理论与技巧》，中国电影出版社 2009 年，第 3 页。

② 大卫·波德维尔：《电影诗学》，广西师范大学出版社 2010 年，第 106 页。

人像或一群人物首先要用支架成型,即按照作品的比例做成结实的结构框架。这个框架已用钢条、木头和导管拧在一起做成,然后再在这个框架上大把地抹上泥。正像导演必须通晓剧本结构一样,雕塑家必须熟悉他工作的这个部分,无论是他自己做抑或是别人为他做,因为如果框架做得拙劣便会承受不住泥块的重量,他的努力便白费了。因为即使在人形倒塌时各部分没有受损,但泥块亦粘不到一起了。框架就是雕塑家的剧本。"①

---

① 《好莱坞大师谈艺录》,中国电影出版社 1998 年,第 39—40 页。

第二章　故　　事

悉德·菲尔德在他的《电影剧本写作基础》开端写道："一部电影剧本就像一个名词，指的是一个人或几个人，在一个地方或几个地方，去干他或她的事情。"①这里包含了三个要素：人物、地点、动作。这三个要素构成了一个故事。

看上去写影视剧本没那么复杂，就是去表述一个故事而已。世界上有很多表述故事的方式，有的用口头来表述，有的用文字来叙述，有的用影像展示，有的用演员表演，诸如此类等等，不一而足。影视作品是用影像说故事，所以影视编剧的工作就是用影像来说故事的一种基础性工作。有人以为，这个工作没什么特殊性。同样一个故事，我们既可以拍成电影，也可以写成小说。所以，同样一个作者，既可能成为一个电影编剧，也可能成为一个小说家。看上去这之间的差别只是一种技巧上的差别。但是问题来了，编剧是不是就是一个技术人员？编剧工作是不是就是一个技术活？剧本是不是就只是一种精良的结构模式？我们的答案显然是否定的。影视剧编剧是讲故事的能工巧匠，又是特殊的艺术创造工作者，他需要用生活积累和艺术想象，并且以影像为叙述语言来讲好一个故事。他较之小说家更具备时空流动的立体思维、更丰富的形象感觉，而且叙述的结构也更精巧和善变。某些学者就此称为电影化思维和电影化创作。因此，影视剧写作不是一项为我们常人所理解的写作活动，影视剧编剧也不是等同于小说的作者。

现在，作为创作的起步，我们第一步需要做的事，就是怎样来确定我们的故事。

---

① 悉德·菲尔德：《电影剧本写作基础》，鲍玉珩、钟大丰译，中国电影出版社 2002 年，第 8 页。

第一节　故事问题

一、故事的定义

事实上我们一直纠结于一个问题,这个问题也是亚里士多德在他的《伦理学》中提出来的,他问:一个人应该如何度过他的一生? 关于这个问题的答案可以说有成千上万,但仔细加以分类的话,我们会发现人类一直是基于四大学问来寻找其答案:即哲学、科学、宗教以及艺术。而在艺术这一学问中,叙事艺术所占的分量显然是比较大的。一个好的叙事作品,所叙述之故事虽然不一定是真的,也就是说虽然不一定合理,但它肯定是符合叙述者/读者对于自身、自身与他者、人与世界等相互关系的想象。在如今这个大众传媒高度发达的时代,表面上看起来,人与人之间的沟通与交流越来越简单,因为我们有着太多的交流工具,每一种工具又有着多种交流方法。比如我们可以用手机进行24小时交流,而交流方式也可以是多种多样。传统的就是通话与发短信,在智能手机越来越成为主流的当下,我们更是可以通过 google 纵横与友人分享所到的每一个地方,通过 QQ、微博等方式与外界进行实时的交流。但另一方面我们也看到一个不容忽视的事实,那就是人与人之间的沟通与交流却并未因此更加坦诚相待,相反的是,人与人之间的沟通似乎越来越困难与复杂,每个人似乎都更注重自己的私人空间。这在很大程度上带来了人的虚拟化生存,从某种角度来讲,我们可以说当下人们似乎越来越倾心于生活在理想化的故事空间中。可能你会觉得这是一种消极的说法,但是我们从来就无意于把故事当做一种纯粹的知识实践去甄辨其中的真假,我们从来只关注其中的情感化体验与价值取向。比如由全媒体多方位的广告与光影声色的消费场所构筑起来的时尚空间很难说哪是真实哪是虚构,我们只能说它是一个形象的世界,每时每刻都在告诉我们关于生活的一切,并使其中的每一个人都将之作为自己的真实生活而进行下去。

所以,从这个角度来讲,故事是人生的设备,赋予人生以形式。人对于故事的爱好不仅仅是一种纯粹的知识实践以去甄别何者是真何者是假,我们说其中更多的是一种非常个人化的、非常情感化的体验。在现实当中,当你说一个故事是假的时候,恰恰证明你希望这是真的,因为其中包含你对现实的某种否定性取向。我们说,阅读故事就是一种仪式,故事不是对现实的逃避,而是追寻现实的载体,在很多时候它又成为现实本身。

　　至此，可以说，对于一个剧作家来说，工作的核心就是"故事"——发现"故事"与表达"故事"。在这部分，我们首先要来了解故事的核心问题，了解故事需要表达的是什么，以及寻找故事的种种途径等问题。

二、故事的意义和价值

　　故事是什么？从它的内在规定性来讲，我们说它包含了如下几个问题，即人物、需求以及结局。如果把这三个方面加以拆解，具体来讲的话，那就是：我们在作品里要展示的是什么样的人即主人公是谁？这个人物的戏剧性需求是什么？他为什么会有这种需求或者说这种需求是怎么产生的？他是怎样去得到他想要的东西，实现他的戏剧性需求的？在实现他的戏剧性需求的过程中，主人公遇到了哪些辅助力量或者阻碍力量？最后的结果如何，主人公有没有实现他的戏剧性需求？需要指出的是，这种表述看上去似乎剧作就是一种技术性很强的操作，似乎我们只要把这里提到的几个要素——加以完善就能写出一部好的作品。虽然从表面上看确实如此，因为这符合了讲好一个故事的基本要求。但是任何一种讲述都是一种话语，都包含了一定的价值取向以及情感偏至。那么我们说，一个好的作品，实际上应该包括两个方面，即讲一个好故事和把这个好故事讲好。所以可以这么说，我们所谓的故事问题，自始至终都需要对人性深刻的洞察、对社会真挚的体悟以及足够的技艺。

　　我们可以举波兰导演基耶洛夫斯基的电视系列片《十诫》中的"杀人短片"为例来作个说明。

　　基耶洛夫斯基的电视系列片《十诫》是从《摩西十诫》汲取灵感，演绎成十个以波兰为背景的现代故事。其中第五诫"杀人短片"的故事是这样的：

　　不到 20 岁的男青年雅泽克漫无目的地在街上走，他的内心充满了莫名其妙的烦躁。他今天上街的目的，本来是想要杀一个人。但是他不清楚自己到底是要杀哪一个人或哪一类人，他似乎只是要完成这个杀人的动作，这大概就是他烦躁的原因。当然杀人是要有理由的，雅泽克拿着妹妹的照片走进路边一家照相馆冲洗，故意提出一些刁钻的要求。如果照相馆老板发脾气了，那么他就有理由杀人了，但照相馆老板没脾气；雅泽克又看见路边有一个值勤的警察，于是他走进一家餐馆吃快餐，顺便盘算如何下手，但那个警察被一辆警车给接走了；在厕所里，雅泽克把一个少年掀翻在地，如果这个少年生气了，那么雅泽克今天就可以杀人了，但少年没有生气……雅泽克看到有两个喝醉了酒的人打的被拒载，雅泽克找到了杀人的理由。雅泽克打上了这辆车，到了郊外，用准备好的绳子勒司机的脖子，又用锤子、石头砸，终于把司机给打死了。雅泽克的辩护律师是刚从法学院毕业的见习律师，听了雅泽克讲述的杀人动机,他感到困惑,用抽象的法理知识评判个人性情产生的偶然案件是多么困难! 雅泽克被吊死了,年轻律师却对"公正"的司法制度感到绝望。

这个作品的有意思之处在于:它表面上看起来似乎是一句话就能讲清的故事——一个人杀了人,受到了法律的制裁。但你再想下去发现没那么简单了——因为这个故事实际上包含了两个杀人故事,通常我们总是会有一个善恶分明的评价,用上类似于"天网恢恢,疏而不漏"这样的感叹,认为第二次以法律的名义判处一个人死刑的理所当然不容置疑。所以,我们说,这首先是一个好故事,它不会像一个廉价的滥情故事那样以赚取观众眼泪为目的,也不会像一个猎奇故事那样满足观众的窥视欲,它让观众从习以为常的生活中脱身出来,原先毫无疑问的现象突然变得可疑起来,一个新的世界打开了一扇窗子。而这神秘之处正来自于对故事的叙述,也即是我们所谓的讲好一个故事。同样的题材,我们常见的叙述方式可能会选择将雅泽克杀人作为一个事件的缘起,而将杀人之后到被执行死刑这一段当做重点来展开,最后再简单介绍一下雅泽克的结局,因为这种叙述有足够的戏剧性。但基耶洛夫斯基并没有那样做,他选择的是全面展示了两次杀人的详细过程,恰恰把有可能略写的部分详写了。这种并置产生了奇异的内爆效应,正如我们上面讲到的那样,毫无疑问的现象突然变得可疑起来,将我们所熟悉的情感反应变得陌生化。

再来举个例子。电影《暴雨将至》是美籍马其顿导演 Milcho Manchevski 拍摄的第一部电影。这部电影由三部分组成。

第一部分的标题是 Word,说的是东正教的一位年轻修士基卢以沉默保护一位阿尔巴尼亚年轻女孩。影片开始时,许了"哑愿"的塞族东正教修道士基卢正在半山腰摘西红柿,天上传来隆隆的雷声,主教在一旁自言自语说天就要下雨了。一个被塞族武装分子追杀的阿尔巴尼亚穆族女孩偷跑进修道院,因为她杀了邻村的塞族男子。当晚,准备就寝的基卢在黑暗中发现那位被追杀的穆族女孩桑米拉正躲在他的房内。基卢是许过哑愿的,而桑米拉的语言他又不懂,虽然语言上无法交流,但基卢友好地将西红柿送给桑米拉,并默许她留下来过夜。这种沟通更直接更简单。很快,主教发现了此事,他让基卢带着桑米拉离开这个是非之地。基卢准备带着桑米拉去投靠在伦敦做摄影师的叔叔亚历山大。不幸的是,两人遇上了桑米拉的族人,穆族人决不允许两人在一起,威胁基卢离开。桑米拉跑向基卢,桑米拉的哥哥在她背后扣下了冲锋枪的扳机……基卢伤心地看着即将死去的桑米拉,桑米拉说出了最后一句话:我爱你。

第二部分的标题是 Faces。讲的是伦敦的故事。安妮接到一个自称叫基卢的年轻人打来的电话,他要找他的叔叔亚历山大,桌子上有一堆照片,其中有一张我们很熟悉，那就是，桑米拉被枪击中后趴在地上，基卢坐在行李箱上忧伤地看着她。从前南地区返回伦敦的亚历山大第一件事就是找到情人兼同事安妮，要与安妮结婚。安妮是个有夫之妇，她陷入了两难之中，此刻她肚子里已经有了丈夫尼克的孩子。是回到丈夫身边呢还是跟亚历山大远走高飞？安妮要与尼克谈一谈。尼克原谅了安妮，他只要安妮回到身边就行。正当安妮想要作出抉择的时候，一个人冲进来持枪向人群射击，尼克面部中弹而死。

第三部分的标题是 Pictures。亚历山大独自回到了故乡马其顿，他是塞族人，受到了族人的热情招待。他到邻村去看望他的初恋情人、穆族的哈娜。因为种族的原因，两人相顾无言。哈娜的女儿桑米拉被指杀死了一个塞族人，塞族人抓住了桑米拉关在猪圈中，哈娜来找亚历山大求情，亚历山大不顾族人反对救出桑米拉，但他却被自己族人无意中打死。天边雷声隆隆，被救出来的桑米拉往一个东正教修道院跑，修道院下面的半山腰，基卢正在摘西红柿，主教在一旁自言自语说天就要下雨了。

这也是一个很有意思的电影。三个部分分开来看似乎都是简单故事，最多也就是三个简单悲剧，每部分似乎都讲了同一个主题，即主人公都因为爱而死。但是三个故事的组合让电影的叙述产生了新的意思。粗看起来，这个组合就像七巧板一样，相互补充，讲述一个完整的故事。然而仔细去核对细节的话，却发现太多的相互矛盾与似是而非。实际上这正是这部电影所要达到的效果。正是这种对常规思维的挑战，让我们开始去考虑影片中所呈现的时间、历史、暴力等问题。

至此，我们可以回过头去照应我们前面所说的观点。我们认为叙事在很多时候都与知识体系无关，而与情感、价值有关。这样，叙事中的观点、视点等问题才显得尤其重要，也就是说，影片的叙事，就是要从某个特定的视点出发，来展示一个形象化的世界，在这种展示中清楚地凸显出自己的观点来。这正是我们需要去重点关注的地方。在现实生活中的人看起来千差万别，但是本质上来讲又是基本一样的，比如对美的向往、对成功的渴求。那么这种确确实实存在的差别又是从何而来的呢？很显然，一个人看事物的视点、对事物所抱的观点，都是个人化的，都是能把他与别人区别开来的。所以一个作品，要想从一大堆作品中脱颖而出，就需要有一些像这样的纯粹个人化的东西。一个好的故事与讲好一个故事都需要这种个人化的东西。从创作者的角度来讲，这是一种新的发现；从接受者的角度来讲，这是一个新的视角。达到这种要求在很大程度上与技巧无关，虽然其本身是通过技巧的方式呈现出来，"怎么讲"在很多时候就是叙事作品的艺术所在。那么我们要达到这种要求的话，就须加强创作者自身的修养。这种修养包括两个方面，一是各种艺术作品的浸染与积累,艺术创作虽然以个性为外部呈现,但实际上各种艺术之间以及一种艺术的发展过程中的相互影响与传承一直绵延不绝;二是对人性和社会的深刻洞察,或者说作为创作者来讲,需要有一种悲天悯人的情怀。

在此,我们有必要去分清"事实"与"真实"的问题。通常我们看到一个不好的作品的时候,我们可能会说这个故事不够真实。但实际上我们从来都不是在"事实"这个层面上来谈"真实"问题的。即所谓不够真实,并不是指作品所取材的故事不是现实中存在的事实,而是这个故事给我们的感觉没有真实感。所以,如果把"事实"作为一种客观真实的话,那么我们这里所说的"真实"就不是一种指向客观的知识体系,而是指向价值意义的情感认同。

从这个角度来讲,当我们为作品寻找一个作为载体的故事时,我们并不是要死扣着这件事有没有在生活中发生过来确定这个故事是否有价值,我们应该把它当做是对生活的比喻、书写或者叙述。生活的事实是确定的,但生活"真实"的意义有待于我们去发现。而后者才是我们创作要去达到的目标。因此,可以这么说,一个作品从其本质来讲,只是创作者内在意志的客观化,是某种深层的心理需求的满足,它只关乎价值而与客观事实有着一定的距离。这个距离的意思并不是说作品与现实完全没有关系,相反,我们认为正因为这种距离的存在,使得创作与现实之间有了互为依存的关系:创作并非客观现实而是对客观现实的叙述;客观现实因为叙述而获得了意义。

那么这个距离以多少为合适?也就是说我们如何来处理好故事与生活的关系?这当然不是一个可以量化的问题,但我们至少应该做到两点:避免与生活过于接近或过于疏远。

与生活过于接近,则会太拘泥于事实。正如我们前面所说的一样,作品所呈现的,不是生活"事实",而是对于生活的叙述,叙述过程中产生的意义更依赖于想象空间。可以说艺术的力量在很大程度上就来自于这个想象空间。

但是想象空间并不是意味着你就可以天马行空地乱想。我们不能为故事而故事,将故事的曲折离奇当做创作中的第一要素来加以追求,故事永远都是我们所要表达的内容的载体,而不是表达本身。天马行空地乱想到极致的表现实际上是对想象力的压制:在影视作品的表达中,以追求感官刺激为己任,最终营造出一个指向感官刺激的虚拟空间是不可取的,它用模拟的现实取代了艺术的想象。

现在的创作中有种不良的倾向,那就是影视作品的故事越来越虚弱,故事不好甚或没有一个像样的故事。为了弥补这种状况,就借助于奢华的影像、偶像化的演员,营造一种所谓的"视听盛宴"。我们当然不能对此一概否认,无视在当前的消费社会中其消费意义。事实上类似于像从《阿凡达》到《功夫熊猫》、《变形金刚3》等电影,尽管其故事并无新意,但它们所带来的全新的影像体验却并非仅止于眼花缭乱的光影世界,在某种程度上也是打开了人类体验未知世界的想象空间,使得想象具有更大的自由。

话说回来,这些电影的成功却不能成为那些靠影像来弥补故事虚弱的影片借以抬高自己的借口。我们在这里仍然要明白,一个好的故事在一个影视作品中的核心地位,并进而搞清楚,要建构一个好的故事,其核心的要素是什么。

这个核心的要素就是价值观。价值观、人生的是非曲直是叙事艺术的灵魂。创作者总是围绕着对人生根本价值的认识来建构自己的故事——人生的价值是什么?什么东西值得人们去为它生为它死?这是需要去明确的东西。如果这个价值观是明确的,那么我们的表达也是清楚的;如果这个价值观是不明确的,那么我们的表达也会遭遇问题。比如爱情,如果你是相信爱情的,你觉得这是值得去坚守的,那么这个故事就能写得很纯粹;但是如果无论是创作者也好,还是接受者也好,对于爱情持一种怀疑态度,那么就很难去围绕一种特定的价值去建构故事。所以,你信也好,不信也好,都得有一个明确的态度。

在明代汤显祖的《牡丹亭》中描写的就是杜丽娘和柳梦梅之间可以为爱而死,也可以为爱而生的爱情故事。王思任在《牡丹亭序》中说:"杜丽娘隽过言鸟,触似羚羊,月可沉,天可瘦,泉台可冥,獠牙判罚可狎而处;而'梅''柳'二字,一灵咬住,必不肯使劫灰烧失。"主人公杜丽娘大胆而坚定、缠绵而执著的爱情追求,在很大程度上就是汤显祖所执著的价值的一种外化,是汤显祖借以抒发内心的一个载体。杜丽娘是一个敢于为爱献身的深情少女,她以燃尽生命全部能量为代价来寻觅爱情。更可贵的是,她不仅能为爱而死,而且在死后面对阎罗王时还能据理力争,身为鬼魂却仍然对情人柳梦梅一往情深,以身相慰,最终为情而生。正如唱词中所道的那样:"生生死死为情多"。

很显然,杜丽娘性格的几次变化、命运的变迁,都与她所坚持的"生生死死为情多"是一脉相承的。换个角度来讲,人物故事的建构来源于其明确的价值观。

我们知道,在一个具体的影视作品中,所谓故事即是主人公的故事,那么我们在故事的策划中首先要去明确的即是主人公的价值观,但仅止于此显然是不够的。我们知道,所有的叙事作品,都是建立在冲突的基础之上。反映在人物上,当我们设定了一个人为主人公之后,通常会去设定对立体是什么?一般情况下,这个对立体就是一个抱着完全不同的价值观的角色。这样我们就有了两个价值观,但作为一个完整的作品来讲明显是不够的。说到底,作品中的每个角色都会有自己的价值观,只不过除了主人公和其对立面之外,其他人物的价值观实际上可以看做是分成两个极端，即一个在主人公一边，围绕着主人公而行动；另一个却与主人公的对立面相共生。但实际上，这两种价值观一直是在纠结之中，作为影片最核心的冲突而存在。那么我们可以把一个电影作品看做是一种选择，主人公在两种价值观中间摇摆，当他作出最终选择的时候，影片的结局才真正来临。除此之外，还有一种价值观也是必须明确的，这就是创作者的价值观。当主人公面临着两种相互冲突的价值观而痛苦时，作为观众实际上是放心的，因为他们知道主人公最终的选择会是什么。之所以会出现这种状态，就是因为创作者的价值观从一开始就在影片中表现出强烈的倾向。

伊利亚·卡赞导演的影片《岸上风云》曾经获得奥斯卡最佳影片、最佳男主角、最佳导演、最佳编剧等 8 项大奖，是好莱坞最为经典的剧目之一。影片讲述了昔日曾经是职业拳击手的特里·马洛伊，血气方刚，在纽约港当码头装卸工，并为工会头目约翰尼·佛兰特跑腿。特里的哥哥查利奉约翰尼·佛兰特之命杀死了特里的朋友乔伊。不久，特里结识了乔伊的妹妹——大学生伊蒂。伊蒂亲眼目睹码头工人的悲惨生活，尤其看到自己的亲兄弟为工人说了几句话就惨遭杀害，决心和教区牧师巴里神父一起，为码头工人伸张正义。特里十分同情伊蒂，在和伊蒂的接触中，他告诉伊蒂他的人生哲学是"在别人能动手之前，自己该先动手"，伊蒂指责他缺乏理想和感情的火花，甚至没有丝毫人类的仁爱。特里深深地被触动了。他感到了伊蒂是那么纯洁和富有感情。相处过程中，两人渐渐产生了爱情。可是因为对黑帮的忠诚和黑帮的帮规，特里还在犹豫不定。"犯罪调查委员会"开始调查乔伊之死，码头工人诺兰因愿意作证而被害。同时，查利又奉约翰尼·佛兰特之命要杀死特里，查利出于手足之情向特里吐露了实情，使特里逃脱了追杀，自己却被黑帮杀害。这一幕幕迫使特里走上了法庭的证人座，去揭发查利和约翰尼的罪行，结果在码头上被约翰尼的打手打得死去活来，倒地不起。正在这时，神父和伊蒂赶来了，码头工人们围上来了，在血的事实前，工人们完全觉醒了。特里最后终于获得了码头工人的支持。

在影片中，我们看到，有两种价值观在主导着影片冲突的发展，一种是以巴里神父和伊蒂为表征的善与美；另一种是以约翰尼为表征的恶。主人公特里从一开始就陷入了这两种价值观的纠结之中。问题看起来似乎很简单，来自于巴里神父的道德诘问与来自伊蒂的爱情指引是每个正常人都会选择的正常之举。对爱情的向往固然是人性中天然使就，道德的诘问与其说是来自外界的敲打，不如说是内心的渴求。但另一方面我们也看到，对于"恶"的回避却并没有那么简单，就特里来讲，他何尝不对约翰尼与查利的行为感到愤怒。但是这种"恶"在他个人身上表达的却是对基本的物质需求的渴望——跟着约翰至少口袋里有几个钱花；以及对于情义的需求——这里不仅有他的朋友,而且有他的同胞兄弟。所以,特里的纠结也就在情理之中。只有在两种价值观的冲突过程中发生了一些变化,才使得特里的天平开始有了明确的倾向,他最后的选择就不仅表现为复仇,更高程度上也是自己的道德完善。而这最终的选择既有他自身品质的因素,也跟创作者的价值观从一开始就为影片作了规范有很大的关系。

因此,在开始创作之前,我们一定要清楚以下几个问题:主人公的价值观是什么？对立面的价值观是什么？作为创作者,我们的价值观又是什么？这三者之间有着什么联系？

那么这种价值观又是如何去确定的呢？看上去这个问题相当复杂,因为我们可以说人各有所长,风俗亦各有不同,似乎不同历史时期、不同社会文化背景、不同个体都会有各自不同的价值观体系,那么价值观也就各有差异。这诚然很有道理,但事实却并非如此。因为真正值得思考、值得去关注的话题都是被人思考和关注过的,我们所能做的无非是重新思考。所以当涉及价值观问题时,其立足点都是人类所关注的基本话题:生与死、爱与美、善与恶。从心理学角度来讲,这都是与人的心理需求密切相关。马斯洛认为,人的心理需求从低级到高级可以分成五个层次,这五个层次是生理需求、安全需求、归属与爱的需求、尊重需求和自我实现需求,依次由较低层次到较高层次排列。在我们看来,这可以当做我们的出发点,创作本身就是人对于自身的观照与表达,所以复杂的价值问题归根结底都可以在人的基本需求中找到答案。

三、故事的寻找和发现

故事从何而来？当然我们可以说艺术来源于生活而高于生活,所以故事从生活中来。但这样的说法说了等于没说。生活与艺术创作包括影视剧创作确实有着千丝万缕的关系,但如果界定为艺术创作就是从生活中来从而将强调体验生活作为唯一法宝显然是失之过简的,何况说到底是生活来源于艺术还是艺术来源于生活本身也还是一个值得继续探讨的话题。

创作与生活有关,或者我们大而广之,说创作与世界有关,这都是不容置疑的。除此以外,我们说,创作还跟艺术间的相互影响有关。这种影响包括同一艺术门类之间的相互传承,也包括不同艺术之间或远或近的关联。从影视剧来讲,这种影响既有来自于影视剧的,也有来自于小说、戏剧、传说等等。当然还有创作者纯粹的想象。

我们可以从以下几个方面去寻找、发现一个新故事。

　　一是将日常生活撕碎后重新拼贴。

　　当然这种撕碎后的拼贴并不就是传统典型化理论中的"集中、概括、提炼、虚构",也不意指后现代状态下的碎片化拼贴。我们之所以把这种方式当做寻找故事的常用方式,关键还在于考虑到影视剧作品与日常生活之间的关系。正如我们前面所指出的那样,影视剧与日常生活是似是而非的。那么我们在创作当中必然要去分清两者的关系。

　　比如我们设定了我们这个作品的主人公,这个主人公有可能和你身边的某个熟人做了同样的事,但是这个人物形象从来都不会就是你身边的那个人。你可能会因为现实中这个人和你的切身关系而觉得这个人物形象有意思,但对于从来不知道这个人的观众来讲,他们可能就会觉得无趣了。现实中的这个人可以通过多种方式与影视剧中的这个人物形象相对应,他们的某些行为加深了观众对这个人物形象的理解。但现实生活中的人并不一定会出现在影视剧中。这就牵涉到了影视剧的戏剧性问题。也就是说,生活虽然常常有戏剧性的一面,但生活本身却是碎片化的;而影视剧虽然偶然会以纪实的方式出现,但影视剧本质上却是戏剧化的。

　　这两者间的区别在哪里?我们都熟悉福斯特在《小说面面观》中对"故事"和"情节"的区分。他认为在故事中所具有的是事件的时间性,但在情节中,不仅保留了时间性,还增加了逻辑性。也就是说,故事是按照时间顺序建立起来的,而情节虽然保留了时间线,但时间在叙事过程中是进行变形的,叙事顺序的建立依靠的是事件之间的逻辑关系而非时间先后顺序。福斯特还用具体的例子来加以说明。"国王死了,王后也死了",这是故事,强调先后顺序。"国王死了,王后因为悲伤过度也死了",这是情节,因为强调了两个事件之间的因果关系。"国王死了,王后也死了。王后是为什么会死呢?原来她是悲伤过度而死的。"这就是一个复杂的情节了。这种区分很好地提醒我们,叙事强调的是在保留原先的时间线的基础上,对时间加以变形,以一定的逻辑关系形成情节。这种逻辑关系在我们比较经典的叙事形态中就简化为因果关系。

　　所以,当我们说对日常生活加以撕碎然后拼贴的时候,指的就是进入我们影视剧的形象化世界,虽然貌似我们的现实生活,但其实是徒具形式。现实生活是由偶发性组成的,而影视剧中的形象化世界却是一个因果律统率的世界。所以,我们所谓的撕碎后拼贴,指的是取日常生活的形态,甚至只取其中一些完整的生活片断,但最终的组合,却是建立在因果律的基础之上。形成一个有意义的形象世界。

　　当然这种拼贴并不是随心所欲的。最基本的要求当然是以因果逻辑关系使影像世界成为一个有序世界。但这只能算是最基本的要求。作为一个好的故事,我们还需要这个故事内在的精神符合创作者主观意愿的表达。那么也就是说,你仅仅符合"因为这样所以那样"的表述是不够的,你必须使这个故事有超出故事外部表象的东西。这是一个方面。另一个方面,因果律统率的影像世界其实也只是一种基本的状态,我们看到,有很多电影特别是一些具有现代主义、后现代主义倾向的电影,事件之间的连接并不是建立在因果律基础之上,甚至是故意打破因果律的。这一点也不奇怪,我们也不能因此就否定这类电影连最基本的故事都讲不好,事实上正如我们前面所讲到的那样,影视作品从一开始就是创作者在对世界理解基础上的一种自我表达,那么从这个角度来讲,重要的就是你的认识论问题,你是如何认识世界的,你如何看待真实性问题,等等,诸如此类的问题,就直接影响了你的影像世界会是什么样子。比如说像《去年在马里昂巴德》这样的电影,你很难说它是按照因果律建构起来的影片,它甚至在外部现实世界与内部心理世界的切换中也充满了吊诡色彩,这一切都跟创作者对世界的理解以及艺术上的追求有密切的关系。

第二是对成熟的叙事作品的重叙。

这里包括两个方面:一是对一些老的影视作品的翻拍,二是将原本成熟的叙事作品,比如小说、戏剧等进行重新表述改变成影视剧。

这两方面的例子都很多。

翻拍影片要么是出于对于前辈艺术家的致敬,要么是在一个新的历史时期作一些新的阐述。不管如何,其要旨均在于重新阐述,那么创作者个人的因素在此就尤其重要。文学作品的改编是影视剧剧本来源的重要组成,我们将在第八章另作论述。

第三是对神话故事、历史记载及民间传奇的重述。

尽管这一类素材并不如小说那样具有很成熟的叙事艺术性,但不可否认,这类素材在长期的口耳相传中已经形成了一套完善的故事形态。甚至有些故事成为了原型故事。作品形态虽然千姿百态,但归结到最后,只是一些有限的原型故事在不同的语境下面一次次的重新书写。俄国结构主义叙事学的先驱——符拉季米尔·普罗普的《民间故事形态学》被认为是叙事学的发轫之作。在这本书里,他探讨了俄国民间故事的叙事形态,从中分析出 31 个"功能"。所谓功能,普罗普认为指的是从其对于行动过程意义的角度定义的角色行为。他给出四个"观察":一、角色的功能充当了故事的稳定不变因素,它们不依赖于由谁来完成以及怎样完成。它们构成了故事的基本组成成分。二、神奇故事已知的功能项是有限的。三、功能项的排列顺序永远是同一的。四、所有神奇故事按其构成都是同一类型。

他的 31 项功能包括下面这些:

1.一位家庭成员离家外出（外出）

2.对主人公下一道禁令（禁止）

3.打破禁令（破禁）

4.对头试图刺探消息（刺探）

5.对头获知其受害者的消息（获悉）

6.对头企图欺骗其受害者，以掌握他或她的财物（设圈套）

7.受害者上当并无意中帮助了敌人（协同）

8.对头给一个家庭成员带来危害或损失（加害）

8a.家庭成员之一缺少某种东西，他想得到某种东西（缺失）

9.灾难或缺失被告知，向主人公提出请求或发出命令，派遣他或允许他出发（调停）

10.寻找者应允或决定反抗（最初的反抗）

11.主人公离家（出发）

12.主人公经受考验，遭到盘问、遭受攻击等等，以此为他获得魔法或相助者做铺垫（赠与者的第一项功能）

13.主人公对未来赠与者的行动做出反应（主人公的反应）

14.宝物落入主人公的掌握之中（宝物的提供、获得）

15.主人公转移，他被送到或被引领到所寻之物的所在之处（在两国之间的空间移动，引路）

16.主人公与对头正面交锋（交锋）

17.给主人公做标记（打印记）

18.对头被打败（战胜）

19.最初的灾难或缺失被消除（灾难或缺失的消除）

20.主人公归来（归来）

21.主人公遭受追捕（追捕）

22.主人公从追捕中获救（获救）

23.主人公以让人认不出的面貌回到家中或到达另一个国度（不被察觉的抵达）

24.假冒主人公提出非分要求（非分要求）

25.给主人公出难题（难题）

26.难题被解答（解答）

27.主人公被认出（认出）

28.假冒主人公或对头被揭露（揭露）

29.主人公改头换面（摇身一变）

30. 敌人受到惩罚（惩罚）

31. 主人公成婚并加冕为王（举行婚礼）

除上述三项之外，我们说故事还产生于对一个未来的或虚拟世界的想象和推测等等，总之，故事的来源可以有多个方面，不管选择从什么渠道寻找故事，我们都应该清楚我们所找的故事其意义在于表达人们在零乱的、碎片的世俗生活中对于理想的向往，同时激发起审美情趣。

另外，在寻找故事的同时，我们还应该考虑到几个问题：

一是个性化问题。每个创作者都有自己的个性特点和风格追求，有长于讲述风尚都市故事的，也有长于在宏大的历史中寻找灵感的。反正要寻找适合自己的故事形式。只不过影视剧创作是一项集体工作，那么在这个集体中，就要注意处理个性化与集体要求之间的关系。

二是创新问题。这个问题其实也要一分为二地去看。一般来讲，我们都会要求创新，不要"一窝蜂"去跟拍一些成功了的剧作。但影视剧的商品属性却使得创作过程并没那么泾渭分明，并非只要创新的就是好的，跟风的就是不好的。我们说从艺术的独创性角度来讲，这是对的。但刚刚也说到了影视剧的商品属性。那么很多时候，当某个作品成功的时候，或者某类题材受观众青睐的时候，你轻易地以创新的要求来否定那些"跟风"者，说实话也是不明智的。当然，我们这样说并不是完全就否定了创新在影视剧创作中的重要作用。恰恰相反，我们还是应该将创新放在一个重要的地位。也就是说，在同样的题材，甚至同样的类型当中，我们是不是能够以自己的方式，讲出一个属于自己的故事？就像我们一直在强调的那样，所有值得思考的问题，都是别人已经思考过的，我们只是重新思考一下；所有有意思的故事，都是别人曾经讲过的，我们只要从我们的角度来重新讲一下。

三是观众群问题。你的剧作完成后，目标观众是什么人？不要说我的目标观众是所有能看电影、能看电视剧的人。这个目标在很大程度上属于比较理想化的。没有什么东西能够包打天下，这是一个多元化的时代，在这个时代里，商品须做到细分，我们的目标观众群也应该细分。我们要针对自己的目标观众群来寻找故事，来展开创作。

四是制作成本的问题。影视剧创作从开始就是一个多部门合作的联合制作过程，在这个过程中，始终要考虑到最后进入市场的问题。那么在最初的寻找故事这个阶段当中，我们就要充分考虑到成本问题。影视剧制作出来是为了赚钱的，不是为了亏本的。曾经有一个不是笑话的笑话，某地为了文化宣传的需要，准备以当地的一个古代名人为题材制作一个电视电影，找到了当地的一名编剧来写作。这个编剧拿出来的故事，从字面上来看是好了，但内行人仔细一看就发现大有问题：他里面设置的很多大场面是需要大制作才能完成的，里面要用到的道具也是要花大力气去制作并且基本是一次投入一次产出，不可能有利益最大化的。这样的编剧就有点不负责任的感觉了，试想，一部电视电影，一般的投资也就 100 万左右，像他这样的故事怎么吃得消？

第二节　故事的设置

一、剧作命题的确定

上面我们所讲的都是在创作之前的准备，从哪里去寻找故事以及寻找什么样的故事等这些方向性的工作。从现在开始，我们要来讲讲具体的创作中的一些问题了。

任何一部电影或电视剧，总会通过其影像语言来表达出创作者的某种想法，这个我们就可以把它叫做剧作命题。具体来说，剧作命题就是剧作者在影视剧中通过其故事及各种声画材料的运用所表达的中心意思。它渗透、贯穿于剧作的全部，体现着创作者的主要意图，以及他的一种理解、认识与评价。

要确定剧作命题，就须得先考虑到与作品相关联的几个因素。可以说，任何一个作品，都包含在三个最基本的要素当中，构成一个由世界———创作者———作品———接受者四者所联动的一个体系。所以，要决定剧作命题，我们就要考虑与作品相关的这三个要素。

在这里，世界指的是创作所面对的客观对象。客观对象在作品中的意义往往是暧昧的，一方面，作为一种真实存在的生活场面，它确定在其中表现的生活现实会是哪一种；另一方面，客观对象往往是具有文化色彩的，也就是说，在强调其客观现实性之外，实际上我们也看到，看上去活色生香的生活场景其实是被符号化的，它会有一种潜在的意义包含其中。比如像霍建起的电影《那山那人那狗》或者《暖》，虽然其中也能够看到外面的世界与他所呈现的山村生活场景是相通的，但其实他镜头下的山村生活场景是未受外界影响的，所以这是一个很纯粹的诗性的世界。故事看上去都很简单，父子的感情，恋人的往事，但这样的事情放在城市可能就是另一种滋味，因为城市的节奏感更适合于叙事，而乡村却更有一种诗性情怀。所以，我们说，在霍建起的镜头下，乡村作为现实呈现的是某种真实的生活状态，而作为一个符号化的世界，则更适宜于他要表现的那种诗意境界。

创作者主体的主观意识以及对客体把握的角度，也是决定剧作命题的一个重要因素。相类似甚至相同的素材,有时会拍摄出不同的两个作品,这其中的原因之一,就是创作者的主观意识以及对材料把握的角度不同,所形成的不同主题而造成的。根据《水浒传》改编的两部电视剧就是一个比较典型的例子。创作者个体的主观性不同,导致了对原著主题理解的不同,从而也直接导致了两部电视剧显示出不同的故事形态与人物形象。

电影《拯救大兵瑞恩》和电视剧《兄弟连》、《太平洋战争》所涉及的题材基本一样:《拯救大兵瑞恩》是二战时期盟军诺曼底登陆后美军一支小分队的故事,《兄弟连》是二战时美军在欧洲战场的故事,而《太平洋战争》则是二战时美军在太平洋战场的故事;三部作品的主创也有密切关系:《拯救大兵瑞恩》导演斯皮尔伯格,主演汤姆·汉克斯,而后两部剧作则是斯皮尔伯格和汤姆·汉克斯监制的作品。尽管有着这样的一些联系,但是我们看到,由于主创人员对客体切入角度的不一样,三部作品就表现出完全不一样的形态。

《拯救大兵瑞恩》(*Saving Private Ryan*)一直被当做一本宣扬美国意识的美国主旋律电影而津津乐道。影片描述的是诺曼底登陆后,瑞恩家 4 名参战的儿子有 3 名在两周内陆续战死,剩下隶属 101 空降师的小儿子二等兵詹姆斯·瑞恩下落不明,美国陆军参谋长马歇尔上将特令前线组织一支 8 人小队,无论如何也要寻找到詹姆斯·瑞恩,并将其平安送到母亲身边。以 8 个人的生命去换一个人的生命是否值得这个问题一直困扰着包括这 8 人小分队成员在内的许多人,拯救的旅程是一条通往死亡的道路,但这条路同时也是一条充斥着自我矛盾与自我救赎的道路,于困境中不断考验每个人的人性观念。

与《拯救大兵瑞恩》对人性的考量不同,《兄弟连》突出的是在战场上结下的兄弟情深。上战场前,中士葛奈瑞对同伴说:"在战场上,你什么都不能相信,除了你自己和离你最近的战友。"在战争的每一个进程中,士兵们之间的默契与融洽,在很大程度上与其说是训练有素的结果,不如说是缘于兄弟情深,生死与共的兄弟情谊似乎是在战火中最可靠的。《太平洋战争》则又是另一种形态,在鲜血淋漓的战争场面之外,表达了对战争的恐惧感,比如有人在战争的压力下小便失禁,另外还加入了大量的情感戏码。第一集开头主角莱基与心爱的女孩在教堂告别,中间又有巴斯隆与女军官闪电结婚后战死沙场,甚至还用了整整一集写了一个情感故事。但这绝对不是戏不够拿情感来凑数,如果说《兄弟连》主要表现战争中人们的兄弟感情,那么《太平洋战争》却是更多真实地反映战争场面的残酷、血腥和丑恶以及战争对人类的伤害。它对战争残酷性的展示可谓触目惊心,大量血淋淋的场景带来强烈的视觉冲击。而在此之下的脆弱的爱情故事更是动人心弦。莱基与女孩斯黛拉的爱情如同澳洲的阳光一样让人感到温暖,但是斯黛拉迫于家庭的压力还是提出了分手,理由是莱基可能战死沙场,再也回不了墨尔本了。当满载着美国大兵的船只驶离墨尔本时,莱基望着岸上送行队伍中的斯黛拉,脸上充满了无奈和不舍。战争在血淋淋地撕碎人的肉体的同时,更是在不遗余力地毁坏着那来之不易的幸福生活。所以,斯皮尔伯格认为,他要在战争背景上讨论战场恐惧等问题。

另外,受众的审美期待和欣赏趣味也是对剧作命题的确定起着相当重要作用的一个因素。地分南北东西,时代也在不断的变迁当中,观众想从作品中得到的东西也在悄悄地发生着变化。我们甚至可以这么说,在我们现在这个消费社会,生产什么,消费者的话语权就算不比生产者来得高,也起码不比生产者来得低,一个作品的最终形态会是怎么样,在很大程度上与消费者即观众的消费需求密切相关。像中国电影发展中从第四代导演的宏大历史叙事经第五代导演的文化反思到第六代的个人化叙事,其关注的作品主题的变迁虽然其中导演个人的因素占了很大的比例,但我们也可以说跟观众的观影需求是不可分割的。

同样,以 20 世纪 80 年代以来的家庭婚姻题材电视剧的变迁来做个简单的对照,也可以说明这个问题。《渴望》是较早引起轰动的一部电视剧,塑造了刘慧芳这样一个"完美女性"的形象,其和谐的家庭生活影像空间与当时国人在生活开始走上正轨时的情感诉求是有很大相关度的。到了 90 年代特别是 90 年代中后期,社会群体日益面临一个现代化的问题,反映在家庭情感方面也体现出一些不同的诉求与评判。所以这个时候我们看到了像《让爱做主》、《牵手》、《来来往往》等电视剧,用一种相对更冷静的姿态来看待婚姻感情问题。比如在《来来往往》中,男人康伟业的情感世界中先后出现了四个女性,但我们看到,剧中其实并没有对其作情感上的道德评判,反而让我们看到一个男人婚姻世界里让人同情的一面。这确乎是一个"让爱做主"的年代,两人要怎样相处才是最合适的?道德焦虑在这里已经被生活焦虑所取代,或者说在新的生活形态面前,传统的道德焦虑越来越呈现出让人无所适从的一面。这种状态到 2005 年的《中国式离婚》可以说是达到了巅峰,《中国式离婚》的热播与其说是观众站在某个制高点上进行道德批判的结果,不如说是观众不免于其中看出了一点"心有戚戚焉"的生活感慨。时代总是在不断发展,观众对自身的关注焦点也在不断改变,与之相适应的,剧作所表达的主题也在不断变化之中,我们看到,在《中国式离婚》之后,国产电视剧家庭婚姻题材一直是一个热点,像《金婚》、《蜗居》等均是,在每一部热播剧背后,都是一种有代表性的观众诉求。

总之,对剧作命题的把握我们可以从这样几个不同的方面去加以考虑,剧作命题的定位实际上是在作为创作主体的剧作者与作为客体的现实生活及作为欣赏主体的受众之间进行对话并寻找契合点的过程中产生出来的。因此，剧作命题就是剧作者的一种话语，是他借助电影或者电视的形式的一种发言。这种发言中有创作者个性气质的因素，有社会文化语境中原型心理的影响，也有时代精神的感召，这样就形成了独特的主题。

还有几个问题需要在创作的过程中明确一下：

1. 任何好的命题都由三个要素组成，其中每一个都很重要。第一个是人物，第二个是冲突，第三个是结局。

亚里士多德在《诗学》中认为，一部悲剧有六个部分，即情节、性格、言词、思想、形象和歌曲。在这六因素中，最重要的是对故事中事件的组合布局。悲剧从本质上来说不是对人物的模仿，而是对行动、生活、幸福和苦难的模仿。因此，在一出悲剧中，表演的目的不是为了刻画性格，而是为了表现行动才附带表现性格。所以悲剧的最终目的是行动，即情节和布局，没有行动就不能构成悲剧，但没有性格，悲剧仍然不失为悲剧。最后，亚里士多德提出结论：悲剧的基本要素，或者说其生命和灵魂，就是情节，其次才是性格。可见，在人物这个要素上，我们要注意的是，人物特点不是目的，而是手段。人物的特点（心理、社会等）取决于他们在故事的相互关系中的作用，也就是说我们需要明确人物的功能是什么。如果说命题确定剧情的意义，那么只有正确定位人物的功能才能使这个意义走入剧情。在一部剧作中，情节的发展有三个动力源泉：主体、对立体和输出体。前两者之间的冲突是剧情发展的动力，在情节发展的整个过程中起推动作用。要创造这种活力，需要三个因素的统一：人物的目的一致、妥协的不可能性、主人公与其对立面之间存在深刻的联系，被"灾难"绑在一起。也就是说，对立体阻止主体对客体实现愿望，这是一个首要条件。而这一模式能够运作，是因为主体和对立体有共同的目标。关于目标，最重要的是两个或多个意图因不同原因趋于一致。主体与对立体的冲突是不可能妥协的，这意味着主人公与其对立面的矛盾应贯穿剧情始终。矛盾的转化或消失，只能放在结尾处，使故事不再可能发展。关于人物的问题，我们将在后面有专门章节来进行阐述。

冲突作为确立命题的要素在此主要是确保剧情的展开以及意义的产生。我们说所有叙事作品的灵魂就是冲突，没有冲突就不可能有叙事的推进。黑格尔将亚里士多德的戏剧结构三段论与辩证法相结合，揭示了戏剧结构布局的总规律：戏剧动作在本质上须是引起冲突的，而真正的动作整一性只能以完整的运动过程为基础。那么，在一个具体的剧作中，冲突的起点在哪里呢？黑格尔又指出，合适的起点就应该在导致冲突的那一个情境里，这个冲突尽管还没有爆发，但是在进一步发展中却必然要暴露出来。结尾则要等到冲突纠纷都已解决才能达到。落在头尾之间的中间的则是不同的目的和互相冲突的人物之间的斗争。所以,冲突还不是动作,它只是包含着一种动作的开端和前提,所以它对情境中的人物,只不过是动作的原因……充满冲突的情境特别适宜于用作剧艺的对象,剧艺借此可以把美的最完满最深刻的发展表现出来的。

结局在很多时候看上去似乎只是为120分钟的电影或者几十集的电视剧作一个了结。一般来讲,第二个主要剧情环节推动剧情走向结局。最后的波折就是结局的开端。在关键剧情的最后,主人公所遇到的问题看上去似乎是无法解决的。通过确定关键剧情的结尾,主要环节出现了,或者像一场突变,或者是完全意料之中的。所以,结局是在最后的剧情中,引入了最后确定人物(命运)的因素。从这个意义上来讲,结局实际上是指示了剧作的方向,或者说剧作命题最终的凸显就在于结局之中。悉德·菲尔德在他的《电影剧本写作基础》中专门列了一章来谈开端和结尾的写作,他认为写电影剧本的开端最好的方法是知道你的结局在哪里,"当你开始动笔时,你必须知道的第一件事就是结尾"[①]。悉德·菲尔德认为,其原因在于指明了故事的发展方向,故事总是沿着一条发展线,从开端指向结尾的。为此,悉德·菲尔德详细分析了电影《唐人街》的三个结尾,结尾就是一个清晰的解决,在动笔之前,关于影片的来龙去脉就已经非常清楚了。就我们来说,当这种来龙去脉清楚了之后,实际上主要剧作命题就已经相当明朗了。

2.命题不一定是一个普遍接受的真理或一个人人承认的道德,通常是作者内心要表现的一种情结。

创作之所以是创作,在于无论需要多大的妥协,还是有一些个人化的东西是不会被抹除的。剧作命题即是其中之一。太阳底下无新鲜事,同样的题材,相似的桥段,为什么会有完全不同的作品,那是因为每个创作者都从自己内心想要表达的情结切入的结果。一个普遍接受的真理或者一个人人承认的道德出现在作品中在很多时候给人是平庸的感觉。创作需要的是个人的思考、个人的感悟。或许在普遍真理之外倒能发现惊人的深刻之处。

回到影片《唐人街》的结尾上来。这个电影剧本有三稿,有三个不同的结尾,两种不同的解决。初稿的结尾是伊芙琳开枪杀死了父亲克劳斯,她服刑四年,并在此其间找到女儿/妹妹,将其平安送达墨西哥。在第二稿中,克劳斯押着发现了真相的吉蒂斯来到唐人街,克劳斯想要扣留伊芙琳,但吉蒂斯设法制服了他。伊芙琳向她的汽车跑去,却被埃斯柯巴挡住了,吉蒂斯贸然采取行

---

① 悉德·菲尔德著:《电影剧本写作基础》,鲍玉珩、钟大丰译,中国电影出版社 2002 年,第 65 页。

动，向警察冲去，伊芙琳趁着混乱驾车逃跑，警察开枪，伊芙琳头部中弹身亡。克劳斯伏在伊芙琳身上痛哭失声。吉蒂斯告诉埃斯柯巴，克劳斯才是真正应该对一切负责的人。第三稿则是在第二稿的基础上再作修改，就是我们现在看到的那样，伊芙琳开枪打伤克劳斯，在带着女儿/妹妹驾车逃跑的时候被警察洛契开枪打死，克劳斯带着女儿/外孙女消失在茫茫黑夜之中。我们看到，这三稿中，第一稿的解决之道与二、三两稿的解决之道是不一样的。第一稿的解决之道符合我们常见的那种模式，也就是说经过一系列的磨难之后，终于重建了正义与秩序。这是经典的三幕剧的电影模式，这类电影的特点就是不管中间是如何出格如何狂野，最后都能归于一个道德化的结局。二、三两种结局特别是第三种结局，却是一种非道德化的结局，它给我们的答案是从混乱开始到更加混乱结束，正义与秩序并不是你想建立就能轻易地建立起来的。虽然第一种结局才符合我们普遍认可的道德律，而第三种结局并不是我们在情感上所愿意接受的，但我们也不得不承认，第三种结局更有直面现实的深刻之处！

3.命题通常很晚才出现

命题并不是预先确定或是指定的，命题的出现标志着剧本写作过程中一个重要阶段的到来。编剧在剧本写作过程中有两个重要的阶段，第一个阶段是构思阶段，第二个阶段是写作阶段。命题出现的时刻即是这两个阶段的分界线。构思是寻求灵感和素材，也是犹像、出错误和不断修正错误的阶段，有偶然和无法确知的因素。而写作期则是理性的，有意识的和精心筹划过的。因为作者找到了主题；命题鲜明地出现了，成为要写剧作的支柱。这应该成为我们的一个基本素养，不要硬套生活，而是要在对生活的具体感知当中逐渐找到剧作命题。

二、故事背景的确定

故事背景主要是故事发生的时间、地点。一般而言是指故事发生的历史与文化背景，包括民俗、风俗等等。除此之外，也包括一些特定的背景，比如像话剧《雷雨》中的雷雨，这个背景就有点意味深长。首先，它是一种自然背景，故事发生在雷雨即将下来的时刻，当雷雨终于降下时，故事也就结束了。就这一点来讲，可以看做是故事的环境。但是，在话剧中，这"雷雨"还有一种特殊的作用，它是一种角色化的存在，是一个不出场而时时在场的角色，所以我们在整个观剧的过程中，都会感受到那种雷雨即将下未下的沉闷感，而这种沉闷感同样是剧中每一个角色都体会到的情绪状态。后来话剧《雷雨》曾改编成同名电视剧，褒贬不一，以贬居多。究其原因，在很大程度上是原著中那种沉闷感消失了。但是这却并非一定是改编过程编剧和导演的问题，事实上还跟电视剧的表现形态有着密切的关系。我们知道，电视剧属于一种客厅文化，也就是说它是家庭日常生活的一个部分。日常生活是琐碎的、持续的、非光晕化的。也就是说，我们不可能把看电视限定在一个与现实生活切断的空间之中，也不可能要求电视剧在极短的时间比如像电影与戏剧那样在两个小时左右就演绎完毕。那么这样的话，作为电视剧，就是既无法抛弃电视影像来展示日常生活场景，也无法让观众在连续几天甚至一个月的时间长度中保持那种看电影或者话剧始终能保持住的气场。除了《雷雨》之外，还有一种特定的背景，那就是灾难片中的自然背景。灾难片中的自然背景很多时候并不仅仅是作为灾难本身来加以描述的，虽然在我们这个强调视觉冲击的时代会有越来越多的电影运用越来越纯熟的光影手段来描绘灾难本身，但这还是改变不了灾难本身并不是电影最终要去表现的核心内容这一事实。我们的影视作品中，对灾难的描述再怎么多，也总是会在最后一刻把灾难背景化，告诉我们在这一具体的语境下面人的生存以及人与人之间的关系。比如像《后天》也好，像《2012》也好，强烈的视觉冲击自然是最大的卖点，但故事的延伸、使观众被深深地吸引进来而感受不到时间的流逝却还是要拜托一个流畅的故事，要依赖于其处理人与人的关系及人与自然、人与自我的关系时所形成的张力。

福克纳在谈到他的创作时曾经这样深情地说："我发现我家乡的那块邮票般小小的故乡的地方倒也值得一写，只怕我一辈子也写它不完……"[①]这句话换个角度来看，可以理解为背景对于作品的重要意义。背景并不是"某时某地"这一模糊的概念，它是具体的、明确的。一个明确的背景会告诉我们什么是可能的什么是不可能的。因此，背景实际上就是故事世界，它界定了人物的规定性从何而来，故事展开在哪个明确的时间地点中，可以说，背景告诉了我们在一种怎么样的情况下来展开我们的故事。

在我们即将为未来的剧本写下一个故事的时候，我们就应该对故事背景非常清楚了，正像前面所说的那样，背景就是故事世界，你只有对自己的故事背景非常清楚，你才能对自己的故事非常清楚，也才能写出只属于自己的故事世界。背景不明确时，世界也是不明确的，你永远不知道事件会怎么发生，你的人物会怎么反应。这种时候，要让故事延续下去，通常的做法就会是从别的影视作品中去借鉴一些大致相像的东西，参考这些作品在遇到类似的情节点的时候如何进行下去。看上去这是个不错的选择，但其实大谬其趣。因为这只注意到了事件之间的外部联系，却没去注意事件的发展与人物特点以及此

---

① 崔道怡等：《"冰山"理论：对话与潜对话》，工人出版社1987年，第109页。

当讲述时间大于故事时间时，这类作品通常充满了密度，擅长于表达紧张的内在冲突或者做一些细节的展示，以激起观众强烈的情感反应为指向。当讲述时间小于故事时间时，作品常常会具备了一定的广度与深度，擅长于去表达那些具有历史跨度的作品，通常更倾向于选择具有表现力的场景来串连起一个有长度的故事。而当讲述时间等于故事时间的时候，通常时间本身也就具备了叙事的功能。比如我们在一些用客观冷静的长镜头观照生活本身状态的作品中，时间在很大程度上就化身为一个无所不在的角色。而紧扣着故事时间来将叙事时间步步推进的电影作品，则更使影像世界增加了一种不一样的情绪。例如美国经典好莱坞和新好莱坞转折时期的影片《正午》就是一个典型的例子。影片设定的情节高潮的来临是在正午，——几年前被警长送进监狱的反派回来复仇，他所坐的火车将在正午到达。而影片故事开始的时间离正午来临已经只有一个多小时了。这个时候，电影的故事时间恰恰和电影叙述的时间是等量的，所以，随着观影时间的一点点向前发展，实际上也就意味着剧作的主要冲突也在不可避免地到来，影片的高潮部分越来越近。这个叙事方式极大地调动了观众的情感反应。当然，叙述时间与故事时间相一致的等述状态，并不只有造成紧张感这种效果，也可能会有一种更加客观冷静的状态。比如侯孝贤的不少影片中，从某些具体的场面来讲，采取的就是等述。但这些场面绝不会有紧张的戏剧感，而更多的是对时间本身的观照，或者说在很大程度上，时间才是这里所要叙述的主角。我们在这里列出不同的故事时间与叙述时间间的差异并不是想要分门别类在辨别清楚哪一类可以用哪一种故事状态，事实上我们也看到了，这种努力是无效的，同一类型中可以有完全不同的故事状态。所以，在期限这点上，对剧本的写作来讲，是要知道当你选择了哪一种时间状态后，你需要在此表达什么，以此来确定具体的故事状态。

但仅至于此也还是不够的。之所以要明确一个具体的时间跨度还有一个至关重要的原因在于，这能让我们去寻找到一个关键点。这是个重要的转折点，这个点出现以后，故事世界就变得有意义起来。不管故事的时代是选择在过去、现在、还是未来，作为编剧都要把时间限定有一个明确的范围之内。但这个范围之内不是有许多事情可以去书写，这些事情肯定是有所分别的，有的是跟故事有直接联系，有的是有间接联系，有的可能根本就没有联系，只是对某个具体的人物有关系。所以我们必须得对这些事件作出选择，也就是说必须选择有效的故事时间，不要把太多观众不必知道的故事时间纳入到我们的剧作当中来。这就牵涉到了我们刚刚说的那个关键点的问题了。我们所要选择的时间长度就是须得围绕在这个关键点的附近，以这个关键点为重要的转折，将剧作的来龙去脉充分明确化。比如在电影《无间道》中，影片开始的时候,你还看不出这部电影到底要讲些什么,我们看到了黑社会老大韩琛派了一批手下的古惑仔到警局去做卧底;同样,警校也以开除陈永仁为掩护,将陈永仁派出去到黑社会卧底。故事正式开始的时候,我们看到的是一场"猫鼠"游戏:韩琛正在进行一场毒品交易,而重案组的黄警司正积极组织人力,准备将韩琛一举拿下。如果故事继续照此往下发展,那么虽然有一定的传奇性,但总的来讲却是一些日常事件的罗列,可以无休无止地发展下去。因此,这种情况下找到那个关键点很重要,它可以使一切都充满意义。那么这个关键点在这部电影里就在"猫鼠"游戏的结尾处:双方都发现对方在自己这边安插了卧底,但不知道这个卧底到底是谁,而观众则对事情真相一目了然。我们为什么说这个时间点是一个关键点呢?因为围绕这个时间点构建起了这部电影的意义世界。在这个点之前,解决的是一个来龙去脉的问题,让观众了解了他们在观影活动中所必须知晓的故事信息;而在这个点之后,则是向观众提出了问题,这个卧底故事会以什么方式解决,更重要的是,在解决的过程中会展现出人物哪些本质性的冲突。

我们再来看看空间的定位。在故事背景的确立中,空间的构架其地位重要性一点也不亚于时间。空间的定位表现在具体的地理位置上,这种地理位置既有风俗、文化的意义,也仅仅对故事发展产生影响的可能。比如在我们同学拍摄校园题材的作品时,为什么总是会有些同学的作品看上去在努力地讲着一个好故事,但实际上这个故事不够好,引不起观众的共鸣与思索呢?这其实跟你有没有用好空间这一元素有关。比如说我们来讲一个爱情故事,那么这个爱情故事虽然千变万化,但是基本的套路是一样的,都会经历一个相遇到相爱到最后在一起/分手这样的一个过程。所以故事不够好,不是你写得不够好,而是你写的这种套路人家早就写过了,对观众来讲缺乏新鲜感,难免审美疲劳。我们的校园爱情故事遵循了一个观众熟悉的套路,这个套路分成三个阶段,这三个阶段我们都可以问两个问题,即"怎么"和"为什么":他们是怎么相遇的,为什么会以这种方式在这个时候这个地点相遇?他们是怎么相爱的,为什么会这样相爱?他们的结局是怎么样的,为什么会这样?这几个问题当然不会是从说理到慢条斯理地解释给你听,但我们可以通过人物的行动来弄明白这些问题。要弄明白这些问题,势必就要考虑到我们所说的空间定位问题,我们一直在强调空间一定要是一个具体的有限的空间,因为具体的有限的空间具有确定的风俗、文化等特征,一个人的成长离不开这些因素,所以一个具体的有限的空间规定了人物的性格、人物的行动,从而规定了故事发展的方向。一个校园故事,发生在甲校的故事和发生在乙校的故事不一样,因为每个学校有自己的校园文化;发生在某个具体的同学身上,故事也会呈现出其具体的特点,因为每个人都有自己的来历,看问题有独特的观点、独特的视角。而这一切就都是故事,而且是能引起观众感同身受的故事,观众会设身处地地去想想自己。观影主体本来就类似于做梦的主体,在银幕上看到的形象在很大程度上就是对自己的认识。而当一个故事具备了上述由于地域性所带来的独特性时,这个故事已经不会再把主要眼光放到外部的故事形态去,而是把内在的矛盾、内在的情感变化都提到了前面来。

我们前面也说了,空间在有时候只限定在作品当中才有意义。这个时候,空间的意义往往跟影片的类型、题材等有密切的关系。比如武侠剧中的"江湖",城市题材中的市井,悬疑类中的封闭空间,等等,就都是典型的例子。我们很难想象,一个浪漫的故事会放到一个逼仄压抑的空间去展开,也很难想象把一个反映人生疾苦的戏放到浪漫的度假海滩上去。关于空间在这方面的选择,因为前面已经有所涉及,这里也不展开来讲了。

时间和空间的界定从根本上来说就是为了确立起故事展开所包含的内在冲突,所以我们最后还要来谈一下冲突之于背景设定。

我们说这个世界是一个意义化了的世界,时空的构架最终落脚点在于一个具体的社会形态。从这个意义上来讲,所谓冲突就是一种历史文化背景。也就是说,社会的政治、经济、意识形态会成为故事背景的一部分。在这样的背景下,人物实际上就进入了一个充满冲突的世界:借用拉康的"主体结构论",主体是由实在界、想象界、象征界三个层次组成。实在界指的是主观现实界,它是欲望和本能聚焦的地方。我们可以把它当做一个人的内在世界,当一个人面对自己的时候,实际上就是一个理性的人面对另一个充满欲望和本能的自己。想象界是"一次同化的结果",一次同化产生于镜像阶段,这一阶段是婴儿的"我"首次出现的阶段,婴儿入世后面对的就是一个充满欲望、想象与幻想的世界,这是一个从破碎到想象的认同过程,这种过程实质上包含了期待与错觉,当"我是完整的"此镜像幻觉成立的同时,也是"我是分裂的"这个事实被揭露的时刻;所以说"自我就是他者"。这个过程也构成了人们后来所有的认同模式。我们看到,这里确立起来的其实就是自我与他者的关系,也即是人际关系。而象征界则是"二次同化"的结果。通过"俄狄浦斯情结"阶段,幼儿既按照性别来确立自己的身份和构建人格,同时又在这样一个象征与语言的符号世界中,参照孩子与父母的关系模式,建立了主体与社会的关系。只有当幼儿顺利进入社会文化象征秩序后,主体才得以真正的确立,而这一重要过程是伴随着语言的出现才完成的。

再回到人物所面对的冲突世界来说,我们看到,这个冲突世界就是包含了实在界、想象界与象征界三个同时存在又各司其职的不同层面。这样,我们就能确定故事在怎样的层面上来展开——是从人物内心出发还是集中于人际关系? 再或者是人与社会机构的关系、人与环境力量的关系?

在美国由经典好莱坞向新好莱坞转化的过程中有一部电影《雌雄大盗》,其中有一个场面很有意思,邦尼和克莱德早晨起来后,克莱德在教邦尼练习射击。这时候,有个农民在远处看着他们,在他的背后,是一辆破旧的车子,车里坐着他的一家人,还放着他的全部家当。这个农民告诉他俩,他原来是眼前这所房子的主人,但是现在,这所房子已经归银行所有了。我们看到,在门前的一块小木牌上,清楚写着这房子为某某银行所有,擅入者法办的字样。克莱德把自己的枪借给了农民,让他向房子开枪以泄心头之气。克莱德告诉农民自己是干什么的:"我们是抢银行的。"这是一个很有意思的场景,它表达的是经济萧条时期民众最真实的情绪,而邦尼和克莱德接下来的行动在此电影中也就成了普通人愤恨与反抗的象征。

总括来说,背景的选择应该考虑一些必要的问题:选择怎样的背景对人物来说是最真实的? 对其世界来说是最真实的? 而且从来没有出现过。也就是说,我们得给观众以新的经验,而且能在观影过程中有充分的投入,在故事世界中建立起合情合理的氛围。要做到这点,对编剧人员的个人素质有相当的要求。概括来讲,这需要编剧有三个方面的能力:一是对经验的重述。这一点强调的是生活与创作间的辩证关系。对生活的强调历来是创作中的一个基本话题,而且一般提到生活就是包括两方面的生活,即自己的现实生活以及从阅读中得来的生活,毕竟一个人的阅历是有限的,所以所谓读万卷书行万里路,在我们看来,读万卷书相当于行万里路,而行万里路也相当于读万卷书,都可看做是人生的一种历练。生活一直被当做是创作的源泉,我们这里关于源泉的解释是"重述",我们强调创作的话语色彩,它是一种就生活的发言,不是生活本身。编剧另一个能力是"想象"。话语确立起的是创作虚构的合法性,我们要用一个虚构的世界来表达我们对生活的理解,执著于对生活真实的复制肯定是有局限的,因此,我们也需要通过想象来创造一个新的影像世界。第三个能力是对现实的认知。这是话语派生出的另一要求,从对现实的认知来讲,话语确立的是创作的深度模式。在碎片化的人类生活中寻找潜在的意义指向。

当故事背景明确,开始进入创作的时候,我们还应该对背景故事作些了解。影片的故事是发生在特定范围内经过选择且有限的时间之内的,那么肯定有建立我们正在观看的环境以及当前故事的事件,我们界定为背景故事。

背景故事可以分成三种不同的状态。

第一种是明显的背景故事。这指我们能很清楚地建立起观看环境及当前故事的事件。比如在《哈姆雷特》当中,一开始,呈现在我们面前的是这样的事件:丹麦王子哈姆雷特回到丹麦,国王的鬼魂把自己死亡的真相告诉了哈姆雷特,并提出要求,要哈姆雷特为他复仇。这是后面所有故事的起因,主要剧作命题在这里已经清晰明了地呈现在了我们面前。故事就是在此基础上不断地推进。

第二种是复杂的多个背景故事。《唐人街》就是一个典型的例子。我们看到,故事开始的时候,事态是扑朔迷离的。吉蒂斯、莫尔雷太太和克劳斯三个主要人物都有背景故事,这是一个复杂的人物前史,而作为空间呈现的洛杉矶也有复杂的历史。这种复杂性就使得作品具有了一种探秘的性质,我们不是在一个明确的背景故事下看事态如何发展,而是要去努力弄清事情的真相到底是什么样的,然后在此基础上再去追问最后的解决之道是什么。

第三种是简单的背景故事。这种背景故事往往不会有一个专门的场景来介绍背景是什么,所以通常会简单到只要点到为止。比如我们通常可以先把任务给提出来,主人公在剧中要完成的任务是什么,然而他的对手已经在行动了,所以问题是谁先能完成任务。这种背景故事其实已经不成其为故事,很可能就只是一两句话就足以建立起来了。

看起来背景故事的建立是比较方便的事,但我们也要注意到以下两点:

1.编剧有必要提供清楚明确的背景故事,但观众没必要看到那么多。只需能建立戏剧情势的必要的背景故事即可。所以我们不必要事无巨细地去写太多的背景故事,总觉得什么事件没写清楚观众会看不懂剧情。我们一定要相信观众的想象力,也要相信自己所提供的故事空间足以构建起一个完整的想象世界。

2.很多时候,我们在叙述过程发现有背景故事需要交代,于是往往会采用倒叙的手法来交代背景故事。这虽然不失为一种有效的方法。但要注意倒叙不能随意使用。因为倒叙会中断已经铺设好的戏剧冲击力。使得剧作看起来支离破碎,影响观众的接受。

所以,我们在建立背景故事的时候,要问自己三个问题:

1.我们真的必须知道这些背景故事,主要剧情才能再继续下去吗?

2.什么是最简单、最保险地让观众接受背景故事信息的方法?

3.能不能做到给观众带来必要的信息的同时,留住剧情?

这三个问题解决了,我们的剧作就可以进一步向下推进了。

三、人物和人物关系的确定

前面我们已经讲过,一个故事就是一个人或几个人,在一个地方或几个地方,去干他或她的事情。人是故事的核心,没有人就没有故事。而人的故事又是在人与人之间引起的,所以在剧本没有开始动笔之前,我们必须对故事里的人物和人物之间的关系作认真的设置。许多剧作家习惯于写一份人物小传和一张人物关系图,这是很好的习惯。这两份资料主要是写给自己看的,作为剧本创作的依据。当然在剧本写作过程中,这两份资料所设置的内容会发生改变,但最初的设置还是很必要的。

只有当故事中的人物和人物之间的关系在脑海里鲜活了起来,我们的故事才有开始叙述的可能。

关于这一部分的内容我们将在第三章作专门讲述。

四、视点和叙述者的确定

所有的故事,都是从一个叙述者从特定的角度讲述出来的,所以,我们在这里还要简单地来谈谈叙述视角、叙述者等问题。当然,这些问题更应该在完成的作品中即已经拍摄完成的影视作品中呈现出来,而这些问题也应该更多地由导演去把握。不过作为编剧来讲,本身也就是一个讲故事的人,那么这些问题也是预先要加以考虑的。

1. 叙事视角。

视角指叙述者或人物与叙事文本中的事件相对应的位置或状态。或者说,叙述者或人物从什么角度观察故事。

在最初的电影(例如卢米埃尔兄弟的《火车进站》)中,电影的看还没有摆脱照相的影响,可以说不存在着一种有意识的视点。到了梅里爱的戏剧电影时代,视点虽然有了安排,但也是被囿于乐队指挥的位置上。也就是说,在早期电影中,叙述者的视点是被等同于摄影机的视点的。当好莱坞发展起传统的情节电影时,摄影机已经开始被解放出来了,"谁在看"这个命题故意被忽略了,叙述者把故事强加给接受者,摄影机的视点似乎不存在了,但是叙述者的视点却是无所不在的,叙述者是埋伏在影片本文之中的。

在电影中,叙事角度的问题远比小说复杂,因为电影里存在着摄影机。摄影机直接代表着目光或视点的存在。摄影机的视点有时等同于叙述者的视点,有时又跟叙述者的视点迥异。

视点指的是编剧在创作剧本时有意识地安排本人对剧情介入的角度。如果对于编剧来说,完全站在一个客观的故事讲述者的立场来讲述所有的故事,那么在这个故事中编剧可以知道任何事,场面可以任意切换为故事服务,这种视点我们称为全知视点,或者叫客观视点。

而如果编剧在创作的过程中,只是以剧中某个人物的视角,以他的观察他的思考为基础展开剧情,那么编剧就不可以任意地切换场景来讲述故事,只能按照此人的所见所闻来组织故事和切换场景。这种视点我们一般称为限知视点或者主观视点。

两种视点的运用效果差别很大。全知视点运用最广泛,因为本质上编剧就是故事的讲述者,非常符合全知视点的角度,而且全知视点可以使得编剧在讲述故事的过程中,手段丰富灵活,没有太多的顾忌。但是限知视点有限知视点的独到之处。一般限知视点可以更好地表现人物的心理,因为把视点放在某个人身上,等于编剧钻入这个人的内心世界,从这个人的角度出发看问题,可以直接写出他隐秘的心理感受,可以使得镜头语言更加的个性化。在有的时候限知视点的特殊的效果是全知视点不能比拟的。

关于视点的含义,法国的理论学家雅克·奥蒙做了比较全面的阐述,奥蒙认为,视点包含四方面的内容:

①视点首先是指注视的发源点或发源方位;因而也指与被注视的物体相关的摄影机的位置。

②与此相关,视点是指从某一特定位置捕捉到的影像本身。

③叙事性电影中的画框总是或多或少地再现某一方——或是作者一方或是人物一方的注视。

④所组成的整体最终受某种思想态度(理智、道德、政治等方面的态度)的支配,它表达了叙事者对事件的判断。

热奈特把视点称为"聚焦",若斯特把视点称为"目视化"。他们都有自己对视点的分类,在这里,我们也就把视点分为两大类:全知视点和限制性视点。

全知视点是指叙述者无所不在,他叙述出影片中任何一个人物所知或所未知的一切,他是一个全知全能的上帝。叙述者有绝对的自由,在叙事的时空中自由地行走。用全知视点叙事,能让接受者知道故事的一切,但是接受者在接受这一切的同时,又有这样的疑问,当时人物并不在场,他怎么会知道这一切?一定是有一个无形的手在控制这一切,一旦接受者有这样的疑问的时候,叙述者就无法遁形了。所以,全知视点是一种简便的叙事角度,但也是一种最会让接受者起疑心的角度,为了不让接受者起疑,叙述者必须采取另外一种叙述角度,限制性视点。

限制性视点指的是叙述者在故事中只知道部分内容,有时候叙述者所知的等同故事中的一个人物。限制性视点主要有第一人称视点、第三人称视点和客观视点。

第一人称视点:在小说中常用"我"的形式出现,在电影中,画外音经常是第一人称视点的外在形式。当画面出现一个人物时,叙述者用画外音说"我"。

叙述者这时想把声音上的"我"和画面上的"我"等同起来。但是叙述者的这个愿望并不一定能达到,因为电影和小说媒介形式的不同,银幕上出现的"我"其实永远是作为他者出现的。这个时候接受者面临的情况是,声音上是第一人称的"我",但是形象上则是银幕上的"他"。所以用画外音强调的第一人称事实上并没有让接受者认同"我"的叙述,反而可能产生间离效果。

第三人称视点:叙述者是用他者的口吻叙述故事的,视点是附在影片中的某个人物之上的。接受者只知道人物身上所发生的事,人物心中所想的和人物没有经历过的事,在影片中不被叙述。比如全剧几乎都使用了限知视点的《罗生门》,几个事件的亲历者各自讲述故事的真实情况(其中一个还是死人,通过灵媒说话),这个时候每个人的限知视点构成了强烈的冲突,质疑了客观事实到底是什么,这个时候的限制视点成为全剧的关键,如果切换成全知视点则全剧的基础就不存在了。

同样的例子,电影历史上的经典影片《红色沙漠》,从女主人公的主观视角出发,才可以让电影艺术家自由地在客观世界上喷洒他要的色彩来表达他对世界的理解。

所以一般来说,当电影的个性化比较强烈的时候,电影一般可以考虑限制视点,当电影娱乐性比较多的话,往往传统的全知视点比较合适。

当然还有一种假的限制视点,这是好莱坞常用的把戏。比如在一个影片的开头加入一个讲述者,甚至这个故事的结尾再由这个讲述者最后收尾。按照一般理解,那么这个故事就是讲述者的限制视点,他没有看见的都不能直接用映像表达,但是好莱坞的这种讲述者纯粹是为了引出故事和创造一种传奇的效果,讲述者和编剧站在一个立场上,都是全知视点,所以他看到的没看到的,甚至一个人最隐秘的独处时的状态都可以用映像呈现出来,所以这种假限制视点还是典型的全知视点,不能被他的形式所迷惑。这种影片的典型的例子是美国影片《日瓦格医生》,整个片子是由日瓦格的一个亲戚向对于自己身世一无所知的日瓦格医生的女儿讲述开始,也是由他们的讲述结束。但是全剧这个讲述者参与故事的场景极少,完全不是故事的推动者,也不是观察者,甚至日瓦格一些私人的行为都可以直接用映像呈现,这些个人的行为甚至不可能是故事讲述者的道听途说,只能把这种方式归结为假的限制叙事,实际上仍然是最典型的全知叙事。

客观视点:没有全知全能的上帝,也没有把视点附在影片中的某个人物身上。视点等同于摄影机的视点,似乎没有叙述者的存在,影片中的事物是真实世界的一种反映。但是这其实是一种奢望,因为就是在足球转播里,一样存在着叙述者。客观只是人类的一种幻想。

或许应该说,在电影里只有一种视点存在,那就是全知视点。

除了在整部影片中存在着叙述者的视点之外,就镜头而言,还存在着以故事中人物目光为联系点的视点镜头。视点镜头表现了主体的观看过程和观看到的景象,可以是一个静止镜头,一个具有时间流程的运动镜头,一组剪接在一起具有视线联系的镜头。视线上的联系可以是明显的表演动作如眼神等,也可以用上下镜头之间的关系来推算。并非所有的视点镜头都表现观看和观看到的景象两方面内容,事实上有时候只有一个方面,但是仍有人物的视点控制存在,我们仍称之为视点镜头。有时在影片中,镜头只表现了人物看的动作,而人物的目光在故事里没有承接者,如经常被提及的新浪潮影片《四百下》结尾的安托万的看的特写。这个时候画面中没有安托万的目光承接者,安托万的目光似乎是直对着银幕前的观众的。这种看镜头,它破坏了好莱坞电影的所谓视觉禁忌,那就是不让接受者意识到摄影机的存在,目光直指故事的接受者。观众被选为视线的接受者了,开始意识到自己的存在了,叙述者也就暴露了,所以看镜头总是有其明显的意识形态目的的。

2. 叙述者即文本的"陈述行为主体"、"声音或讲话者"。它与视角一起构成了叙述。

结构主义叙事学家认为,叙述者在叙述中只能以"第一人称"存在,而第一人称、第三人称的区别仅在于表达对象上,或是"我"讲自己的故事,或是"我"讲别人的故事。

根据叙述者与所叙述的对象之间的关系,我们可以区分出异叙述者和同叙述者两种类型。异叙述者不是故事中的人物,它叙述的是别人的故事。异叙述者由于不参与故事,因此在叙述上具有较大的灵活性。同叙述者是故事中的人物,它叙述的是自己的或与自己有关的故事。他可以是故事中的主人公,也可以是故事中的次要人物或旁观者。

根据文本中不同的叙述层次,又可以将叙述者划分为外叙述者和内叙述者。所谓叙述的层次,指所叙故事里面的叙事之间的界限,譬如,一个人在讲故事,故事中的某个人又在回忆另一个故事,这种大故事套小故事的形式就称为叙述层次。外叙述者是第一层次的讲述者,而内叙述者则是故事内讲故事的人。当然,有些作品只有一个层次,也就无所谓内叙述者和外叙述者了。

根据叙述者的叙述行为还可以将叙述者划分为"自我意识"的叙述者和自然而然的叙述者。"自我意识"的叙述者指叙述者或多或少意识到自己的存在,并出面说明自己在叙述。它经常在作品中讨论创作情境,表明剧中的人物只是创作出来的人物形象,是受叙述者操纵的。自然而然的叙述者则与此相反,它隐身于文本之中,尽量不露出创作痕迹,仿佛人物、事件在自己呈现,由此造成一种如临其境的幻觉。叙述者很少或几乎不在作品中讲述他的构思过程和叙述方式,并且编造假象以抹去创作的痕迹,仿佛故事发生在一个自然的背景中。

根据叙述者对故事的态度,可将叙述者划分为客观叙述者与干预叙述者。这与"自我意识"和自然而然的叙述者不同,前者强调的是叙述者对作品中的人物、事件的态度,后者着眼于叙述行为。客观叙述者只充当故事的传达者,起陈述故事的作用,不表明自己的主观态度和价值判断。干预叙述者具有较强的主体意识,它可以或多或少自由地表达主观的感受和评价,除陈述故事外,还具有解释和评论的功能。不过,客观叙述者尽管保持一种不介入的态度,但并不意味着作品不带有任何意识形态痕迹,只是作品中的主观因素不在叙述者的叙述中流露,而是借助叙事文中的结构要素或文体技巧表现出来而已。

在叙事中,事实上叙述者是控制一切的人,但是,"他"显然不是具有身体和灵魂的作者,而是一个抽象的存在。叙述者似乎躲在叙事本文之后(之中),以某种视角来叙述故事。虽然,他在某些时候看起来像是影片的作者,比如,在用画外音叙事的影片里,总给人这种幻觉,用画外音正在说话的人好像就是故事的叙述者,其实不是。同样,叙述者有时候好像是附在影片中的某一位人物之上,用那一位人物的视点来看待影片中的世界,比如说用第一人称叙事的影片,总是给人叙述者就是那个说话的"我",但其实他也不是。叙述者应该在这个第一人称的"我"的背后,控制着我。

叙述者是叙事本文中所表现出来的抽象的故事讲述者,他没有物质上的对应物,只是一种抽象,一旦影片产生出来,他就远离作者,自己独立存在。跟叙述者对称的一个概念是接受者。同样的它跟叙述者一样,也是虚构之物,是观众在本文中的化身。接受者和叙述者一样,一旦影片拍成了,他们就存在了,而且他们只存在于影片的叙事层面上。

五、故事类型的确定

类型概念的提出在很大程度上是对国外概念的借鉴。原本来源于一个法语词汇 genre,意指艺术作品的流派或某一类风格。但自从法国电影理论家用它来指称好莱坞三四十年代的商业电影以来,就主要用于表示那些由于大量仿制成功之作而形成的、有相对稳定的一整套制作模式和表现模式,可以严格划分为若干品种的商业性影片、电视或其他娱乐节目。往往是在叙事特色、人物原型、情节母题等各方面都有相对的一致性。

可以看出,类型和艺术上的分类有不完全一致的地方,从艺术角度讲,形成类型所必要的模式肯定是意味着创作走向衰落,但类型的形成应该是影视剧成熟的标志。它的仿制性很符合大众叙事的特点。一方面在适应着大众的观赏要求,另一方面也同时在创造着一批有固定观赏习惯的观众。

对于影视剧的制播者来讲,不同的类型,有不同的把握方式、运作方式。在一个逐渐成熟的影视剧市场,接受对象的细分使得影视剧的类型也越来越细,而不同的层面都有满足自己需要的影视类型。制播者们也把自己定位在各个不同的类型中。

事实上在我们纠缠于为影视剧的类型加以界定而头疼不已的时候,我们发现,从在篝火边讲故事到用文字描述故事到如今,无数代讲故事的人已经把故事编织成种类繁多的花色品种。对于类型的数量和种类,依据不同的标准完全可以提出不同的看法。

对于戏剧化作品的类型,从叙事作品成熟的初期开始,就已经有所讨论。古希腊时期,亚里士多德根据故事结尾的价值负荷与故事设计之间相对性,对戏剧进行过分类,为我们提供了第一批类型。即四个基本类型:简单悲剧(直截了当地结尾,没有转折点或惊奇)、简单幸运剧、复杂悲剧(高潮来自于主人公生活中的一个重大逆转)、复杂幸运剧。这种分类简洁明快,但确实也无法适应现在叙事的复杂性,因此这种分类在叙事的发展中逐渐被淹没也是情理之中。启蒙运动时期哥德就根据题材列出了七种类型,包括爱情、复仇等等。到席勒就争论说不止七种,但又说不出还有什么。因此似乎并没有一个明确的划分。

18世纪末期,意大利戏剧家卡洛·柯齐从大量的古代戏剧作品中归纳出36种戏剧剧情模式。20世纪初期,法国戏剧家乔治·普罗第也认为古今所有的戏剧剧情不会超过36种,他自信在1200余部戏剧作品的基础上得出的这个结论是有说服力的。我们不妨来看一下他所说的36种情节模式是哪36种:

(1)求告;(2)援救;(3)因复仇导致的罪;(4)血亲间的复仇;(5)逃亡;(6)灾祸;(7)遭受厄运或不幸;(8)反抗;(9)冒险行为(壮举);(10)诱拐;(11)破解谜团;(12)谋求;(13)亲族间的仇恨;(14)亲族间的抗争;(15)奸杀;(16)疯狂;(17)致命的疏忽;(18)无意中因爱意犯下的罪恶;(19)无意中伤害骨肉;(20)为了理想牺牲自我;(21)为血亲牺牲自我;(22)为激情牺牲一切;(23)必须牺牲所爱之人;(24)实力不对等的竞争;(25)通奸;(26)因爱犯下的罪恶;(27)发现爱人有不名誉的事;(28)恋爱的阻碍;(29)爱上了仇人;(30)野心;(31)与神抗争;(32)不应有的(因误导产生的)嫉妒;(33)错误的判断;(34)悔恨;(35)重逢(失而复得);(36)失去爱人。

确实,在情节剧大行其道的时代,这 36 种情节模式基本涵盖了所有的电影的所有类型,普罗第的这一研究成果在美国电影界也被认为是电影编剧的必读教材。国内 20 世纪上半叶洪深对此亦有介绍。

真正针对电影进行分类应该说是 L. 赫尔曼和罗伯特·麦基始。赫尔曼对自己概括出来的 9 种剧情模式的自信丝毫不差于普罗第,他认为自己的 9 种剧情模式同样可以"包罗人类的全部感情和戏剧动作"。他所概括的 9 种剧情模式为:(1)爱情;(2)飞黄腾达;(3)灰姑娘式;(4)三角恋爱;(5)归来;(6)复仇;(7)转变;(8)牺牲;(9)家庭。

罗伯特·麦基认为的类型和次类型系统则多达 25 个。分别是:(1)爱情故事及次类型哥儿们救助;(2)恐怖片及次类型惊悚片、超自然片、超级惊栗片;(3)现代史诗;(4)西部片;(5)战争类型及拥战和反战两个次类型;(6)成长故事(7)赎罪情节;(8)惩罚情节;(9)考验情节;(10)教育情节;(11)幻灭情节;(12)喜剧,次类型从滑稽喜剧到讽刺剧到情景喜剧到浪漫喜剧到荒诞喜剧到闹剧到黑色喜剧;(13)犯罪剧:次类型可以从不同的视点来看:侦探—神秘谋杀、罪犯—罪行、警察—侦探、匪徒—黑帮、受害人—惊险或复仇、律师—法庭、记者—报纸、间谍—间谍、囚犯—监狱;(14)社会剧:指出社会问题——贫穷、教育体制、传染病等等,构建出一个问题,展示其疗救方法;有一系列针对性强的次类型:家庭剧、女性剧(事业与家庭、情人与孩子等间的矛盾)、政治剧、生态剧、医药剧、精神分析剧;(15)动作/惊险剧或者灾难/生存剧;(16)历史剧:将过去打磨成观照现在的镜子;(17)传记——找出主体的生活意义,把他树立为他的生活类型的主人公;(18)纪实剧;(19)嘲讽纪录片:假装植根于现实或记忆,表现为纪录片或自传片的形式,但纯粹是虚构的;(20)音乐片;(21)科学幻想;(22)体育类型——这是人物变化的熔炉可以涵盖很多类型:成长情节、赎罪情节、教育情节、惩罚情节、考验情节、幻灭情节、哥儿们救助、社会剧……(23)幻想剧;(24)动画;(25)文艺。

不管是普罗第也好,还是赫尔曼和麦基也好,可能都会让人有分类标准混乱的感觉。但如果真要就此否认其分类的合理性那就是买椟还珠之举。或许从学理上来讲,我们确实很难在他们的分类中界定明确的逻辑标准,但我们也不要忘掉,这种分类在具体的电影操作中从来不会混淆。这说明我们所看到的大多数分类是建立在实践操作的基础之上。同样,比如在美国黄金时间的情节系列剧这一大类型下,比较有影响的亚类型有西部片、医生剧、律师剧、动作—冒险剧等等,这些分类不要说彼此之间有相涵盖的地方,就是分类的标准也是不一样的。但是我们也知道,每一类型都有一套成熟的叙事体系,不至于相互干扰。

如此看来，类型实际上是一个开放的体系，对于我们来说，可能重要的不是去一锤定音指出世上总共有几种影视剧类型，重要的是对现有类型的熟悉。每个类型都为故事设计制订了一些常规：常规的价值、常规的事件等等。类型的选择明确决定了一个故事中什么是可能的，它的设计必须把观众的知识和预期考虑在先。可以说，类型常规是界定各个类型及其次类型的具体背景、角色、事件和价值。每一类型都有独一无二的常规。如幻灭情节的首要常规是一个主人公在开头非常乐观、怀抱崇高的理想或信念，第二常规是一而再的负面故事转折，最终使他走向另一方面。其他类型也差不多。如犯罪剧、爱情剧、喜剧等等，都有一些独特的标志。

所以，作为一名编剧，必须精通类型及其常规，预知观众对这一类型的预期。如果不按常理出牌，打破类型常规的话，那么就可能出现两种情况，常见的就是在票房或收视率面前被撞得头破血流，要么就是成为一种新的类型而被固定下来。比如李安的《卧虎藏龙》，对于不少有着大量香港武侠电影观影经验的观众来讲，看这部电影的第一感觉很可能没有觉得它的好处，要等到第二遍看的时候才知其妙处何在。究其原因，在很大程度上，是因为观众习惯了香港武侠电影的常规模式，而李安的《卧虎藏龙》显然是貌合神离的。第二遍看的时候为什么看出其妙处并不是因为到第二遍才看懂了，而是当第二遍看的时候，很多观众都自觉地放下了武侠电影给他的先入为主的观念。由于没有这种常规的打扰，能真正在无妨碍的情况下近距离贴近影片。

所以我们可以说影视剧的类型常规使得创作成为戴着镣铐的舞蹈。类型常规是一种限制，但不是抑制创造力，而是激发创造力。讲故事人面临的挑战是既要恪守常规又要杜绝陈词滥调。比如爱情故事中，男女邂逅是一种常规，但爱情中，相遇的方式却常常容易是陈词滥调。这就体现了想象的重要性。

类型当然不是固定不变的，类型可以重新创造，创造的来源包括两方面，一是类型的混合，在长期发展的过程中，一些类型的混合创造出新的作品形式。比如就富有中国特色的武侠剧而言，现在越来越多的这类影视剧都在原先武侠类型的基础上加上了爱情剧、偶像剧的因素，成为一种杂糅的类型。同时类型也是在不断发展的。同样以武侠类型为例，由于时代审美情趣的变迁、价值观念的发展以及导演个体的差异，武侠电影实际上一直就在发展中，从张彻到徐克，其间的差异并不仅仅是导演个体的差异所能说清的，在很大程度上与武侠电影在一个新的时期呈现出不同的类型特色大有关系。

不过话说回来，变也好不变也好，作为类型，有些东西可能是始终都需要去关注的——每一类型都会涉及最本质的人生价值：爱/恨，和平/战争，正义/非正义，成功/失败，善/恶，等等。这些价值每一种都是一个永恒的主题。如果在一个新的时代还能得到新的解释，那就成了经典。

对于一次具体的写作来讲，可能时间是有限的，但写作本身却是一件持之以恒的事。虽然也会有许多外在因素的影响，但总的来说，写作的经历，是对自己关注的问题的探寻，是用自己的语言与你所面对的世界进行对话，因此要选择自己所喜爱的类型，用自己的方式，发出自己的声音。

下面从不同的角度对类型作一个简单的归类。

从美学特征看创作方式，我们可以把影视剧分作悲剧、喜剧和正剧三种类型。

1.悲剧

关于对悲剧的理解，德国美学家李普斯认为悲剧可以分为性格悲剧和命运悲剧两种类型。这个比较容易理解，所谓性格即命运，哈姆雷特就是性格悲剧，而天意从来高难问，俄狄浦斯王则是命运悲剧。

关于悲剧的理解其实从亚里士多德起就已经很明确。亚里士多德就说悲剧唤起恐惧和怜悯。黑格尔对此十分赞赏，在《美学》里引用这句话时进一步表述为悲剧的真正作用是引起与净化恐惧与怜悯。所以悲剧的特征不在于赚取眼泪，那是廉价的滥情，悲剧是理性的、崇高的。鲁迅对这种理性的、崇高的感觉有很好的表达，他说："悲剧将人生的有价值的东西毁灭给人看。"[1]这是一种社会学意义上的悲剧观，正像恩格斯说的："历史的必然要求和这个要求的实际上不可能实现之间的悲剧性的冲突。"[2]

不管怎样，悲剧有两点特征是很明确的：1.悲剧的抒情性：就像黑格尔说的，悲剧是要引起灵魂的净化的。那么悲剧所要引起的就是观众的理性之思与生命的感叹，所以旨在引起人们的评价。2.悲剧的着眼点并不在于放大悲剧性的结局，那带来的只是一种视觉上的冲击，悲剧既然是直达灵魂的，那么我们就不能简单地写毁灭，而是要充分建构起其来龙去脉，让观众看清楚悲剧之所以成为悲剧的整个过程。

2.喜剧

同样用鲁迅的话来讲，喜剧就是将无价值的东西撕破给人看。作为一种标志性的特色，笑是喜剧的重要因素。一般来说，我们把喜剧概括为讽刺喜剧、幽默喜剧和赞美喜剧，也即是把讽刺、幽默、赞美作为喜剧精神的三种特征。讽刺喜剧以讽刺、鞭挞和否定为多，这类喜剧有时候有正面人物，有时候也可以没有。幽默喜剧是一种善意的讽刺，而赞美喜剧则是以欢乐的方式，对

---

① 鲁迅：《坟·再论雷峰塔的倒掉》，《鲁迅全集》第一卷，人民文学出版社 1981 年，第 192 页。
② 《马克思恩格斯选集》第四卷，人民出版社 1995 年，第 560 页。

正面人物或光明前景的赞颂。

构成一个喜剧需要考虑到四个要素:1.假设非常重要,对一个看起来有些荒废的逻辑基点先做出假设,让观众首先承认这个喜剧的逻辑。2.意外事件的冲击,在喜剧结构中间是不可缺少的。3.解决人物之间的纠葛和矛盾时,常常是采用一些滑稽的、异乎寻常的办法。4.全剧的收场往往不是完全合情合理的,不一定完全合乎生活逻辑。

3.正剧——悲喜剧

更接近于日常生活。以现实生活中普遍存在的多种矛盾为基础来构造戏剧冲突。可以是先悲后喜,也可以是先喜后悲或亦悲亦喜。冲突双方势均力敌,主人公既可能胜、也可能败。即使败也不会到非死不可的地步。因此虽跟悲剧一样严肃,但没有像悲剧一样的极端。

从故事性角度出发,我们也可以将电影分成下面几种类型:

1.心理困顿类型

这类电影处理的是主角陷入心理困顿的情况。当然这种心理困顿不是指的某一次具体的心理困扰,而是更多地带着一点对本质问题的思考。比如费里尼的《八部半》,讲的是一个叫吉多的电影导演在创作上的危机和情感上的困境。但这个故事是隐喻性的,旨在探索现代人的精神危机。这也正是这类电影的一个本质特点。这类电影不太去处理在一定长度的时间流中慢慢变迁的生活与情感,而是会把它放在一个较短的时间之内,比如一个度假的周末,总之是精神困顿集中爆发的临界点。那么其影像世界也并非写实性的,通常也充满了隐喻和象征色彩,可以说是内在精神世界的一面镜子。在表达上往往缺乏戏剧性动作,而是通过大量文学化的对白进入本质世界。

2.个人冲突类型

通常这是个在有限时间内发生在封闭空间中的故事,这个封闭空间在某种意义上也反映出主角精神上的困境。但与上面那种类型不同的是,这种困境更带有生活气息,跟一种实际的生活经历有关,面对的也是一个在故事前史中可以追根溯源的内在矛盾。作为角色来讲,经历这个故事的意义在于解决某个心结,或重建曾经属于他们的良好关系。

比如,我们可以设想这样一个故事:某个大家庭里的一位成员因一次误会而离家出走,现在他最关心的小妹妹马上要结婚了,那么他当然无论如何要回来参加婚礼的。我们的故事就是在这个地方开始,这是个临界点,既触碰到了往日的裂痕,又暗示了未来的光明。人与人之间的冲突是最后如何来完成"解决"的重要因素。

所以,我们看到,这类故事通常会有一个明确的来龙去脉,但是空间是封闭的,不涉及外部世界,即便有,也只是一个虚拟的背景世界。同样,也不涉及人物内在精神上的困顿,虽然人物确确实实因与他人的关系而陷入困境,但这种困境显然跟我们在第一种类型当中讲到的困境是不一样的。故事处理的更多是外部化的人物冲突,影片开始时这个冲突已经存在,并使人物的行动引而不发,故事结束时,因人物的行动而致冲突得以最终解决。

3. 美好故事

如电影《理性与感性》、《心灵捕手》、《泰坦尼克号》、《钢琴别恋》等。这里往往有一个比较戏剧化的故事,这个故事要处理的是从某种现实的束缚中解放出来,最后得到一个美好的结局。故事往往发生在一个有限的空间之内,一艘要沉的船、乡间小村、未开化的小岛,这个空间除了设定故事的环境之外还对角色的情绪或精神上也都是有所限制的。主角身上有某种气质为其他角色所迷恋,故事的发展中常常会有某个象征性的物体或者动作,比如钢琴、比如唱歌,等等。故事的时间是开放性的,虽然类似于即将沉没的船这样的场景中看上去时间似乎是有限的,但这种时间概念其实并不重要,重要的是主角是否借助于那个象征性的物件而得到一个令人感动的结局。

《泰坦尼克号》是个典型的美好故事,这艘即将沉没的大船丝毫没有给影片带来倒计时的紧迫感,相反,它从容地完成了一个女孩的爱情神话,得以从无趣的庸常生活中华丽转身。

《钢琴别恋》也是个同样精彩的美好故事。19世纪中叶,在遥远空旷的新西兰海岸,美国少妇爱达带着9岁的女儿和一架大钢琴嫁给了美国殖民者斯图尔特。由于路途十分艰难,丈夫决定舍弃钢琴,将它留在沙滩上。爱达内心痛苦万分。她从小就丧失了说话的能力,而唯一能让她排遣寂寞的就是钢琴那优美动人的音乐。斯图尔特只是个一心想要发财的商人。他根本不理会妻子的要求。爱达只能求助于邻居乔治·贝因。贝因表示想听爱达的演奏。于是爱达在海边发狂地弹琴,渲泄着她内心的寂寞和痛苦。贝因从这震撼人心的音乐中了解了爱达的心。贝因用一块土地与斯图尔特换走了钢琴,并费尽千辛万苦将它运回家中。为了弹琴,爱达每天去给贝因上钢琴课。而贝因为了亲近爱达,提出用爱抚亲近可以换回钢琴。在音乐与爱抚中,贝因比斯图尔特更深地理解和爱着哑女爱达,他们两人的情感也逐渐滋长起来。专横的斯图尔特发现这一切后将爱达与孩子都囚禁在屋中。然而这并不能阻止爱达向贝因表达爱意。狂怒之下,斯图尔特用斧头砍下了爱达的一根手指。这终于导致了一场斗争。两个男人间达成了协议,贝因带着爱达和孩子以及钢琴离开这里。

于是爱达又开始新的航海旅行,这将是她的全新生活。她真的可以全部忘却过去？在船上，爱达强烈要求扔掉钢琴，并跟钢琴一起坠入海中。钢琴是她的一切，那段刻骨铭心的爱情几乎成为她记忆全部。忘掉过去，跟爱的人在一起，正如在深海中爱达内心的那句话："我的意志，选择我的人生。"她挣脱了缆绳，回到海面，这一次，她终于走出了过去的阴影⋯⋯

在这个故事中，我们看到作为一个美好故事的关键点相当清晰：爱达作为主角身上有着某种吸引人的气质，贝因即是被她所吸引的一个最重要的角色。就爱达本身来讲，她是一个象征化的角色，从小就丧失了说话的能力，这种内心的痛苦成为不能表达自己意愿的外化，而钢琴在这里就成为一个重要物件，是主角内心的表达，同时也最终会成为美好结局中的一个关键点。

4. 个人探索类型

如电影《肖申克的救赎》等。这类影片想达到塑造类似正直、诚实的个人特质，这是极难写得好的类型。因为个人特质的观念是极为内在的，因此很容易写成了个人痛苦的电影。必须要有一个戏剧化的情况，使主角与其他角色产生情绪上的冲突，并迫使主角采取行动来附和个人探索，所以也就不会只是角色沮丧地沉思，试着去了解内在需求。而且，类似个人痛苦烦恼的类型，在物质世界是有些限制的。然而，对个人痛苦烦恼的，主角可以选择他们的环境；个人探索类型的，角色往往被放在幽禁的地点中，有可能是监狱或医院，或是一个完全被他人所管理、训练的场所。这类影片进行的故事时间通常会相当长。这样也有利于对真实的探究。有疑问的品德对上了精神上的坚信不移。主角的意图并不是要去赎罪，而是要去发现什么是明显的罪恶，决定正直的要件，也同时明了缺陷所在。

5. 侦探类型

如《唐人街》、《沉默的羔羊》等影片，他们内含的戏剧性是有关平衡状态的恢复，并不是随时在打击所有邪恶之事，也不是有关正义，而是正邪之分。大环境生长出恶性肿瘤，是污染、堕落的文明黑暗面，这些侦探主试着把这些污点、有害物质控制住。故事常常发生于一个充满腐臭和堕落的都市丛林。故事展开的时间也比较模糊，不论白天、晚上都一样。而且是虚幻地遮盖起来。故事人物有一个思考的过程，侦探角色是机警智慧的，但不完全是强健的。

6. 恐怖类型

这类影片展现人内心的害怕，超自然的怪物对人类遇害者有绝对优势的恐怖力量。故事发生的地点是扭曲的、迷宫般的走廊和未知的深处，也是一个孤立无援的环境。故事进行的时间会相当的短，通常在 24 小时之内。因为观众直觉地认为，没有人能真正孤立无援太久；也同样因为动作极具张力，所以无法维持太久的时间长度。故事中的人物往往是脆弱但资源丰富的一群人。

7.惊悚类型

这类影片让我们想起《西北偏北》，他们努力去表现主角在危险中想存活下来的意愿，会有一场紧张的、情绪上认为是存活还是死亡的争斗，观众借由主角的经验，探究自己内心的害怕。物质世界是孤立无援的，有些类似恐怖类型。迷宫般在走廊和未知的深处，是主角内心恐惧一种表现主义式的延伸。故事时间也同样很短暂，会在 24 小时之内。因为如果长期的孤立无援，会变得不可信。故事中的人物是无辜地被卷往一个极大的阴谋之中；并且发现，唯一存活下来的方法，就是经由相信自己，指挥大局，并把腐败全部摆在阳光下。这也是表现精神上的腐败，把主角陷在绝望的环境中。

8.动作、冒险类型

很成功的影片如《拯救大兵瑞恩》，故事里的人们为了一个理念、法则、价值观，或是为社会服务，可以有死亡的意愿。物质世界是个令人振奋的环境，也就是说，一个不平凡的、有些夸大的最超现实的类型。这是个男性的世界。故事展开的时间有可能相当长，然后带出最后的高潮。这里的人物往往带着英雄的色彩，高尚道德的表现，为了一个理念、法则不在乎死亡。

9.抽象的痛苦烦恼类型

这一类的影片是主角在灵魂不朽上的冒险赌注，他们处于复杂的环境，通常有权势和地位围绕在一旁。故事的时间可能较长，因为要表现一位聪敏、资源丰富、但精神上未经历练的角色，以自己的自我观念，和认为不合理的上帝作对抗。

上述故事要素确定之后，我们即可开始剧本的写作了。

【相关链接】 剧本故事创意策划及编写

1.故事创意的重要性

创意策划是写在剧本正式创作之前，编剧跟制片人和导演进行沟通所写的创作构想。简单地来说，就是剧作者在对整部剧作的总体构想，包括主题定位、人物设置及故事框架等内容。

对编剧来说，一份好的创意有两个方面的作用。

首先，这是一种创作前的沟通。影视创作从来都不是一个人能够完成的一件事，作为一种融合了商业与艺术双重元素的创作，编剧必须看到，剧作既要是一个能够进入商业流通领域的产品，又要是具有独特品格的作品。对于前者来讲，编剧需要写出一份创意来说服以制片人为代表的投资方，使制片人理解剧作的价值，并对剧作产生兴趣，进而接受剧本并投资拍摄；对于后者来讲，虽然我们通常认为剧作的最终完成要在导演对剧本进行二度创作的基础之上，但这并不能认为创作就是导演的事，编剧只管写出剧本而导演来接手后续的一切。事实上编剧与导演之间一直是一种相辅相成的关系，说得夸张一点，编剧是导演的编剧，导演是编剧的导演。只有相互间有很好的沟通，才能使编剧在写作时充分考虑到导演的个人偏好，也才能使导演在拍摄作品时充分理解编剧的意图。

另外，这还是一种创作思路的整理。创作中对剧本主题、人物设置和故事框架都要进行详细的思考，这个过程是一个很好的整理思路的过程。

2. 故事创意策划的写作

无论是内容还是格式，创意策划并没有一个统一的要求。有的简单到只写一个故事梗概。当然创意策划写作的目的在于打动投资方并能与导演进行艺术上的沟通，因此包含的内容其实不是一个故事梗概所能涵盖的。一般情况下，一份创意策划期待着我们去加以分析的包括剧作的题材的价值、运作方式、市场分析、剧作的主题以及人物设置，除此以外，不可或缺的是还要写一个故事梗概。可以看出，从大的方面来讲，一份创意策划包括了两大部分。第一大部分牵涉到剧作的外部指涉，包括运作方式、题材价值、市场分析与剧作主题。第二大部分则是跟创作本身有关，包括人物设置及故事梗概的写作。

我们不妨来详细说明一下这几个部分。

① 对题材的价值分析

对题材的价值分析是个首要的问题。题材问题涉及到观众的观看兴趣。并不是什么题材都能引起观众的兴趣。理论上讲任何题材都可以用来创作，但事实上只有那些在对的时候出现的题材才能够进入观众的视野，观众的观影心理总是和其对自身现实的关注有关。因此题材在很大程度上其实就是制约市场的一个重要力量。对以制片人为代表的投资方来讲，这当然就是一个十分重要的问题了。制片人出资拍摄，当然就是要关心题材是否能引起观众的关注，从而实现其决定拍摄的效益诉求。

在对题材进行分析的时候，要注意两个方面。一是要联系到我国目前影视剧作品的运作方式。虽然我们常说"两手都要抓，两手都要硬"，但在具体的运作中，我们还是很清楚地分为政府运作和商业运作两种模式。前者重视的是社会效益，而后者更看重经济效益。两者并重的例子当然是举不胜举，但这并不能成为将两种运作方式模糊处理的理由，从具体的叙事形态来讲，不同的运作方式，其叙事也是有质的差异的。这是在题材分析时要注意的一个方面。另一个方面，正像运作模式不同会影响到叙事形态一样，类型的不同同样也会影响到影视作品的叙事。不同的观影主体对类型有不同的诉求，这也直接影响了何种题材能进入特定的类型并引起观影者的认同。

②运作方式

运作方式跟价值诉求直接相关，那么我们就必须要对运作方式作个明确的定位。如果你是想要在贺岁档中搏击电影市场，那么肯定是要选择商业化的模式，按市场经济规律办事；如果你是要拍摄一部主旋律的电影，那最佳选择当然是政府运作，不能太受资本的影响。

③市场分析

跟运作方式定位密切相关的是对市场的分析。市场分析并不仅仅存在于商业运作模式的影视作品中，市场跟接受有关，观众是不是接受这个作品就是市场问题。因此市场分析实际上就是细分观众，为特定的观众提供符合他们审美趣味的影视作品。在市场分析活动中，既是一个对受众的分析，分析什么样的观众才是理想的观众，在必要的时候甚至可以培养观众。同时，市场分析又是一个对作品本身的分析，找到作品中足以影响到受众的那些因素。

④剧作分析

对剧作的基本面作一个详细的分析有助于制片人对你将要进行的创作产生认同。

这个基本面首先包括的是类型和风格。类型和风格的定位实际上是观众的定位，特别是在观众越来越细分的当今现实之下，观众对影视作品的认同在很大程度上都和特定的类型与风格密切相关。比如由徐静蕾导演的电影《亲密敌人》在贺岁档上映，夹在贺岁大片中间却还是取得了一定的票房，究其原因在很大程度上跟电影的类型与风格有关，一部分有"文艺女小资"情结的人就是对这类电影情有独钟。

与此相关，情感基调也是需要去作明确界定的。是正剧、悲剧还是喜剧，这不仅仅是一个对观众进行定位的问题，也跟创作有密切的关系。毫无疑问，不同的情感基调，在影视叙述上是有质的区别的。

地域特征也是一个需要去明确的问题。虽然早在电影诞生初期巴拉兹·贝拉就满怀希望地看到了电影的到来意味着艺术的光晕被打破，从此不同地域、不同文化背景的人都可以齐聚在同一张银幕之前。但事实上，影视作品的风格类型、情感基调以及其他种种叙事法则对于不同地域的观众来讲还是有着不同的偏好的。比如像赵本山的《乡村爱情》这类电视剧，在东北能引起共鸣，从而取得不俗的收视率，但在其他地区却并不一定能取得预期效果。所以这也是创作之前需要考虑成熟的问题。

不过种种一切其实都围绕着观众在转，你要考虑的是你的剧作会在多大程度上引起观众的关注。也就是说,我们的核心问题其实就是要深入研究观众心理,明白自己的创作在何种程度上适合了观众的心理需求。我们认为,一部好的影视作品,总是和观众的基本需求是密切相关的。总是能让人联系到一些最基本的判断:比如善恶判断,正义与邪恶的判断,等等。

当然,并不是说我们这里提到的几个方面都是在剧作分析中要去写到的。这是我们在考虑剧本的时候应该去考虑的因素,而一份剧作分析,有时倒并不一定要求面面俱到,关键还是在于你如何说服自己并且说服制片人。

⑤人物设置

剧情来自于人物关系和人物性格,因此在创意中我们必须表达清楚我们的人物设置。这既是向制片人展示自己对人物的把握,也是为日后的创作理清思路。

人物设置通常以人物小传和人物关系图的形式出现。所有主要人物都通过人物小传讲清楚其来龙去脉,并且落实在按故事中的功能而分配的人物关系图中。除此之外,人物设置还应当包括对每个角色的具体定位,包括外貌、性别、年龄以及身份、地位、气质、性格等等,这除了能够使故事本身的冲突更加明确化之外,也能成为演员表演及导演工作的依据。

⑥故事梗概

故事梗概是整个创意策划中最重要的一个部分。一部影视作品是否有一个好看的故事,主要就是看能不能写出一个好的故事梗概。因此在剧作创意中,制片人真正看重的是故事梗概,一旦故事成立,制片人认可,基本上接下来创作的方向就明朗了。对有些导演来说,有了好的故事,就可以驾驭场景,正式拍摄了,所以对他们来说,有了故事梗概,就可以建立剧组,根据故事梗概进行拍摄了。

故事梗概并没有一个固定的模式,我们甚至可以像写小说一样放开来天马行空去写,但故事梗概毕竟不是小说,我们在写作时还是要考虑到这是"为银幕写作"的特性。所以在写作上我们要做到有动作感、场次感。影视作品是用画面和声音来叙事的,这注定了影视作品擅长表现看得见的外部动作,因此我们在写作故事梗概的时候,要避免写得太过于文学化。出现那种大量的心理描写或者哲理性的反思和抒情性的笔触。我们要明确所有跟人物有关的一切包括人物性格、人物特征、人物情绪等等,都要通过特定的行动展示出来,而不是通过议论、抒情等方式表达出来,后者适合于用文字来表达而不是视听语言。影视作品是通过每一个具体的场面来进行叙述的,不像小说那样很少有集中的场面,可以在时间中不断地自由穿梭,因此,我们在写作故事梗概的时候也一定要看到这一点,虽然还没到剧本阶段,但我们也要一个场面接一个场面来叙述故事的进程,使人一看就明白剧情的叙述是如何推进的。

　　以上内容是创意策划包括的大致内容,总的来说就是文无定法,创意也不是每个人都一样的,但万变不离其宗,再怎么着,一个好的创意,总是得能说服人,也能说服自己,并且为自己的创作理清思路。

第三章　人物

所有故事都是一定关系中的人物的行动,法国学者格雷玛斯就在他的《结构语义学》中设定了叙事中的几种"行为者":行为的"主体者"(subject)和信息的"发送者"(object)、接受者(receiver)。又根据"主体者"能否靠自己实现目的而设置了一对辅助性"行为者":"帮助者"(helper)和"阻碍者"(opponent)。以这三对对立关系为基础,确定了叙述情节的三种基本模式:一、欲望、追求或目标(主体者/对象者);二、交际(发送者/接受者);三、辅助或妨碍(帮助者/阻碍者)。当然,格雷玛斯的理论中并不把主体者/对象者、发送者/接受者、帮助者/阻碍者局限在必须是人的范围之内,他所关注的是某种功能性的要素,但我们说人物本身就是功能化的,在一个具体的作品中处于一个特定的位置起着应有的作用。所以完全可以将人物对应到特定关系中特定的功能作用。美国批评家江奈生·库勒曾以小说《包法利夫人》为例说明这种情况:主体者——艾玛,对象者——幸福,发送者——浪漫小说,接受者——艾玛,帮助者——先后成为艾玛情夫的利昂和鲁道尔夫,阻碍者——丈夫查尔斯和沉闷的小镇让维尔及后来的鲁道尔夫。这种结构关系中的冲突就构成了主人公艾玛的悲剧人生。事实上这种结构模式也大可应用于影视剧人物设置。

因此,有关人物的问题就牵涉到了以下几个方面:其一,人物类别。由于在具体的影视剧作品中地位的差异,人物也就有了不同的类别,有的是没特征的,有的虽然有明显的特征,但性格缺少发展,而有些不仅有明显的特征,而且有复杂的内心世界,性格有较大的发展。这些不同类别的人应该如何设计故事,这是要在此解决的问题。其二,人物关系。故事在很大程度上是人物关系的一种表述,这部分要解决的问题是人物的结构关系,即在一个故事中,人物之间相互的牵制作用——每个人都有自己完整的故事,同时也参与了主人公故事的发生与发展。其三,人物主题。着重处理的是从人物这一维度出发,故事要讲述的是什么。即人物故事应该朝着哪个方向发展,我们认为应该是对人性的关照。其四，人物性格。无论是类型化人物还是典型化人物，抑或是不在此范围之内的原生态人物形象，要揭示其性格真相，应该如何去设计其故事，这是这部分要解决的。其五，主人公。所有人物中最重要的是主人公，设计主人公故事的要素也是一个关键。

我们接下来就来谈谈人物的设计和创造。

第一节 人物的形成

所谓剧本，说简单了，就是某人在某地做某事，最后成了怎样的一个结果。这个看似简单的概括包含了作为一部剧作的几个元素：

主要人物。

人物所面临的困境——这是行动的缘由。

目标——行动的动力。

反对者或对立者——很多时候这就是作为一个对立面而出现的人物，但也可能是某件事，这个元素往往是剧情展开的最直接表现，以及一个带来突转走向结局的规定性场面。

正是困境、目标、反对者或对立者等几个元素，构筑起了人物的来龙去脉。我们就围绕人物的来龙去脉对人物的形成过程做个详细的分解。

1. 人物的前史

首先我们要明确的是，你的人物在剧中出场时不是白纸一张，他有前史，前史并不会出现在故事中，但在剧情的发展中却不时能看到这种前史对人物的影响。可以这么说，人物在剧情发展过程中所展示出来的一切，已经是由其前史所规定了的。悉德·菲尔德在《电影剧本写作基础》中把人物生活分成"内在的"生活和"外在的"生活。"人物的内在的生活是从该人物出生到现在这一段时间内发生的，这是形成人物性格的过程。人物的外在生活是从影片开始到故事结局这一段时间内发生的，这是展示人物性格的过程。"[1]

由此，我们可以说，一个人物在剧作中出场的时候，带着两个方面的特色。一是在前史中形成的，一是在剧情发展中展现出来的。

2. 人物和冲突

在前史中形成的人物特点，看起来是可以通过对前史的任意塑造来加以

---

① ［美］悉德·菲尔德：《电影剧本写作基础》，鲍玉珩、钟大丰译，中国电影出版社 2002 年，第 31 页。

明确,但其实这是有明确的方向性的。这个方向就是冲突。我们说,冲突是叙事作品的灵魂。这样说并不是因为有了冲突情节发展变得有趣起来,而是因为冲突本身就是一种人生的必备,或者说人生本质上是在冲突之中的。就像在永恒的时间面前,人生总是在时间不断削减的阴影中一样。要不然古人也不会感叹"人生不满百,何不秉烛游",在生命的长度之外再去追求生命的密度。黑格尔就把戏剧情境放在三种冲突当中来思考,这三种冲突分别是:物理的或自然的情况所产生的冲突,如疾病、罪孽和灾害等;由自然条件产生的心灵冲突,如家庭出身;由心灵性的差异而产生的分裂。我们可以据此建立起人物的三个关系面——人与环境之间的关系,人与人之间的关系,人与自己内在世界的关系。而前史就是在这三个关系面中形成的。也就是说,在我们为人物确定前史的时候,我们可以问自己三个问题:人物生活的自然环境和社会文化环境是怎样的?他的家庭出身、亲朋好友又是怎样的?当他一个人独处的时候在做些什么想些什么?有了这三个维度,我们就可以去建构人物的前史了,从他出生开始,一直到故事即将发生的这一刻,人物在这三个关系层面中都有些什么信息要告诉我们。你想得越详细,你的人物就越清楚,到故事发生时,你已经很明白他面对具体事件时会做出什么特定的反应了。故事情节的发展也就顺利自然。

3. 人物的成长

进入剧情的人物仍然是在冲突的统摄之下,一个戏剧化的故事在本质上就是展示一个冲突的形成与解决的过程。从冲突形成,人物面临选择时始,到冲突结束人物完成选择为止,中间包含很多小的冲突,最终汇成对一个大的冲突的营造。这个过程的核心词语是"选择",选择意味着人物从"不知所措"到"知"的一个过程。这个过程中,人物完成了一个质变。因此,从某种意义上说,一个名符其实的故事应该是一个叙述某种成长、某种启示、某种转变的故事。如果一个故事在发展的过程中,无人学到某种东西,也无人改变,那么这个故事到头来还是平淡无味的。比如在《岸上风云》这部好莱坞电影中,影片一开头,我们就明白马龙·白兰度主演的主人公特里面临着两极化的冲突。其中一极以神父和伊狄为表征。神父代表的是道德上无所不在的拷问,而与伊狄的爱情则意指着美的指引。另外一个极端则是与之相对的恶的表征,在人物形象上定位为老大约翰和哥哥查理。"恶"常常有一种世俗的力量。在电影中,约翰代表的是一种物质上的诱惑,特里在回答伊狄自己为什么要跟着约翰时就说,"跟着他,起码口袋里有几个子儿可以花花";查理作为亲哥哥无疑是情义的表征,查理就常常提醒特里——"记住,这里有你的朋友",朋友意味着人的归属感。对于特里来讲,想要从这两极冲突中做出一个选择显然并非轻而易举的事情。这种选择必须建立在某种转变的基础上,从某种内心的成长外化为行动上的转变。我们在电影中看到,随着剧情的发展,特里内心的天平在慢慢向着美与善的一极发展,但尚未最终完成。这时,作为"恶"的一方,约翰越来越不能容忍特里的作为,准备像他惯常所做的那样来对付这个他原本看好的小伙子。我们知道约翰身边还有一个人的,那就是特里的哥哥查理,查理始终是情义的代表,无论是对同胞兄弟还是江湖情义,所以他提出由他亲自出马来说服特里。约翰同意了他这个要求,但是在查理最终放走特里时杀死了查理。这是一个契机,这一事件让特里看到了查理对他的兄弟情深,从而消除了长久以来内心对哥哥的埋怨。更重要的是,这一事件让特里彻底搞清自己是该做出正确选择的时候了,他最后的行动就有了两层含义,为兄弟复仇以及对自己的道德拯救,至此,这就是一个人的成长故事了。

要指出的是,人物的成长或转变在很大程度上是针对主人公而言的,其他人物有时候还特意做成没有成长与转变,以此来印证主人公的成长。正像上述例子中那样,其他的人物都是功能化的,都是为主人公存在,我们甚至可以说主人公的复杂性是必然的,银幕本身就能产生镜像效应。所以问题只在于怎样才能做到让观众产生认同感。很显然,这就要求塑造的银幕形象让观众产生"如我"、"就是我"这样的情绪体验,从某种意义上来讲,这个银幕形象就是观众心目中理想的自己。要做到这一点,我们就要使我们塑造的这个角色带点"英雄"色彩,也就是说这个角色是惹人喜爱的,使人感到舒服或者吸引人的,是令人敬佩的人物。这也可以理解为什么我们通常喜欢去塑造那些道德上完善或者力量上能解决别人难以解决的问题的人。这是一种观众与银幕角色间的认同,但并不是所有电影都是呈现这种倾向的,有些电影中的人物遭际艰难,命运坎坷,也有些人物虽然并没有那么坎坷的遭际,但有点这样那样的弱点与缺陷,要说观众会在这些人物身上产生"他就是我,我就是他"的情感体验那基本是不可能的。那么这类电影会不会产生认同感呢?答案是肯定的。任何一部电影都是由一个理想的叙述者在向一个理想的观众展现一个特别的银幕世界。理想的叙述者和理想的观众都是局限在银幕世界内部的,某种意义上可以看做一个特殊的人物。观众这时的认同就是对理想观众的认同。面对那些命运悲催的角色,观众借由本能的同情与怜悯心理进入银幕世界与理想观众合为一体;而面对那些有缺陷与弱点的角色,观众则建立起自身的优越感。

4. 人物和情景

把一个平凡人放到不平凡的情景中去无疑也是构建人物故事的有效手段。在古老而普及的全球戏剧技巧中,命运的错位、变化是一种基本的手法。

确实,如果没有这种命运的曲折,故事便会缺少吸引力,而人物也会因为缺少一个成长过程而不容易活起来。与这种命运相关联的,是人物生存条件的混乱状况,这种混乱状态构成了剧情发展的全过程,由非混乱状态始,进入混乱状态,经过矛盾与冲突,最后又进入一种新的非混乱状态。比如在希区柯克的经典影片《三十九级台阶》中,主人公本来是一个外国游客,可以说是一个与大事件无关的平凡人。可是就是这个平凡人,在去戏院看演出的时候被牵涉进了一桩间谍案,遭遇双重追杀。这时观众就不免为他担忧起来,急切想知道他最终能否得到拯救。

我们也可以把人物放到特定的社会背景与道德规范中去,以此形成人物曲折的冲突。最典型的比如我们常写常新的爱情故事。虽然我们在现实中所希望的爱情都是举案齐眉、白头到老的,但是一个动人的爱情故事往往在于男女主人公有太多的无法在一起的理由。现在我们不妨把一个爱情故事放到一个特定的社会背景与道德规范中去,让双方产生冲突。这个时候我们看到,因为社会背景不同造成的个体差异,或者因为特定的道德规范的约束而造成的对内心的影响,这一切似乎都成为恋爱中两人最终分离的重要原因,剧作的问题就出来了:有情人是如何来应对这种冲突的?他们最终能否靠自己内心的强大来战胜外部的影响?

不管是采用何种手段,要注意的是,其核心的要素在于将人物置身于冲突之中,正如我们前面刚刚提到的那样,人物在剧作中的在场,体现在三种既相互区别又相互联系的冲突情境之中,我们所有的努力其实就是要去找到人物所面临的冲突到底是什么。从本质上来讲,人活着本身就是置身于冲突之中。萨特说,现实的精华就是匮乏,一种普遍而永恒的欠缺。这个世界上的一切东西不够人们受用。食物不够、正义不够、时间永远不够。海德格尔说,时间是存在的基本范畴。我们生活在其不断缩减的阴影之中,如果我们想要在我们的短暂人生中成就点什么,让我们死的时候没有浪费时间的遗憾,那么我们将会与那些阻挠我们欲望的力量构成冲突。

这是一个方面。

5. 人物和动作

另一个方面,冲突在本质上是和戏剧动作相互生成的,所以在塑造人物角色的时候,要着眼在对于动作的把握。一如悉德·菲尔德所说的那样:动作即人物。动作是什么?动作在本质上须是引起冲突的,而真正的动作整一性只能以完整的运动过程为基础。动作的起点又在哪里?无疑,合适的起点就应该在导致冲突的那一个情境里,这个冲突尽管还没有爆发,但是在进一步发展中却必然要暴露出来。结尾则要等到冲突纠纷都已解决才能达到。落在头尾之间的则是不同的目的和互相冲突的人物之间的斗争。这里我们可以看到冲突与动作之间的关系——冲突还不是动作，它只是包含着一种动作的开端和前提。对于情境中的人物而言，冲突是动作的原因，而动作在本质上又是引起冲突的。正是这种充满冲突的情境特别适宜于用作剧作的对象，把美的最完满最深刻的发展表现出来。

6.剧作是关于主人公的故事

在所有人物中，最着力要塑造的是主人公，剧作故事是主人公的故事，其他人物的故事都是因了这个故事才能成立。主人公可以是单一的，也可以是复合的、多重的，也可以不一定是人，但种种一切，都不能使我们忘掉在建立故事之初，要先明确主人公到底是谁。那么，作为主人公的话，我们得赋予他一些标志性的特点：

意志。主人公要引出自己的故事，要影响他人的故事，一句话，一个故事能否运转得起来，跟主人公的选择与决定很有关系。所以主人公的意志很重要，他有需要，能作出决定，而且在他付之于行动之后其行为能产生某种层次的变化，这个时候，故事就成其为故事了。

目标。很多时候，剧情就类似于一场体育竞赛。剧中人就是运动员，他们有着共同的目标，有着不可调和的冲突，他们的意志导向了精彩激励的比赛高潮并最终分出胜负。对于剧作来讲也是一样，主人公的意志驱动着一个明确的目标。当主人公面临着选择与决断的时候，他需要去解决这个外在的目标才能解决他所面临的内在困惑。一般情况下，这个目标是清晰而且必须是清晰的，因为只有这样才使得剧情明朗。但也有的时候这个目标对主人公来讲并不清晰，当然对于观众来讲应该是清晰的，也就是说，这个时候，观众与角色之间的认知是有差异的。这种情况下主人公的人格特征往往比较复杂，有丰富、强大的内心世界，并且连他自己也不清楚这种复杂性。

能力。这解决的是一个合理性问题。目标虽然并不是轻而易举能实现的对象，却也不是一个遥不可及的存在，否则的话就不是故事而是个异想天开的笑话了。主人公必须有追逐这个目标的能力，就算他一开始没有，你也要让观众看到在剧情发展的过程中，通过主人公的努力已经具备了这一能力。但这并不是说我们一定要在剧中让主人公实现他的目标，我们要做的只是让他在努力着并给他一次实现的机会就行了。至于是否实现，这就跟剧情所要表达的意图有关了。另外，还要强调的是，这种努力要坚持到故事的终点，故事并不是日常生活状态，而是通向极致的一个通道，主人公对目标的坚持，要与观众对人类经验极限的想象相一致。

到这里，我们要说的就更明朗了：剧作，就是关于主人公的故事，主人公的故事则是通过一系列的人物行动呈现出来,而人物行动则与冲突有着极为密切的关系。所以从作品层面来讲,我们就是着力去写好人物的行动。人物就是行动,故事世界就是一个由完整的人物行动所建构起来的世界。在人物行动的写作中,我们的精力集中在关键的一瞬间,这一瞬间包含着最基本的动作与反应,这种反应对人物的期望来说,是希望有一个良性反应,能有效地解决他所面临的冲突,但效果却常常相反——世界所做出的反应要么与他的期望大相径庭,要么比他的期望更为强烈,总之引发出了各种对抗力量。正如前面所说的那样,这是一个冲突统率的世界,这个世界包含了人物所面临的三个冲突层面,即内心的冲突、人际间的冲突及人与环境间的冲突。通常情况下我们会在三个冲突层面中选择一个来展示我们的故事,事实上这三个层面在故事的构造过程中各有所长,比如倾向内心冲突的戏更擅长于表现人物的意识层面,而倾向于人际冲突的则更擅长于动作戏。但有时候一部作品中可能会同时涉及三个层面的冲突,构成一个更为丰富立体的世界。我们以《虎胆龙威》第一集为例。这部电影一眼看是一部动作电影,那么从冲突层面来讲,主要处理的就是人与人之间的冲突关系。确实,主要情节展示的也是布鲁斯·威利斯饰演的纽约警察在圣诞节到在外地的妻子工作所在地去共度圣诞,恰好遇到有恐怖分子袭击妻子所在的公司,于是他一人摆平了恐怖分子从而修复与妻子间的紧张关系这样一个纯粹着眼于人际冲突的戏。但这是影像的显在意义,事实上我们能从中读出更多的隐义。比如这个纽约警察为什么在圣诞节离开自己在纽约的家跑到外地去?其显在的状态是妻子在外地工作。但我们看到的细节不止这些。妻子在一家日资公司工作,这似乎涉及了一个经济影响的问题;妻子在公司用的是未嫁之前的本名又似乎暗示了两人关系的紧张,事实上导演在镜头的处理上也对这种暗示做出了强化。所以,这里其实已经包含了一个社会冲突层面,并由此强化出一个家庭中的性别之争。在这场性别之争中,男性显然已经在事实上失去往日的荣耀。再顺着这个思路去看纽约警察大显神威的主场戏,就变得是饶有趣味起来:这时的主角已经不像西部片当中那样充满了英雄主义的倾向,而只剩下日落西山的光荣与梦想。这样我们看到,在三个冲突层面上这部电影都有所掘进。只不过这部电影有意思的地方并不在于此,因为我们随后发现这种严肃的思考到头来只是导演对我们开的一个玩笑,或许这些问题确实都在现实中存在,包括电影中涉及的其他问题诸如种族问题、政治问题等等,但导演无意于此,他都在虚晃一枪之后将问题本身瓦解,于是电影本身就成了贴满标签的一种纯视觉刺激。当然这已经涉及另外一个话题了。

关于人物塑造,还有几个注意点要讲一下:

　　既然我们一直强调从本质上而言是主人公创造了其他人物,其他人物都以其在主人公故事中的功能而获得存在意义,那么,我们在创作中就要明白到,从根本上讲主人公是最为主动的一个角色,而其他角色虽然也可以写得复杂一点、可以有多重特性,但不能成为一个比主人公更有分量的角色。甚至一些小角色还要故意塑造成扁平人物。尽管我们强调这种角色也不能流于呆板,要让演员有表演的空间,但要明白,节制是必须的。

　　第二个注意点,我们要明白,编剧的写作也是为演员的二次创作服务的,所以不要过分铺陈,有太多的有关手势、行为、语气语调方面的描写。一句话,要为演员留下表演的余地。

　　第三个注意点。我们通常能写好主人公,但其他人物形象往往比较模糊。这是为什么呢?这是因为我们把注意力集中在主人公身上了。我们对主人公的喜爱是足够的,但对其余人物却没有这份爱心。这就势必忽略了其他人物的塑造,而变成一个随时呼来唤去的符号。我们始终要明白,任何一个角色,在剧中在场的时候,都是有自己完整的世界的。

　　第四个注意点。怎样去写好那些有意义的人物,写作基础在哪里?事实上任何一次严肃的创作都是人了解自己的一个过程,所以创作的基础就是自知。人真正了解的只有自己,要设身处地地去进行思考与反省。

第二节　人物的形态

　　剧情就是大千世界,出现在剧作中的人物可以呈现出不同的形态。

　　从人物塑造的角度来看,通常情况下我们可以将人物分成圆形人物和扁形人物。

　　这种分类的方式来源于小说的研究,福斯特在其被誉为"二十世纪分析小说艺术的经典之作"——《小说面面观》一书中对此作了明确的界定。

　　圆形人物更接近于我们常说的典型人物这一概念,其展示的是典型环境中的典型性格,具有丰富的复杂性,我们很难对这一人物做出简单的定性。比如哈姆雷特这一人物形象,一千个读者有一千个哈姆雷特,这就是由其复杂性所致。每个读者都从自己的角度看到了一个哈姆雷特,他们看到的是哈姆雷特身上的一个特点,同时也是哈姆雷特全部。人物的复杂性是基于生活的复杂性,生活中的人就是难以一言以蔽之的。但我们也要看到,圆形人物与生活原生态的人又是不一样的。圆形人物更加接近本质一点,可以说圆形人物既是汲取了生活中原生态人物的丰富性,同时又对这种丰富性加以提炼,使之具有更加接近本质的特点。从另一个方面来讲,如果我们塑造的这个人物本身并不具有圆形人物的特点,他只是代表着某种类型,那么你给他加上某些类型外的特点,也是不成其为圆形人物的。比如警察这一类型,代表的是社会的公平与正义。然而我们为了使这个人物生动一点,给他加上了生活中温情的一面,那样就有一种"铁汉柔情"的味道,似乎这个人物就多面起来,就接近圆形人物了。但事实不然。因为这只是给人物加了一道生活的维度,但并没有在人物性格中加入某种冲突因素,圆形性格在很大程度上要有广泛的多面体冲突所构成。

扁形人物接近于我们常说的类型人物。扁形人物相对于圆形人物来讲是简单人物,因为他性格鲜明,没有性格上的那种无法说清的多面性。这种人物形态往往用一句话就能讲清楚,如一个人物形象在故事中展示出来的永远是谨小慎微,让人处处能够感到他的善良的,那么他的内在状态往往就能用一句话表示出来:"我务必小心谨慎,做个善良的人。"在作品中,他的形象是一以贯之的,不会有变化发展,但扁形人物并不能与配角画等号。事实上,作为围绕单一概念或品质塑造出来的人物,这种人物具有某种象征色彩或漫画特征,在生活中虽然并不会存在,但在叙事中却有其重要意义。

福斯特在讨论这两种人物形态时显然是偏向于圆形人物的,他说:"不过我们必须承认,在成效方面,扁平人物是不如圆形人物。但要取得喜剧性效果时,扁平人物就大有用场了。一个严肃的或悲剧性的扁平人物是容易惹人厌烦的。……唯有圆形人物才能在某一段时间内扮演悲剧角色。"①确实,在作为模仿艺术的叙事作品中,圆形人物尽管可以带上这样那样的标签,但不会为这些标签所束缚,圆形人物的生活是丰富多彩的,永远给人以一种新奇感。不过我们也看到,叙事并不总是建立在模仿基础上的,有时候叙述本身也能产生意义,这时候的人物形象就无须追求生活的深度与新鲜度,他本身只是创作者叙述中的一个功能项。比如纳博科夫原著小说《洛丽塔》改编的电影,其主人公亨·亨如果参照这种分类标准说起来,就是一个扁形人物。无论观众看到的洛丽塔是个什么样的人,无论亨·亨实际看到的洛丽塔是个什么样子,他都毫无理由地没有改变其初衷。但这并不足以令我们怀疑叙事的合理性,因为我们逐渐看明白这并不是在讲一个具体的人的具体的故事,故事指向的乃是一种普遍的人类经验。这种情况下一个传统意义上的圆形人物反而不能有效地传达出这种意图。

除了这两种人物形态之外,我们看到现在越来越多的人物形象呈现出原

---

① 爱·摩·福斯特:《小说面面观》,苏炳文译,花城出版社1984年,第64页。

生态,我们不妨就把这种人物叫做原生态人物。这与故事形态有密切关系。如果一部影片并非着眼于一个戏剧化的故事,而是把目光放到对生活流的把握之中,那么其故事形态就是原生态的故事,其人物形态也是原生态人物。比如在贾樟柯的《小武》《站台》等影片中,所呈现的都不是一个完整的戏剧化故事,而是在一段生活流中来凸显某一类人的生存状态及其精神内核。其中人物也不是处于戏剧化的构架之中,人物间的关系与其说存在于相互冲突的戏剧化功能之中,不如说是彼此之间构成了真实的生存环境。

第三节　人物的功能

人物以其关系进入故事世界,在这个世界中,每一人物都具有特定的功能。大致来讲,人物角色可以分成四种,假定主角是 A,那么主角的对手就是反 A。但是人物并非总是非此即彼的,A 和反 A 之间会有中间状态,属于 A 这一阵营又不是 A 的那些角色及属于反 A 阵营的不是反 A 的那些角色。四种角色之间相互作用形成了六种不同的关系,这就构成了一个复杂的叙事系统。在这个系统中,不同的角色间就以主角为中心形成了自己的功能。

我们不妨把这些角色依照与主角的关系分成主要功能人物和次要功能人物。他们的特点和作用如下:

主要功能人物与主角的关系密切,两者的命运息息相关。剧情的发展在很大程度上是建立在这两者间的冲突基础上的。不过我们要清楚的是,主要功能人物并不一定就是一种阻碍力量,事实上冲突既可能是来自不可调和的矛盾,也可能仅仅是因为观念、性格等的差异。比如师生之间、父子之间的冲突就大多体现出后一种功能。所以,主要功能人物也可分出两种状态,一种是辅助力量,另一种则是阻碍力量。

辅助力量的功能主要表现为对比、辅助、引导。

对比,即在相同的情境中,通过角色间本质的差异,来加强对角色的塑造。如在《无间道》中,陈永仁和刘建明都困于双重身份无力自拔,最终却因内在的价值取向不同而导致不同的结局。当然在这一电影中,两人均有丰富的内心世界,在故事的发展中两个角色都有所发展,在某种意义上讲已经从个人成长的启示转变为人生的一种寓意。但是在很多影片中这种对比就相当明显,往往是在相同的境遇中主角做出了某种主动的选择后发生了根本的变化,而以功能角色的不变来映衬主角的变化。

辅助主角发生转变通常也是这类功能人物存在的主要理由。虽然主角的转变最终是由他内心主动的选择的结果,但是促成选择的必然还有外在的冲突,表现在剧情上,总是有某一事件触发了主人公的内心冲突,然后借由其主动选择使得剧情发生转向,同时也使得主人公由一种状态转向另一种状态。这个时候,我们就需要有一个功能人物来完成这一事件。电影《勇敢的心》中,梅伦相对与主角华莱士就起到这样的功能作用。我们看到,如果没有梅伦,华莱士可能就是另外一个人。在父兄的葬礼上,年幼的梅伦就在旁边一直默默地关注着感伤中的小华莱士,当众人都离开的时候,小女孩挣脱了母亲的手,从平静的土地上摘下了一朵紫色的蓟花送给小华莱士。这是华莱士和梅伦生命中最初的相遇。当他们长大成人之后,两人在曾经的小村庄重逢,并且在教父的见证下秘密地结了婚。如果一切都照华莱士设想的那样进行下去的话,那么他们将会平静地生活一辈子。但是梅伦却被英国的军官抢走,并且惨遭割喉而死。这种时候华莱士再也找不到平静生活的理由,他内心潜藏的那种充满反抗精神的英雄情怀与对自由的渴望终于成了一名为自由而战的英雄。

有时候一个导师般的功能人物也是必要的。这个人物的主要功能在于促使主人公下定决心,对主人公的行动做出启示。这是一种更趋向于内心的功能,从表面上看似乎可以通过人物的冥思来自由地获得这种启示,但是正像古老的戏剧理论所指引的那样,叙事是建立在对行动的模仿上,通过冥想而获得强大的内心在理论上是可能的,在现实当中也会存在,但作为剧作却可能给观众带来剧情上的断裂感,似乎一切变化都来得太快。所以我们必须找到这样一个功能人物,使得主人公的内心转向外化为一种可见的行动。比如在1995年获得香港电影金像奖的《精武英雄》中,船越文夫相对于陈真就是这样的一种功能关系。"精武门"是一个多次翻拍的题材,故事的基本线索就是中日之间的冲突,这部影片也不例外。陈真一心想找日本人为师父报仇,这个目的单纯而明确。按照这个目的去组建故事的话,接下来可想而知我们能见的场面就是陈真通过刻苦训练,终于找到机会在虹口道场将日本武士打得落花流水。但是电影显然想要塑造一个不一样的陈真,或者说想要通过不一样的人物故事来探讨一些不一样的问题。所以在陈真复仇的进程中导演安排了一场陈真与日本第一高手、黑龙会总教头船越文夫的较量。但是这次较量与其说是两个不同价值观的人物之间的对抗,倒不如说是一个智者、一个导师对主人公的引导。虽然从故事层面上来讲,《精武英雄》最后的必备场面还是陈真与作为最大反派的藤田刚的决斗,但却早已在陈真与船越文夫较量的戏中将这一类型的影片常见的意义进行了置换。船越文夫与陈真较量的场面固然是精彩的动作性场面,但目的并不在于作为陈真复仇进程中的一个障碍而存在。事实上两人的较量不分胜负,而船越文夫倒是给陈真上了一课:"年轻人,我告诉你,击倒对手最好的方法就是用手枪,练武的目的是为了将人的体能推向最高极限,如果你想能达到这种境界,就必须了解宇宙苍生。"这番对白给陈真此后的行动带来的启示是明显的,陈真不再是原先那个对搏击简单理解的人,直接导致了在后续的行动中的转向。

阻碍力量的功能主要表现为制造困境,有时候也是用以反衬主人公的特点。事实上很多时候这两种功能是相互统一的。这种时候,功能人物与主要人物之间的冲突是推动剧情发展的基本力量,功能人物的行动直接决定着主人公的行动。但我们也清楚地看到,这类人物与辅助力量中对比型人物有完全不同的地方,表现在对比型人物中呈现出来的是对生活多维度的表达,而在制造困境的类型中,这类人物直接与主人公能否达成其目标及在行动过程中的表现密切相关。如在一个爱情故事中,通常我们都会在当事人内在的反应、家庭及亲友的反应、社会的反应三个层面来讲述,外化为人物行动可能就是两男一女或两女一男这样的三角状态。在这种情况下,功能人物的作用首先在于制造困境,他的存在成了主人公能否把爱情坚持到底的一个考验力量。另一方面,这一人物的存在也以其行动反衬主人公的行动,使主人公的性格更丰富、明朗。

次要功能人物在剧中出场的机会通常不多,也很少对剧情起到推波助澜的作用,但用得恰到好处的时候,也能发挥其画龙点睛的作用。他们的作用也是多方面的。有的在于引出主人公的命运,使得主人公的故事成为可能。这种人物往往在剧情中可以说和主人公没有必然的联系,但作为主人公的前史可能起到了极其重要的功能,所以他们往往会在序幕刚刚拉开时候出场,或者在闪回中惊鸿一瞥。比如希区柯克电影《艳贼》中的水手,他本身跟剧情毫无关系,但正是在主人公童年时候关于水手之死的记忆影响到了主人公的潜意识,从而使剧情成为可能。有的次要功能人物在剧中似乎总是一闪而过,看上去只是那种可以忽略不计的路人甲,但当其正面出场的时候往往会使剧情发生突转,从而把人物命运推向一个极致。同样在电影《无间道》中,有一个角色在开场镜头一扫而过时已经出现,在黄警司缉毒行动中他又是冒冒失失的那一个。对这样的人物你即便有所怀疑也随即不把他放在心上,因为事实证明在剧情发展的过程中他从未起到什么作用。但是在最后,当陈永仁和刘建明在天台上各自被内心的纠结所困住,剧情似乎无法再进一步发展时,这个关键性的人物出现了。他是警察的身份,所以陈永仁对他放了心,困境看起来已经可以解开,但他对陈永仁开了枪。对刘建明而言,来人应该是能够解开他的困境的,因为现在再没有人会把他送上法院,他可以安心地做一个警察,但事实是来人与刘建明一样是卧底,而且还是一名坚持到底的卧底,那么从内心来讲，刘建明何尝得以解脱？倒不如说从此深坠无间地狱无以自拔。还有的功能人物在剧情中也与主人公没有什么联系，但这类人物与主人公有着某些相似之处，很容易让人联想到是主人公的一个镜像。这种情况下，往往会先给这类人物一个明确的命运发展，从而在观众心中唤起类比联想，将观众缝合进叙事进程之中。《贫民窟的百万富翁》中盲童拜勒文之于杰玛就是这样的角色。杰玛和他的哥哥沙里姆曾被乞丐集团诱骗，杰玛还差点像拜勒文一样被毒瞎了眼睛成为乞讨工具，幸得沙里姆的帮助才幸运地逃出魔掌。多年以后，回到孟买的杰玛在地下通道里遇见了被弄瞎卖唱乞讨的拜勒文，杰玛给了拜勒文一百美元。拜勒文告诉杰玛百元美钞上印的是本杰明·弗兰克林的头像，他还告诉杰玛他正在寻找拉媞卡的处所。拜勒文高兴地抚摸杰玛的脸，说："贾马尔，看来你现在是大人物了，我为你高兴。你被拯救了，我不太走运，这是唯一的差别。"这句话别有令人震动之处，从某种意义上来说，杰玛对于自己幸免于难是深深愧疚的，他的命运其实和拜勒文、拉媞卡是一样的，或者说杰玛就是拜勒文、就是拉媞卡，任何一个贫民窟里的孩子都无法自主命运。幸运的是，杰玛有一个能舍命掩护自己的哥哥。

我们现在可以对我们创造角色的过程作个小结。

我们通常都觉得角色是属于创作者的，是你赋予了他生命。但我们要说，当你明白了角色的来龙去脉，从角色所面临的三个冲突层面将生活的方方面面铺陈完整时，角色其实已经有了自己的生命。可以说，在你构思角色的瞬间，角色便有了生命。剧本写作不是要去建立角色而是要引导出已经成熟的角色。我们不妨把这个引导的过程通过问题的形式加以再次确认。

首先我们要让自己搞清楚谁是主角。要搞清楚这个问题我们同时还要搞清楚其他四个问题：1.你的主角所做的第一个戏剧性选择是什么？2.为什么你的主角需要去做这个选择，而不是采用别的方法？3.当主角做了这一选择后，有什么成效？4.其他角色受到这一选择的影响是什么？这是建构起基本的剧作命题以及人物关系的关键所在。

接下来我们要关注的是人物的行动。人物即是动作。悉德·菲尔德一直强调这一点，在我们看来这确实是不容置疑的。我们在这里要强调的是，当主角作出选择的时候，是基于他们对自己的信任、以及思考和行为的方式。这都与角色的内心需求有关。角色如何选择，如何在第一时间选择，这都源自于他的自我观念。但这种选择往往陷入某种自我怀疑之中，事实上剧情发展也显示了这种怀疑的可靠性，当一个人采取行动作出了一个明确的选择后，往往会暗示另一个话题：如果作另一项选择会是怎样？这样角色就进入一个由冲突统率的世界之中。

现在我们面临的就是冲突问题。冲突从人物内心需求来讲，可以看做是主动回避那种因选择所造成的情况或讯息失调，这种冲突就包括我们前面说过的三个层面，即内心的冲突、人际的冲突及人与环境间的冲突。如果我们要进一步细化的话我们可以把这三个层面细化为五种状态——1.个人之内的冲突焦点；2.人与人之间的冲突焦点；3.意外情况的冲突焦点；4.社会上的冲突焦点；5.利益相关的冲突焦点。

现在我们再回到主角上来。主角要什么？这个问题建立起了主角的外在目标，从而也建立起了剧情发展的方向。不管这个外在目标是什么，都必须经过两个方面的测试。一是得到观众的认同，观众须得清楚地知道这个外在目标的存在，并且将主角对外在目标的追求看做剧情的主导方向。另一方面，在观众认同角色的前提下，我们应该强调的是，外在目标必须和观众有所关联。也就是说，故事可以千变万化，但本质上其实都是人类所普遍关注的原始命题。比如公平、正义、道德、自由等等。所以，在确立外在目标之前，我们先得了解观众心理学，明白观众到底需要什么。比如我们可以参照马斯洛的心理需求层次将主角的外在目标定位在某一需求层次之中，从而与观众的基础需求相一致。

在确立外在目标的同时也建立起了六个关键问题——1.你主角的特定的外在目标是什么？2.这一开始的外在目标，会被不同的外在目标所取代吗？3.外在目标如何得到观众的认同确认？4.外在目标和观众有何关联？如果主角没办法达到外在目标，观众又有什么损失？5.在故事里主角失去了什么一定要达成的事项？6.角色在设法达成外来目标之前，有没有首要目标要先去完成？

主角的目标常常不是那么容易达成的，剧情就在于主角如何来解决其阻碍力量从而实现自己的外在目标，所以下面这个问题也一样的重要，即是什么力量在阻止主角达成目标？关于这个问题我们首先要从对手的角度来加以考虑——对手的精神理念、价值观是什么？从而影响到他的外在目标是什么？对手与主角间的价值观有何对立之处？对手目标的达成会造成什么影响？主角的价值观、对手的价值观和你所讲述故事内容的价值观间有何关系？

无论提出何种问题，我们要再次明确的是，在我们构思角色的瞬间，角色已经获得了生命，我们要做的是聆听角色的声音，而不是按照我们的主观意愿任意安排角色的行动。

上述讨论通常适用于一个传统的剧作，可以看出，在一个传统的剧作当中，主角都必须是主动、活力十足，并且处于足够的矛盾冲突中的。一句话说，这是一些有所行动的人，是一些主动的角色。这种角色的表面定义就是要有行动力，能串联事件，帮助故事主线形成，可以将故事讲得更有力。即便并非完全如此，那也是能看出他有明确的企图，对冲突有迅速的反应，并能必然使观众产生一个问题：他能克服这种冲突吗？这就使角色容易得到认同。

确实有些主角是非如此不可的。例如布鲁斯·威利斯的终极警探如果是个内省、被动的角色的话，就不知道情节该如何发展了。但我们说只要脱离开非此不可的想法，还是能找到很多别的选择的。换言之，我们可以来重新设定主角的主、被动状态。

我们可以将角色设定为内省型的。这种类型中，主角有强大的内心世界，但其内心世界又不足以外化为同样强大的外部行动，甚至与之对应的是内心世界完全取代了外部行动。这种时候，光靠主角的行动很难来推动剧情的发展，于是势必要借助于其他角色的动作来外化主角的内心世界。如在基耶洛夫斯基的《十诫》之《爱情短片》中，主角很显然是一个内省型的角色，他的行动被自己压缩到最大限度，他对女人的爱只是通过窥视来实现。但窥视本身是解决不了任何问题的，对于一个人的关注需要进入她的内心，而窥视却达不到这种距离。但这种焦虑也只是使他的行动只前进了一小步——给女人发了封假的汇款通知，以期一种更近的距离。我们发现，影片在这个人物的行动力上只限定在激发起对手的行动，一旦对手的行动已经激起，那么推动两人关系的事件就完全是对手来掌握了。这俨然跟我们前面讲的主角掌握了剧情发展的方向不相一致。《德州·巴黎》是个更极端的例子。影片中的主角出场时内心世界完全压倒了外部行动，他丧失了语言，也基本上没有行动力。这样的角色很难把他当做是主角来看待，事实上也确实如此，在影片中，我们发现其他任何角色都比他更有行动力，看上去更适合做一个主角。但是我们仍然能一眼认出主角是谁，原因无他，其他角色的行动力再强大，却都是围绕着主角在展开的，在《爱情短片》中也是如此。所以我们说，看上去，内省型角色缺乏足够的行动力，但其强大的向心力使得他在影片中成为毋庸置疑的主角。

与内省主角相似的是被动主角。被动主角似乎从未在行动上表现出一丝一毫的主导倾向，但可能更体现出某种本质的真实。如在《性、谎言、录相带》中，主角的生活从未是她精心设置的结果，这却类似于我们现实生活中的真实状态：混淆、错乱、隐讳……

我们还可以让主角成为一个观察者。从表面上看起来，主角对剧情是游离的，讲述的是别人的故事，但事实上最后要讲的还是主角的转变。如我们来设想一个故事，主角因为什么事想不开，跳楼自杀未遂，成了残障。于是他终日流连酒吧，过着自暴自弃的生活。但也正是在酒吧里，他结识了一群残障人士，这是一群心态阳光、积极向上的人，特别是其中一个人对他的影响较大。

最后，主人公也渐渐地参与到他们之中，成了一位对生活充满希望的人。在这样一个故事当中，"观察"成了主人公生活中的一个重要词汇，其他角色那些主动性的行动构成了复杂的叙述，以供主角从多方观察，而其他角色的行动则对主角的变化起了催化作用。这样的角色与传统角色相去甚远，但却与我们生活中所见的人物想去不远。

有时候我们也需要从正反角色的互补中去重建主被动关系。我们不妨来设置这样的一组关系，在某些常见的家庭伦理剧中，通常会设置截然相反的两个家庭成员作为对立角色，比如我们可以设置女儿为正面角色，她的母亲为反面角色。女儿天真无邪，相对应的是，她的母亲十分世故，常常玩弄别人于股掌之上，别人很难相信这样的女儿会有这样的母亲，可以说是完全相反的两个极端。这是个富庶的世家，丈夫/父亲管着家产但是体弱多病，妻子/母亲串通娘家人谋取夫家的家产，丈夫/父亲最后在这种纷争中去世。对于作为主角的女儿，经历了这一切之后，必须得有所选择：是继续保持那份天真无邪就当什么事也没发生过，还是直面母亲这种为达目的不择手段甚至不顾亲情的行为？很明显，主角的主/被动个性在这种故事形态中得以重建，我们需要重新去审视正反角色之间的故事推动关系。

因此，我们可以说，被动角色都是一些被逼急了才不得不采取行动的人物，他们身上有着这样那样的缺点，通常都可以用那么一些形容词去形容：压抑、被动、举棋不定、保守小心。但也正因为这样，这类人看上去也是极人性化的，也就是说，我们总能在他们身上看到自己的影子。但是这类角色也因为太像现实中人那样平凡了，所以他们身上就缺少了戏剧性。为了让这些角色能在戏剧性上表现出色，我们不得不对我们的叙述作出某种修正。很明显，这些角色需要强有力的戏剧化情境，而这时就需要那种特别有活力的配角。这可以算是对主流的主被动关系的一种延伸与修正。

这还是一类能与观众相认同的角色，认同的好处在于能迅速简化观众与故事间的关系，观众能以最直接的姿态进入故事情节，而且这种认同感能使观众较少去关注合理性问题。但并不是所有角色都需如此，毕竟生活是多样的，创作中也有我们刻意要去拉开距离的角色，这时就需要在角色的塑造中找到一个有效的平衡点，以此来延伸对角色的认同。

比如我们要去表现一个遭遇坎坷的女性，她本身并无什么道德的亮点或性格上的吸引力，她想要通过选择婚姻来获得理想的生活，但后来却又想着从丈夫身边逃离。这样的角色，我们会替她抱撼，会替她丈夫难过，但绝对不会产生认同，观众和角色之间始终是有着清醒的距离。这种情况下平衡点即在于角色能否足以引起观众的同情。

但是我们也会碰上连同情都不可能的情况。那么这又如何来找到这个平衡点呢？比如你要创作一个令人反感的角色，这种时候同情是不可能了，认同似乎也不存在希望，但是我们又必须让观众接受这个角色。这时候我们需要做的就是给这个角色加上一点能被观众接受的特质、找一个说得通的理由。比如我们要塑造的是一个为了自己的利益不择手段的人，这显然是一个会让人反感的角色。但是如果我们为他的这种行为找到一个光明正大的理由呢？比如他那么做完全是出于对女主角偏执的爱。那么虽然你会觉得他那样做是过分了一点，但是也不可否认，他对于爱的纯粹付出还是具有很强大的气场的。我们也可以让这个负面人物带上个性上的悲剧色彩，这种个性上的悲剧性通常会是角色被接受的一个重要因素。这种人物都有一种极端的特质，这种特质既是力量的来源，也是他自我矛盾的源头。如麦克白式的狂妄。人物悲剧性的缺点使角色和社会构成互文关系，致使作品在故事情节之外内含更多可咀嚼的东西。要塑造好这类角色，在很大程度上要给观众一个了解角色内心的机会，这就需要创设一个特别的场景，在这个场景里，角色会有一个为自己说清原由的机会，说清自己之所以如此是自己曾受过的某个足以影响人生的事件。在这种情况下，观众就不是作为感同身受的身份出场与角色加以认同，而是站在一个安全的距离之外在静观别人的生活。这是一种状态。还有一种，角色没有这样一个剖析自己的机会，但也能起到同样的效果，这就是那些发生在人物身上的故事具有代表性的作品当中。比如像上述所说的莎士比亚作品的麦克白式悲剧，就不仅仅是个人的悲剧，而是更多地体现出一种生命的悲剧性。

总的来讲，这一类角色与观众的关系是暧昧的，它不能提供直接的认同，但却更能让观众从中体会到一些深意。处理这类角色，很多时候要依靠叙述的力量。不过，就我们上面所谈而言，角色的本质设定也是一个重要因素，要让角色提供观众一种在安全距离之外参与的效果。如此，一类有意味的角色就建立起来了。

最后，我们再来谈一个问题。

在传统作品中，只有主要角色才能克服故事中的障碍，他主导叙述方向，位居故事中心。次要角色是促使主角行动的催化剂，他们昭示主角性格中不同的倾向及冲突，帮助他解决问题。这是最常见的角色间的平衡关系。但事实上我们也可以作一些新的探索。

一种是不会刻意地强调其中任意角色所面临的冲突，观众只能判断出其中有那么两个角色似乎比其他角色相对更像主角，但分不清到底谁更主要一点，观众对两个角色的关注度也是相同的。这种状态就在传统的戏剧化主次角色关系之外呈现出一种新的平衡关系。比如像《无间道1》，故事在陈永仁和刘建明两人之间展开，但我们很难说这两个人谁更像主角一点，只能说这两个人物更像是一枚硬币的正反两面，唯有把两个人物捆绑在一起，才能把剧情说透。

与之相像的是另外一种形态，即由多人来分担主角加以展示一个比较复杂的问题。在这种形态中，我们也很难说清谁是主角，而其中几个分担主角的人物之间也没有构成一个对另一个的影响，——如果这种影响存在，那么主次角关系就明朗了。所以像这种人物设置，在本质上就是为了给生活多一个维度，从不同维度来展示生活的多样性与复杂性。比如《20，30，40》。通常的三个女人一台戏在这里已经不复存在，我们看到的是在三组相对独立的故事中呈现的生活真实的一面。

我们也不妨把主角作为一个目击者来使用，这在传统的故事中是冒险的，因为目击者很大程度上起着一个叙述者的作用。但是像《重金属外壳》这部电影中的Jkoer却偏偏就是这样的主角类型。这个故事跟传统的三幕剧结构形式不一样，故事分了两段。第一段是在训练基地的训练生活，第二段是在越南战场上的一次遭遇战。在第一段故事中，教官和劳伦斯的戏分看上去比Jkoer要重。故事差不多就是在教官和劳伦斯之间展开，教官用尽了各种手段来训练他的海军陆战队员，最后在成功地将他们训练成杀人机器的同时，自己也被劳伦斯所杀，劳伦斯则饮枪自尽。在这些戏分中，Jkoer都只是个目击者。接下来后半段，Jkoer在战场上担任摄影师，目睹了一场敌人面目模糊的狙击战。观众一直看不见敌人，只看到一个又一个的美国大兵倒下了。这使得大兵们深感愤怒与害怕，最后他们终于逮到了已经奄奄一息的越南狙击手，就是这个少女，只身狙击了走错方向的一支美军侦察队。最后，Jkoer把她一枪打死。在这一段上，看上去那些或理智或冲动，或勇敢或懦弱的大兵也都比Jkoer更有戏分。但我们说这部电影本身就不是那种来讲清一件具体事件的故事类型，其触动人的神经的地方是在那种感性经验之外触及心灵之处。Jkoer和他的那些战友一样，都是被战争所限制了的，无非就是他活下来了。然而正是这种活下来的Jkoer却像一扇窗户一样让我们看到那些事件之外的东西。所以他才是库布里克真正用来表意的符号，正像他胸前挂着和平徽章而头戴的帽子上写着"天生杀人"几个大字一样。在战争的背景下，这是一种活着的悖论。其他角色则是围绕在Jkoer身边，以感性经验在阐述着这一切。

主要角色和次要角色的外在形态有时也会作些对调，从而使剧情更有张力。前文提到的《德州巴黎》就是一个典型的例子。一个在企图重整生活的过程中失忆的男子崔弗斯从表象来看是不可能作为一个主要角色的。因为他完

来越呈现出理性的、文明的一面，但我们也不能否认，潜意识对主体的引导作用确实是无处不在，而一个人意识上对自己过于自信(建立在以往的经验基础上)和身体的实际上无法应对之间的差距，更可能引发内在的心理冲突。这一切也正跟从时间的深度上全方位地展示一个人的历史一样，足以使一个本来只在设想中的人物，成为一个活生生的角色。

另外，还要考虑人物独特的观点和态度。观点和态度可以落实在某些特定的行为和个性特征上，它是展示人物中的一种独特的印记。虽然我们已经考虑了从生活的全方位来构建人物的历史，但人与人之间的差异其实是有限的。因为我们每一个人都有同样的喜怒哀乐，同样为挫折而沮丧为成功而喜悦，甚至人和人之间总会有长得相像之处。因此人与人之间的差异可能并没有我们想象的那么大，但是有一种方法可以把角色与角色区分开来，那就是他的观点和态度。每个人都会有自己的视角、自己的观点和态度，以及这种观点和态度的来由。因此，在写作人物小传的时候，我们要通过书写人物的行为、发现人物的个性特征来明确人物独特的观点和态度。

那么，如何来构建人物的历史、凸显人物的观点和态度呢？这就要学会发问。我们可以根据人物所面对的不同的冲突层面，来设置所有你想得到的问题。比如你可以就一个人的婚恋观来进行设问，看看这个人物婚恋观是怎样的，最喜欢哪种类型的异性(包括形象、气质、教养、学历等等)、自己对异性的看法是怎样的、自己的恋爱史是怎样的、相不相信天长地久的爱情、要不要小孩、喜欢男孩还是女孩等所有你想得出的问题均可涉及。通过不同角度的设问，你的人物就渐趋丰满，呼之欲出了。

写人物小传，并没有篇幅上的要求，但可以说是你能写多详细就多详细，越是详细，你对人物的把握就越明晰，最后你的人物就像在你面前一样，你对他了如指掌。这个时候，你可以用一些比较精练的语言把你从小传得到的印象概括出来，你会发现这比你最初对这个人物的设想要具体可感得多。

曹禺先生在写他的那些话剧剧本的时候，习惯于先写人物小传，直到那些人物在他面前一个个活起来。我们看他剧本时，会看到他对那些首次出场的人物作出的简洁明了的概说，实际上这就是在人物小传基础上对人物作出的定位，而人物在剧中的表现则又是基于此。比如《日出》中，第一幕陈白露出场的时候，作者先铺垫了这些文字："缓慢的脚步声由甬道传进来。正中的门呀的开了一半。一只秀美的手伸进来拧开中间的灯，室内豁然明亮。陈白露走进来。她穿着极薄的晚礼服，颜色鲜艳刺激，多褶的裙裾和上面两条粉飘带，拖在地面如一片云彩。她发际插一朵红花，乌黑的头发烫成小姑娘似的鬈髻，垂在耳际。她的眼明媚动人，举动机警，一种嘲讽的笑总挂在嘴角。神色不时地露出倦怠和厌恶；这种生活的倦怠是她那种漂泊人特有的性质。她爱生活，她也厌恶生活，生活对于她是一串习惯的桎梏，她不再想真实的感情的慰藉。这些年的漂泊教聪明了她，世上并没有她在女孩儿时代所幻梦的爱情。生活是铁一般的真实，有它自来的残忍！习惯，自己所习惯的种种生活的方式，是最狠心的桎梏，使你即使怎样羡慕着自由，怎样憧憬着在情爱里伟大的牺牲（如有些电影中时常夸张地来叙述的），也难以飞出自己的生活的狭之笼。因为她试验过，她曾经如一个未经世故的傻女孩子，带着如望万花筒那样的惊奇，和一个画儿似的男人飞出这笼；终于，像寓言中那习惯于金丝笼的鸟，已失掉在自由的树林里盘旋的能力和兴趣，又回到自己的丑恶的生活圈子里。当然她并不甘心这样生活下去，她很骄傲，她生怕旁人刺痛她的自尊心。但她只有等待，等待着有一天幸运会来叩她的门，她能意外地得一笔财富，使她能独立地生活着。然而也许有一天她所等待的叩门声突然在深夜响了，她走去打开门，发现那来客，是那穿着黑衣服的，不作声地走进来。她也会毫无留恋地和他同去，为着他知道生活中意外的幸福或快乐毕竟总是意外，而平庸、痛苦、死亡永不会放开人的。"[1]

这样的例子还有不少，我们可以去细细品味，在自己写作人物小传时作个参考。

---

[1] 曹禺：《日出》，四川文艺出版社 1985 年，第 7 页。

第四章　结构设计

第一节　影视剧结构概论

一、电影结构与电视剧结构

如果我们要讨论影视剧剧本的结构问题,首先要探讨电影的结构和电视剧结构的差异。电影和电视剧在播出平台、制作方法、发行渠道、投入方式和预期达到的效果上是截然不同的,因而导致两者在剧本创作上区别极其明显。

当然所有元素中对剧本结构影响最大的体现在长度上。电影的时长常规为 90～120 分钟,而电视连续剧一般长达 500 分钟以上,甚至有多达十季(每季都可以超过 500 分钟),所以两者在剧本结构上自然差别极大。

电影剧本被规定在有限的范围内,所以它的结构通常要求短小、精悍、集中。为了能在短短的时间内吸引关注,让观众坐在电影院的有限时间内值回票价,电影剧本对每个细节的信息量要求极高。为此,电影需要拥有一个有力的情节故事,一组鲜活的人物形象,一个令人思考回味的命题,还需要讲究和强调出色的画面,特别是画面蒙太奇的处理。

相较电影而言,电视剧剧本则主要的力量集中在剧情长期连续的发展和推进上,人物命运多次的跌宕起伏及故事节奏的把握,以吸引观众往下一集收看的欲望。

电影剧本的结构可以多种多样,传统的戏剧性结构和非传统的现代结构都可以构成出色的作品。甚至很多其他艺术的门类(比如 MTV),非艺术的门类(电视游戏)最终都有机会被电影所借鉴和吸收,在接下来的章节中关于电影的结构我们将分门别类地加以阐释。

电视剧的结构就比较单一了。电视剧的结构基本上就是传统戏剧性结构的不断放大、不断反复和不断的延伸，电视剧由于本身的特性，剧本创作上不允许做过多的实验性的尝试，所以最传统也就最安全，电视机前的观众习惯于收看的那种最方便的传统戏剧性结构就成为电视剧几乎唯一的模式。

当然在特殊的一些时期，电视剧的商业性尚未完全开发，电视剧的制作秉承着完成国家任务的特性，也会偶然出现一些不采用传统戏剧性结构搭建构成的电视剧。比如1991年的《南行记》，出现了电影中常见的评价性结构的穿插，原小说作者的讲述和故事剧情交替出现，成为难得的电视剧中的另类。但这种形式的作品只是特殊时期的作品，更何况这部结构特殊的电视剧也仅仅以6集的形式出现。

所以在接下来的阐述当中，我们集中阐述电影的结构，由于在电影的结构中专章阐释戏剧性结构，所以电视剧的结构就不再另辟章节专门讲述了。

二、传统与非传统的分野

谈到电影的结构，现代电影的结构确实千姿百态，花样繁多。但是如果我们细细地梳理，会发现现代商业电影（以好莱坞为代表）的剧本结构绝大部分还是遵循了古老的剧本结构原则——戏剧性原则。这是从古老的希腊时代就确定的剧本写作原则。现代商业电影剧本写作的很多戏剧性技巧，比如动作、突转，都可以上溯到亚里士多德的《诗学》。

好莱坞的电影从摆脱默片进入黑白的影像时代开始，始终在亚里士多德式的戏剧性结构里打圈圈。我们很难说《走出非洲》、《北非谍影》的剧本写作技巧和长期活跃在戏剧舞台上的佳构剧有多大的区别，除了从舞台发展到影像，除了有限的分幕发展到镜头切换，当时一部电影的剧本基础框架和舞台佳构剧是完全一致的。

而现代的好莱坞电影剧本结构并没有比黑白片时代的《魂断蓝桥》、《北非谍影》有多少进展，充其量是做了一定程度的简化和浓缩。

现代的好莱坞商业电影往往以超强的感官刺激为吸引观众的手段，指望在观众生活视觉经验外的事物，能让观众在影院里目瞪口呆。自由女神像被炸毁，整个纽约被冰封等都是现代好莱坞电影惯用的手段。

正是在有限的时间内为这些电影视觉奇观让路，好莱坞电影剧本的结构比过去要浓缩和简化。但是其基本的原则仍然离不开动作、冲突、悬念、人物弧光、人物关系、突转等关键词汇。这些都是亚里士多德式的古老的戏剧性原则。

戏剧性的剧本结构是从西方话剧中借鉴而来的。所有的戏剧性原则几乎都能在亚里士多德的《诗学》里找到始祖。以至于被很多好莱坞编剧界奉为经典的电影剧本编剧工具书《电影剧本写作基础》,通篇都在用好莱坞商业片的制作原则套用亚里士多德的戏剧架构的观点。

这种秉承了西方话剧几千年来传统的戏剧性原则来结构电影的剧本,我们很自然地把他们归为传统结构。

然而正是由于现代商业电影在剧本结构上裹足不前,传统当道,许多现代的电影艺术家都开始作出多方面的探索,寻找电影剧本结构的崭新的途径。一开始电影剧本结构的革新是在艺术电影的领域首先出现的。随着法国新浪潮电影的到来,对于电影的本体有了全新的解释,于是传统戏剧性的原则在这里被频频打破。我们很难再讨论《广岛之恋》的人物动作和突转了,《去年在马里昂巴德》更是击破了所有传统的剧本结构。

艺术电影领域的频频尝试,给了现代电影艺术家很多的启示。甚至直接在结构上出现了明显的传承。基耶斯洛夫斯的《机遇之歌》和现代电影《罗拉快跑》的前后继承关系是再明显不过的。然而艺术电影的最大的问题是受众面较小,新颖的非传统的剧本结构只有少量的观众乐于欣赏,大部分观众的欣赏习惯仍然停留在传统的剧本技巧上。

于是一些电影艺术家们把传统的结构和艺术电影中反传统的结构综合运用,力图在争取更多观众理解的前提下,局部地突破亚里士多德的戏剧性传统。他们特别是突破了亚里士多德式戏剧性传统的时空唯一的原则,创造出各种各样的现代性剧本结构。在他们的不懈努力下,套层结构、散点结构、对立结构、圆形结构、时空重组结构等各种样式各异的剧本结构层出不穷,让我们大开眼界,原来电影可以这样为我们讲述故事。我们把这些千姿百态的结构样式统一在非传统的电影剧本结构下逐一阐释。

值得一提的是,由于剧本结构传统力量的极为强大,创新的难度之高,因此每次有结构特异的影片出现,总是会引起很多反响,并且给予这些敢于创新的艺术家极高的荣誉,表彰他们非凡的贡献。比如美国编剧导演昆廷独创的时空重组结构样式的代表作《低俗小说》,米尔科·米切夫斯基导演的电影《暴雨将至》诡异的圆环不圆的结构模式都为全世界电影爱好者所津津乐道。

当然电影艺术家对电影结构的探索和突破,也逐渐为商业电影所部分吸收。一些局部借鉴了非传统剧本结构的商业片也逐渐出现,为电影带来了新的内容。

第二节　传统结构

一、结构的入门——三幕剧模式

1. 三幕剧模式的本质

所有剧本结构中最常用也是最传统的一种结构就是戏剧性结构。戏剧性结构归根到底的本质是三幕剧结构样式。

熟悉戏剧历史的人都知道何为三幕剧结构样式。在戏剧发展的过程中，一幕一幕的区分形态和原则各异，真正的戏剧剧本写成三幕的反而并不多，然而三幕剧的结构样式指的是剧本写作的一种原则性的东西。

三幕剧就是把整个剧本切分成三个板块，各板块在剧本中所起到的作用各不相同，相互勾结在一起形成一个剧本结构的整体。

这三个板块分别为：

交代——危机——高潮

交代：这个部分常常也会被称为铺垫，而美国的悉德·菲尔德在《电影剧本写作基础》一书中称为建置。另一位美国的编剧理论家劳逊则喜欢称呼它为说明。这个部分通常是整个结构中的开始部分，用来交代人物性格、人物处境、人物关系。

这个部分的作用是首先让观众了解人物，或者说这种了解往往是让观众认同人物。然后让所有的铺垫在这个部分完成，为以后起冲突或者是危机提供契机。

一般在交代部分，人物动作即使有，也只是隐含着，并不鲜明地展开，因此交代部分常常是剧本中相对比较乏味的。当然古今中外的剧作家想了很多方法来使得这个剧本开头的交代显得生动有趣。

他们的一个办法是缩短交代的时间，尽量让后面的危机高潮部分提前到来，以免观众厌烦。如果我们仔细研究索福克勒斯的《俄狄浦斯王》，我们就会发现这个三幕剧的开头交代部分是被尽量压缩的。

《俄狄浦斯王》剧情的动作主体是俄狄浦斯反复追查谁是那个杀父娶母、导致上天惩罚这个城市、瘟疫流行的凶手。这个反复追查的部分构成全剧的冲突或者说危机部分。而高潮部分就是追查到最后发现那个杀父娶母的凶手就是自己。

在激烈的冲突或者危机到来之前,总是需要蓄势待发。《俄狄浦斯王》的剧本铺垫部分简单地以一个祭师的话一笔带过,交代出瘟疫到来,需要寻找那个导致瘟疫的凶手是谁,规避了冲突引发前的乏味。这是因为当时的戏剧允许大量地使用交代性的对白,报信人成灾。况且古希腊的悲剧由于大部分来源于观众熟悉的神话故事,故而不必做过多交代。

正是由于许多作家都把铺垫部分进行压缩,导致很多剧本看起来把三幕剧结构化为两个部分。所谓:

上升——转折

包括著名的编剧理论家麦基在他的《故事》一书中,把整个剧本的结构的第一部分归纳为激励事件。激励事件基本上就是悉德·菲尔德所说的情节点1,换句话说,就是三幕剧中危机起始的部分,动作上升的开始。然而所有的上升动作之前总是伴有蓄力的交代部分。这是无法省略和回避的,因此从这个角度看,三幕剧写作的技巧,悉德·菲尔德的《电影剧本写作基础》确实归纳得更加准确有效。

现代电影剧作家没有报信人的便利,一般不允许直接跳出来讲述,所以往往采用的方法是在铺垫部分也尽量的动作化,即使是强行切入和剧本主动作线索无关的小动作也在所不惜。

比如《这个杀手不太冷》里,为了给各位观众尚不熟悉的主人公莱昂做个交代,剧作家专门设计了莱昂出场:他孤身入虎穴,擒住全副保镖保护的目标人物的剧情。这个紧张有趣、动作性很强的段落目的完全为了交代莱昂的身份和性格,这个目标人物此后在影片中再未出现也没有起到任何作用。

可见三幕剧剧本的交代是极其不可或缺的,但是又是相对难写的,因为冲突没有明确、矛盾没有确立的情况下,想吸引观众就要有相当巧妙的手段。

危机:有了交代以后剧本就进入了危机阶段。危机阶段就是主人公与他完成目标之间的障碍的反复冲突。这个障碍往往由剧本中的大反派构成,这个大反派往往力量巨大,主人公费尽心机、历经千辛万苦方能把他制服。当然障碍有的时候并不由人构成,在灾难片中,自然的风雪、地震、龙卷风都可以构成主人公达成目标的障碍。

总之在危机阶段,也就是三幕剧剧本的第二幕,主人公拼命要完成目标,而偏偏这个目标极其难以完成,主人公必须要有超人的毅力,甚至放弃很多东西才能最终克服障碍。

在和障碍的反复较量之中,一定要注意层次感。所谓的层次感就是反复冲突的阶段。这个冲突的阶段往往是一步比一步冲突大,一步比一步困难多,主人公压上台面的赌注也一步比一步更大。

比如电影《天下无贼》，主人公王薄和大反派（另一个小偷集团）之间的冲突就极好印证了冲突的层次是如何发展的。

第一层次：王薄和水平最低的四眼比试，四眼根本不是对手。

第二层次：王薄和小叶斗智（简单的斗力变成了斗智，斗争的手段和层次在上升，小叶的能力也远远不是四眼可以比）。

第三层次：王薄和老二站在火车的车顶比胆（这个层次上升到如果谁输了就有生命危险）。

第四层次：王薄和黎叔比谁能拿到钱（这个层次王薄输了就要变成黎叔的手下，听命于他）。

从上述的层次来看，上场的对手一个强于一个，输掉比试的赌注也一个大于一个，这就是危机或者冲突阶段的剧本搭建的不二法门。

所以在构思阶段，对于剧本的编剧，一个最重要的任务就是为你的主人公设置强有力的对手，而且这个对手和你的主人公交锋的过程千万不能一次就把能量释放完毕，而要一步一步地把冲突做大做强，直到戏剧性的高潮部分的到来。而编剧的初学者往往容易犯两个毛病，第一就是没有设置对手（障碍）的习惯，全剧中主人公除了吃饭、聊天、恋爱、工作，就没有强烈的行为目的，导致剧本的拖沓和松散。第二个毛病是懂得了对手的设置，但是设置的对手力量太弱，我们的主人公总是太容易打败对手，同样无法避免剧本让人昏昏沉沉的毛病。

比如美国的经典电影《洛奇》，其中的对手设置可以作为编剧在设置剧本对手的典范。

主人公洛奇是个已经被业余拳击俱乐部扫地出门、只能以帮助黑社会收收保护费过日子的、极其失意的拳击手。然后他获得了一个机会向世界最重量级拳王挑战，对方当然是没把他当回事，但是他给自己定下的动作是在世界最重量级拳王面前保持十五个回合不被击倒。

被业余拳击俱乐部扫地出门的落魄拳击手对抗世界最重量级拳王，这样的对手反差足以打动观众，主人公要战胜这样强大的对手将展现出他本身的力量和鲜明的个性。《洛基》这部电影之所以成为经典电影，和它出色的强有力的对手的设置有着密切的关系。

高潮：当剧本人物经过强烈的冲突，主人公几次和对手对抗，最后进入最终阶段——高潮部分。高潮部分是观众一直孜孜以求的期待的部分，编剧一定要设计好这个部分。

这个部分的关键点是冲突的最高阶段。如果说之前的冲突，敌我双方或者胜负未分或者即使暂时分出胜负,输掉的一方还有机会卷土重来的可能,那么冲突的最高阶段,高潮部分必须是对抗双方拿出所有的力量,并且把所有的赌注一次性地统统压上台面。没有一方可以再来一次,最后的殊死搏斗是高潮部分的特征。

请特别注意所谓的压上所有的赌注,这一条往往是构成高潮的必要标志。比如说如果冲突的双方,第一层次的较量谁输了就会流血,那么第二层次的较量就是谁输了就会残废。这就是层次上的递进,而第三层次就是谁输了就把命搭上。这个冲突的最高阶段可以设置为谁输了,输家一家老小性命全无。这种冲突的递进构成了戏剧性张力的节节上升。

当然在高潮阶段的最后往往会构成消元,也就是对抗一方的力量最终消失。这样剧本就进入了尾声。这种消元经常在电影中表现为由一方的生命死亡或者犯罪一方的锒铛入狱构成的。

古典的悲剧经常是主人公最终彻底输掉了对抗而落得凄惨的结局。上面举的例子《俄狄浦斯王》的结果是俄狄浦斯最终发现那个杀父娶母的人正是自己,最终自己刺瞎自己的眼睛把自己流放。古典戏剧充斥着悲剧的原因主要是主人公经常和宿命作斗争,既然叫宿命那么失败是不可避免的。

另一种高潮部分的结尾消元是正剧样式的。比如说我们都很熟悉的《罗密欧与朱丽叶》,这是一个正剧的结尾,一对年轻人死在一起,没有做到有情人终成眷属,然而因为他们的死亡,世代仇恨的两家消解了仇恨。

实际上现代电影剧本绝大部分采用的是大团圆的结局。原因是现代观众入场后情绪在被编剧调动了将近两个小时、为我们主人公的命运也担忧了近两个小时之后,如果最终给予对主人公不利的结局,往往引起观众的愤怒。因此现代电影,尤其是好莱坞商业电影总是习惯有个大团圆的结尾。有仇的报仇,有恩的报恩,相爱的结婚,坏蛋搬起石头砸自己的脚。当然很多电影艺术家不愿意简单地按照观众的意愿来结构自己的电影故事。他们强调个人意志的声张和引发观众的思考,这种艺术上个人情感和态度的表达常常和制片人对市场的把握产生分歧。在导演拥有最终剪接权的欧洲一般都能尊重导演的意图,但也有导演不得不听命于制片公司的意见,出现所谓的剧场版结局和导演剪接版结局,便是不足为奇的了。

那部结构特异的电影《蝴蝶效应》,讲述了一个人的意识可以通过几本日记本奇迹般地回到青少年时代,从而改变自己和身边伙伴的人生。这个电影就有剧场版和导演剪接版两个结局。剧场版的结局是大团圆的结局,它告诉我们爱情可以战胜一切,包括宿命,会发生爱情的青年男女冥冥中总能相遇,只是时间早晚。而导演剪接版则是彻头彻尾的悲剧,最终主人公发现无论自己怎么修改历史,旁边的人都无法幸福,原因就在于他自己不该降生在这个世界上。这个版本的结局最后他在母亲的肚子里用脐带勒死自己,典型的具有人类原罪的观念,让观众唏嘘不已。

按照好莱坞流行的编剧理论,他们把这种大团圆的结局叫做向上的结局,悲剧的结尾叫做向下的结局。当然如果仅仅是在高潮部分轻易地给出向上的结局,观众同样并不满意,这就意味着编剧必须充分地在结尾处把观众的情绪带领着忽上忽下,主人公忽的什么都失去了,忽的什么都得到了。这就涉及高潮部分突转的运用,特别是突转的组合运用——假结尾。

突转作为重要的戏剧性元素会在接下来的章节中专门研究,在本章当中我们适当地谈谈在三幕剧结构的高潮部分突转的运用。

传统的戏剧性结构,推进戏剧高潮的不二法门就是突转。突转的意思是在一瞬间把人物的命运从顺境到逆境或者从逆境到顺境的急剧转折。通俗一点说来就是一秒之前你的人物还一无所有,一秒之后你的人物可以拥有天下。这种短时间内让人物处境产生剧烈变化的处理手法,可以很好地调动观众的感情,让剧中人所有的情绪和力量都拥有爆发出来的契机。

那么如何才能做到在一瞬间让人物或者说剧情如此强烈的转折呢?这里就涉及另外一个和突转相生相伴的元素——发现。也就是说,由于你的主人公以前不知道什么重要的情况,或者没有能拿到什么重要的物件,导致你的主人公一直处于某种处境,但是在一瞬间由于之前的秘密解开了,所以人物的处境产生了急剧的变化。

比如美国电影《凤凰劫》,这部电影的故事完全是好莱坞式的。一群落魄的石油勘探者,在沙漠的基地里找不到石油,勘探的行为被公司中止,来接他们回去的飞机由于沙尘暴,偏离了航向并且无法发出无线电求助信号,他们落在沙漠的深处无法等到救援队的到来。因为救援的成本太高而救援成功的几率太低。这些幸存下来的人有一些水和食物,当他们束手无策的时候,飞机上一个来历神秘的乘客提出一个大胆的想法,表示可以用飞机的残骸重新拼凑出一架简易飞机逃生,并且自称是飞机设计师,可以承担设计任务。之后历经千辛万苦,终于简易飞机被制造出来,还没有试飞。所有人都满怀希望,因为这是他们唯一的获救的途径,但是一个偶然的机会,飞行员发现了神秘的乘客背包里的画册,这是他所供职公司的宣传画册,他们惊讶地发现这个人只是设计玩具模型飞机的,从来没有设计过真正的载人飞机。这个一瞬间的发现使得所有人的希望全部破灭,之前整个电影剧本所铺垫的全部作废,历经的千辛万苦,甚至还付出了生命的代价也变得毫无意义。

这个例子很好地说明了什么是发现和突转,在发现后产生突转的一瞬间,不单剧中所有人(除了神秘的乘客)都爆发了,在场所有的观众的心也被紧紧地抽紧了。看了全剧这些不幸者的自救,在试飞前的一瞬间发现竟都是无用的作为,这对观众来说也是一个巨大的冲击。这就是典型的使用发现和突转刺激观众的手段,推动戏剧性高潮。

当然在高潮部分,想要更好地刺激观众,取得更好的戏剧性效果,在短时间内反复地使用发现和突转,两次或者两次以上,往往能起到更好的效果。剧本结尾处人物命运短时间的两次突转,由于涉及剧本是否结束,因此好莱坞的编剧喜欢把这种两次突转的组合使用称为假结尾。意思是一次突转使得观众认为结尾到来,比如主人公死亡,紧接着再来一次突转,抵消上一次的突转具有的结尾的指向,把剧情引导入另外一个阶段,比如主人公实际没有死亡,因为他会龟息大法。有的时候看似两次突转互相抵消,但是这种短时间反复的突转对观众的心理刺激可以达到无以复加的地步。

比如《终结者3》,施瓦辛格演的机器人行为是保护特定目标的人,因为这个人将来是反抗军的领袖。全剧从头到尾都集中在他如何和新型机器人争斗,保护人类的领袖。到了结尾高潮处,他在和新型机器人争斗中失败,新型机器人修改了他的电路板,他看到本来保护的人类领袖不单不保护他,反而发动攻击,最后他自己关闭了自己的电源,整个机器停止工作。这已经构成了突转,观众一瞬间发现原来机器人可以自己关掉自己的电源。终结者系列电影,基本上施瓦辛格演的终结者机器人死亡,影片的结尾就到来,但是紧接着观众惊奇地发现,这个看似结尾被另外一个突转所抵消,因为机器人又活动了,在他的电脑屏幕上显示的是"restart(重启)",观众又一次发现原来这种机器人会自动停止电源运作,也会像普通电脑那样重启。这两个急剧的变化让观众的情绪短时间内上升下降,推出了戏剧性的一次高潮。

当然刚才我们举出的《凤凰劫》的例子也是假结尾的典型。一次突转,神秘的乘客原来是玩具飞机制造商、把所有的人物命运由顺境拖入逆境以后,这个故事眼看就要以悲剧结尾,剧情适时地又来了一个突转。这个时候沙漠上的沙尘暴又来了,在强劲的风力的吹动下,完全不相信这个玩具制造商制造的飞机能飞行的众人,终于看到了那架飞机在狂风中迅速地抬起机头做起飞状。众人又有了生的希望,接下来再是试飞乃至成功。

学会使用两次突转的组合——假结尾,是写好戏剧性高潮阶段的重要技能。

2.经典电影三幕剧模式——悉德·菲尔德模式

传统的三幕剧结构从古希腊戏剧起源发展了上千年,在戏剧舞台上成为了十分成熟的剧本结构方法。然而这种在戏剧界成熟的方法尽管一直在被电影剧作家反复使用，但是理论的总结终究是落后的，尽管劳逊在自己的理论著作《戏剧与电影的剧作理论与技巧》中对此做过总结，但是那个时代电影剧作尚没有摆脱戏剧的影响，直到1982年悉德·菲尔德的《电影剧本写作基础》一书出版，乃至成为好莱坞编剧的经典工具书，三幕剧结构如何在电影剧本中使用才有了独立的著作论述并且一定程度上被理论化。

悉德·菲尔德在《电影剧本写作基础》这本书当中，归纳和总结了三幕剧结构如何适用于好莱坞商业片的架构。悉德·菲尔德提出了一个图例，认为电影剧本就应该按照此种图例搭建。

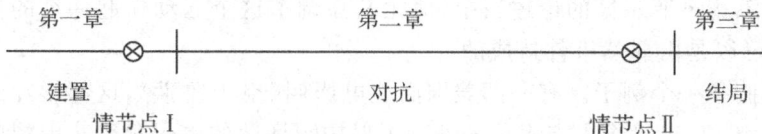

第一章	第二章	第三章
建置	对抗	结局
情节点Ⅰ		情节点Ⅱ

这个图例基本上就是三幕剧结构的图例的翻版。建置对应交代，对抗对应危机，结局对应高潮。这三个阶段虽然提法不同，但是在剧本中所起到的作用基本一致。因此我们完全可以说悉德·菲尔德对电影剧本构成的认识是纯传统的，是典型的三幕剧结构的。

当然悉德·菲尔德的贡献是把本来用在戏剧上的三幕剧结构彻底电影化了。悉德·菲尔德在书中反复强调建置的时间应该在30分钟左右，对抗的几个层次也要在60分钟完成，最后的30分钟用来推进高潮乃至消元达到结局。这完全是为了把三幕剧结构套用在时长为120分钟的好莱坞商业电影上的缘故。

三个阶段的论述完全脱胎于三幕剧模式。比如谈到建置，悉德·菲尔德一连提出了十几个问题，阐释编剧如何交代人物。人物结婚了没有、人物离婚了没有、人物的社会生活是怎么样的、人物的私人生活是什么样的等等。归根到底，他总结出在建置阶段编剧所要考虑的人物交代基本上就两个方面：人物的社会属性和个人情感属性。好莱坞商业电影的建置阶段经典的配置，先交代人物在工作上的情况，一般总是一筹莫展，得不到上司的赏识，得不到理想抱负的实现。个人生活中和妻子（或者女友）的关系糟糕，和朋友反目，父母的不理解，然后在冲突阶段把人物在外部强烈的动作当中把这些该解决的问题都解决了。

当然在最初构思剧本情境的时候就要尽量地让主人公的生活失败，因为这样的人才是充满了戏剧性，在以后的剧本发展过程当中让主人公峰回路转，也非常能符合观众认同主人公的欣赏习惯。

在对抗阶段，悉德·菲尔德也遵循了三幕剧结构危机阶段的写作方法，强调冲突，强调冲突的层次感，在这里不一一赘述。

当然悉德·菲尔德也有自己独特的创见。在情节点的论述中，悉德·菲尔德的论述精彩而超越了戏剧三幕剧的论述范围。

悉德·菲尔德提出，在剧本30分钟的时候，也就是说在建置完成，对抗将要起来的时候，应该在此设置一个情节点1。这个情节点1的作用是勾住剧情往一个方向发展。实际上悉德·菲尔德的意思是在30分钟的时候，剧本必须明确地把主人公动作的方向指明，也就是必须在这个时段内把全剧的主动作线索提出来，使得冲突可以顺利地发展起来，整个剧本动作的上升必须展开。在悉德·菲尔德的论述当中，他尤其强调了这个起动作起冲突的情节点1完全可以是由偶然事件造成的。

我们举一个例子。有一部美国商业电影叫《空中监狱》，这部影片的故事是讲：8年前，退役军人卡麦伦·坡为了保护刚怀孕的妻子免受小混混的骚扰而导致过失杀人，被判了10年徒刑。在狱中表现良好的他，终于在女儿8岁生日那天获得假释。卡麦伦希望能亲自将生日礼物送到女儿手中，因此要求典狱官让他登上"空中监狱"（联邦调查局为运送全美最危险的罪犯而特制的专用飞机）以节省坐车往返的时间。但这趟"空中监狱"正巧搭载一批全美最残暴的犯人，准备运送到另一个新落成的高度保安的监狱去。联邦探员文斯拉科恩为这趟危险任务做了许久准备，没想到飞机上天不久罪犯首领、外号"病毒"的葛森就策动其他同伙制服了飞机上所有的警察，接管了这架性能优良的飞机。他不知道卡麦伦已获释，还分派给他一些任务。联邦调查局在无路可退下，决定打下这架飞机。反正他们都是社会人渣。但意外卷入这场风波的卡麦伦却不得不为自己的安危着想，他静等机会伺机而动，与这帮穷凶极恶的罪犯展开一场惊心动魄的空中大决斗。

看过电影的人可以清楚地回忆起之后的所谓惊心动魄的空中大决斗，确实层次丰富，爆炸动作场面不断。然而这个事件中，"没想到飞机上天不久罪犯首领、外号'病毒'的葛森就策动其他同伙制服了飞机上所有的警察，接管了这架性能优良的飞机"就是本片的情节点1。这个情节点1促使原本按照计划去看女儿的主人公卡麦伦·坡入了一场惊心动魄、你死我活的争斗当中，是整个电影的冲突起势的一刻。但是恰恰这个事件和主人公没有任何关系，他不过是被无意间卷入这件事件当中。其实悉德·菲尔德在论述中已经明确地阐明，对于主人公来说无所谓偶然的事件还是必然的事件，只要能在情节点1处很好地提出动作并且把动作与反动作延续下去，形成贯穿全剧的冲突就可以了。因此对于编剧来说小心地设计那个情节点1成为剧本成败的关键。

3. 悉德·菲尔德模式的适用范围

由于悉德·菲尔德的《电影剧本写作基础》一书影响深远，甚至成为好莱坞电影编剧的必备书目，因此对于悉德·菲尔德模式亦步亦趋，抱着迷信态度的初学者不在少数。

实际上悉德·菲尔德本质上是把三幕剧结构的编剧模式彻底地电影化，并且创造性地提供了情节点的概念。他的结构模式把每一个时间结点都计算得如此准确，对于刚开始学习写作的人来说，在两眼一抹黑、提笔不知道写什么的情况下，悉德·菲尔德提供了一个极好的规范。但是悉德·菲尔德的模式虽然有效，适用的范围是极其有限的。当然悉德·菲尔德本人也没有打算写出一套放之四海而皆准的理论。《电影剧本写作基础》的适用范围是好莱坞商业电影。这本书特别适合好莱坞商业电影。超越了好莱坞商业电影，这本书往往就会失效。

举个简单的例子。悉德·菲尔德严格框定每建置的时候为 30 分钟，对抗 60 分钟，结尾 30 分钟，对于时长一个半小时的电影就无法适应。当然我们可以诡辩地说那么可以把每个时间都缩短四分之三，那么如何来运用悉德·菲尔德的理论分析美国导演昆廷的电影呢？如何用悉德·菲尔德来分析《低俗小说》？同样，经典的美国电影《克莱默夫妇》如果用悉德·菲尔德理论进行分析的话，剧本第 5 分钟就出现了妻子离家出走的情节点 1，之后的过程不像是冲突，而恰恰是父子两人感情逐渐交融。

归根到底，悉德·菲尔德的模式不适合艺术影片的分析，碰到散文式的影片、碰到传记片都会一筹莫展，只有在极端强调外部动作和对抗、极端强调观众反映的两个小时标准长度的商业片中才能大展身手。

何况即使悉德·菲尔德自己书中提到的商业片《阿波罗 13 号》，菲尔德指出这部影片的情节点 1 是宇航员向地面指挥部报告：休斯顿，我们有麻烦了。这个情节点 1 找得非常准确，之后的剧情都围绕着宇航员如何利用仅有的一点动力返回地球。但是悉德·菲尔德自己没有向我们解释，为什么实际上这个"休斯顿，我们有麻烦了"情节点 1 出现在电影开始后一个小时 10 分钟的时候，而不是他谆谆教导的 30 分钟处。

实际上我们都知道悉德·菲尔德为什么强调 30 分钟的时候一定要起情节点 1，因为不能做太长时间的铺垫，必须早点把冲突提出以吸引观众的注意力。但是《阿波罗 13 号》的特点是前面一个多小时，讲述了宇航员如何进入太空，如何训练如何出发如何点火，这些奇观已经足够吸引观众的注意力了，没有必要急急忙忙地推出冲突。在这里，悉德·菲尔德的模式让位于一个电影的特别需要。

在这一点上，麦基就显得要聪明多了。他始终认为激励事件的出现要视情况而定，而不能简单地确定在电影的第几分钟发生。因为有些情况下，不需要过多地解释，观众就已经明白人物的命运改变了、上升动作开始了。比如在《克莱默夫妇》中，一个完满的美国中产阶级家庭的家庭主妇突然出走，扔下丈夫和儿子，不用过多的铺垫就足以让观众相信这是一个激励事件（情节点1），观众等着看这个对于生活和孩子一窍不通的男人如何度过余下最难熬的日子。而有些电影必需有足够的铺垫才能构成令观众信服的激励事件。比如《洛基》，一个业余拳击手向世界最重量级拳王挑战，这个本身还不足以构成观众巨大的期待。《洛基》花了30分钟告诉我们，这个业余拳击手有多惨，他被俱乐部扫地出门，帮黑社会收保护费为生，只能和有自闭症的女孩约会，在所有的铺垫都指向这是一个无可救药的倒霉蛋的时候，再把激励事件抛出来，观众会一愣，"什么，就那个倒霉蛋，他怎么可能做到。"只有足够的铺垫才会把观众引领到这个反应。

所以究其适用范围有限的根本原因，是把本来只是原则性的三幕剧模式规定得过细过死，导致很多场合已经不能适用。

对于初学者来说，悉德·菲尔德模式是熟悉剧本写作的必要的入门途径，但是对于有志于在这个行业再走得长远一些的人来说，不如直接学习三幕剧结构模式更加简明，适用范围也更加的广阔，而完全不必死抱着也是从三幕剧模式发展出来的悉德·菲尔德模式不放。

4. 伪倒叙和插叙

这之前的章节里，我们具体探讨了三幕剧的剧本结构方式。实际上不管是从戏剧舞台上借用的三幕剧的结构样式，还是电影化的三幕剧结构样式——悉德·菲尔德模式，都是结构相对单纯的单线结构模式。以这种模式搭建的剧本总是以一条线索、一组矛盾冲突、人物的一个动作为主线，贯串全剧构成一个电影剧本。多重线索和现代叙事将在之后具体章节分析。

在这里我们还要探讨单线结构的时间和逻辑的顺序问题。

插叙：三幕剧结构的剧本一般总是顺叙，按照剧情发展的时间顺序和逻辑顺序，从头到尾地讲述一个故事的来龙去脉。这里就涉及一个问题，三幕剧结构允许倒叙和插叙吗？如果倒叙插叙允许的话，到底在什么时候使用，起到什么样的效果？

首先我们谈谈插叙的问题。实际上，在结构严谨而相对单纯的三幕剧结构当中，基本上不允许插叙，也就是说不允许闲笔的存在。尤其是对于一个电影剧本只有两个小时甚至更短的时候来讲述故事、打动观众，每分钟对编剧来说都是宝贵的，也许电视剧里允许有一点闲笔，电影剧本尽量避免出现。但是有一种插叙则是电影剧本中常见的。

比如说香港电影《伤城》，讲了一个复仇的故事。整个故事基本以三幕剧的结构搭建起来，主人公为了报复害死全家的仇人，精心设计了圈套，甚至还有意地娶了仇人的女儿为妻，最终干掉了仇人，杀死了妻子，当然在妻子弥留之际，他后悔了，他感到爱最终在他的心里大过了恨。

这个影片的叙事就是典型的顺叙，但是问题来了，孩提时代在床下亲眼目睹全家被害的一段经历，在叙事的时间和逻辑结构上比所有现在发生的事都要早，这种插叙，实际上就是闪回，不单是允许的，而且会很好地起到推动叙事发展、推动情感高潮的作用。

这种用简短的插叙来闪回人物过去重要事件和重要场面的方法，实际上是好莱坞常说的人物回顾。出色的人物回顾往往会交代出人物动作的心理动机，这是电影剧本中插叙最常见的形式。所以三幕剧结构里的插叙主要运用在剧情必需的闪回当中，这个时候小小的不遵守逻辑顺序是必要的，其他的时候运用要非常谨慎。

当然在戏剧当中还有一种锁闭式结构的编剧方法，那种方法把大量地往事放在现在人的口中交代，用来推动现在的叙事高潮，这种大量的交代过去发生事件的方法也是一种插叙。不过由于电影的特性，除了戏剧改编电影以外，电影很少采取大量的口头插叙过去的事件，总是倾向于用画面的闪回讲述，因此不存在插叙过多的问题。

倒叙：电影剧本中所谓的倒叙不是整个叙事从尾讲到头，即使有这样叙事极端的电影，比如《不可撤销》，也应该放入现代叙事的范畴。倒叙是指三幕剧结构的电影中也大量地存在着有意把后面的事情提上来讲的情况。最常见的就是电影开场，经常采用的方法就是一开场就把高潮部分拿过来，眼看双方一场大战一触即发，甚至眼看一场大战未分胜负，杀得昏天黑地，然后再从头顺叙，娓娓道来主人公的成长。这是制造悬念、吸引观众的重要手段。

比如电影《霍元甲》就采取了这种局部倒叙的手法。电影《霍元甲》的故事如下：

霍元甲自小醉心武术，但其父不想孩子成为一介武夫，遂不让他习武。元甲与玩伴农劲荪偷偷抄录霍家拳谱天天苦练，终以稚嫩的霍家拳打败小恶霸，自此信心大增。凭着对武术的悟性及热情，武艺根基日益深厚，后来成为天津赫赫有名的武师。但却因锋芒太露好胜心强，性格变得浮躁傲慢，人也越来越好勇斗狠。

元甲因徒弟被天津另一高手秦爷重创，他不问原由闯入秦爷的寿宴，威逼秦爷当场签生死状与他比武。最终，虽然元甲得胜，但却因此赔上了他一生最爱的两个人——母亲及女儿的性命！大错一手铸成，痛不欲生的霍元甲神志昏乱，遂远走他方，隐姓埋名栖身于一个偏远的村落，并得村民孙婆婆及失明少女月慈照顾收留。与世无争的农村生活、温厚善良的村民令万念俱灰的元甲渐忘伤痛及仇恨，生命正慢慢复苏。

在月慈姑娘救起及帮助下，霍元甲在此生活了三年的时间。在这三年之中，他和月慈之间产生了感情，在她母性魅力的感染下、恬静平和的田园生活也让他沉下心来思考武术对于一个人、对于一个民族的真正意义，并渐渐悟到了武学的真谛。八国联军入侵中国，霍元甲借农劲荪之力，到上海挑战大力士成功，随后开办精武体操馆，但不久惨遭日本人下毒，英年早逝。

这个故事完全是顺叙地进行着，但是你如果看《霍元甲》的电影，会发现一开场并不开在年少的霍元甲身上。整个影片的一开场就开在整个影片的大高潮，李连杰饰演的霍元甲在上海斗日本武士的时间点上，并且一直到霍元甲和日本武士大战数个回合之后，电影的时空才回到霍元甲的青年时代乃至少年时代。这种以高潮开场的倒叙方法在三幕剧结构电影中极为常见，是良好的吸引观众欣赏的手段。当然在倒叙到一定程度，故事还是要娓娓道来，从头开始，毕竟观众正常的欣赏习惯还是顺叙为主，尤其是对中国观众，中国传统里顺叙是唯一的讲述故事的方式。

二、三幕剧模式的延伸

1. 多主人公结构

多主人公单一动作：在上一个单元里，我们重点讨论了结构形式比较单纯的传统三幕剧结构剧本样式，并且重点分析了电影化的三幕剧结构——悉德·菲尔德模式。

传统的三幕剧结构主人公和线索一般都是单一的。一个着力塑造的正面主人公，一条反复冲突不断推向高潮的主线，但是现代电影当中多重主人公已经成为很多影片处理剧本的方式。那么多重主人公是否适合三幕剧结构样式？多重主人公能不能嫁接到三幕剧结构当中呢？我们接下来讨论这个问题。

我们梳理多重主人公的电影剧本，最关键的是梳理清楚多重主人公完成的动作是一致的还是分开的。如果两个主人公组成一个组合，完成同一个任务，或者一个小分队完成同一个任务，尽管每个人都有他们的故事，都有他们的背景和人生，但是这种剧本仍然可以使用三幕剧结构，不过是对传统三幕剧结构的延伸而已。

如电影《石破天惊》：身经百战，获得多枚奖章的海军陆战队准将汉默带领部下劫走了 15 枚新式的 VX 毒气弹。随后他们控制了阿卡拉岛。这里原是一个监狱，现在成了旅游地。在岛上的游客全部成了人质。汉默准将凭毒气弹和人质向国家要 1 亿美元，为受到不公正待遇的海军陆战队员阵亡士兵作赔偿金。

得知汉默将军发动叛变，联邦调查局局长吉姆·沃麦克与美国参谋长联席会议及政府要员最终决定派突击队上岛。但是阿卡拉监狱防守监视十分严密，被称为"恶魔岛"，从来没有人越狱成功，因此突击队根本无法进入阿卡拉监狱。在国家绝密档案中，却有一个老英国特工梅森曾成功逃出阿卡拉，只有他才能完成这次任务。为了说服梅森带人潜入阿卡拉岛，沃麦克对他做了虚假承诺，告诉他将得到赦免，重获自由。梅森与化学专家斯坦利·古斯比会同执行这次突袭任务的突击队员成功地从地下隧道进入了阿卡拉监狱。不料被放置的动感探测器发现，突击队被包围。混战中，突击队员全部被杀，只有梅森和斯坦利侥幸逃生。斯坦利告诉了梅森事情的真相，并请求他协助去拆除毒气导弹，梅森终于答应了。

在拆除了 12 枚导弹后，汉默的部下将他们抓获。在监狱中梅森告诉斯坦利当年他的被捕是因为他掌握着一个美国政府绝密的胶卷，时至今日，它仍未失效。被捕后他成了英美两国都不承认的人。梅森借此轻而易举地打开了牢门，两人逃出监狱去拆除剩下的导弹。而汉默的部下已经发现政府在欺骗他们，然而汉默准将根本不同意真正使用毒气弹去杀害无辜的人民，于是内部发生武装叛变。汉默将最后一枚导弹的位置告诉了斯坦利之后就死去了。经过激烈紧张的战斗，两人终于拆除了毒气弹，成功完成了任务。

这部电影的正面主人公显然是斯坦利和梅森两个人，然而主人公是两个，他们完成的动作却是一样的，即拆除毒气导弹。虽然他们拆除毒气导弹的理由各不相同，斯坦利除了要保护怀孕的女友外，毕竟是个 FBI 的探员，负有使命；而梅森根本不可能帮助政府，因为他本身是被政府关押了 30 年的囚犯，他一开始同意合作的唯一目的是求得出狱，而后来可以走而没有走的唯一原因是自己的女儿在毒气弹的威胁下。两人的性格背景差别也极大，斯坦利除了是个化学天才以外，对于军事突袭一窍不通，而梅森是个有勇有谋的职业间谍加职业军人。但是不管其他方面差别多大，两人全剧中的目标是一致的。

实际上只要在剧情里双重主人公的目标是一致的，矛盾冲突就一个，主要线索也沿着一条发展，那么我们可以说三幕剧结构完全可以适应，不过是把原本的单一主人公拆解成两个人物。这两个人物一般总是关系密切，背景差别极大，形成对比，再加上一路争争吵吵。三幕剧里的铺垫、危机，高潮一样适用。这部影片的铺垫一直到汉默将军向政府发出威胁令开始（这也可以称为情节点 1），然后一路的冲突，都集中在两位主人公搭档如何拆除毒气导弹、阻止悲剧发生的故事上。当然高潮部分就是最后拆除两枚毒气导弹。

实际上这种双重主人公单一动作，推演到多重主人公也无不可。我们都熟悉的一部电影《拯救大兵瑞恩》，剧本结构的整体情况和《石破天惊》有异曲同工之妙。虽然主人公从两个扩展到一个小分队，小分队的每个人都有各自的背景，各自的性格，但是全剧除了诺曼底登陆的铺垫部分以外，都是围绕着他们如何找到并且带走瑞恩这一线索展开的。三幕剧的铺垫、危机、高潮的模式在全剧中每一步都清清楚楚。其实好莱坞最擅长的小分队模式电影，一般都符合多重主人公但单一动作，这种情况下三幕剧结构是完全可以适应这类影片。

2. 多主人公多重动作

由多个主人公共同构成的电影，并不全部都是由单一动作构成的，我们在上一节里已经谈到了，多个主人公单一动作一般可以视为三幕剧结构的一个变化，但是如果多个主人公不同动作，整个影片的结构关系就较为复杂了。

一般来说，当影片出现多个主人公多个动作、他们之间并不组合在一起完成一项明确的任务的时候，这样的影片采用的结构方式已经不属于传统的方式了，这类影片每个主人公都有自己的故事线索，他们在一起表现的潜层原因是正好生活的环境在一起，深层的原因就是每个人的线索都有内在的联系。

比如法国电影《放牛班的春天》就是这种多主人公多重动作的典型影片。本片讲述了一个乡村音乐教师来到一个问题学生聚集的学校，利用教授他们合唱，净化和改造他们心灵的故事。

这部影片在外形上看还能看出三幕剧的感觉，似乎主人公就是这个乡村教师马修，动作就是组建合唱团发现人才、培养人才乃至演出，即为故事。然而仔细研读这部影片的剧本结构，就会发现这是一个多重主人公的电影，而且他们并不是抱着同一个目的，完成同一个动作的。合唱团的建立、发展、演出，只是净化孩子心灵的手段，每个孩子都有自己的内心世界，都有自己的心灵问题，包括马修本人。

马修的问题是怀才不遇，拥有才能却只能窝在乡下教书，但是最终在和这些孩子的心灵对话中，他发现了自己真正的价值，这种价值是不能用金钱来衡量的。

主唱莫杭治单亲家庭，心灵封闭孤僻，无法和人交流，有严重的恋母情结。在音乐的陶冶下逐渐懂得如何与人交流，如何信任别人，最终凭借出色的天赋成为音乐家。

那个嗓音粗糙、根本不适合演唱的小男孩的心理问题是缺少父爱，马修第一次来到学校他就隔着铁门看着外面，寻找自己的父亲。影片结尾处马修抱起他，带他上车离开学校，充当他精神上的父亲。

如果有人要强词夺理地说，这些人物虽然心灵上各有诉求，但是并没有跳出合唱团的建立、排练、演出这个大体情节框架，那么，有一个主人公根本没有参与合唱团的演出，也是片中最主要的人物。

问题少年蒙丹，根本就没有参与任何合唱团的活动，马修只是单方面地认为他的嗓子也可以进入合唱团，但是蒙丹由于校长的棍棒教育，和对于他偷窃的侮蔑，最终走向了自暴自弃，放火烧掉了学校。

这部影片的众多主人公是各自为战、各成线索的，并没有一个共同执行的动作把他们联系起来。编剧就是要把每个人在美好的音乐中净化心灵的过程一点一点地向观众表现出来。当然尽量拉开每个人的性格背景差距，尤其是心灵障碍的差距。像蒙丹这种棍棒教育下自暴自弃、来不及得到音乐净化的人物也一一展现。甚至大反派校长也曾经是个鼓号手，也有过梦想与激情，但是在权力金钱面前被异化。

最后的高潮部分也绝不是像一般的三幕剧结构那样以合唱团最后的演唱结束，而是马修被开除出学校，校长不准学生送他，在他离开课堂的时候，所有的学生都飞出纸飞机向他告别，这个场面是典型的情感式的高潮而非情节上的高潮。

通过对《放牛班的春天》的解析，我们应该看到，多主人公但不同一动作的电影往往并不遵循单纯的三幕剧结构，不能用三幕剧结构的方式套用。这类影片往往是心理式的电影，注重人物线索之间的内在联系。甚至并不强调传统的冲突或者动作的元素，在某些方面更像是散文式的电影。

三、电视剧常用结构

我们曾经提到了电视剧的结构样式，并且指出电视剧的结构模式是相对单一的，基本上采取了戏剧性的三幕剧模式，只不过把他无限制地放大和推延。如果我们把电视剧的结构稍作总结，可以形成两种三幕剧结构的推延。

1. 阶段性单一动作

电视剧最为常用的剧情结构就是阶段性的单一动作。也就是说再长的电视剧，人物再多，如果仔细梳理，会发现在一个阶段内，总是围绕着一个冲突展开的。主人公及其他的同伴在一个阶段内，总是有个明确的动作。完成一个动作、解决一个冲突就进入下一个动作或者下一个冲突，于是这种电视剧的结构就变成了一个篇章一个篇章基本可以独立成章的状态，当然有主要人物贯穿。

比如电视剧《康熙王朝》就是典型的采取这种阶段性单一动作构成的。

整个《康熙王朝》电视剧长达 50 集,但是我们细细地梳理,大致上可以分为以下几个篇章:

顺治出家,康熙继位;

除掉鳌拜亲政;

平吴三桂;

收复台湾;

平噶尔丹;

宫廷党争。

这些篇章除了第一个篇章主人公年龄尚小、主要起到剧情铺垫作用以外,其他篇章主人公的动作是极为明显的。第二个篇章就是集中在康熙如何打败鳌拜,得到亲政的权力。这个篇章里所有的人物事件都围绕着这个中心的冲突展开,同样这个矛盾解决之后,矛盾变成了康熙的朝廷和藩王吴三桂的矛盾,所有的矛盾冲突又围绕着这对矛盾展开。后面亦然。

在人物上既有贯穿人物:康熙、孝庄、索额图、明珠,也有周培公、姚启圣、李光地等阶段性人物。反派人物因为一个接着一个被剿灭,基本上都属于阶段性人物,但是也有朱三太子这样几乎贯穿的反面人物。

这些主次人物一起,围绕着一个接着一个的主要矛盾展开行动,但是无论是谁都在每个阶段完成规定动作,这种模式我们把它称为阶段性单一动作结构。现代大部分电视剧都采用这种结构模式。

2. 多线并行整体收束

第二种电视剧常用的结构模式就是多线并行整体收束。除了阶段性的单一动作,把电视剧划分篇章以外,还有一种电视剧的结构,没有明显的篇章式的单元,全剧集中在人物情感线索的分分合合,他们的工作生活上的事基本都作为人物情感线索变化和发展的契机。

换句话说,这种电视剧人物没有阶段性的动作,但是几条人物感情的发展线索是贯穿的,然后在适当的时候线索交叉,人物关系转变,人物情境转折,甚至情感的伙伴可以互换。这种结构一般最常见于偶像剧、情感剧。

比如经典偶像剧《东京爱情故事》就是采用了这种几条感情线索并行收束起整个剧情。

《东京爱情故事》故事梗概如下:

抱着不安从爱媛到东京的完治,在机场受到莉香以令人回复冲动的笑颜迎接,在随后二人工作的同时,莉香开始爱上了完治,但完治心中所爱的是由高中时代一直暗恋的里美,但里美所爱的却又是三上。造成一个四角关系,就算完治心仍是向着里美，但莉香却无减对完治的关怀。终于把完治的心门敲开了，正当完治与莉香二人生活过得恩爱甜蜜时，三上及里美之间竟又插入三上的同学尚子。尚子虽然有未婚夫，但对三上却又欲断难断。

终于令里美知道，与三上最终只有分离……伤心欲绝之时，在身边慰勉的人只有完治，里美才醒悟自己原来是爱完治，因此完治与莉香之间开始决裂，莉香不愿完治受多方压迫，更知此感情无可挽留，毅然人间消失。

完治回故乡爱媛寻找莉香，又在爱媛与莉香正式分手，从此莉香下落不明。三年后，在三上与尚子正式结婚之日，已成为夫妇的完治与里美于回家路上竟遇莉香，莉香面对完治的仍是那令人恢复冲动的笑容。

这个电视连续剧无非是讲了五个人的爱情故事。最开始的两条情感线索并行。一条是公司新人完治和莉香心灵逐渐靠近，组建和确立恋爱关系，乃至进入热恋。另一条线索是三上和里美的感情逐渐铺垫建立，等到两条线索都达到高潮，两对恋人都进入关键时刻，两条线索开始碰撞在一起。起因是三上在和里美的激情恋爱后露出花花公子的本性，开始和别人来往，两人分手。然后里美介入了完治和莉香的情感，拆散了两人的感情，最终她和完治成为夫妻，莉香主动退出了。

整个电视剧的内部结构是由两条情感线索串联起来的，人物的恋爱有明显的开端、发展、高潮，也可以由两条线索的交叉产生戏剧性的效果，但是人物并没有在任意一集或者几集有必须完成的任务，并让其他人都围绕着这个任务展开故事。

这种以人物情感线索为核心的电视剧结构可以命名为多线并行整体收束结构。这种结构的电视剧仍然是遵循了戏剧性原则构成的，但是和三幕剧结构不太一致。

第三节　非传统结构

在传统的戏剧性结构、或者说三幕剧结构发展到巅峰的时候，一些电影艺术家开始突破原有的传统，找寻新颖的电影结构方式。当然值得注意的是，戏剧舞台上的艺术家也曾经激烈地反对老套的三幕剧结构，写出了很多先锋戏剧，最终甚至出现了形式极其特异的荒诞派戏剧。电影限于传播的特性，电影艺术家对于结构的创新相对戏剧艺术家来说是幅度较小的，毕竟在电影票房的压力下，拍出一部谁也看不懂的电影，风险巨大。他们主要是在传统结构的基础上做一些调整和尝试，特别是有意地突破了传统结构里的线性的时空关系和线性的逻辑结构。

一、戏中戏结构(套层结构)

现代电影已经大量地出现了戏中戏电影的范例,很多观众对于戏中戏结构的电影也已经耳熟能详。但是仍然要把戏中戏电影归入非传统结构的模式当中,主要原因是戏中戏电影的最大特点是外层结构和内层结构的关系。实际上很多戏中戏电影,如果不研究其外层和内层的关系,只看情节发展线索,往往也符合传统结构。

比如说电影《莎翁情史》,采取了明显的戏中戏结构。电影梗概如下:

1593年的夏天,伦敦剧场界的闪亮新星威廉·莎士比亚面临一个重大的危机,他失去写作的灵感,那是伊莉莎白一世的时代,充满多姿多彩的娱乐和趣事,伟大的莎翁却江郎才尽,不管他用什么方法,不管剧场老板和债主给他多大的压力,他就是没有创作下一出戏的灵感和动力,这出戏叫做《罗密欧与海盗之女桃丝》。

莎士比亚需要一名女神激发他的灵感,没想到现实生活竟然融入他的创作,他爱上一个女孩,并将她带入他自己写的戏剧之中。

一位名叫薇奥拉的小姐不顾当时女人不能粉墨登场的禁令,假扮成男人,前去剧场为莎士比亚试演,不过年轻的莎翁很快就发现她是女人,他们俩立刻坠入爱河,这时候莎翁的灵感如泉涌,将他们的爱情付诸文字,薇奥拉成为他生命中的朱丽叶,而他这个罗密欧也找到生存的意义。

可是莎翁的运气没那么好,虽然他下笔如神,可是他却得面对薇奥拉必须嫁给魏瑟爵士的残酷事实。

在一场身份混淆、错综复杂的乌龙闹剧中,大吃干醋的丈夫和老婆的情人决斗,私订终身的情侣偷偷调情,而年轻的莎翁不但得为他的剧本想出完美的结局,也得为他自己的爱情找到快乐的结局。

整个影片的外层结构是莎士比亚和薇奥拉小姐相识、演剧、恋爱乃至被迫分手的过程,基本上符合传统结构的铺垫、危机、高潮的模式。但是本片最大的特点就是外层结构和内层结构的关系。本片的内层结构就是莎士比亚酝酿剧本《罗密欧与朱丽叶》乃至这个戏剧上演的过程。在这个过程中,莎士比亚外在的种种遭遇都改头换面地化为剧本情节(当然编剧的创作过程正好相反,所有的外层剧情都是根据《罗密欧与朱丽叶》推想的)。

比如《罗密欧与朱丽叶》剧中著名的浪漫抒情的爱情场面阳台会,剧中莎士比亚本人就经历了一次阳台会,不过是喜剧化的处理,变成了莎士比亚为了偷会情人爬上阳台,结果掉下阳台的剧情。所有的台词都贴着《罗密欧与朱丽叶》剧的台词写成，但是效果却大相径庭。

包括《罗密欧与朱丽叶》剧喜剧性的开端发展和最终悲剧性的结尾，《莎翁情史》一片在外层结构上也作了巧妙的呼应。莎士比亚在最初的时候因为在和薇奥拉小姐热恋当中，生活一切都显得那么美好，所以作家写的是喜剧，最终莎士比亚无力阻止薇奥拉远嫁，两人被迫分手的命运不可逆转，作者这个时候在生活中也遭遇了悲哀，所以莎士比亚把自己的剧作加上了一个悲哀的结尾。

从《莎翁情史》的例子我们可以清楚地看到，戏中戏结构的电影相对于传统电影，外层结构和内层结构的关系成为了不同于传统结构电影的关键所在。

在外层结构和内层结构上出新出变出奇的戏中戏结构电影，我们还可以举出《法国中尉的女人》《改编剧本》等优秀影片，在这里不一一赘述了。

二、散点结构（传记片结构）

散点结构往往出现在名人传记的影片中。这类影片在剧情结构上和其他所有的影片不同，它不采用传统的戏剧性结构讲述一个有头有尾、冲突节节上升的故事，而是把一个人物的一生或者一生中最光彩的段落拉开，展现在你面前。所谓的拉开就是在这个段落中选取最能反映人物性格体现人物命运的若干个点，按照时间顺序连缀起来，就构成了整个影片的结构。这些点与点之间可以有铺垫有呼应，但是它们之间没有传统结构逻辑上的因果关系。

比如电影《巴顿将军》，典型的美国传记片的散点结构。我们先来看看影片的梗概：

1943 年在北非，英美盟军遭到绰号叫"沙漠之狐"隆梅尔元帅率领的德军反击，展开了一场大规模的战斗，结果美军遭到惨败，陷入了困境。为了扭转战场形势，重振美军力量，美国当局派乔治·巴顿将军前往第二特种部队任司令官，有才华的布莱特雷少将为他的助手。

年逾五十的巴顿雄心勃勃，一上任就整顿军纪，命令伙房必须准时开饭，官兵服饰整齐，不准女人裸体画带进军营，还制订了极严格的训练计划。经过雷厉风行的整顿，巴顿部下的官兵们，一扫悲观畏战的情绪，成为一支纪律严明、斗志昂扬、骁勇善战的部队。

不久，巴顿率领第二特种部队与德军隆梅尔的军团进行了激烈的战斗，德军大败。巴顿部队乘胜追击，最后把残兵败将赶出了非洲战场。

巴顿又被派往第七军担任指挥官。他决定从西西里岛南部登陆进攻巴勒莫，让英军的蒙哥马利将军攻取赛罗可斯，以牵制该地的敌军。但计划遭到蒙哥马利的反对。于是美英联军最高司令艾森豪威尔出于对双方面子的维护，其中包括照顾蒙哥马利的情绪,就采纳了英方的作战计划,巴顿气愤异常,他不愿做英军部队的配角,但作为军人,他不得不服从命令。

1943年7月,英美联军分别在西西里岛南部和东部登陆。但由于德军防御主力的顽强抵抗,蒙哥马利部队无力攻破敌军防线,最高指挥部就命令巴顿管辖下的第二特种部队让公路给英军前进。然而特种部队是在德军猛烈炮火下让路,伤亡很大,指挥部又命令停止前进,而巴顿还是全速行进,赶在蒙哥马利部队前面,攻克了敌军防线,后来巴顿在记者招待会上兴奋不已。

巴顿部队继续攻克墨西拿,但由于德军炮火猛烈反击,也由于巴顿一意孤行的作战方案,部队推进迟缓,伤亡惨重。巴顿不得不亲自往前方侦查。在视察随军医院时,他动手打了一个已被战争折磨得疲备不堪的士兵,引起震惊,但士兵们还是服从命令,以惨重代价攻占了最后一个德军据点墨西拿。

巴顿赢得了"血胆将军"的美誉,由于他粗暴殴打士兵,引起各方不满。在艾森豪威尔严令下,巴顿无奈地向各方公开道歉。可他的检讨仍然得不到别人的谅解,他被解除了军职。

在诺曼底登陆战役中,巴顿又被艾森豪威尔起用。但在这次战役中,巴顿只起声东击西的配角作用。他委屈、苦恼、愤恨。他利用开会之机,就把气出在俄国人身上。

不久,巴顿被任命为第三军军长。1944年6月6日,诺曼底战役打响。巴顿在阿登战役中,解除了巴斯托尼一地之围。正当他眼看就要取得个人和军事上的完全胜利之时,他的行动却受到了艾森豪威尔的约束。原来,艾森豪威尔出于政治上的压力,已决定优先照顾蒙哥马利的北方战线,并让俄国人进军占领布拉格,虽然巴顿已经深入到捷克斯洛伐克境内了。

战争末期,巴顿因作战有功,胸前挂满勋章,还被任命为巴伐利亚军事司令。德国投降后,在美、苏军队庆祝胜利的宴会上,巴顿竟然冷漠、仇视俄国人,并宣称希望和俄国人打仗,因为他认为美国人绝不能向俄国人示弱!

艾森豪威尔大为恼火,巴顿再次被撤了军职,从此结束了他的战争生涯。然而当巴顿离别他手下的同行时,他为这一不公正的决定感到愤愤不平。

我们可以清楚地看到,《巴顿将军》这部电影大致上包括了以下几个段落:

整顿军纪,打败隆梅尔;

攻击西西里和蒙哥马利争风吃醋;

殴打士兵被解职,痛苦与难过;

解围巴斯托尼;

战后风波。

影片没有直接从巴顿出生开始说起,仅仅选取他进入战场到战争结束的几个最辉煌的篇章,没有用传统的结构方式。实际上影片的第一个段落"整顿军纪,打败隆梅尔"就很容易成为一个经典的好莱坞戏剧性电影。一支士气低落的军队,连战连败的窘境,一个性格强悍好勇斗狠的将军,一个威名赫赫的对手,剧情完成可以围绕着巴顿如何振奋士气、如何培养士兵、如何和隆梅尔数次交手,最后战而胜之结构故事。但是在讲完第一个段落之后,剧情立刻转移到下一个段落,之前的那支部队的下落完全不交代,所有之前出现的人物除了布莱特雷以外全部退出故事。这个时候故事都集中在如何和蒙哥马利争风吃醋,如何抗命违上。到了第三个段落,巴顿殴打士兵被解职,也和之前的段落没有逻辑上的联系。总之,这部影片就是这样一个段落一个段落地讲述巴顿的人生,段落与段落之间没有因果联系,他们被组合在一起的唯一原因是这些都发生在巴顿身上。

这就是好莱坞人物传记片的特征,只要是这个人物的相关故事,都可以选取出来,像珍珠一样地串联起来,而不必要顾忌传统剧作里那种因果逻辑关系。同样结构的影片我们还可以举出电影《甘地传》、《飞行家》、《一往无前》等,无一例外都是好莱坞人物传记片。

三、对立结构

现代电影当中出现了一类最有意思的电影剧本的结构,这类电影的线索结构一般是多线索的,但是线索与线索之间的关系呈现出相互排斥、相互对立的特性,这是过去的电影从未出现过的情况。

比如德国电影《罗拉快跑》,就是这一类新兴的电影结构的典型代表。

德国柏林,黑社会喽啰曼尼打电话给自己的女友罗拉,曼尼告诉罗拉,自己丢了10万马克,20分钟后如果不归还10万马克,他将被黑社会老大处死。

为了得到10万马克和营救曼尼,罗拉在20分钟之内拼命地奔跑。同时,曼尼在电话亭中不断地打电话到处借钱。

电影表现了罗拉奔跑、罗拉找钱营救曼尼的三个过程和三种结果。

第一次奔跑:罗拉没借到钱,罗拉和曼尼抢超市,罗拉被警方击毙。

第二次奔跑:罗拉在银行抢到钱。曼尼被急救车撞死。

第三次奔跑:罗拉在赌场赢钱,曼尼找回丢失的钱。罗拉、曼尼成为富人。

罗拉每次的奔跑,人物的需求简单而明确,就是为了找到10万马克营救自己的男友。每一条线索的剧情都处理得跌宕起伏,出人意料,像足了好莱坞电影的逆转、最后一分钟的营救等常用的技巧。

然而当第一次奔跑结束,罗拉因为抢劫超市被警方击毙之后,惊心动魄的非传统的结构形式扑面而来。导演只用了一个画面在红色中隐去,接下来的一个段落从罗拉往外奔跑去救曼尼的剧重新开始,在这个段落当中,所有的故事人物需求目标都和前个段落一模一样,但剧情完全重新展开,唯一不同的是这次罗拉的奔跑比上一次快了几秒钟,于是之后的情节完全不一样了,故事的结局也完全不一样,是曼尼被急救车撞死。第二次线索结束以后相同的重复又再来了一次,这次的结果是罗拉和曼尼获得了最终的胜利。

三条线索勾勒了相同的人生相同的境遇,同一个时间同一个地点发生的三段完全不同的故事。这三条线索像现代的游戏一样,每次 game over 以后可以重新再来,直至游戏的主人公可以完成游戏的目标。在这部作品中,线索与线索之间呈现了罕见的相互排斥、相互抵消、有你没我的状态。从本质上说,这三条线索在时空关系上是相互排斥的。传统的电影剧本结构的时空关系是唯一的、线性的,而这类电影的时空关系是多线的、非线性的,可以反复重来。这是对传统电影结构的一种有益的突破和尝试。

相同的电影的案例我们还可以举出基耶斯洛夫斯基的著名电影《机遇之歌》,也明显采取了对立结构的电影剧本结构模式。

四、圆形结构

圆形结构的电影最大的特点是电影的开端和结尾是重合的,正好形成一个封闭的回路。

1994 年,导演米尔科·曼彻夫斯基的电影《暴雨将至》,就是这一结构电影最好的例证。《暴雨将至》这部电影分成三个部分,并且每个部分分别有一个标题。

Words:马其顿某东正教修道院里年轻的修士基卢许了哑愿。某天,一个阿尔巴尼亚穆斯林女孩莎美娜因被怀疑杀了邻村东正教教徒逃亡到这个修道院,藏匿于基卢屋内。虽然基卢不能说话,他们也不懂彼此语言,但两个人渐生情愫。被主教发现后,两人被逐出修道院。基卢想带莎美娜去投靠在伦敦做摄影师的叔叔。莎美娜的家人追来,他们不能容忍穆斯林和东正教徒相爱,杀了莎美娜。

Faces:伦敦某新闻图片社马其顿籍摄影师亚历山大刚获得普利策奖,他由战火纷飞的前南地区回到伦敦,准备和图片社的同事、有夫之妇安妮结婚。安妮既爱着亚历山大,也放不下丈夫尼克,两难境地中,尼克在一次餐馆枪战中丧生,亚历山大也回到了马其顿。

Pictures:亚力山大告别恋人安妮,独自回到阔别 16 年的家乡。家乡的人依旧热情洋溢,但家乡笼罩在内战的阴影中,马其顿人和阿尔巴尼亚人之间的矛盾暂时平静,但随时都会爆发。亚力山大试图阻止日益激发的矛盾。但因为萨美娜的错误，一场血斗在所难免；亚力山大不愿看到战争的杀戮，救出萨美娜后被疯狂的本族人打死。亚力山大走后，安妮准备离开丈夫尼克随亚力山大而去，但就在他们约会的餐馆尼克被乱枪打死。安妮赶到马其顿，看到的只是为亚力山大举行的葬礼。最后在参加亚历山大的葬礼过程中，安妮看到莎美娜逃往一个东正教修道院。

当全片行将结束，莎美娜逃往一个东正教修道院，影片这时把一开头基卢修士和主教说话的镜头原封不动地又回放了一遍，观众至此恍然大悟：原来整部影片独立的三个部分其实是一个相扣的循环，完成了一个圆形的结构，从起点回到起点。

整个电影的结构看似完整和严谨，似乎每一个剧情的发展过程都是前一个剧情的合理推延，然而本质上这种圆形结构是一种非传统的结构方法，它是非线性的叙事，没有连贯的线性的时空顺序。

《暴雨将至》这部电影外表上看，正好是个封闭的循环结构，其实剧情当中有很多故意设定的漏洞。根据影片当中的某些情节，这个循环是不可能成立的。比如在莎美娜逃往修道院时，亚历山大已经死了，不可能再出现在 Faces 和 Pictures 这两个故事中了。这个时空错乱的循环既印证了片中多次出现的一句话——"圆圈不是一个圆"，也让整部原本看似很沉闷的影片徒然变得耐人寻味起来。

不管这部影片想要表达的主题是什么，这部电影的结构确实开创了一个有趣的结构模式，圆形的电影剧本结构模式，值得我们去研究和思考。

五、时空重组结构

现代电影中，又出现了一种全新的剧本结构模式，这种结构模式的特点是把一个故事或者多个故事的内容打散，按照导演的意图重新编排，呈现在观众面前的是一个故事的时空被打散后重新组合的形式。

这种颠三倒四的把多个故事糅杂在一起讲述，最典型的例子就是美国导演昆汀的电影。在所有昆汀的叙事特点中，最鲜明也是最为人称道的就是他在叙事时采用的时空倒装与交叉的手段。

就像有人在看了他的《杀死比尔》后说的那样，"他还是喜欢打得血流成河，尸横遍野，他还是喜欢颠三倒四地讲故事，他还是一个风趣善于编织的好裁缝。"在这里所谓的颠三倒四绝非说他的叙事凌乱，而是指他喜欢把原本线性的时空打散，进行有目的的倒转和交叉的拼凑。

在昆汀执导的第一部影片《水库狗》中，这样的手段已经初露端倪，在其中的一个段落中，"昆汀把故事、叙述者、空间、视点都混乱掉，制造了一个复杂而又令人眼花缭乱的叙事段落。"①

　　这个段落空间当中有人在讲故事，而故事中有人还在讲故事，三个空间（即现空间、故事空间、故事中的故事空间）交织在一起，原本讲故事的人甚至又出现在故事中的故事的空间中。

　　这是一个把空间和时间大胆地交叉倒转然后拼贴的典型例证，但是在这个阶段昆汀只是尝试这样做，他没有充足的理由在影片中突然地加入这样一段时空混乱的场面，除了他自己觉得这样好玩以外，如果强行分析这段时空颠倒的段落、把时空理顺，会不会损失什么含义？恐怕这种含义是找不到的。这个段落只是一个有趣的倒叙，交代了人物的一些前史而已。

　　然而在《水库狗》中小试牛刀以后，昆汀的成名大作《低俗小说》把时空的交叉转换的手段用得恰到好处，以至于《低俗小说》成为了非线性叙事的经典作品被载入电影史册。

　　按照普通的线性叙事的原则，故事应该是按照逻辑发展的，有先有后，有因有果，这样的叙事使得故事的条理十分清晰，但是昆汀在《低俗小说》中不是这样做的。在这里，电影的叙事不再是按照时间顺序来进行了。叙事不再是简单地对故事材料的秩序化。相反，叙事几乎是在将故事材料混乱化。

　　故事的大致脉络如下：

　　序：两个人在一个饭馆准备打劫。

　　第一个章节：两个杀手去为老大拿回一个箱子，箱子里放满黄金，顺便把想要侵吞箱子的几个人干掉。

　　第二个章节：其中一个杀手（屈伏塔扮演）回来把箱子交给老大，老大正在和一个拳击手谈论操纵比赛的事。老大让杀手配自己的情妇，杀手战战兢兢地完成使命。

　　第三个章节：拳击手没有听从老大的话，没有操纵比赛，然后逃亡。在逃亡过程中，他为了拿回自己祖传的一只金表回到了家里，打死了正在上厕所的杀手（屈伏塔扮演）。他出来后在街上遇到老大，两人追杀中却都落入变态老板和警察的手中，差点遭到鸡奸，拳击手救了老大，两人既往不咎。

　　情节一直发展到这里，故事的线索和脉络是很清晰的，前后次序没有颠倒。然而下面的故事就彻底被昆汀搞了个乾坤大挪移。

　　第四个章节：时间竟然回到了两个杀手去杀人的场面上，原来有人躲在厕所里，他出来向一个杀手（撒谬儿·杰克逊扮演）连开几枪没中，乃至使得他认为自己不死是神迹，于是决心离开黑道。两人带着卧底的小老弟离开，在车上

---

　　① 郝建：《叙事狂欢和怪笑的黑色》，载于《当代电影》2002 年第 1 期。

枪走火打死了卧底,两人只好到朋友吉文家里去,吉文老婆很快就要回来,他们没办法,只好请来狼先生处理现场,狼先生轻松搞定。

第五个章节:两个杀手在饭馆吃饭碰上了打劫,教训两人一顿离开。

这部影片时空上的倒转从第四节开始,以至于一开始观众无法接受这样非线性的叙事模式,最突出的一点就是在第三章里,屈伏塔扮演的杀手不是已经被击毙了吗?为什么在电影以后的故事中又出现了,而这样的情况在以前的线性叙事中只有出现在回忆当中,可是这部影片则从来没有给提供第四章节是回忆的任何暗示。

如果说在《水库狗》中昆汀不过是玩笑行事,那么尽管塔伦蒂诺有意把此片作为叙事结构方面的一次尝试,尽管片中引用了大量其他影片的典故,但是把它当做一部电影爱好者的习作却是不恰当的。昆汀在这里把时间空间重新组合是有他的用意的。

首先这样的叙事产生了一种结构性的悬念。这种结构性悬念对观众产生的影响是:在第一个段落中,观众对发生的事全然不知,他们只是开始认识剧中人,人物比观众掌握的信息要多得多;到了第二个段落,观众仍没有抓住要点,只是对人物的了解更深了一步,掌握的信息逐渐增多,但仍然赶不上人物;第三个段落时,观众开始抓住要领了,掌握的信息与人物扯平;然后到了最后一个段落,观众已经比人物知道的还多,已领先于人物。在这里,戏剧效果的张力并不是产生与观众猜测"结局如何"时,而是产生与观众发出"怎么回事"的疑问的时候。

在这种情况下,《低俗小说》的结构性悬念与对类型故事的反类型讲述使观众的神经受到了新的刺激。观众为这种奇特的叙事结构着迷,被类型人物的反常行为逗乐,电影让人们明白了原来电影也可以这么拍。

当然不能认为这部影片使用这种打乱时空重新组合的方式仅仅是为了使得电影更具有悬念,更加好看。其实这样的叙事手段真正地使得文本的游戏性暴露在观众的面前。在这部电影中,人物可以先在这个故事中被打死,然后又出现在下一个故事中。观众身临其境仿佛看到了一部"虚假"的电影。在电影假定性暴露给观众的基础上,观众必须参与到影片当中去,观众必须自己去辨别乃至组织电影时空,否则就会发出为什么死人能活过来的疑问。

所以这种叙事模式的运用,把时空切成片段后重新组合,昆汀的非线性叙事在电影中的运用可以说是一个电影史上的创举,真正的让观众参与到影片的创作中去了。

在有了这次成功的创作经验以后,昆汀在他的《杀死比尔》中又巧妙地运用了打碎时空、重新组合的非线性叙事模式。

《杀死比尔1》的开头虽然是杀手"黑响尾蛇"的段落,但是从他在名单上划掉的顺序看,"黑响尾蛇"名列第二,第一的石井阿莲已经死了,可是影片的后半段才是新娘如何杀死石井阿莲的故事。这样的蛛丝马迹细心的观众还可以从新娘杀死"黑响尾蛇"所开的汽车上看出来,因为这辆汽车是在杀死石井阿莲后得到的。

这样的用蛛丝马迹展现时空真实的顺序,使得每一个看出痕迹的观众都有一种超乎观影的体验,使得创作者的想象和观众的趣味经过有刺激的互动观赏活动完成影片的接受过程。创作者和观众对类型和电影艺术形态的心理熟知与智慧上的努力结合达成共识。

实际上这种把故事线索交叉倒转、时空重新组合的电影剧本结构,直到现在也确实只有美国导演昆汀可以玩转,除了他所拍的影片以外,我们还很难举出其他的电影佐证这种特殊的电影结构模式。

第五章 情节技巧

第一节 戏剧性动作

影视剧是通过银幕屏幕传播、演员扮演角色来演绎故事的。所以,作为演剧艺术之一,影视剧真正的活力和生命力、真正吸引观众眼球的是演员的表演,是由演员扮演角色去塑造人物、叙述故事、抒发情感和阐明哲理。演员扮演人物表演故事,是依赖演员再现人物自身的动作来展现人物、以人物自身的动作来演绎事件发生的过程。

人物自身的动作,是演剧艺术的基本表现手段。人物的动作,其本意是人物有意或无意地改变原来的位置或静止的状态,而狭义的理解是指人物的外部形体动作。戏剧性动作是在人物的外部动作基础上发展出来的一种人物有目的的行动,通过人物的外部动作直观地反映人物的内心活动,人物的内心活动主要表现在有意识的行动上,人物一旦行动起来,就会产生冲突,冲突构成的动作与反动作会形成动作的变化,促使情节发展。

戏剧性的动作对故事的发展有着重要作用。

一、戏剧性动作概念

首先我们要弄明白什么是电影的戏剧性动作。戏剧性动作可以说是整个电影剧本的基础。

戏剧性动作指的是动作在一系列上升的危机中爆发。这些危机的准备和实现,使全剧经常地趋向一个预订的目的而不断运动,这就是我们所谓的戏剧性动作。通俗一点来说,戏剧性动作就是主人公有一个目标(悉德·菲尔德称之为需求),然后他不断地向着这个目标前进。美国著名的编剧理论家悉德·

菲尔德认为，"所谓的需求就是剧本中什么是你主人公想要赢得、获取和期望达到的目标"，编剧在有意识地为主人公设定需求，设定完成之后，"你就可以为这一需求设置障碍，这样这个故事就称为主人公持续不断地克服一个又一个障碍从而达到他或者她的目的，实现自己的需求的过程"。

所以悉德·菲尔德认为，设置戏剧动作的要求有两条，第一是动作的目的。"你主人公想要赢得、获取和期望达到的目标"。第二个是戏剧的层次。"不断地克服一个又一个障碍从而达到他或者她的目的，实现自己的需求的过程"。

1. 完整统一

剧中人物行动要求完整和统一，要求动作前后贯穿，因果相承，有头有尾；要求不同人物的多个动作线有内在联系，不能彼此无关；要求整个电视剧无论多长多复杂，是一个行动。

劳逊认为，亚里士多德把整一出戏当做"一个行动"，是向有机的戏剧理论跨进了第一步。

动作的统一性，在于动作是趋向一个单一的目的。从初次决定行动到终于付诸执行之间的一切现象则构成了动作的完整性。动作有着明确的目的，表现人物明确的意向和愿望，为此而行动，那么这个行动的结果如何，就成为观众最关心的问题。如果露头断尾，就会使观众失望。此外，动作整一律能完整地展示人物性格发展变化的整个过程，因为动作是塑造人物的过程。如果动作散漫，头绪庞杂，顾此失彼，观众就会一头雾水，不明所以。艺术要求统一，统一性才能"立主脑"。全剧动作保持了主题的统一性，同一主题就可以通过安排不同的事件的方法来表现。

为了实现动作的一致性，我们往往集中使用素材，如把动作集中在某个人或某个集团身上，再不然就集中在某一个事件或几个范围极狭小的事件上。一个人在生活中遭遇的事件是各式各样的，因而不可能归纳出统一性来，我们也不能将一个人的许多动作归结为一个动作。有的剧本处理许多事件和人物，但仍然获得最高度的主题的集中。有的虽然只是处理一个简单的故事，结果却显得非常松散，就是不知道怎么去实现动作一致性的缘故。

我们还能从高潮看统一性，所以有的编剧喜欢把高潮先想好，然后才设计前面的情节，也就是说，有了高峰，然后才决定山坡的高度，而不是从平地慢慢向上爬坡，以保持一口气到达顶峰。

实现行动整一的具体方式多种多样，其中主要有：通过情节的一致；通过情节、地点和时间的一致；通过人物的一致，"一人一事"；通过内在情绪一致，等等。不论通过哪种方式，都须和主题思想的统一结合起来。

2.明确需求

人物的需求要明确,切忌含糊,最好用一句话就可以概括。优秀的剧本非常明显地具有这个特点。《泰坦尼克号》、《终结者2》、《亡命天涯》都可以用一个词来概括人物的需求:逃生。《盗梦空间》的人物需求是:见我的儿子女儿。《变形金刚3》的人物需求是:救我女朋友。

剧本的主人公的需求应该简单而强烈,一旦目标确定绝不摇摆,只会百折不回,直到把人物推向最极端的环境,产生最震撼的戏剧性效果,最终达到高潮。

3.层次分明

剧本的戏剧性动作在确定了一个明确的需求之后,必须由多个动作的层次来构成。古今中外对戏剧性动作的研究,尽管都从不同的方法和不同的角度作出了自己的解释,但是一个戏剧动作必须要有清晰的层次几乎是共识。

威廉·阿契尔说,"戏剧性的激变总是通过——或者可以设法使它很自然地通过一连串较小的激变而发展"。劳逊说,"上升动作应分成数目不定的若干组循环活动;每一个循环都是一个动作,并具备一个动作所特有的进展"。"层次分明要求动作线连贯不断,但是有分段落,既一气呵成又有所分割"。

(1)戏剧性动作层次的本质——裂开鸿沟

那么究竟什么才是戏剧性动作层次的本质,罗伯特·麦基在《故事》一书当中作了最精彩的阐述:"主人公在追求一个不可企及的欲望对象。他自觉或不自觉地选择采取某一特定的行动,其动机来自于这样的想法和感觉:这一行动将会导致世界作出相应的反应,从而成为实现其欲望的一个积极的步骤。"[①]然而,"来自他的世界的这一反应使他的欲望受阻,使他遭受挫折,比在采取行动之前离欲望更远——在他的或然性感觉和真正的必然性之间,开掘出一道鸿沟。"[②]

通俗地说就是主人公为了完成戏剧性需求,作出了行动,然而现实的情况是主人公的行动不但没有完成戏剧性需求,反而使得自己离达到需求变得更远更困难,这就是在需求和实际结果之间裂开的一条鸿沟。麦基在他的《故事》一书中就指出:"当达思·韦德和天行者卢克用光剑决一死战时,韦德向后退却,说道:你不能杀我,卢克,我是你父亲。'父亲'这个词炸开了电影史上最著名的鸿沟之一。"[③]

---

① 罗伯特·麦基:《故事》,中国电影出版社2001年,第172页。
② 罗伯特·麦基:《故事》,中国电影出版社2001年,第173页。
③ 罗伯特·麦基:《故事》,中国电影出版社2001年,第225页。

这样一次行动然后裂开一条鸿沟,成为一个清晰明确的戏剧性动作层次。然后麦基认为,"主人公的第一个行动已经激发了对抗力量,阻挡了其欲望的实现并在预期和结果之间横亘了一道鸿沟——一个更困难更冒险的行动,一个与其变更了的现实观相一致的行动,一个立足于他对世界的新的期望的行动。所以他调整自己以适应这一意外,再一次加大赌注"。①

通过这样反复的一次又一次的行动,裂开鸿沟,完成一个不断上升的戏剧性动作的多个层次。这一模式在不同的层面上循环往复,直到故事主线的终点,直至观众想象不到另一个最后行动。

所以编剧能否设定好横亘在人物之前的鸿沟成为戏剧性动作层次是否清晰的一个重要标志。甚至成为了电影剧本好坏的重要因素。最终麦基对鸿沟的总结是"期望和结果之间的鸿沟——这一鸿沟便是故事的温床,是一口熬煮故事情节的大锅。作家正是从中找到最有力度的使生活转向的瞬间"。②

而一个优秀的电影剧本和一个让人昏昏欲睡的电影剧本本质的差别就是是否能在人物的欲望和目的之间反复地裂开一道又一道的鸿沟。能做到这一点则使得剧本具有清晰的层次,清晰的层次使得剧本的戏剧性动作可以反复上升(或者说递进),直至高潮部分的到来,让观众的感情得到最大程度的冲击。

(2)戏剧性动作层次的要求——赌注加大

当然有些情节糟糕的剧本也会有伪层次、伪鸿沟,乃至产生伪节奏,它们在外观上和精彩的剧本相仿,内在却有一个最大的不同。

优秀的剧本每一次鸿沟裂开,每一个戏剧性动作的层次,都会把主人公压上台面的赌注往上增加。也就是说,对主人公而言,随着戏剧性动作层次的递进,风险都在不断加大。麦基在他的《故事》一书中总结:"风险是什么? 如果主人公得不到他想要的东西,他将会失去什么? 更具体点说,如果主人公不能实现其欲望,将会发生在他身上的最坏的事情是什么?"③

如果一个剧本主人公的戏剧性动作的第一个层次,所要面临的风险是破产,那么这个主人公戏剧性第二个层次,所要面临的风险一定要比破产更狠,让他更难以接受。比如是婚姻破裂(电影观众往往认为感情大于金钱)。而第三个层次又要比第二个层次风险更大,比如是死亡(一般认为生命大于感情也大于金钱)。就这样风险一步一步升级,麦基说:"生活教导我们,任何人类欲

---

① 罗伯特·麦基:《故事》,中国电影出版社 2001 年,第 177 页。

② 罗伯特·麦基:《故事》,中国电影出版社 2001 年,第 179 页。

③ 罗伯特·麦基:《故事》,中国电影出版社 2001 年,第 175 页。

望的价值尺度和对它的追求所冒的风险都是成正比的。价值越高,风险便越大。"①

这样的电影剧本往往就构成了清晰的戏剧性动作层次,让我们始终为那个不断加大赌注的主人公感到揪心,成为让我们印象深刻的好剧本。

比如 2010 年上映的电影《盗梦空间》,获得了奥斯卡最佳剧本的提名,它就是一个典型的动作层次清晰,赌注越加越大的优秀的电影剧本。

主人公科布的需求非常简单:回到美国的家,能再看到自己的儿子女儿。为了完成这个需求,他必须帮助安藤做一件事,在全球垄断巨头的儿子费舍尔的潜意识里种入一个观念:拆分公司。在澳大利亚飞往美国的飞机上,他们展开了自己的行动。

剧本的第一层次就是飞机上行动,四个人进入了费舍尔的潜意识,按照计划种入想法。面临的风险就是一旦计划失败,需求没有完成,只要飞机在美国一着陆,科布就将因为谋杀罪被指控,甚至被判处终身监禁,再也没法看到自己的儿子女儿。(风险:终身监禁)

然而,在费舍尔的潜意识里,他们的计划受阻,因为费舍尔受过反盗取意念的训练,不但计划没能顺利进行,安藤还被打伤了,情况进一步紧急(第一条鸿沟裂开)。更为重要的事是因为他们都服用了超级镇定剂,只有完成目标才能安全醒来,否则就将永远迷失在意识的"迷失域"里。(风险:意识永远迷失)

如果说终身监禁还有机会上诉,有机会翻案,有机会假释,甚至有机会越狱,那么科布还有机会见到自己的儿子女儿的话,迷失在意识里的结果就是再也没有任何希望见到自己的儿女,他将彻底成为一具行尸走肉。压上台面的风险进一步加大,但是他们无路可走,必须往前。

第二个动作层次是他们必须在更短的时间、更大的障碍下去完成任务,又进入第二层梦境乃至第三层梦境。在最后进入意识种植的核心区域前,费舍尔被科布潜意识里摆脱不了的死去的妻子摩尔的影子杀死,计划失败(第二条鸿沟)。为了最终完成需求,科布不得不在此作出风险更大的举动,去自己最不愿意去的"迷失域",见自己的妻子。

科布最不愿意去"迷失域"见自己的妻子,因为这是他内心最隐秘的部分,最不愿意触碰的最柔软的部分,因为是他给妻子种下的意识使得妻子把现实看成梦境,最终自杀并把杀人罪嫁祸给科布。而科布本人潜意识里对这个世界是梦境还是现实也持有怀疑态度,他进入"迷失域"见到妻子意味着他有可能被妻子说服,有可能人物的观点会彻底崩溃。悉德·菲尔德专门总结了一

---

① 罗伯特·麦基:《故事》,中国电影出版社 2001 年,第 175 页。

个人物在剧本中最重要的支柱就是人物的观点。"什么是你的人物的观点,即他或她看待世界的方式,这通常是一个信仰体系。"①观点的崩溃会使得他相信了现实世界只是一个梦境,最后主动自杀。(风险:观点颠覆)

如果说上一个风险是变成行尸走肉,也只是迫不得已,那么这个层次的风险就上升到对主人公科布的整个信仰体系彻底的颠覆。一直以来支撑科布的观点就是我们现在的生活是真实的不是梦境。如果这次行动再不成功,他会和妻子一样把现实看成梦境,主动自杀。这种整个精神信仰的崩溃远远比外来的任何力量都显得强大和难以承受。但是情况已经无可挽回,科布再次行动。

科布第三个层次动作就是在"迷失域"里找到费舍尔,把他救回来,在这里果然见到了妻子摩尔,最终科布抵抗住了摩尔的诱惑,拒绝接受现实生活是梦境的观点,最后完成整个计划。

整个《盗梦空间》的剧本层次,严格按照价值越大、风险越大的规律写作。每次鸿沟一旦裂开,主人公为了完成需求,必须付出更大的努力乃至冒着更大的风险。从外在的身体被终身监禁,到内在的意识永远迷失,再到终极的风险,人物的观点(信仰体系)彻底崩溃。

清晰的戏剧性动作的层次产生了完美的戏剧性节奏,把观众的情绪逐步调动起来,逐步升级,乃至最后达到情绪的高潮。

反观电影《变形金刚3》的剧本,就是典型的伪层次、伪鸿沟乃至伪节奏。

整个电影剧本花了一半的时间来建置男女主人公的感情和逐步揭露霸天虎的阴谋。到整个电影一半左右,该交代该铺垫的都已经完成了。主人公的需求被明确地提出来,救出自己的女朋友,拯救世界。

然后接下来的动作都是伪层次。我们看到他待的大厦倒塌,他惊险地从横过来的大厦滑下去逃生。我们看到他一会儿在烧焦的街道上被霸天虎追杀,一会儿在汽车里惊险地追击逃亡。我们的主人公看上去上天入地无所不能。每次都是惊险万状,差点送了性命,千钧一发躲过灾难。

我们也可以说每次他千钧一发,面临死亡危险的时候就是裂开一条鸿沟。从每次被追杀到每次获救都可以算作一个动作的层次。但是这实际上是视觉的一个一个层次,而绝不是剧本动作的层次。因为每次押上台面的赌注都是生命受到危险乃至地球毁灭。每个段落都一样,不递进不发展,只是反复地重复,而重复是节奏的死敌。这样的电影剧本最终的结果就像麦基给我们总结的那样"电影创作的历史已经反复证明,新鲜惊险的感官刺激在风靡一时之

---

① 悉德·菲尔德:《电影剧作者疑难问题解决指南》,中国电影出版社 2002 年,第 163 页。

后,很快便沦为明日黄花,受到冷遇。每隔十年左右,技术的创新便能孵化出一批故事手法低劣的影片,其唯一的目的只是为了展现壮观场面"。

其实《盗梦空间》和《变形金刚 3》的投资相差并不大,都具有超强的视觉奇观,可是剧本质量的天壤之别最终将决定谁会被人铭记,谁会被人遗忘。

而《盗梦空间》这样的影片变得凤毛麟角,《变形金刚 3》这样的影片则层出不穷,只能再次证明罗伯特·麦基的判断,编剧这项手艺在失传,能写出好剧本的编剧越来越少,会设置清晰的戏剧性动作层次的编剧越来越少,知道剧本写作中重要的原则"价值越大,风险越大"的编剧越来越少。

二、戏剧冲突

冲突,又被理解为分歧、争斗和差异等,它是表现人与外界之间矛盾和人自身内心矛盾的特殊艺术形式。

虽然"没有冲突就没有戏剧"这一戏剧创作规律已经被戏剧实践所打破,一些现代影视剧,尤其是话剧在情节处理上追求反情节,不讲因果关系;在人物塑造上,注重刻划人物无意识领域的深层心理活动;在反映生活方面,讲究再现人的幻觉、梦境、双重自我、超越生活自然状态,但是电视剧作为一门新的演剧艺术,一方面吸收了现代派戏剧的新潮观念和表现手法;另一方面却更多传承了传统戏剧艺术的审美规范,并把它发扬光大,特别在运用"冲突"这一元素方面。

冲突与动作有着血缘联系。戏剧以人物的行动来推进剧情、揭示性格和阐述哲理;人物的行动出于动机,而动机本身又是人物的现实状态与理想境界存在着差异和冲突而产生出来的。并且,人物一旦行动,必然打破原有的平衡,造成现态的不平衡,引起新的冲突。新的冲突会导致人物调整原有的行动步骤,新的行动又将引发新的冲突。如此反复循环,直至抵达冲突的理想境界——高度混乱的"湍流"状态,以致多种冲突在快速流动中不断激起新浪花,产生新事件,激发新思想,而且汇聚在一起,迅猛地积蓄起一股颠覆所有的力量。

冲突,有的来自外在因素,如社会的(社会环境与社会群体意识)、物质的(自然环境和自然条件)、人物自身能力及其他条件的限制;有的直接或间接地来自他人有意或无意的干扰,与他人发生冲突,而人与人的冲突是戏剧冲突中最基本的冲突;有的出自心理因素,即人物内心的道德观念、价值标准、人生观和自我意识的干扰等。这几方面的冲突,有时单独展开,有时则交错在一起,相互作用,互为因果。

冲突有着多种表现形态和形式,在戏剧中常用的有意志冲突、性格冲突、社会冲突、角色冲突和心理冲突。

1. 意志冲突

法国戏剧理论家布伦退尔在《戏剧规律》中，最早明确地把冲突作为戏剧艺术的本质特征，形成冲突说。他把冲突的内容看作是意志冲突，即是人的意志与神秘力量和自然力量之间的冲突。

意志，是自觉地确定目的，并为达到一定的目的，支配、调节自己的行动，从而克服各种困难、实现目的的心理活动。意志是意识推动行动、意识转化为行动，即意识能动性的具体表现。良好的意志应具有自觉性、坚定性、果断性和自制力等品质。意志常与行动相联系，其行动中可分为四个层次：其一，与不同的欲望、企图和动机斗争，权衡利弊，做出抉择，确定目的。其二，比较不同的行动方式、方法的有效性、合理性和难易度，安排计划，选出最有力的行动方案，或临渴掘井，或退而结网。其三，把愿望付诸实施，变成具体的实际行动，发展成一个连续不断的实践过程。在这个过程中，人物的活动难免要与自己的内心或外界发生冲突，遭遇重重困难。意志坚强者，不管遇到多大的困难，都能以顽强的毅力和坚定的信念克服和战胜它们，取得成功；意志薄弱者，即使做了决定，也会在行动中左右摇摆、彷徨犹豫，或畏缩不前，或三天打鱼，两天晒网，或干脆放弃决定。而在一种百折不挠克服困难的坚韧行动中，包含着自觉意志作用。其四，冲突的尖锐程度，也往往取决于冲突中人物自觉意志的强度。意志是人们改造客观世界和主观世界、发展能力的不可缺少的心理因素。意志是在实践中不断克服主观困难的必需因素。心理学的研究证明：许多有成就的人物，之所以在事业上有重大贡献，起作用的不仅是他们的聪明才智，更重要的是他们有坚韧不拔的毅力和勇气；他们的聪明才智往往是在战胜挫折和失败中得到运用和发展的。他们的意志也是在长期的逆境中得到磨炼和坚定起来的。古希腊剧作中的人物，几乎都是意志顽强的人，他们动机具体、明确，不折不挠地向目标逼近。

2. 性格冲突

性格，是个人在对人、对己、对事物，乃至对整个环境适应时所显示的独特的心理特点。

在具体作品中，某一人物要与他人发生冲突，总是包含着自觉意志作用，人物之间冲突的尖锐程度也往往取决于人物的自觉意识的强度。但是，人物自觉意识的形成过程，意志和行动的关系，却往往显得较复杂。人物受特定情境的影响，往往要经历复杂的内心活动过程才凝结成意志，并且意志形成以后也不一定就直接采取行动。从意志到行动的过程，以及行动过程中由心理活动的复杂性而形成微妙多变的情况，是经常发生的。造成这种复杂状态的原因就是性格。性格是表现人的态度和行为方面较为稳定的心理特征，它是在一个人生理素质的基础上，同时在社会实践活动中逐渐形成、发展和变化的。决定人性格的因素很多，如人的性别、年龄和文化水平；家庭、居住社区的环境；时代和社会的大环境等。这些因素的差异，都有可能造成人独特的性格。而这种冲突的独特性，恰恰来自具有强烈戏剧性的剧作，冲突的开展都是具有独特性的。而这种冲突的独特性，恰恰来自独特的性格。从性格出发构成的冲突，不仅可以使冲突和情节具有真实性和必然性，也是医治雷同最好的方法。仅仅在意志方面引起冲突、展开冲突，人物会过于情节化，显得太单调，唯有通过性格冲突来揭示人物精神世界，才能克服冲突的单薄肤浅。

3. 社会冲突

美国喜剧电影理论家劳逊试图从社会学的角度发展意志冲突说，把戏剧冲突的内涵延伸为社会性冲突。他认为，"戏剧冲突也是以自觉意志的运用为根据的。没有自觉意志的冲突一定是完全主观的、或完全客观的冲突"。根据动作的定义，动作本身具有社会意义。动作是具有一定的动机和目的并指向一定客体的运动系统。人的动作不是孤立的，而是包括在人的整体活动之中，是活动的组成部分，它是以自觉的目的为特征，并且总是由一定动机所激发，因而具有社会的性质。所以，由动作引起的冲突必然是社会冲突。

社会冲突可以理解为一种超越个体的广义的冲突，过去有人解释为阶级冲突，现在有人转换成文化冲突。如中西方文化的冲突，先进文化与落后文化之间的冲突，甚至南北地域文化的冲突。

4. 角色冲突

角色冲突是个体具体的位置和作用的冲突。

角色是一个表示关系的术语。人们在现实生活中，面对不同的社会关系，以不同的社会身份出现，表现为不同的角色。角色可以区分为以下几种类型：其一，先赋角色。如儿子、父亲、哥哥、弟弟、姐姐、妹妹等，是从出生时就获得的。血缘关系大多属于此类。其二，自致角色。如大学生、博士生、工程师、教授等，是个人在社会活动中，以某种力量或某种方式争取得到的。其三，指定角色。如厂长、经理、科长、局长等，是由社会机关、社会组织，政府组织、政府部门所指定或任命的。其四，伴随角色。如同学、病友、战友等，是伴随着人们的某些共同活动自然而然地出现的。此外，还有些特定场合的角色，如顾客、乘客、当事人和目击者等等。

角色理论属于伦理学范畴，它包括角色期待和角色冲突。一个人处于某一社会地位时，人们便希望这个人表现出相应的行为，这就是角色期待。在角色期待中，应对角色做出不同层次的区分：理想角色。这是整个社会为某一个角色所确立的,表明该角色应达到的理想的行为模式,"大公无私"就是广大百姓对人民公仆的理想要求。二是领会角色。指的是个人对角色的不同理解所导致的行为模式。如有的人认为官员就是能让人死也能让人活的差使,是个能捞钱的角色;而有的人认为做官是为了造福一方,成就一番事业。领会因人而异。三是实际角色。这是人们在充当某一角色时所表现出来的行为。一个人的实际角色行为,除了受制于理想角色和领会角色之外,还受个人利益、工作能力、个性气质,以及外在环境的影响,因而表现出角色的具体性和局限性。

在现实生活中,每一个人都担任着各种角色,人们所具有的多重角色常常会导致角色冲突。角色冲突大致包括三种类型:一是角色本身的冲突,这是由角色要求不同造成的。如实际角色和理想角色有着很大的差异。二是不同角色之间的冲突。这是由某个人在同一时间内,分别扮演不同角色造成的。三是角色组织与单一角色之间的冲突,每一个角色都附属于一定的角色组织,而后者往往为处于该组织内的角色规定相应的行为模式,如果角色行为与组织规定相矛盾,也会酿成冲突。如警察抓自己干坏事的儿子、小偷到自己家偷钱财等。

过去,每个人在他所处的特定环境的角色中,都具有固定秩序中的心理。如他是父亲,就应该严;她是母亲,就应该慈;他是儿子,就应该孝。反过来,如果他是臣,就应该忠;如果他是官,就应该威。个人的心理、意愿与情操往往被纳入统一规格,不易形成特异的内心世界。现在,随之社会伦理的变化、个体意识的增强,角色冲突也变成了戏剧冲突的一个重要方面。

第二节　戏剧性情境

戏剧性情境是指剧中人物所处的具体处境和心境的一种有情之境。其主要是表现出一种力量,从而影响人物的生活,激起人物的欲望,促使人物的行动。人物所面临的困境常常是我们给予人物常见的情境。

通常,剧本在开场时要设置情境,构成全剧的推动力量,作为一种外在客观的推动力,促使人物的心理活动凝结成具体的动机,并导致具体行动。由此,主要人物的行动牵动其他人物的行动,引起新的冲突,构成新的事件,导致局部情境变化,使全剧的情境加强推动力度,使主人公采取更有力的行动,以造成一连串的反应,层层递进,涌向高潮,从而完成情节的发展。

戏剧性情境是影视剧创作的一个重要元素。它引发戏剧性动作,规定动作的发展方向,成为动作产生和发展的必要条件。在情境的建构阶段,情境和动作两者互动,既可以先有情境后有动作,也可以先有动作后追根溯源,补上情境,或者在情境和动作两者多次互动作用下同时完成。

一、戏剧性情境的内容划分

影响人物行为的情境因素很多,并且这些因素并不是孤立存在,而是相互依存、相互作用的,即每一方面都会影响其他方面,同时被其他方面所影响。如人所处的空间、气候、温度等物理环境,对人的心理影响是不言而喻的。人所处的一定年龄阶段,对事情的感受会截然不同。在一定的社会关系中,上级与下级、长辈与晚辈之间往往会比较严肃。相反,朋友之间、兄弟之间就比较轻松自由。但是,同样是亲朋好友,处在不同的场合中,行为方式又会出现不同的表现。如在丧事活动中不会用比较欢快的语言,在轻松活泼的场合则没有必要用很庄重的语言。同样的推测,以上几个方面的规律,在不同的社会规范和文化习俗的背景下,也不能一概而论。但是这些对人产生影响的环境因素通常不属于我们考虑的范畴。

情境影响人物行为,要从两方面去考虑。一是有些情境对大多数人都有影响。某些尖锐的情境,如生死考验、肉体痛苦、苦难折磨等,就很少有人不受影响。二是有些情境只对少数人有影响。它的尖锐性是从人物性格出发的。这种尖锐对张三是尖锐的,对李四则未必。如请客送礼,对没有财力的人,对不善交际的人,有时就觉得难以应付。

影响人物行为的情境因素很多,作为戏剧性情境,最重要最有活力的是由剧中人物所处的具体时空、对人物发生影响的激励事件、与人物行为有关的人物关系三方面因素所组成。而罗伯特·麦基在《故事》一书中对激励事件有精彩的论述。

1. 具体时空

每个人都生活在一定的时空下,一个时代有一个时代的社会背景,一方地域有一方地域的文化背景,每一个时代和地域的经济、政治、司法、教育、家庭等各方面的状况,都会显示出与其他不同时代和不同地域的差异,这是情境的一个方面。针对这个方面,同一题材随时代地域的不同就有不同的处理。如没有照顾到必要的活动背景和社会时代气息,其结果必将失去观众对作品内容本身的信任感。

所有的人都生活在环境中,每个人所有的言谈举动均与环境有密切关系,人总是根据自己所处的社会和时代的生活条件来思考和决定表达意志方式的。人不能离开他生活的社会和时代,如同没有人能拔着自己的头发离开地球一样。因此,我们也不能脱离生活环境来描写一个具体的人。但是,普遍的社会环境和时代背景还不能显示出个别人物在现实生活中的活动。黑格尔认为要使人物摆脱一般和普通，进入个别和特殊，获得"本质上的定性"，就必须借助于具体情境的力量。黑格尔指出，处在普遍的世界情况与包含着矛盾冲突的具体动作这两端的中隙，还存在着一个空间，这个中间阶段就是情境。情境既是普遍的社会情境和时代背景的局部、个别与特例，又是具体个人生活、冲突与激发其动作的具体宇宙。

戏剧性情境是普遍世界与个别人物的中间环节，不单单指一种物质的具体处境，还包括在这个具体处境中人的心境。余秋雨说："剧本提供的戏剧性情境，可说是一种有情之境，或者说是一种与情交融的环境承载。许多艺术作品都会有情与境的组合，当这种组合呈现为一种显豁、凝炼和激烈的状态时，便构成戏剧性情境。"正如历史学家寻找旧时代的器物、制度、政治文献，是为了考察曾活在那个时代的精神一样，文学艺术家在塑造人的历史时，描绘人所处的外部环境，着眼点也是在一种活的精神的物化。一方面，剧中主人公有个人的感情包袱，或处在某种说不清的复杂的情绪状态中；另一方面，主人公所接触的每个人都有需要解决的问题，或正在面对不可解决的困惑。当这些"问题人"处在一起时，是充满爱意还是带来感情折磨，是亲密无间还是相互侵扰或四分五裂，这就是"人生"，这就是剧中人所处的一种情感动态的生活。如一人向隅举座不欢。如融洽的家庭帮助家庭成员解决问题，使家庭和睦；专制、冷漠的家庭会将家庭中的人推向深渊，把家庭搞得七零八落，灾难重重。

比起时代和地域环境，个体的感情和精神问题对人物的行为更有举足轻重的影响。如民族危亡时期，文革动乱年代，这样动荡不安的外部环境必定会给身在其中的每一个个体带来不可磨灭的情感回忆；同样，今天的改革开放、经济大潮的冲击，如此巨大的时代变革对我们精神面貌变化的影响，怎么估量也不过分。但应该承认，具体的个体感情对人的行为同样具有一种非常深刻和非常广泛的支配，虽然这些个体感情并非来自于外部空间。如学者朱学勤在看了电视剧《十六岁的花季》后谈到，"从某种意义上说，某一代人16岁的外部空间总是容易流逝的，而16岁人历代不易的内心空间却是永久的。歌德那部《少年维特之烦恼》之所以历久长新，获得了代代人的认同，其秘密恐怕就在于他抓住的是人物内心空间语言，而不是人物所处的外部时间特征"。这句话指出了一个事实，远离外部时空的某些内心空间，同样表现了文学艺术的生命力。也许这里我们还可以走得远些，有些个体感情，如狂热、复仇、疯狂、鲁莽、悔恨、恐惧等，不仅并非来自什么外部时间，而且也并非来自什么某个年龄段的内心空间。它们像幽灵一样，飘浮在具体的时空之外，随时会将人推向深渊，改变他们的人生。

2.激励事件

激励事件，顾名思义，是一种激发动力，是促使人物进行活动的事件。情境常常由事件构成，但构成情境的事件与戏剧情节发展过程中出现的事件在性质和功能上都有所不同。情境中的事件只是作为缔结人物关系和引出矛盾冲突的手段，给人物所处的常境或困境一个有理性、能逻辑判断的理由，剧作家并不着力表现它。而戏剧情节发展过程中出现的事件，是情节基本内容的事件，是剧作家着力表现的对象。

当生活尚可以控制的时候，相对而言是一种平衡的生活。然而，就在突然间，一个事件发生了，首先打破了主人公的生活平衡，将主人公生活现实中的价值钟摆，或推向负面，或推向正面。一个事件把主人公的生活推向混乱，然后在他心中激起平衡的欲望，使他力图找寻他认为能够整饬这种混乱的东西，并为得到它而采取行动。出于这种考虑，主人公的下一步行动，通常是非常迅速，偶尔也深思熟虑地构想出一个欲望对象。

激励事件推动主人公去积极地追求一个欲望对象或目的。但激励事件不仅激发出一个自觉的欲望，还会激发出一个不自觉的欲望。一些复杂的人物感受着激烈的内心斗争，因为这两种欲望构成了直接的冲突。无论人物自觉地认为需要什么，观众却都能感觉或意识到，在其内心深处他有一个完全相反的不自觉的欲望。

事件有自然事件、人为事件；必然事件、偶然事件；过去时态事件、现在时态事件等许多种类。激励事件的发生可以是自然事件、偶然事件。由于巧合，人在家中坐，祸（福）会从天而降；由于外部环境骤变，引起人的命运转变。如美国电影《大白鲨》中，小镇上的生活本来安详而平静。这里有名的海滨浴场吸引着各地的游客。但是两个游客在夜晚游泳被鲨鱼咬死，这件事彻底打破了小镇的宁静，促使主人公行动起来，解决这一事件，否则这个海滨浴场将被永久关闭。

激励事件也可以出于主人公本人的决定，是人为事件或必然事件。如《北京人在纽约》和《上海人在东京》，均是主人公主动进入一个陌生的不同文化背景的生存环境，而一进入这种环境，他们就不得不努力地适应这种环境。

但是，造成情境的激励事件应该是现在时态的事件，不是过去时态的事件，过去时态事件常常作为故事的前史，叙述而不展现。现在时态事件把事件在观众面前展示，让观众亲眼目睹，亲身经历，从而相信剧中人物的选择，逐渐进入剧中情境。

3.人物关系

人物关系是流动于戏剧性情境中的血液，是最富有活力的因素，它能起到使戏剧动作产生连锁性反应的效果。

影视剧中常用的人物关系有血缘关系、社会关系和利害关系等,并常用:(1)相连,使本来不相干的人迅速结识;(2)叠加,使原来正常关系上突然又加上另一层关系,如本来是朋友亲友,现在成了竞争对手;(3)相连加叠加,使人物关系更加错综复杂。

在重亲情、重人伦的社会环境中,每每以曲折复杂的血液关系来增加故事的容量,从亲人相逢到最终相认,往往是扩充故事情节的良机。如在医院接生时婴儿被抱错,若干年后父母要为受伤的儿女输血时,发现血缘遗传不符,然后寻找自己的孩子。如《渴望》,刘慧芳与王沪生、宋大成的情感纠葛结成了三家剪不断、理还乱的感情关系;再用丢孩子——捡孩子——养孩子——还孩子的情节串起了刘家和王家的另一重情感关系。

缔结关系,是奠基人物发展基础。情境设置的第一个作用,就是要在开幕后的很短时间内,立刻让人物缔结关系。有了关系,后再添加条件,使这个人物关系有发展的基础。如日剧《悠长假期》的开场,过气的模特山南在举行婚礼时,等新郎朝仓不来。穿着婚纱的她赶到他的住所,发现新郎已不辞而别。为了在住所等朝仓回来,也因为自己婚结不成回不了娘家,所以就不打招呼地搬进了朝仓的旧住所,要求朝仓的室友秀俊让她住进朝仓的房间。于是造成了山南与秀俊两个本来完全不认识的人开始聊起了感情问题。

小说家王安忆说,编故事有四个要点:首先,决定性的就是要找到一个好的人物关系,故事先要有个核,这个核就是人物关系;其次,要找到因果关系,使故事发展,即故事发展要有因果逻辑,跟着逻辑走;第三,故事升级,然后走到哪儿去呢?走向升华,人物升华和主题升华;第四,升华的依据是什么?家常之理。走向升华必须要有现实的常理做依据。这里,首先是人物关系。对此,她进一步发挥说,好的人物关系有两种情况:(1)先天很好,如根据李碧华小说改编的电影《霸王别姬》。先天就带有两重性,一重是一男人和另一男人的关系;同时又有一重是戏台上的一个男人和一个女人的关系,可以说所有的故事都是从反自然的关系里发出的。戏台上的一个男人和一个女人之间就可能发生故事,然后加进了一个女人,和其中一个男人发生了情爱。另一个则拒绝接受这个现实,要坚持舞台上的关系,戏就来了。(2)后天努力的,如根据李碧华小说改编的电影《胭脂扣》,写一个阔少和一个青楼女子的爱情关系。这个关系太常见,它的特别之处,是给这个关系添加了一个条件:他们殉情了,但其中一个人没有死,然后在他们约定的时间里,死去的人变成鬼去人间寻找没有死的情人。这样,这个故事就非常戏剧化了。

实际上本身能寻找到一个出色的新鲜的戏剧性情境并不容易,毕竟从亚里士多德开始,戏剧发展了几千年,可以构成戏剧性情境的设置已经一而再、再而三地被运用。以至于一些被通俗剧用烂的情境已经成为观众心里的俗套。但是在一个俗套的情境中,能不能加入一点就化腐朽为神奇,在俗套中找出新鲜的又富有戏剧性的情境?这才是编剧需要面对的。

电影《关云长》是这方面一个有趣的案例。《关云长》取材于关羽过五关斩六将、千里走单骑的故事。这已经是大家绝对耳熟能详的故事。这个故事的情境也是熟悉得不能再熟悉的了。然而这个电影能在这个熟悉的基础上生出新的戏剧性情境,做到了化腐朽为神奇。当关羽杀完卞喜,原本故事就此告一个段落。关云长护送二位嫂嫂继续赶路,然而剧本这里笔锋一转,写出了《三国演义》中没有的新的情境。关云长杀了卞喜后,碰到了当地百姓,百姓不懂什么叫忠义千秋,不知道站在面前这个红脸的人是谁,他们只知道这个人杀死了他们的县令,而且这个县令是个清官,是个好官。所有的百姓都对关羽吐口水扔垃圾。一个传统的关羽过五关斩六将的俗套情境,一下子进入一个全新的领域,这是你从未思考过的领域。关羽杀卞喜是忠义,但是卞喜也有可能是获得百姓认可的好官,关羽这个时候变得尴尬,变得百口莫辩,狼狈不堪。这个情境极好地为整个电影的戏剧性加上了浓墨重彩的一笔,而且让我们有了对历史全新的思考。

二、戏剧性情境的具体作用

戏剧性情境主要作用有激化冲突、催化人物的动作性;规定剧情,加强情节的集中性;复合情境,塑造丰富多彩的性格;假定情境,推测人物可能的行动;以及调动观众的审美心理,并为悬念的形成和发展铺好道路。

1. 激化冲突,催化人物的动作性

影视剧不能像小说那样从从容容地将矛盾酝酿、潜伏和发展的过程写出来,而必须以"爆发"的方式展开。所以,情境首先应该成为激化矛盾冲突的机缘,就像催化剂加速物质的化学反应一样,打破平衡、恒速和常规,以加速生活中的矛盾发展和激化,使人物冲突迅速爆发,立即展开。

情境在得到定性之中分化瓦解为矛盾、障碍纠纷以至引起破坏,人心感到为起作用的环境所迫,不得不采取行动去对抗那些阻挠他的目的和情欲的扰乱和阻碍的力量。戏剧性情境内有一股推动力,能激发矛盾,使人物迅速从静态到动态,犹如一头雄狮出现在山岗,群鹿撒腿狂跑。在任何时刻,人都是在某种情境中生存着的,任何人有目的的行为都不能简单地被认为是人随心所欲的一种机能。戏剧性情境的主要功能在于刺激人的意识,作用于有逻辑性的思维,以及根据这思维而采取的行动。如此,人的有目的的行为应被理解成

是人的意识与人的情境的相互作用,并作为一个整体加以不断调节的过程。在这个过程中,人所处的文化和物理环境、社团和社区组织、个人心理和心理因素等彼此联系,不可分割,形成一种相互依存的力量。这种力量或以此一种方式表现出来,或以彼一种方式表现出来,不断影响人物生活,激起人物欲望,促使人物无论是"正常"或是"反常"的行为和动作。

戏剧性情境不仅能激发人物意识的行动,而且能激发人物无意识或潜意识的冲动。人物行动(动力)原因很多,大部分都带有明显的功利性,为了达到某个目的而行动。但是,也有一些非目的或者说是无动机的行动,如来自人的原始动力。这种隐藏在精神深处的原始动力,具有:其一,自发性。人的潜意识中常常会有一时的自由自在的放纵,这种放纵会突然改变人们的行为,促使人们打破自己建立的规范。其二,攻击性。人的潜意识中有一种侵犯心理,一旦放纵,常常体现出超乎常人的攻击性力量,而且满足人类普遍的原始动力中攻击性的释放需要。其三,情绪性。人的潜意识没有意识成分,不循理性秩序。一些盲目的冲动,常会使人采取非理性的、非功利的行动。这种无动机的行动的产生,同样不是无缘无故,而且更需要具体情境的作用。如果没有外界的刺激,这些隐藏在潜意识深处的原始动力是在意识的监控下,很难爆发出来,但一旦遇到合适的机会,它们就会冲破理智。如足球比赛现场看球容易引起球迷骚乱,说明人们在特殊的情境中会有些违反常理的感受和表现。

一般来说,最初的动机,也就是动作的起因,都是有意识、有目的的。但在继发动机中,人物的动作难免掺有一些无理性的冲动。

如《雍正王朝》开篇,连日大雨,黄河暴涨,河南、山东多处河堤决口,淹没田土房屋无数——六百里加急奏折,康熙急召众臣商议,独独太子和四皇子胤禛没有到。因为太子正在和康熙的嫔妃偷情,胤禛正在户部查账。后来太子赶上殿去,但毫无主张。八皇子提议朝廷拨款,一救灾民,二修河堤。正当满殿认为此议甚好时,胤禛上殿说已查出邻近省份已无粮可调,国库空虚,户部也无款可拨。闻听此言,满殿一惊!胤禛提议立刻派钦差前往江南筹款购粮,赈济灾民过冬,抢修已坏的河堤。于是胤禛和十三皇子成了办差阿哥。胤禛一到江南,就罢了阳奉阴违不肯筹款的八皇子门下车铭的官,开始了与八皇子的明争暗斗。

在此剧中,连日大雨、黄河暴涨和国库空虚、无款可拨,成了胤禛被派当办差阿哥的起因。而胤禛的此行,又促使他与八皇子产生直接的矛盾冲突。

2.规定剧情,加强情节的集中性

戏剧性情境一旦设置起来,就会使人物处于某种状态中,也使人物的动作重复而递进,直至冲破这种情境或者这种情境消失。如人物一旦处于复仇的情境之中，仇就不能轻易解开，复仇的行动常常要一而再、再而三地进行；人物一旦坠入磨合的情境之中，磨合就成为两个或一组人物既要保持独立又要融合的长期过程。同样，误会一旦造成，就必须越解释越说不清楚，让人物在误会的情境之中行动、蹉跎、挣扎与感受自身的喜怒哀乐。

所以，编剧的任务，第一步是想方设法地设置一个情境；第二步就是让人物在这个情境里摸爬打滚，始终保持着一种动作的状态。

比如电影《天下无贼》，当激励事件出现之后，主人公王薄的任务就是在火车上保护傻根的 6 万块钱不被贼偷走。这个情境一旦建立，王薄先后和对方经历了四次剧烈的冲突，一次比一次形势危急。从赌钱到赌命，乃至最后把自己也押上去。所有纷繁复杂的斗贼技，都没离开这个情节。关于傻根的钱会不会被偷走，其实按照常理来想，这个情境并不难解开，即使傻根的 6 万被偷走，王薄补给他 6 万也可以天衣无缝，何必为了 6 万赌上性命。但是戏剧的情境一旦设定下来，就不能轻易解决，必须把它发展到极致，始终保持动作的状态。这个时候甚至编剧已经顾不上常理是什么，必需把这个情境发展到极致，最终才能解决这个情境。《天下无贼》解决情境的方法很传统，以任务的完成和主人公的死亡为最终结局。

再如《还珠格格》第一部中，小燕子得知紫薇父亲是当今皇上，便仗义相助，带着信物私闯皇家猎场，不料被正在狩猎的五皇子永琪射出的箭所伤，昏迷过去。皇上见到信物，追忆当年的恋情，误认小燕子为自己的亲生女儿。编剧在这里设置了一个误会的情境，然后就在这个情境上做足文章。

紫薇于祭天大典时发觉小燕子竟成了格格，这使她惊讶不已，认为小燕子背叛了自己，因而在大街上情绪失控地大吼，结果换来了官兵们的一阵毒打。小燕子以为能见到紫薇说清楚，化装成小太监，打算趁深夜里偷偷溜出宫，但皇宫戒备森严。在尔康及尔泰的建议下，众人决定将事实告诉永琪，透过永琪的里应外合，尽快让紫薇及小燕子见面，好让事情及早水落石出。永琪分析了事情的严重性，小燕子这才知道自己犯下了欺君大罪，还不能说出真相把格格身份还给紫薇。

在误会情境中，编剧不时地掀起风波。尔康及尔泰与紫薇的恋爱秘密；小燕子与五皇子永琪的"兄妹"之情；小燕子与皇后的争斗，小燕子一进宫，皇后就对她的身份产生了怀疑，处处与她为难，时时想弄清她的底细；紫薇的"恋父情结"，她以宫女的身份进宫后，生身父亲近在咫尺却不能相认，投入了太多的感情，以至皇上在不知情的情况下要娶自己的女儿。

同样，在《还珠格格》第二部中，编剧千方百计地让最亲近的人反目成仇，逼他们进入一个"追逐"的情境。然后大部分情节就在"追逐"中进行了。

3. 复合情境，塑造丰富多彩的性格

实际生活中，人们常常根据自己所处的具体环境不同，来决定表达意志的方式，调节和变化自己的行为。"上什么山唱什么歌，遇什么人说什么话"，在婚宴上，人们通常不会说那些令人沮丧的事；在丧礼上，人们通常也不会嘻嘻哈哈说笑话。在人群熙熙攘攘的大街上表达爱情的方式，会与在幽静的花园里表达不一样。同样，一对有感情的恋人意外重逢，一定会激动万分，真情流露。但此时如果旁边有一个朋友，他们就会根据与这个朋友的相知程度，适当调整各自的举动，表现出更加丰富的内涵。此外，人们还会在特定的环境中产生有力的动作。所谓"酒逢知己千杯少，话不投机半句多"，说明人们在不同的情境中会有截然不同的感受和表现。如此，一个人如果在某一时段，不间断地进入各种不同的情境，他就会有更多的表现。

电视剧情境设置大多采用"复合原则"，让主人公处于一种多重情境和情境多变的状态中。电影的情境比较单一，有时也会让主人公处在几个不同的情境中而风风火火。长篇电视连续剧为了塑造人物性格，情境常常比较丰富。如恋爱的人要经过恋爱、恋爱被阻、失恋、关系破裂、重新燃起渴望和单身贵族结婚、离婚的多个变化；如主人公对敌人有"复仇"，对同伙有"磨合"，对女性有"恋爱"，而且，在这过程中"复仇"转化成了"追逐"，"磨合"变成了"竞争"，"恋爱"有时反成了"复仇"等。"复合原则"允许更多的现实进入虚构，有意让人物置身于丰富多变的复杂情境中，使人物处于各种不同的情况、环境，和不同的人物交往，为人物充分展现其性格中的复杂因素提供条件。

如《大宅门》中，白家与他人的争斗两败俱伤，老爷子心力交瘁，老大被判监候斩，老二懦弱胆小怕事，老三吃里扒外败家子，这使老二媳妇二奶奶脱颖而出。二奶奶接过白家钥匙后，既要面对白家与詹府、关府的旧仇，又要处理家族财产矛盾，还要应付自己那个顽劣成性的儿子景琦及其他的各种女人。与此同时，她还要对付众多的同行竞争者，维持这个老字号"百草厅"。正是处在一个"复合"情境中，二奶奶这个人物的才干才得到多方面的展现，发出了光彩。

4. 假定情境，推测人物可能的行动

戏剧性情境，虽然基本都具有假定性，但一种是现实中可能发生的，比较特殊，如《泰坦尼克号》中一个井然有序又稳定的世界，突然毁于一瞬间，使所有船上的人都处于一个无能为力的情境。另一种是非现实的，或超过现实经验范畴的，即现实中以前没有发生，以后也不可能发生的。如《还珠格格》和《射雕英雄传》等，就构建出了一个虚拟的生活环境，甚至塑造出虚拟的人物。

特定的情境——特定的心理内容——特定的动作，这是一根因果性链条。

特定的情境,推动人物行动、规定人物行动和规定人物行动的走向,使人物异常行为合情合理,从客观上为剧中人物的种种行为找到合理的解释。创造性的假定情境,虚拟出现实中没有发生,或不可能存在的一些环境,以探索、推测、想象人类在"如果……"的情况下的特殊心理、可能的行为和人在实际生活中没有发生或不可能发生的动作。

影视剧的戏剧性情境和其他文艺作品一样,如马丁·艾思林所说的,不仅是人类真实行为最具体的(即最少抽象的)艺术的模仿,也是我们用以想象人的各种境况的最具体的形式。屏幕和剧院一样,是检验人类在特定情境下的行为的实验室,实验的前提是:如果……人会怎么样? 事情会怎么样?

在假定的情境的条件下,按照逻辑准确地设计人物和情节,是创作的快感之一。

5. 调动观众审美心理,并为悬念的形成和发展铺展道路

戏剧性情境主要作用是影响人物生活、激起人物欲望、促使人物行动,但它同时也是影视剧叙事艺术一个吸引人的重要因素。"剧本所提供的戏剧性情境,为充分调动观众的多项审美心理机制创造了条件。戏剧性情境的不可缺少,根本意义就在这里。"

比如美国经典电影《洛奇》,一个被业余俱乐部扫地出门的落魄的业余拳击手,只能靠为黑社会收保护费为生,且只能和自闭症的女孩恋爱,但是当他偶然间获得了向世界最重量级拳王挑战的机会后,他给自己订下了十五个回合不被击倒的任务,并且从此踏上征程。

这种在逆境中的奋斗,在泥淖中的自救,在被动中的主动,完成生命中不可挣脱的情感因禁,以及不得不经过由人间到地狱的堕落,再由地狱到天堂的升腾的精神磨难历程,其实是人类普遍存在的一种基本情境。据此,深深吸引观众的不完全是人物本身,也不完全是人物的行动,而是有另外一种神秘的东西,即任何人都有可能不得不面对种种不可知的处境与心境,以及在这种有情之境中的挣扎、奋斗所显示出来的一些无可奈何和说不清的宿命。

影视剧展现的这种种戏剧性情境,从叙事的表面来看,是剧中角色所处的命运,并没有发生在观众自己的身上。但是从人所处的生活深层考虑,每一种情境都与观众有关,都会引起某些观众产生联想。如结束混乱,恢复平静;如打破束缚,争取自由;如消除误会,达到理解等,都会发生移情作用,使观众设身处地地进入角色所处的"混乱"、"束缚"与"误会"的时间中,将心比心地换位思考,追随角色的思路,理解角色的动作选择,为角色也是为自己激动、感伤、兴奋和悲哀。

第三节　戏剧性悬念

一、悬念与惊奇

悬念,是通过对剧情作悬而未决和结局难料的安排,以引起观众急欲知其结果的迫切期待心理的一种编剧技巧。

在西方编剧理论中,最早涉及悬念的是亚里士多德的《诗学》。在中国戏曲理论著作中,虽无悬念一词,但所谓的"结扣子"、"卖关子",以及李渔在《闲情偶寄》词曲部格局一章中提出的有关"收煞"的要求:"暂摄情形,略收锣鼓……令人揣摩下文,不知此事如何结果",其内涵就与悬念基本相似。

1.悬念的作用

(1)既能有效地使观众产生注意力,又能使他们保持这种注意力;(2)是情节发展的指路标,能使戏剧结构紧凑而集中;(3)在提出问题与解答问题之间,能更好地塑造人物、阐述主题。余秋雨认为:"悬念,往往被人看做是一种客观的戏剧性技巧,与'巧合'、'转折'之类相提并论;其次,戏剧家设置悬念的时候,与其说是着眼于对剧作内容的精巧处理,不如说是纯粹为了对观众心理的收纵驾驭。如果说,一切戏剧技巧最终无不出于对观众心理的把握,那么,其中又以悬念为最明显。其所'悬'者,乃观众之'念'。严格说来,这应是戏剧审美心理学中的名词,而不是编剧技巧上的名词。编剧学所用,只是一种借用,即为了造成悬念的效果而采用悬置的技巧。在一般情况下,这种技巧要求把问题的提出和解决拉开距离,从而使观众的注意力在这个距离内保持住。由于注意力的保持是戏剧这门过程性艺术的基本课题,因而在世界各个古典戏剧的发祥地,悬念的技巧都被较早、较普遍地运用。"

悬念的界定,有两个不同的看法。一种看法认为悬念包括期待式悬念和突发式悬念,期待式悬念建立在不保密的基础上,突发式悬念建立在保密的基础上,当解密的时候产生惊奇的效果;另一种看法认为,悬念应该与惊奇区分开来,悬念与惊奇是两个不同的概念,它们产生的效果截然不同,不能混为一谈。

为了区分悬念与惊奇的不同,准确地理解悬念,有必要举两个在戏剧史和电影史上有关的例子。

18世纪英国有一出戏剧《造谣学校》中有这样一个情节:两位先生在谈论一件桃色纠纷,突然屋内一张屏风倒下,露出藏在屏风后面的那桃色纠纷的女主人公。对这一个情节的处理，曾有过很多争论；有人认为应该让观众一开始就知道那个女主人公躲藏在屏风后面，那么在两位先生谈论女主人公时，观众就能产生强烈的兴趣，并且期待最后发现的一刻；有人认为还是最后让观众突然发现屏风后面有人，如此，观众就会和两位先生一样大吃一惊，从而能产生强烈的戏剧效果。究竟是让观众知道屏风后有人好，还是让他们大吃一惊好，也就是说，是要一刹那间的惊讶意外，还是要自始至终保持吸引观众的那种紧张得透不过气来的兴趣。应该说，两种艺术处理方法均有各自的独特艺术魅力，采用哪一种，主要根据具体情节而定。但毫无疑问，让观众提前知道在屏风后面躲着一位夫人，是唤起观众的紧张感觉，集中和保持他们高度注意力的有效方法之一。

类似这样一个小争论，同样发生在电影悬念大师希区柯克的理论中。希区柯克在他的电影执导生涯里，经常精心设计和营造一种气氛，让观众置身于高度的紧张状态中。对此，他解释说：一列火车上有两个旅客在闲谈，桌子下面隐藏着一枚炸弹，一切都在平静中进行着。突然，一声巨响，炸弹爆炸了。这个情节，有两种不同的处理方法。一种是在爆炸之前，只是索然无味的谈话，没有任何离奇的事情。观众在爆炸的一刹那间会受到突如其来的惊吓。另一种手法是运用悬念，让观众事先看到一个恐怖分子把炸弹放置于桌子下面，并且设定还剩下 15 分钟时间引爆。于是两位旅客的闲谈变得特别引人注意，观众忍不住要告诉旅客，赶快逃走吧，不然就没命了。他认为，在前一种叙述方式下，观众只在爆炸的 15 秒内感到震惊，后者却能给观众留下 15 分钟的紧张。

希区柯克如此对悬念与惊奇的理解，同样出于一个小故事。希区柯克小时候在学校里做错了一件事，出乎意料，老师没有罚他站，也没有留他学，只是写了一封信让他带回家交给父母。这封信写了些什么？要不要交给父母？父母看了信后会怎么样？在回家的路上，希区柯克忐忑不安地拿着这封信，反复猜测着老师写下的内容，反复推测着父母看信后的反应，越想越紧张。他后来想，这封信如果老师不是让他本人带，而是让别的同学悄悄送交给他的父母，那么他在回家的路上就不会感到紧张，等待他的将会是吃惊。而对于观众来说，只要知道老师给他父母写了封信，无论这封信是让希区柯克带还是让别的同学送，不管是剧中人物是否处于紧张状况，他们都会期待知道希区柯克回到家后的遭遇。但是，如果观众同希区柯克一样不知道老师写了这封信要送给他的父母，那么观众也和他一样，之前无所谓，知道时会大吃一惊。

以上的例子说明两个情况。

其一，悬念建立在对观众不保密的基础上。期待式悬念是观众对人物的处境有所了解，略知端倪，对人物命运和事态发展有一定的预感，这个悬念才能产生；而惊奇则主要依靠对观众保密，通过使观众大吃一惊来加强戏剧效果，是剧情发展过程中出乎观众意料之外而又在情理之中的复杂情况和险要转折。

其二，悬念又是以某种对观众的信息保密为前提的，倘若剧情早已为观众一览无余，悬念就无从谈起。悬念的要义正在于信息的保守与释放之间，不断地释放有关秘密的信息，保持正确的导向，吊住观众的胃口，而又不急于一下子打开。而惊奇则没有这个前提。

在实际创作中，不同风格类型的剧本，对悬念和惊奇的运用也各不相同。侧重于性格描写的多用悬念，侧重于情节变化的更多采用惊奇。在实际运用中，二者有相辅相成的关系。一般情况下，作者总是通过悬念维持观众的情绪，又通过惊奇造成戏剧情节和观众情绪上的跌宕，从而进一步加强冲突的紧张性。

2.悬念的设置和延宕

悬念技巧是在漫长的叙事艺术中积累起来的。早期有的悬念或故弄玄虚，或故作惊人之笔，单纯追求离奇情节。后来开始注重营造合乎事物发展规律的紧张，渐渐发展成为着重于性格的刻划，从而由意料之外、情理之中而赋予了更多、更广泛的人生思考，内涵也就更深刻丰富了。

悬念的设置

悬念就是观众的一种期待。急切的期待是希望观众能保持一种最理想的心情。让观众始终处于期待当中，就能很好地调动观众的一种情绪——紧张。威廉·阿契尔说："戏剧建筑的秘密的最大部分在于一个词——紧张。而剧作家技巧的主要内容就是在于产生、维持、悬置、加剧和解除紧张。"[①]

那么究竟让观众期待什么才能成为剧本的悬念？威廉·阿契尔解释，"'达摩克利斯之剑'。这是戏剧紧张的一个十分贴切的象征。我们看见一把'达摩克利斯之剑'悬挂在某个人的头上。"[②]于是这把达摩克利斯之剑在将掉下而未掉下之时，就是观众最揪心最紧张乃至最期待的时刻。观众期待看到主人公直面"达摩克利斯之剑"掉下的那一刻，他们期待看到主人公的智慧是如何在千钧一发之际躲开这杀身之祸的。麦基说："毕生的故事仪式已经教给观众这样的期待：激励事件惹发的对抗力量将会进展到人类经验的极限，而且

---

① ［英］威廉·阿契尔：《剧作法》，吴钧燮，聂文杞译，中国戏剧出版社 2004 年，第 109 页。
② 劳逊：《戏剧与电影的剧作理论与技巧》，邵牧君，齐宙译，中国电影出版社 1989 年，第 166 页。

故事的讲述并不会轻易地结束,除非主人公在某种意义上在这些对抗力量最强大的时候与它们面对面地短兵相接。"[1]

观众最大的期待就是主人公直面最强大的敌人的那一刻,也就是达摩克利斯之剑掉下的那一刻,这也就是我们经常说的一个编剧术语——必需场面。威廉·阿契尔说:"必需场面——它是观众由于某种原因所期待并热烈要求的一个场面。""亚却替它下了个定义:'一个必需场面就是观众多少是清楚地和有意识地所预见和要求的一场'……剧作家的任务很大程度上在于准备这样一个场面,以引起观众的期待和维持适度的不安和紧张。"[2]

所有的观众在看邦德系列电影的时候,都在期待邦德最后如何直面乃至打倒那个邪恶的残忍的大魔头。所有的观众看《洛基》的时候,都在期待这个被业余俱乐部扫地出门的倒霉蛋如何挑战世界最重量级拳王。所有的观众在看《泰坦尼克号》的时候,都在期待冰山到来时杰克和罗斯如何守护那一份凄美的爱情。威廉·阿契尔说:"剧作家这门职业的荣誉和特权之一,就在于他能够激起我们这种急切而热烈的期待。"[3]

要想最大限度地让观众产生这种期待,编剧的诀窍是一开始就提示观众,那柄"达摩克利斯之剑"已经高高地悬置在主人公的头顶。任何一出戏决不能缺乏一个引起观众最大期待的集中点。

对于这种提示,威廉·阿契尔说:"培养观众的期待情绪就成了最重要的事……要在下一幕里给它安排一个可以清楚预见的东西,作为它趋向的鹄。"[4]罗伯特·麦基说:"把故事的激励事件和故事的危机联系起来。这便是预示——即通过早期事件的安排为晚期事件做好准备。"[5]

这种提示不管被表达成的鹄,还是预示,意义都是用来引导我们早早地看到那把悬置于主人公头顶的"达摩克利斯之剑"。这种提示也可以称之为"指路标"。当然指路标一般总是设置在一个电影剧本开场部分。因为设置悬念的目的本身就是为了让观众的紧张期待情绪尽可能地贯穿全剧。悉德·菲尔德说:"你应该很好地选择开端,你要用10页左右的篇幅去抓住读者或者观众。"所以在编剧界有一个共识,悬念是一门开场的艺术,而开场就吸引人的关键是你如何正确地设置那个对于全剧至关重要的指路标。

---

① 罗伯特·麦基:《故事——材质、结构、几格和银幕》,周铁东译,中国电影出版社2001年,第234页。

② 威廉·阿契尔:《剧作法》,吴钧燮、聂文杞译,中国戏剧出版社2004年,第73页。

③ 威廉·阿契尔:《剧作法》,吴钧燮、聂文杞译,中国戏剧出版社2004年,第72页。

④ 威廉·阿契尔:《剧作法》,吴钧燮、聂文杞译,中国戏剧出版社2004年,第151页。

⑤ 罗伯特·麦基:《故事》,周铁东译,中国电影出版社2001年,第234页。

纵观这些年电影的发展,常用的指路标设置有三种方法。

第一种方法:结果提前法

从观众热烈期待的最重要的必需场面开场,先提示观众你将看到的最大的高潮可能是什么,先提示观众主人公面临的最大的敌人是什么,然后再把时间拨到必需场面开始前的一天、几天、几个月乃至几年娓娓道来。

美国电影《盗梦空间》的开场就是年轻的男主人公科布在沙滩上醒来,即使在神智不清的时刻,他仍然知道此行的目的是寻找一个叫安藤的人。而当我们看到安藤的时候,令我们大吃一惊的是这个安藤居然已经老态龙钟。而安藤不单说他认识这个年轻人,而且说这个年轻人是来杀死他的。这个场面深深地触发观众的疑问,这个老人为什么自称年轻的时候认识男主人公?按照他们的年龄差距,老人年轻的时候,科布可能都未出生。这个男主人公为什么要来杀这个老人?

这个开场的 3 分钟像一个大钩子,钩住了电影剧情。麦基说:"用好莱坞的行话来说,主情节的激励事件是一个大钩子。它必须在银幕上发生,因为这是一个激发和捕捉观众好奇心的事件。由于急欲找到戏剧重大问题的答案,观众的兴趣就被牢牢钩住了,而且能一直保持到最后一幕的高潮。"[1]

然后剧情再回到安藤年轻的时候,回到整个电影剧情的开端,原来男主人公是一个通过梦境盗取个人秘密的盗梦者,安藤是雇用他的老板。在执行任务的过程中,安藤迷失在他人的多层梦境中,由于梦境的时间数倍于现实时间,所以陷入多层梦境的安藤变得老态龙钟。而离开梦境的方法是在梦境中被杀死,所以男主人公随身带了枪来杀死老年的安藤。于是电影尾声部分重现了开场的场景,把之前所有留下的疑团一一解开。

理论上来说,没有把结果提前 3 分钟开场,整个电影的剧情也都是完整的,但是这 3 分钟剧情的结果提前十分重要,它是一个指路标,提示了观众影片主人公面临的最大的危机和冲突(也就是必需场面):如何避免迷失在梦境中。以后所有的剧情都围绕着这个指路标展开。如果没有提前的 3 分钟,我们就将在至少电影开始的一个小时之后才发现男主人公有可能陷入这个全剧最大的危机(迷失梦境)中,这个时候多少观众还能保证观影的紧张感就很难预料了。

用结果提前法设置指路标同样典型的案例还有《搏击俱乐部》和《蝴蝶效应》等。

第二种方法:同类比较法

---

① [美]罗伯特·麦基:《故事》,周铁东译,北京:中国电影出版社 2001 年,第 232 页。

这是最近较为流行也是较为新颖的一种指路标的设置方法。这种方法的核心是在剧本开场的时候，设置一个和剧本主人公本质上极为相似的同类，把将要发生在剧本主人公身上的重大的危机放在他的身上爆发出来，并且让观众看到这场危机可怕的结果（比如死亡）。然后主人公开始走同样的道路，以此来提示观众主人公面临的最大危机，以期能最大程度地调动观众的期待情绪。

《十月围城》的电影开场是"杨教授被杀事件"。杨教授这个人物和后来的所有人物事件没有直接的联系，从外表上看只是渲染了一下当时紧张的政治气氛。但是仔细研究这个看似游离于剧情之外的开场，你会发现它是剧情重要的指路标。

杨教授在本质上就是《十月围城》主人公的同类。《十月围城》这个电影是一个多人的复合主人公，这些主人公身份来历目标各不相同，但是整个电影中行动的目标高度一致。那就是保护孙中山，乃至保护民主的希望，对抗专制的暗杀。

杨教授和他们本质上是同类，他也是在中国宣传民主思想，还专门引用了林肯对民主的定义：民有民治民享。最后这个民主思想的守护者死于代表专制的清廷的暗杀。这个段落在一开始就给之后所有人物头上悬起了一柄《达摩克利斯之剑》，预示着全片总的危机：宣传民主、保护民主思想在当时是会随时遭受杀身之祸的。

有了这个提示全剧危机的指路标，电影再一次娓娓道来，把这些喋血的义士的来历身份等一一交代出来，他们每往前走一步，每一个人下定决心要参与这场民主保卫战，杨教授被暗杀的危险就会在观众的心头阴魂不散，最终把观众的期待推向决战的顶点——必需场面。

同样采用了同类比较法的电影我们还可以举出《碟中碟 3》《风声》等电影。

第三种：预言提示法

最古老的一种指路标设置方法就是预言提示法。指路标的作用是预示全剧最大的危机，预示必需场面的到来，而且不可避免。实际上为了完成这个提示观众的目标，完全可以让剧中人把这个指路标用台词的形式说出来。

罗伯特·麦基指出："在古代和现代浪漫主义的戏剧中，神使、先知、预兆、星占以及诸如此类神奇的穿插，对于安置必要的指路标，提供了一个非常方便的帮助。常常有人说，《麦克佩斯》是莎士比亚的悲剧中最接近古代典范的作品:让女巫以瘦削的手指指向命定的未来。"①

确实在莎士比亚的戏剧《麦克白》当中,女巫预言:现在英勇爱国的将军麦克白将来会成为弒君自立的恶人。果然麦克白在野心的驱使下,一步一步走上了弒君者的道路,并且在最后杀死国王的时候完成了女巫预言的指路标到必需场面的完美连贯。然而这种最古老的指路标的设置方法在现代是最不常用的一种方法。因为毕竟用预言的方法指示剧情,有一个重要的前提是这个预言不可逆转,必然实现。不单剧中人这样认为,观众也同样这样认为,于是才能激起观众对必需场面的期待。

现代剧作要设置怎么的身份才能让观众坚信此人的预言必然实现呢?写实主义的作品是不易完成这种指路标的设置的。除非是在非写实题材的作品中,那些公认的职业预言家、巫师、先知、占卜师这些人才先天具有预言必然灵验的特权。

比如在《功夫熊猫2》里那只羊仙姑,它作为职业的预言家,始终为我们设置了一个指路标:能终结沈王爷阴谋的只有熊猫。于是不管剧情如何发展,我们都在期待功夫熊猫阿宝最后如何终结沈王爷的阴谋。最后必需场面的到来,阿宝用太极把炮弹逆转并且摧毁了沈王爷所有的船只,完美地满足了观众在指路标那里所获得的期待。在这部作品中的羊仙姑对于结构的作用绝对不可低估。

当然现在还有一种倾向是在穿越题材的时候,让未来人通过他的历史知识充当预言家来设置指路标,这也是特殊题材的一种特别的用法而已。

正是因为剧本指路标的设定对于观众情绪的激发有着举足轻重的作用,因此电影编剧在设置指路标的时候,要特别的小心谨慎。

悬念的延宕

悬念一旦提出,就不能中止,要不断地发展与加强。悬念这一技巧本身要求把问题的提出与解决拉开距离。

制造悬念,一是吸引注意力,二是保持注意力。开场,设置悬念,将矛盾冲突引向纵深伸发的趋向之中。然后,就需要依靠"抑制"、"缓解"和"拖延"等艺术手法,在较长时间内保持和加强形成的悬念,在吸引观众注意力的情况下,从容地展开故事,充分地展示人物在事件中的感情和性格。在某种意义上,延宕悬念是编剧更重要的目标和责任,找到一个吸引人的支点,但仅用了一次就丢了。

---

① 威廉·阿契尔:《剧作法》,吴钧燮,聂文杞译,中国戏剧出版社 2004 年,第 178 页。

　　在悬念的延宕上，戏剧与电影有不少经典的例子，下面就试举两例。先看戏剧《罗密欧与朱丽叶》的悬念的构成与延宕处理。

　　悬念设置：在维洛娜，两个有世仇的大家族。蒙太古家族的罗密欧，在化装舞会上爱上了凯普莱家族的姑娘朱丽叶。如果他发展爱情，必死无疑。

　　悬念加强：阳台相会，爱情加深，悬念加强。两位痴情男女，为爱情不惜向命运和死亡挑战。

　　悬念暂缓：罗密欧与朱丽叶秘密举行了婚礼，爱情有了一线希望。他们获得了幸福。

　　悬念再次加强：罗密欧参与了两个家族的仇杀，因而被逐出境，他决定逃亡去曼多亚。朱丽叶的父亲要她嫁给帕里斯。朱丽叶抗争无效。

　　悬念再次缓解：朱丽叶求助于神父。神父叫她吃一副魔药，假死；再通知罗密欧回来解救，私奔。

　　悬念被推上绝望之顶峰：神父送出的信并没有到达罗密欧手中。但痴情的朱丽叶已吞下了魔药。维洛娜传出了朱丽叶的死讯。

　　解决悬念的一种可能结局：罗密欧相信朱丽叶已真死，带着毒药赶回维洛娜殉情。

　　悬念再次跌宕：朱丽叶躺在灵床上。罗密欧认为她已死，而观众却把悬念（她其实是活的）提到手上，差点儿想大声警告罗密欧事件并非如此可怕。事情又出了岔子。帕里斯说：她死了，你退出罢！正当其时，罗密欧却成了双料凶手，于是他只有服毒自杀。

　　悬念最终解决：在一片混乱中，朱丽叶苏醒。神父赶到，已知罗密欧没收到信。朱丽叶明白了发生什么事，企图从他嘴唇上吸出毒药，但未成功，拿起罗密欧的匕首自杀。两个仇恨的家族决定从此不再争斗。

　　如果说《罗密欧与朱丽叶》是以动作的展开，使人物的未来命运成为观众的期待，那么美国电影《北非谍影》，在保持男女主人公之间过去发生的事情上，同样显示出高招的悬念延宕技巧。该剧一开始，参加抵抗运动的革命者拉斯罗向饭店的老板里克出高价购买通行证。这个动作引出了全剧的主要悬念：拉斯罗最终能否从里克手里搞到通行证逃脱纳粹魔爪？但要解决一个问题，必须先解决另一个问题。

　　观众隐隐觉出里克之所以不肯出手证件是同拉斯罗的妻子伊尔萨有关。里克与伊尔萨在饭店相逢，里克话含机锋，伊尔萨闪烁其辞，似有隐情，正要挑明原委，拉斯罗及时赶到，打断谈话，悬念按下不表。后来从里克的回忆中我们得知部分情况：原来里克与伊尔萨增在巴黎有过一段浪漫迷离的往事，本欲双双远走高飞，伊尔萨却突然违约，分别至今，里克为此伤透了心。但伊尔萨为何违约仍然是个谜。当夜，伊尔萨独自来到酒店，想要说明当初事由，正处在满腹委屈中的里克却厌烦地打断，使伊尔萨伤心离去。悬念再次被按下。第二章，里克冷静下来后想劝说伊尔萨放弃拉斯罗，与自己重念旧好。伊尔萨却声称，她早在巴黎认识里克之前就已经嫁给拉斯罗。第三章，为获得通行证，伊尔萨深夜潜入饭店，持枪胁迫里克就范，情势万分危险，千钧一发。此时剧情却陡然急转直下，痛苦中的伊尔萨终于道破真情，自己一直深爱着里克，积蓄已久的感情终于迸发而出，然而她在巴黎分别时为何未到仍未揭秘，她的话被里克热情的吻堵住了。悬念第四次被按下。直到第四章，感情风暴过去了，伊尔萨和盘托出全部真相：当初她以为拉斯罗已死在狱中而爱上了里克，不料他还活着，急需照料，迫于道义，她只好牺牲爱情。

过去秘密真相大白后，该剧立即掀起一系列戏剧性转机而到达高潮。该剧在里克与伊尔萨的关系，以及过去一段秘密上设置悬念，应该说并不是一个大的事件，但是这个秘密影响到两人的感情，影响到主要悬念，所以伊尔萨能不能为丈夫搞到通行证，编剧始终不解密，一再拖延，直至最后。悬念的延宕有很多技巧。常用技巧主要有：

其一，使悬念更有力，在人的头顶聚集乌云灾难越来越大。如反面角色有力的反击，精心设计了陷阱，主要人物一步步地陷入绝对的困境和绝对的劣势；激化矛盾，引起僵局，越解决问题问题越乱，事态不知如何发展，而最后的时限已经紧逼上来，眼看主人公将被置于死地。

其二，在冲突的竞争时刻突然中断，按下不表，造成欲知后事如何，且听下回分解的时间间隔，从而加强悬念的艺术效果。如果间隔时间过长，要适时地重提。虽然叙述中断，但情势不能减弱。

其三，设置小悬念，生发开来。在主要动作临界高潮前，将人物一个完整的大动作分成多节拍的细碎的具体动作，在每一个具体动作设置小悬念。如主人公赴约时一定会遇上大的灾难，那么要在他出门、下楼、路上设置种种小问题，只有解决了这些小问题，他才能与最后的大问题见面。

其四，增加故事情节的策略。增加观众对某一情节发展的兴趣并使这一兴趣扩展到更大的范围。将情节向社会广度、心理深度扩张。冲突卷入新的人物，接触新的社会面，新的人物带来新的事件。心理冲突联想出新的问题，加重心理压力。

其五，节奏调节，一张一弛。紧张与放松交替进行，要考虑观众看戏时注意力集中的时间和精神忍受限度，有意地放松。暂时的缓解，是调节情绪，为进一步紧张做精力上的准备。始终不懈的紧张，只会使观众感到疲惫。剧情必须放在强弱（力度）、快慢（速度）、大小（幅度）和虚实的对比中进行。这种力度、速度、幅度的变化,会有效地调整观众的期待心情。

社会生活是复杂的,矛盾的发展受各种各样因素的影响和制约,必然迂回曲折有进有退,也必然会产生意想不到的变化。要懂得如何在戏里安排悬念,首先必须熟悉生活中事物发展的规律,戏剧悬念的美学价值在于是否符合生活发展规律,符合人物性格的发展逻辑。

二、电视剧的悬念

电视剧在悬念设置上,传承了舞台剧和电影,但也有着自己明显的特点。主要区别是由于电视剧的开放性结构和片断性结构造成的。

全剧的悬念。总悬念是具有全局意义的,支撑着整个叙事框架,对剧本总体结构起着支配作用。然而,总悬念又是通过一系列分散在各个部分的小悬念体现出来的,若干细小的悬念环环相扣,构成总悬念,而且总悬念的揭开有赖于一个又一个细小悬念的解决。若干小悬念把观众的兴趣引向深入,犹如剥笋见芯,图穷匕见,最大的秘密也终将随着所有小秘密的揭开而水落石出。

每一部连续剧都有贯穿全剧的总悬念。有的是直接提出,然后延伸到一个枝节上,如《雍正王朝》一开始是国库空了,马上延伸到江南筹款赈灾上,然后追讨借贷库银的事……一直到最后国库满了,人走了。有的是还没有在剧中出现的主要悬念放到前面来,如《还珠格格》第一部将"真假格格"这一总悬念放在前面,第二部将"追杀格格"这一总悬念放在开篇,然后再回头叙述如何造成这种局面,至于这个局面是如何解决的,一直要延宕到剧尾才能结束。

总悬念的设置,不仅连续剧有,而且系列剧也有一些成功的事例。如《神探亨特》中,亨特与麦考尔这一对搭档,东边日出西边雨,一直保持着不即不离的状态,两人常以对方的私生活相互调侃。这种略显暧昧的关系,一直是观众经久不衰的兴奋焦点。《大饭店》里的彼特和克里斯汀心有灵犀配合默契,只是在躲闪的眼神中传达双方默默的爱意,人们非常关心他们的情感下一步如何发展。《编辑部的故事》中李冬宝与戈玲一唱一和,给人的印象是:亲密、和睦、心思一致;然而他俩始终走不到谈婚论嫁这一步,作者一直阻断着观众对他俩终成眷属的期待。这些两性之间没完没了的吸引与拒斥的状态,造就了观众在谜底猜破与否之间的期待心理,形成了系列剧各集之间的内在张力。

结尾的悬念。严格地说,电视剧没有结尾。电视剧中,除了单本剧基本上传承舞台剧和电影的封闭式结构之外,系列剧和连续剧都采用开放式结构,即到了最后一集整个故事才告一段落。在整个故事结束之前的每一集的结尾,人物动作仍然在进行中,即使一系列矛盾冲突已经解决,但新的一系列矛盾冲突必定应运而生,错综复杂的故事始终没有水落石出;而且,在最后结局之前,集数可以无限制地延长，没完没了。所以，从这个意义上讲，电视剧没有结尾。

"没有结尾"的电视剧，集与集之间那段时间在剧情的两个场面间构成了一个空白。在这空白的时段运用悬念，巧妙地中断叙述会造成一种延伸张力，这种张力使观众保持了观看的高涨兴趣。每一集在结尾时都留下一个没有回答的问题，观众必须等到明天，甚至下个星期才能在同一时间得到答案。这种空白，使观众的想象力极度膨胀，并使他们成为更加积极的观众。把矛盾提交给观众，实际是给观众留下思索、猜测的空间。

定时的巧妙的中断，会使观众更加渴望再次加入到他们有点熟悉的人物的身边和故事之中，加入积极和高涨的欣赏兴趣之中。

从观众欣赏的角度来看，连续剧的悬念吸引着人们渴望知道故事的进一步进展及最终结局，迫切期待的心理使他们密切关注着下一集的播出，这样，看电视剧就成为每天不可缺少的生活内容。长篇连续剧通过悬念的作用，为电视媒介争取了更多的信息接受者。中国从宋代起有相当规模的评书、评话演出，这种艺术依靠强烈的悬念来吸引人。说书人每到一处，总希望说上十天半个月，于是他就需要调动各种艺术手段来争取听众，由此摸索出一套听众心理学的规律。欲知后事如何，且听下回分解，说的就是这层意思。在欧洲，狄更斯的小说起初在杂志上按周分期刊登。许多读者读他的小说每周读一章，要花数月才能读完，但读者对连载小说形式的喜爱程度却胜于出版的同一本书。广播剧在结束每一集的时候，都会有播音员出来解说："小马明天上丈母娘家去，他会不会将真相告诉未婚妻的父母呢？如果岳父岳母知道了有这么一回事，大发雷霆怎么办？请明天继续收听。"电视剧有时也会用旁白来进行这样的诱惑，但大多数是在每一集结束的时候对故事的讲述戛然而止。当然，经过周密的安排，有时也会含蓄地鼓励观众提出同类问题并提供同样的答案：欲知后事如何，请收看下集。

实际上，许多时候下集的回答并不能满足观众的期待，甚至会出现糊弄观众的情况。如这一集，有人举起了刀，悄悄地走到一个人的背后，可下一集他在走到那人之前却收起了刀。本来预示要发生的事并没有发生。显然，那个预示仅仅是为了悬念。但是有些时候这种虚晃一枪要比没有好，因为它毕竟有了悬念，让人想看下去。

时段的悬念。电视剧的空白不仅在集与集之间存在，而且还存在于每一集的内部。电视剧的每一集都是按商业广告信息设计的，这样一来，紧靠在商业广告前面的那个场景便会提出一个叙述性的问题。对观众来说，商业广告是叙事的中断，它提供了一个机会，让观众可以松口气，变换一种情绪，评价前面了解到的信息，并产生出对未来发展的期待。

电视剧这种格式化的缺陷,需要时段的悬念。通常,每15分钟为一个时段,这种片断与每集的45分钟基本上固定不变。舞台剧与电影没有这种硬性规定。一出舞台剧今天可以演得长一点,明天可以演得节奏快一点;电影一般在两个小时之内,具体的长与短完全根据故事内容而定。至于电视剧集内的时段完全是自由安排的,但每集电视剧的时段是固定不变的,最多在1分钟上下有些灵活余地。有时,电视剧在拍摄中根据导演的爱好,任意扩张或减缩情节,以致将时段的结尾提前或拖下去。但是一旦这样做,会破坏片段的悬念和集尾的悬念,影响收视效果。严格的制片人一般不会同意这样做。

如此,就必须学会通过增加故事情节来弥补悬念不足。一个主角用于各不相干的故事情节,不同成员用于彼此独立的故事情节,保持多达五个或六个同时出现的故事情节,也许各个故事很公式化,但是它与另一个故事情节结合、并行、对照,或者对另一个故事情节加以评论,所以这一切都会增加故事的趣味性和复杂性,也会增加悬念。与此同时,在增加情节时,也必须遵守“一个问题”,即无论出于哪一条线,还是要解决一个问题才能引出一个新的问题。

片段的悬念,也是转场的机会。任何一集都可能有几条情节主线同时展开。文本不断在这几条情节线之间“切换镜头”。我们在观看一条情节主线时,另一场景中的情节可能会暂时中断片刻。片段的悬念因此也会为转换场景提供机会。

开场的悬念。电视剧需要迅速制造紧张,始终抓住观众的注意力;而舞台剧和电影在开场的第一次冲突设置上则是:(1)确立全剧的气氛;(2)交代时间、地点、人物和人物关系;(3)解释发生矛盾冲突的原因;(4)理清复杂纷乱的事件线索,指明发展方向;(5)制造能贯穿全剧的悬念。电视剧的开场,则必须抛弃慢慢交代有关人物、事件和人物关系的叙事习惯,回避和搁置有关矛盾冲突与感情纠结等复杂因素的追根溯源,往往一开头就是刮着风下着雨:事件正在发生,迅速发展。叙述中的事件一旦失去诱惑力,马上转换话题,另起其他正在发生的事件。所有必要的解释和说明,只能在事件发展中见缝插针地进行。

比如电视剧《还珠格格》第一部,整个电视剧的开场不是从故事的开头娓娓道来,而是开在整部电视剧矛盾冲突的最高点上。皇上为庆贺重获爱女举行祭天酬神的仪式,仪仗队伍行经市街,正巧被紫薇、金锁看到,紫薇作为真的格格却被人顶包替换,而且那个被替换者已经正式祭天受封,既成事实。全剧从这个戏剧性最大的点开始,紧紧把观众的注意力从第一刻就抓住。

同样《还珠格格》第二部,电视剧的开场也不是从故事的实际开头开场,而是从两位格格被推出午朝门斩首开始的。在剧情矛盾最激烈,主人公即将被绑缚刑场、身首异处的地方开始,调动观众的注意力,然后话锋一转,再从 6 个月前娓娓道来。这都是电视剧在一开场设置悬念,抓住观众高明的手段,值得编剧好好学习。

第四节　戏剧性突转

人物在一定情境下采取行动,行动整一而有层次地发展,形成了一条起伏的递升线或递降线,这是我们之前讨论的三幕剧结构的经典形式。这条行动线逐渐进入高潮,或者说走入危机,通常会在即将到达目标前的最后一刻突然转向,出乎意料地来个一百八十度大转弯。

戏剧性突转,就是指这种剧情向相反方向的突然变化。突转,由逆境转入顺境或由顺境转入逆境等,是人物动作、戏剧情境、人物命运和内心感情向着期待结果相反的方向转变,又解释为突变、激变、倒转、颠倒和反向,它是通过突然间的根本转变来加强戏剧性的一种技巧。在创作实践中,突转通常总是与发现相互联用或者同时出现。发现,指从不知到知的转变,它可以是主人公对自己身份或者与其他人物关系的新发现,也可以是对一些重要事实或对一种理性认识的发现。戏剧性突转是一个传统编剧技巧,从亚里士多德的《诗学》中就把突转当成一个最重要的戏剧技巧来研究,通常在舞台剧或电影最后一幕高潮中使用。

一、戏剧性突转

运用转向、变化,表现奇巧变幻的冲突,达到出乎意料的效果,这是文艺家常用的技巧。我国传统文艺理论认为,文艺创作非功名之途,不需要史家的直笔,而需要才子的变幻之笔。如何变幻,关键在于一个"转"字。这一个"转"字,作为一种写作技巧,包括了渐变、突变和激变手法。如欧·亨利小说中惯用的最后一笔——令人惊异的结局,就属于一种突转。

"突转"的理论,早在亚里士多德的《诗学》中就有详细的阐述。他说:"'突转'指行动按照我们所说的原则转向相反的方面,这种'突转',并且如我们所说,是按照我们刚才说的方式,即按照可然律或必然律而发生的。例如在《俄狄浦斯王》剧中,那前来的报信人在他道破俄狄浦斯的身世,以安慰俄狄浦斯,解除他害怕娶母为妻的恐惧心理的时候,造成相反的结果。"

我们可以简单地回顾一下《俄狄浦斯王》的剧情。忒拜城发生了瘟疫,神示说要追查出杀死先王的凶手,瘟疫才能平息。俄狄浦斯王便竭力追查凶手。

凶手是谁？先知说凶手就是俄狄浦斯王，说俄狄浦斯王已经犯下了杀父娶母大罪。王后安慰俄狄浦斯，叫他别信先知，她和先王的儿子早就扔进了山沟，因为他出生以前，阿波罗曾预言这孩子将来会杀父娶母。所以，当孩子出生以后，他们就叫人把孩子抛弃在峡谷里，并把他的左右小脚钉在一起。后来先王是在路上被一伙强盗杀死的，与那儿子没有关系。俄狄浦斯是科任托斯王的嗣子。他长大以后，得知自己注定会杀父娶母，便只身出走。在路上他撞见一伙不相识的人，因故争吵，结果把他们杀了。后来他到了忒拜城，替忒拜人除了人面狮身怪兽的大害，被拥戴为国王，并娶了国王的妻子。正在追查真相之时，科任托斯城来人报信，说科任托斯王——俄狄浦斯的父亲病死了，俄狄浦斯和王后大为高兴，因为这消息证明俄狄浦斯王不可能杀父。报信人要俄狄浦斯王回去继承王位，但俄狄浦斯王害怕会娶母，于是，报信人说了一句话："你与父亲没有血缘关系！"他说出了当年是他从忒拜城牧羊人那里接过他，然后送给科任托斯王为养子的。

先是听到父亲去世的消息，俄狄浦斯王从长期困扰他的恐惧心境里一下解脱出来，他终于逃脱了可怕的命运。他和王后为此激动万分，相互祝贺。但是，报信人的那句话，仿佛把他高高举起后又猛地将他摔进万丈深渊。

在以上一段话中，亚里士多德所说的"我们所说的原则"，是指事件须意外地发生而彼此间又有因果关系。这里，我们可以理解为事件在遵循因果关系向前发展时，必然或者可能有个出乎意料的"突转"。

在戏剧史上，还有不少有关突转的经典范例。如《玩偶之家》最后一幕中的最后一场戏就是如此。

三年前，娜拉为了救丈夫海尔茂的性命，秘密地向海尔茂的老同学柯洛克斯泰借钱，并在借据上冒名签字。她不知道这是违法的事，相反地却感到骄傲，因为她做了一件对丈夫有帮助的事。为了还清债务，她费劲心机节省家用，甚至在夜晚偷偷干一些抄写工作。后来，海尔茂将出任银行经理，决定辞退原来在银行工作的柯洛克斯泰，于是柯洛克斯泰就以借据要挟娜拉，要娜拉设法为他保住在银行里的职位，否则就要把娜拉的犯罪行为告诉海尔茂。娜拉竭力为柯洛克斯泰向海尔茂求情，但遭到拒绝。娜拉想问阮克医生、林丹太太借钱还债，都失败了。

娜拉非常热爱丈夫，过去她一直认为丈夫是一个正人君子和理想的丈夫，以为他在紧急关头会"奇迹"发生，会像一个男子汉一样拒绝柯洛克斯泰的要挟讹诈，把伪造签字的责任全揽在自己身上，以至身败名裂。她宁愿自己去死也不愿看到心爱的丈夫为了她遭到这样的结果。她是这样对待丈夫，以为丈夫也会这样对待她。想不到，海尔茂知道后会大发雷霆，将娜拉辱骂了一顿。

这出戏在这里至少发生两个转折,而且均出意外。第一个转折,娜拉没想到海尔茂非但不挺身而出保护她,而且会怨恨她;第二个转折,当娜拉的老同学林丹太太说服了柯洛克斯泰,使他同意把借据还给娜拉。海尔茂见自己的名誉已能保住,立刻改变面目,又对妻子温柔起来。可是,这一次是海尔茂没有想到娇小的娜拉决定离家出走。娜拉已经发现自己的丈夫是个自私自利的伪君子,发现自己从小是父亲的玩偶,结婚之后是丈夫的玩偶,于是她开始觉醒,并把这一种强烈的情绪上升为深刻的理性认识,意识到这不仅是自己一个人的问题,而是包括"千千万万的女人"的问题。剧中有这么的对白:

> 娜拉:这正是我盼望它发生又怕它发生的奇迹。为了不让奇迹发生,我已经准备自杀了!
>
> 海尔茂:娜拉,我愿意为你日夜工作,我愿意为你受穷受苦,可是男人不能为他所爱的女人牺牲自己的名誉。
>
> 娜拉:千千万万的女人都为男人牺牲过名誉。

从娜拉准备为了不让丈夫受到委屈而自杀,到看出了丈夫卑鄙的灵魂而离家出走,戏急转直下,产生了一个逆转,从逆转中达到认识的顿悟和思想的升华。这一场戏一直被认为是戏剧性突转的一个成功的范例。

戏剧性突转,在实践中有很多例子。在理论上,许多戏剧家对此技巧非常重视,有很高的评价,其中首推的是英国戏剧理论家威廉·阿契尔。他认为,戏剧的本质就是一种激变艺术,将"突转"视作戏剧艺术的基本特征。他提出了激变说,以求超越戏剧模仿说、冲突说的理论。威廉·阿契尔说:"戏剧的实质是'激变',也许是我们所能得到的一个最有用处的定义。一个剧本,在或多或少的程度上总是命运或环境的一次急剧发展的激变,而一个戏剧场面,又是明显地推进着整个根本事件向前发展的那个总的激变内部的一次激变。我们可以称戏剧是一种激变的艺术,就像小说是一种渐变的艺术一样。正是这种发展进程的缓慢性,使一部典型的小说有别于一个典型的剧本。如果小说家不利用他的形式所提供给他的、用增长或者衰退的方式来描绘渐变的方便,那么他就是放弃了他天生的权利,而去侵占了剧作家的领域。大多数伟大的小说里都包含了许多人的大量生活片段,而戏剧却给我们展示了几个顶点(或者是否可以说——几个交叉的顶点),展示两三个不同的命运。"

尽管阿契尔把戏剧的实质归结为激变,片面性是明显的。一次地震、火灾、车祸,都是激变,但它们并不能表现为戏剧,只有加入了人在这些灾难中的行动,加入了这些灾难所引起的主观世界的变化,才算具备了戏剧因素。但是他的激变说,指出激变是戏剧的生命,认定一出戏剧必须要有一次总激变,而且一个场面又是那个总激变的具体激变。这无论在理论和实践上,均给予突转以十分重要的地位,为戏剧创作提供了一个新的空间。在某种意义上,编剧为了实现"激变"需要设计和编排情节。

以上所述,我们可以看见总"突转"、"激变"通常与全剧高潮,或者说顶点连在一起,而小的"突转"、"激变"几乎在每一场面内都有。罗伯特·麦基曾经这样总结一个戏剧性的场面,他认为戏剧性场面而非过渡性场面的关键是,一个场面中包含一个转换,正面价值(比如正义、和平、忠诚)向负面价值(比如邪恶、战争、背叛)转换或者负面价值向正面价值转换。罗伯特·麦基的总结也是充分肯定了突转的价值,并且指出现代剧作小的突转小的激变使用的频率是相当频繁的。

二、顶点与发现

突转是使剧情急转直下的改变,使剧中人物的命运和处境整个地颠倒过来,而不是让剧情和人物命运稍有改变。

从表面看来,突转没有过渡,是一个瞬间即逝的动作。如日剧《爱情白皮书》中,那个招许多女孩子喜欢的挂居保和女友在一起吃饭,刚说出要分手,女友问了一句:"真的吗?"随即拿起桌上的叉一下子插进挂居保的手掌。如韩剧《火花》中,之贤逃离家庭自己在外找了一个小公寓住,忠赫打电话给妻子过去的情人康旭,康旭说最近没有见过之贤。忠赫彬彬有礼地挂上电话,转身就把电话砸了个粉碎。这些动作突然变化,没有预感,仿佛心血来潮,一时冲动。可实际上,所有的突转都不可能由编剧随意地转来转去。突转的出现,与顶点和发现有紧密的联系。

顶点和发现是造成突转的条件。

1. 顶点

突转需要冲突,但光有冲突是不够的。我们每天都生活在矛盾冲突中,可它们并不都能够成戏剧,只有当动作在冲突中接近高潮进入危机,到达动作顶点,才可能引起突转,才具有戏剧性。

从戏剧审美角度说,剧情越是接近高潮,越能造成观众紧张、焦虑和期待的心理。从心理学的角度说,这种心理状态使人们的注意力慢慢集中在某一点上,形成视野狭窄、心无旁骛,有意排斥和忽视其他方面信息的侵袭,即使那些信息非常重要,也在所难免。只有出现一种新刺激,打破这种状态,人们才会放松注意力,回视所有的信息,然后根据全面的信息作出新的判断。

所以,编剧时常会把每一个动作尽量推动得不能再继续的时候,才开始安排转变。我们可以举例说明这种情况。

比如之前已经提到的电影《盗梦空间》，就是把一个动作推到顶点的最好例证。主人公的动作一步比一步力量更大，风险也更大。从最初的终身监禁，到意识永远迷失，从观点颠覆到信仰体系的崩溃，科布的动作被推到不能再推的地步，才有接下来的发现和突转发生。

清晰的戏剧性动作的层次产生了完美的戏剧性节奏，把观众的情绪逐步调动起来，逐步升级，乃至最后达到顶点和情绪的高潮。

顶点不仅是情节变化的转折点，也是快感与痛感的三岔口，是正面价值与负面价值的分水岭。快感有欢乐、爱情、幸福、狂喜、愉悦等，痛感有痛苦、害怕、焦虑、恐怖、悲伤、屈辱、失落感、不幸感和愤世嫉俗等。正面价值是乐观主义、希望和人类的梦想，对人类精神的一种正面的看法：爱情能战胜一切，人类能战胜大自然的肆虐，肯定善良、忠诚和荣誉的价值。负面价值是对文明的堕落和人性的阴暗面的一种负面的看法，是我们所害怕发生而又知道它是时常发生的人生境遇。转折是快感突然向痛感变换，或者痛感向快感转移，或者是正面价值与负面价值互换——从正到负，或从负到正，朝着绝对面不可逆转的具有最大负荷的价值的摇摆。除此之外，还有第三条路，即有时主人公得到了他想要得到的东西，但是他也因此走到了自我毁灭的边缘。或者正面反讽，对当代价值——成功、财富、名誉、性和权力——孜孜追求，将会毁灭你。但是，只要你看清这一真理并抛弃你的执著，你便能拯救自己。或者负面反讽，如果你一味地痴迷于你的执著，你无情的追求将会满足你的欲望，然后毁灭你自己。所得和所失比肩而立，没有任何模棱两可。

将动作发展到顶点，也就是将人物陷入危机。把人物放在危机中考验，主要是放在精神危机中，放在转折前的情境中——矛盾逐渐积累，直到最后主人公面临抉择，发生突转，开始一个新的动作。观众感兴趣的是两个动作之间，是剧情处于歧路面前，是人物处于过去和将来之间的那种时刻。

动作发展的顶点，也是转折点。有的编剧在构思阶段有时会这样安排：先决定了转折后的方向，如果是向负面转折，那就从正面开始，将正面文章做足；如果向正面转变，就从负面开始，将负面文章做足。

2. 发现

亚里士多德在谈到"突转"时，同时给"发现"作了一番说明。他说："发现"如字义所表示，指从不知到知的转变，使那些处于顺境或逆境的人物发现他们和对方有亲属关系或仇敌关系。"发现"如与"突转"同时出现，为最好的"发现"。此外，还有其他种"发现"，例如无生命的物件，甚至琐碎东西，可被"发现"，某人做过或没有做过的事，也可被"发现"。这是前面所说的那一种"发现"，因为那种"发现"与"突转"同时出现的时候，能引起怜悯或恐惧之情。按照我们的定义，悲剧所模仿的正是能产生这种效果的行动，而人物的幸福与不幸也是由于这种行动。这个说明对"发现"与"突转"的概念奠定了基础。

戏剧性突转，主要造成突变的因素有外部环境的因素，也有动作的本身——内因在发生作用。按阿契尔的说法，戏剧性突转的原因是内在裂变，是由于人物本身及他周围的人产生了一种内在的裂变，而不应由外在的突然事件来决定。

发现的方法有以下几类：

对人物、事件本身有所发现。人物行动是一个过程，这个过程是一个情节展现过程，也是一个性格展现过程。在这感知的积累过程中，必然会产生一种由表及里、从量到质的飞跃。在真实生活中，常常有这样的情况：一种是疾风知劲草，患难见真情，讲人处于特殊的情境下，会表现出平时不易显示的一面；一种是日久知人心，路遥知马力，说的是经过一段时间的延续，对人有更深一步的认识；还有一种情况，即俗话说的有了老王嫌老王，没有老王想老王，意为换个角度看问题，得出的结论会不同。比如，一个对男人有偏见的女权主义者的搭档正好是一个傲慢的大男子主义者，两人在一起总是产生摩擦，甚至影响到工作，最后不得不分手。但在分手后，女权主义者发现这个大男子主义者虽然傲慢，但对女人的态度非常优雅和彬彬有礼，解决问题得体和极端负责任，顿时觉得他有资格傲慢。这种发现，很容易引起女搭档对这个大男子主义者的态度发生突然转变。对人物的发现是如此，对事件的认识也是如此。有些事情，本来是个坏事，换个角度分析，会发现其有对自己有利的一面，实际上是件好事。

从物件、标记中产生的发现。这种发现是所有发现中最常见的。这些发现中的物件、标记，往往与人物以前的生活中发生的重大事件有着密切关系。通过它们的发现，可以揭露出长期隐藏的真相。换句话说，这些物件、标记具有强有力的揭示作用，人物和事件的一些前史必须通过它们来交代。

这类发现，有的是一些标记，如身上的胎记、伤疤等；有的是一些物件，如项圈、戒指和双玉蝉等纪念物。如《俄狄浦斯王》中将一个婴儿的小脚钉在一起，就是有意地为将来"发现"做一个有力的证据。据说那时丢弃不健康小孩的现象屡有发生，为了不让观众不产生疑惑，确认两个牧羊人交接的小孩是俄狄浦斯，不可能搞错，编剧就加重了这个钉脚的重要细节。这种"发现"，在影视剧里可以说已经成为用烂的老套子。但大多数编剧还在使用，因为它实用。比如，在自己心爱的人身上发现了他爱上另外一个人的信息，如合影的照片、网上的情书和日记里的真话等。比如，过去是走散的兄妹，或者是离别多年的母女、父子，通过一个偶然的机会，发现对方家里有着自己过去家传的宝物。

三、突转的作用

1. 完成动作

突转是完整的戏剧动作中一个不可缺少的组成部分。戏剧性动作经发生引起冲突，层递加剧向着一个目标发展，达到一个高潮后转折。戏剧性动作大体都要经历这么一个起承转合的过程。在这个过程中，高潮中的转折是一个关键。

首先，这个转折点是个标志。在这之前的动作是缓慢逐层上升，在这之后是急剧下降。可以说，在这之前是渐变，在这点上是激变，是最后一个巨变。这个巨变，既是这条动作线的终点，又是下一个动作发展的起点。其次，这个转折点是整个动作的有机组成部分，是检验其他部分的试金石。在动作的整个过程中，没有一处是不重要的。动作的起因——动机，也是转折的最初起点。尤其是动作引起冲突后的层递式发展不可以忽视，这些发展为最后的突转作了铺垫。如果没有前面的发展，突转就成了无源之水，绝不可能水到渠成。我们现在有一些剧本，表现突转，往往只是曲尺形的，即直线上到高潮处一折而已。例如写主人公要做一件事情遭到他人反对，双方打了一阵嘴仗。冲突没有充分的展开，动作没有曲折的发展，只是平直地进行。到了高潮处，主人公突然认识了自己不对。如此而已的写法，往往不能引人入胜，戏一开头就使人料到了未来的结局。所以，写好"突转"，就要从写好整个一个动作上去考虑。

编剧常用先诱使观众走入歧途，如声东击西、暗度陈仓、围城打援等，并在歧途上设置种种障碍、险势，让观众把歧途当做正途；待到观众要顺势走下去的时候，再大喝一声，令观众陡然止步，悟得正途所在。如此，有的编剧往往先确定了突转后的方向，才从反方向写起。

2. 打破预料

发现与突转，关键在"转"，转是一种变化。换句话说，突转就是要打破常规，突破预料。平沙千里，陡有峭壁扑面。预料，意指"预先抓住"。当观众看戏时，往往根据先前发生的事件和自己曾有的人生经验和观剧体验来进行预测。如果剧情的发展与观众的预料完全一致，观众排除了发现新东西和新经验增长的可能，那么这种艺术欣赏就会缺乏生气，难以激发激情。突转就是要彻底打破这种预料，让观众发现自己先前所认为的似乎是贴近现实的真理，实际上是偏见或偏执的判断，是思维的惰性和一种不可救药的习惯。

所以，当情节的发展按常规的路走着走着，马上就要到达希望的顶点，让观众看见航船的桅顶冒出地平线,并有所预料将要发生什么事的时候,编剧必须要在这里使用突转,来个一百八十度的大转弯,把剧情的"因为……所以……"变为"应该……但是……"。"因为……所以……"仅仅是解释和说明,而"应该……但是……"却增加了变数。

比如电影《搏击俱乐部》,就是结尾的突转打破预料的好例子。《搏击俱乐部》剧情是:

杰克是一个大汽车公司的职员,患有严重的失眠症,对周围的一切充满危机和憎恨。一个偶然的机会,杰克遇上了卖肥皂的商人泰勒,一个浑身充满叛逆、残酷和暴烈的痞子英雄,并因为自己公寓失火而住进了泰勒破旧不堪的家中。两人因缘际会地成为了好朋友,并创立了"搏击俱乐部":一个让人们不戴护具而徒手搏击,宗旨在于发泄情绪的地下组织。

俱乐部吸引了越来越多的人,逐渐发展成为一个全国性的地下组织,而泰勒也以自己个人的魅力,吸引着那些盲目的信徒。俱乐部的成员们到处滋事打架、大肆破坏,泰勒本人的行为也越来越疯狂。

杰克对于"搏击俱乐部"的现况及泰勒的行为越来越无法忍受,和泰勒发生争执,泰勒离开了他。然而,杰克发现,他走到何处所有人都把杰克看成是组织的领袖,所有的社会破坏的命令都是杰克亲自下达的。最终杰克和观众共同发现,原来杰克和泰勒是同一个人分裂出的两个人格。

影片结尾最精彩的部分出现了,当泰勒下达了命令,要在纽约搞大破坏大爆炸的时候,杰克费尽心机地想阻止这场大爆炸。当杰克面对泰勒正面冲突的时候,杰克面对的是一个机器,按动按钮就可以解除爆炸,但是机器需要密码才能开动,泰勒自然不会给杰克密码。

这个地方采用了鲜明的发现和突转,杰克苦苦地想解除爆炸但是无法如愿时,忽然想到自己和泰勒不就是同一个人吗?既然是泰勒设定的密码,他一定也知道,只要按照自我意识去按密码,自然能够有效。

果然密码打开,杰克有了结束大爆炸的能力。杰克随即朝着自己的下巴开枪,另一个人格泰勒被他消灭。眼看剧情走向了大团圆,可是一件令观众目瞪口呆的事情发生了。打死了泰勒的杰克,不但没有关闭爆炸装置,反而放任爆炸发生,然后一把牵起以前根本不敢追求的姑娘的手,在纽约大楼的爆炸中毁灭,电影结束。

这个结尾的突转大大地打破了观众的预料,杰克不是打败了那个暴虐的邪恶的泰勒吗?泰勒不是死亡了吗?最后为什么爆炸还是发生了。这里的核心突转的秘密是,那一枪杰克打死了自己两个人格中的一个,但是死亡的恰恰不是泰勒这个邪恶的人格,而是那个善良的杰克。这个结尾震惊了很多第一个观看这部电影的观众，打破了他们之前的预料（又是一个好莱坞的大团圆），而且这样的打破预料也许会促使他们去思考，我在看完这个结尾后想到的是也许人类的本性是邪恶构成，善良只是一副面具而已。

3.冲击情感

突变能够达到"情理之中，意料之外"的效果。突变最有价值的心理效能就在于为观众看戏设计了簸荡而强烈的心理感受轨迹，大开大阖的剧情造成观剧心理的由喜至悲、由善至恶等过程，心理活动非常活跃。

观剧之乐，不大惊则不大喜，不大疑则不大快，不大急则不大慰。这实际上涉及了鉴赏中的审美心理问题。大起大落、急起急伏、时沉时升的情节对象，引发起惊、喜、疑、快、急、慰的主体情绪反应；而惊后喜、疑后快、急后慰，又包含着审美的情绪转换和变化的过程与形态。只有通过这样急剧的变换，才能获得情绪上的最终满足。它包含着审美对象引起主体鉴赏的流动性原理。

同样还是上面提到的《搏击俱乐部》的例子，结尾处的突转不单打破了观众的预料，而且深深地冲击着观众的感情。影片一开始杰克就是个倒霉蛋，有失眠症和自闭症，无法和人交流，工作的时候被上司欺负，他只好混在癌症患者当中和他们倾述自己内心的想法以寻找安慰。观众一开始就对这个倒霉蛋报以极大的同情。在这之后，当嚣张的泰勒要发动大爆炸的时候，杰克千方百计地阻止泰勒的行径，甚至当他得知泰勒和自己本是一个人的人格分裂的时候，他不惜亲自到警察局自首，以期阻止这场灾难。这个善良的懦弱的但又勇于牺牲的杰克一直把观众的感情放在自己身上，直到观众彻底认同他。

正当大家嘻嘻哈哈地看着杰克最后得到大团圆，一枪毙掉泰勒（泰勒在我们面前死亡），没想到死亡的不是泰勒而是杰克，这个突转让观众一直认同的人物瞬间顺境转为逆境，让观众张大了嘴巴，惊骇得无以复加。有人甚至说过，杀死观众认同的主人公有的时候就等于杀死观众本人，在这部作品中最后的突转几乎就是杀死了观众。让观众的感情受到一次最凶狠的冲击。

4.产生顿悟

顿悟，是指突转在理性思维上的一种作用。人们在日常生活中发现问题和解决问题，是在渐渐看清问题与各种错综复杂的关系后发生的，而这种对关系的最终了解是突然发生的，所以叫顿悟。

突然发现先前看来没有关联的一系列事件有着密切的联系，甚至是互为因果的关系，从一些原本杂乱无章的事件中理出了头绪，一切本来不可解释的事情变得可以如此解释。这一时刻往往导致一个"智力爆炸"，开启了被封闭的头脑和智能，揭示了一种对世界、对生活新的意义和感觉。这就是所谓的内裂。这一时刻的激动，会使人打开情绪记忆，立即回顾前面的情节，包括一些被忽略的细节，以重新审视原来和现在的想法。

这种或自我醒悟，或对他人有新的认识，由此使人物升华，意义凸现。

在前面我们所举的话剧《玩偶之家》中，娜拉的第二次转折，就是一次顿悟。她的惊醒，不仅是看清了海尔茂的自私心理，更重要的是看清了自己在家的地位，继而将这个发现推广到整个社会的女性遭遇。由此她从一个天真烂漫的"小蜜蜂"、"小宝贝"，变成了一个成熟的女权主义斗士。

第六章　场　　景

在影视剧的创作中,场景的概念相当于文章里的"句",如果说一篇文章由若干个段落组成,一个段落由若干个句子组成,一个句子又由若干个字组成;那一部影视剧即由若干个情节段组成,一个情节段由若干个场景组成,一个场景则由若干个镜头组成。其"场景"也就相对应于文章中的"句"。

优秀的场景才能产生优秀的电影,当我们想起某部影片,唤起你记忆的是某个场景而不是整部作品。

作为编剧,在影视剧的剧本写作过程中,他的具体创作体现是以一个个场景的连贯写作来完成的。比较于导演对剧本的二度创作(包括分镜头本),导演不仅要对剧本的意味和节奏有全面的把握,还注重于展示场景的镜头设计和调度。

第一节　场景的定义和意义

场景是指在一定的时间、空间(主要是空间)内发生的一定的人物行动或因人物关系所构成的具体生活画面,相对而言,是人物的行动和生活事件表现剧情内容的具体发展过程中阶段性的横向展示。更简便地说,是指在一个单独的地点拍摄的一组连续的镜头。

与镜头、段落、剧作一样,场景也包括开端、发展、结尾,而且通常在一个镜头的反转中达到高潮。这个反转叫转折点,这个转折促成故事情节的一个变化。而且,在一个场景中常常由几个连贯的"点"组成。

譬如:电影《背起爸爸上学》中,"学生们在宿舍里受冻挨饿"这个场景可以分解为以下几个点:

● 学生们一跑进宿舍就冻得跳上炕。宿舍里面对面两铺大炕,十几个学生挤在一铺大炕上。寒风从窗缝里溜进来,呜呜作响。

● 一个学生打开包,发现自己从家里带来的馍只剩下馍渣儿,"谁偷吃俺的馍了?"没人回答。

一个学生打开茶缸喝水,突然大叫起来,一只老鼠泡在茶缸里,肚肥头圆。那个学生尖叫着把茶缸连同那个老鼠扔出门外。

● 石娃没有带馍,抱着腿坐在炕上。

● 一个学生啃了一口冻成冰坨的馍,牙齿直打战。

有个戴眼镜的学生提议:"夹在胳膊底下,一会儿就化。"

同学们都把馍夹在腋窝里,一会儿就有人冻得呲牙咧嘴,把冻馍从腋窝里扔出来。那个戴眼镜的男娃钻进被窝里,同学们叫着纷纷把冻馍砸在他的被子上。

● 石娃缩在被窝里,肚子饿得咕咕响。那个小个子同学掏出馍,递给石娃。

石娃:"俺不饿。"

小个子:"俺家近,吃完,俺回家取去。"

● 突然,那个蒙着的被子里传出了哭声。一个同学掀开被子,只见那娃抱着冻馍在抹眼泪:"俺明天就回家……说啥俺也不念了……"

全宿舍的娃都不吱声了。

● 有人在门外喊:"石娃,门口有人找!"

石娃掀开被子跳下炕。

这个场景中发生的事不止一个,剧中分别叙述,但又相互关联,最后达到高潮:有学生哭喊着不要念书了,这个情绪唤起全宿舍娃的共鸣,都很低沉起来,紧接着出现一个反转——石娃出去,故事走向另一个场景,另一个变化。在这个场景里我们看到了一个完整的情节。但是它其实并没有结束,当冲突没有解决之前,我们往往会让人物离开这个场景,提供这种持续没有结束的明确信息,给故事带来张力和能量,吸引观众看下去的欲望。

场景是构成影视剧本有机整体的基本单位。

在《电影艺术词典》里,是这样归纳场景定义的:"在电影中一般以时间或地点的转换为划分标准,即在同一时间或地点中展示的内容为一个场面。随着时间、地点的变换以及人物性格和情节的发展变化,场面也就不断地变换。在电影剧作中场面有长有短,有些场面孤立地看也许并不具有太多的意义,如一个人在沉思或漫步等,但当把场面与场面有机地连结在一起时,就成为整体中不可分割的组成部分,从而构成一部完整的电影剧作。"在这里,场面与场景同一个概念。

而罗伯特·麦基在《故事——材质、结构、风格和银幕剧作的原理》一书中则说："一个场景即是一个微缩故事——在一个统一或连续的时空中通过冲突表现出来的、改变人物生活中负载着价值的情景的一个动作。从理论上讲，一个场景的长度或景点几乎没有任何限制……无论景点或长度如何，一个场景必须统一在欲望、动作、冲突和变化周围。"[1]

由此可知：

（1）场景是同一时间或空间内展示的人的活动内容，景点和长度不受限制，但必须具有价值，是剧作中一个不可分割的组成部分。

（2）场景可以独立地具有意义，也可以不具有意义，需要和其他的场景连接在一起时才产生意义，但是每个场景的出现都必须统一在人物的欲望、动作、冲突和变化周围。

（3）场景和场景的连接和转换推动着情节的发展，关系到故事情节点的走向，关系故事叙述的节奏和调性，因此场景的连接也成了场景写作中的整体思考。

（4）场景往往有开端、发展、结尾的情节发展变化过程，是一个微缩的完整故事。

第二节　场景设计

一、场景和背景

在我们进行场景设计时，首先要确定这个要叙述的故事发生在一个什么样的背景之下。故事的背景是四维的，即时代、期限、地点和冲突层面。

第一个要素是时代，故事发生在当下、过去还是未来？时代是一个故事在时间中的位置。即便是假想中的未来也有一个可以预测的时间。

第二个要素是期限，你要叙述的故事从发生到结束该是多大的跨度，几天、几年还是几十年甚至穿越一个世纪。还有一种特殊的期限，叙述时间的长度等于故事本身的时间长度，如电影《我和安德烈共进晚餐》，片长两小时叙述两小时晚餐中发生的故事，叙述和故事同步。

---

[1]　罗伯特·麦基：《故事——材质、结构、风格和银幕剧作的原理》，周铁东译，中国电影出版社2001年，第271页。

第三个要素是地点,地点是故事在空间中的位置。

最后一个要素则是冲突层面。冲突层面不是物质的,是包括那个时代那个地域所特有的社会内容。你的故事是发生在一个什么样的社会里,社会的政治、经济、意识形态、生物和文化心理力量,无论如何外化于机构或内化于个体,都会像时代、地域一样对故事的构成发生同样的作用。因此,人物的设置包括他们之间发生的冲突层面都是故事背景的一个组成部分。冲突层面是故事在人类斗争的等级体系中的位置。

背景的确定为接下来的场景写作设置了一定的范围,也就是故事的每一个场景都要体现你建制好了的背景,又都要局限于你的故事背景的框架内才能得以安排。

李安执导的电影《喜宴》,讲述的是东方和西方、传统和当代在婚姻家庭爱情等观念上的冲突,这个故事的背景设置是当下、几天内、香港和家庭两代人层面的矛盾。这一背景所提供的范围并不大,是个家庭的故事,但是故事中的"家"又不能展示,儿子谎报准备结婚,老爸老妈兴冲冲地从台湾离家来到香港张罗,儿子在香港的居所又很逼仄,本来就是儿子为搪塞父母而安排的一个婚姻骗局,没有传统意义上"家"的概念,所以故事的背景为场景设计抽空了常规的故事题义的空间。在这样的规定范围里,故事巧妙地把"家"的概念用"喜宴"来表现,一个具有喜庆意义的仪式、承载喜庆意义的酒席、喜剧化处理了的婚姻错位和再错位,这样的场景便成功地把故事容纳下来了。

所以,场景要服从背景,要体现背景,这是个大前提。

二、场景的价值

一般而言,一部大情节的故事片都是设计为 40～60 个场景,组合成 12～18 个段落。我们需要有更多的设计,从数百个场景中筛选出所需要的场景来。

那么选择的理由是什么呢?

首先,我们必须思考即将选定的这个场景是否有助于整个故事的发展和变化,是否在推动故事朝前发展,它能帮助故事的叙述朝着我们期待的方向进行吗?怎么叫具有价值?根本的一点即是故事在行进中,我们寓藏在这个故事中的主题要如愿以偿地得以呈现。主题是故事的灵魂,每个场景都要为之而生,为之而动。我们通常看到动作片类型揭示的是诸如自由和奴役、正义和非正义之间的公共价值,教育片类型揭示的则往往是自我认识和自我欺骗、人生理想和人生堕落之间的内在价值,这一原则是普遍的,要是选择的这个场景不能对此推动,那就要把它删除。

其次，在每一个场景中，核心是人，是人在规定了的时间和空间里的活动，而这种活动不是静止的，它是人物的内心生活、人际关系和世事时运的组合。也就是罗伯特·麦基所说的"一个场景必须统一在欲望、动作、冲突和变化周围"，"欲望、动作、冲突和变化"都是人物的活动形式。因此，我们在选择场景时该考虑这个场景能否成为人物性格演绎的舞台，它能不能把人物清晰地展示在观众面前，揭示人物更多的信息，让观众了解他，进而爱他、恨他，产生同情或怜悯，关注他在此故事中的命运，引发联想和议论。譬如张艺谋执导的影片《红高粱》中有颠轿的一场戏，几个五大三粗的轿夫和吹鼓手在十八里坡颠花轿戏弄一个与他们毫不相干的新娘，这场戏看似没有什么情节，张艺谋竟剪留了 11 分钟，让剧中人又唱又跳，极尽宣泄。而就是这么一个场景却把剧中两个主角——轿夫"我爷爷"和新娘"我奶奶"首次凸显在观众面前，他们的内心欲望十分强烈，不满于世事对他们的安排，他们的反抗会以生命作代价来实现。这个场景因此在观众脑海里留下很深的印记。

再则，选择和安排这么一个场景，是否为故事结构的需要，它的存在能否连接前因后果、引导故事向前发展，或者穿插交替构成故事叙述的节奏。我们常常在一些经典的影片中看到扣人心弦的场景出现在故事的突转和高潮的时刻，而且这么个场景的时速常常比真实时间来得长，呈现慢镜头的处理，这让观众很纠结，也同时随场景的延续情绪起落，进而被感动或产生联想和思考。

如电影《这个杀手不太冷》最后的一组场景交代了故事的结局，即三人最终各自的命运。女孩马蒂娜在莱昂的帮助下从困境中逃出，而莱昂乔装成警察，在走向光明的出口时，被身后的枪支所击中，死亡。警察史丹佛则恶有恶报被弹簧炸死，莱昂在他生命的最后一刻为马蒂娜报了仇。一个生两个死，导演所要交代的就是这样一个简单的结局，却用了一个意象性的场景来叙述，让一个悲剧的结尾在缓慢的节奏中震撼了观众。在时间的处理上，影片进行了交错蒙太奇的剪接。一边是马蒂娜在莱昂的帮助下抱着他心爱的植物逃到了外面，已经安全。那盆植物也可以看成是莱昂的象征，之所以女孩带着植物逃了出来，也是一种含蓄的表述，为故事的最后，马蒂娜把植物种在泥土里这个极富寓意的结尾做了铺垫。而另一边，莱昂则乔装成警察，带着重伤一步步艰难地走下楼梯。中间有个镜头是莱昂透过面罩看外面，这是一个主观镜头，并且伴着莱昂深深的喘气声，表现出他内心的期盼和紧张，同时也让观众为其紧张和担忧，急切地希望他快一点逃出黑暗的魔爪。而当莱昂拿下了面罩时，露出了充满希望的眼神，此时是一个近景，紧接着，便又是一个主观镜头，一扇透着亮丽日光的大门，一步步地推近人的视线，表示着他离光明只有一步之遥了，他知道他就要走到光明之下，他的马蒂娜正在另一头等待他，他们的生活就要重新开始了。可是接下来，警察史丹佛带着阴森的眼神从画面左至右渐渐入画，也是一个近景，紧接着的又是一个主观镜头，画面渐渐推进莱昂的背。随后，史丹佛举起了手枪，一个变焦镜头，史丹佛阴险的表情虚化，突出手枪。再是一个主观镜头，画面再次推进莱昂的背。这两个推进，两个近景，三个主观镜头，让观众的情绪在几秒钟之间一落一起，扣人心弦。而片中的推进速度与画面内的情绪是相一致的，舒缓预示和代表着忧伤和平静、而此时更是天堂还是地域的选择。渐渐推进的镜头让人们眼睁睁地看着这样的事实发生，让观众与剧中人同呼吸。接下来，便是一个最重要的意象性镜头，它同时也是一个主观镜头：原本渐渐向大门推进的画面停住了，轻柔的钢琴声里响起一声沉重的低音，镜头模糊，摇晃了一两下后，慢慢向左倾斜。一般来说画面总是与地平线平行，而此处故意用这一逐渐倾斜的地平线，则是无声地宣告了莱昂的死亡。导演并没有用血腥的场面来叙述这一情节，而是减慢了叙述的节奏，并配上缓慢的音乐，零星的钢琴声，只是一个倾斜的主观镜头，加上交错蒙太奇的剪辑，便完成了情节的叙述，深刻地调动了观众的情绪，让这个悲情故事产生了一种悲剧的美感。

最后，我们的场景设计不只是叙述的需要，还应该有着呈现主题的作用。如影片《罗拉快跑》中出现三次罗拉接到她男朋友的电话，重复三次丢了电话出门快跑的场景，看似多余，但内含着三次命运的选择的开始，三次不同的遭际体现了时间对罗拉命运的演绎，有着哲学光芒的闪现。

我们常常说，故事需要解说和交代，生怕观众看不明白产生误解。于是设置一些场景向观众传达有关故事的人物、世界或历史的信息。但是如果这一场景单一地起着传达信息的作用，那老练的编剧会毫不犹疑地将其舍去，并将这个信息巧妙地编织在其他场景里。在影视剧中，画面包容的信息是很丰富的，我们都可以利用场景中出现的道具、景物、服饰等作为标志，透视那个人物、世界或历史。

三、场景和空间

接着我们要寻找和设定故事在什么地方什么时间进行的。场景首先在影片中具象呈现的即是一个画面，一个空间。随着故事的推进，空间发生变化或延伸或转移，就产生了时间的概念，场景也就因时间有了活动有了生命，有了故事性。一个诚实的故事只可能在一个地点和时间内适得其所。

影视叙事的基本单元——画面，就是一种完美的空间能指，以至于影视和很多其他的叙事载体相反，始终同时表现引发叙事的行动和与其相配合的环境。

在影视叙事中,空间先于时间。当第一个画面(它已经是空间)连接到第二个画面(它也已经是空间),时间才能够生成。

那么,我们该如何选定场景的时间和地点呢?首先,一个场景的地点选择并不是随意的,它往往是这个场景所发生的人的活动及人物之间关系变化的依据或行动行为暗示,这个场景的价值和作用也因此产生。在某些影片创作中,场景的地点被有意地规定了,成为一种相对封闭和特殊的故事载体,所要叙述的故事只能在这么个地点发生,这个地点就有了偶然性或假定性。如电影《泰坦尼克号》、《尼罗河上的惨案》、《东方列车谋杀案》等,故事进行的范围就在一个特定的空间里,场景的选择就同时被限制了。甚至在另外一些影片里,如《双旗镇刀客》、《卡萨布兰卡》、《罗马假日》等,背景元素虽然可以在一个小镇或是一个城市里展开,但是故事的意义有了明显的地域性,它的发生、发展和这个地域的人文历史有关,也就相对受到了制约和影响。

其次,场景空间还常常作为一种有意味的形式而存在,它能为剧中的情节提供或强调内在的意义。如张艺谋的《菊豆》,他选择在染坊让菊豆和天青的幽会,染坊阴暗,潮湿,把他们俩乱伦的畸形情感压缩在很狭小的压抑的空间里,布满了悲剧的气氛。而且影片还用许多染成了的布条做道具,悬挂下来,交错纵横把镜头分割成碎片,更使这个场景具有了暗指:布条像一张铺天盖地的网密密地悬挂下来,使两个渴望和追求自由爱情的主人公不得不蜷缩在角落里,他们彼此对情感的倾诉也变成了无力的呻吟。这就很好地表述了影片的主题,也流露出创作者对这个故事的叙事态度和叙事情感。

第三,场景空间为故事的叙述营造了主题色彩和气氛。影片中经常出现一个特有的叙述者的身影,他在讲述故事的同时也带来了主观性的视角和态度,为了让观众跟随叙述潜移默化地进入故事,叙述的场景就必然要营造一个和故事协调一致的气氛。譬如《海上钢琴师》的开场,作为剧中故事的叙事者、主角 1900 的挚友小号手马克斯坐在码头湿漉漉的台阶上,昏暗的一盏灯悬挂在身后,淡淡的光影落在马克斯忧伤的脸上,他手捏着心爱的小号,在这样的、被渲染得真实且沉重的悲剧气氛里,马克斯开始了对 1900 身世和遭际的叙述,马克斯是在码头上,他面对的是大海和消逝在大海里的 1900,他叙述的倾听者只是夜色中大海的波涛,他是孤独地叙述,叙述一个更为孤独的 1900 的灵魂。画外音在这样的地方低沉地响起,使观众在进入影片之前就被这码头的气氛所感染,一种世纪末的悲哀很快包裹了你;要是换一个环境不会有这样的效果。这个场景是精心选择了的,独一无二的地点、时间和环境,把故事带进了主题的意义里去。

第四,场景空间的选定还必须考虑到它给观众带来的视觉效果,而最重要的效果来自场景的流动性。

由于影视拍摄的空间不受限制，也对场景背景的选择提出了视觉观赏上的特殊要求。我们知道场景是画格里所表现的空间，但是它并非孤立，在画框外面我们意识到它的空间的展延，我们把展延的部分称之为外场景。外场景是画格里尚未表现的空间

法国电影理论家诺埃尔·伯奇在他的《电影实践理论》一书中写道："外场景空间……分为六个部分；前四个部分的边界直接由取景框的四边决定；这是某种锥形四面环境空间的想象投影。第五个部分不能以同样（虚仿）的几何形的精确性来定义，然而没有人会对'摄影机'后面的外场景空间的存在提出异议……最后第六个部分包含位于景物（或景物的某一成分）后面的一切：某人在出门，在转过一个街角，在躲到一根柱子或另一位人物后面时进入其中。在极限上，这部分空间位于地平线的后面。"①

前四个空间，属于影片视觉能指的范围之外，但和影片画框相连，也在同一个叙事世界之内。在展示影片画框时观众也能意识和联想到它们的存在，随着电影叙述的进行，它们随时可能进入画框成为场景。

第五个空间：作为话语发源地的拍摄现场，是叙述空间，和影片的场景、外场景完全隔绝，而且还有以音乐形式和画外音解说形式出现的声音，也来自第五个空间。

第六个空间是在画框之内，是摄影机看不到的空间。

外场景和画框内场景的作用一样重要。

法国雅克·奥蒙则说，取景框必然创建一个外场景，需要的时候，影片将从这一虚构故事的保留区为自己汲取必要的推动力。如果场景是取景的空间维度和尺度，外场景就是场景的时间尺度……外场景的效果正是在时间中展开。外场景既是作为潜在的、可能的地点，也是作为消逝与消灭的地点：就在成为现在的地点以前，它还是未来的地点和过去的地点。

因此我们在选定场景的空间时要考虑到这个场景随时可能转换到它的外场景去，外场景的暗示在这个场景里要得以体现，这样才能给故事的运动制造流动的过程。

最后，场景空间还要能明确地体现时间的概念，场景内光线的明暗强弱都和时间有关联。

---

① 诺埃尔·伯奇：《电影实践理论》，周传基译，中国电影出版社 1992 年，第 15 页。

四、场景和时间

场景内的时间有两个概念：故事时间和叙述时间。

1. 故事时间

也就是场景发生在什么时间？编剧就时间作怎样的安排和选择？当我们在观看影视剧的时候，往往注意到故事发生的年代，而对局部的场景安置在什么时间并不十分留意，除非这个场景里情节的进行跟时间密切相关，只能在这个特定的时刻才会产生最后的结果。譬如影片《正午》，正午十二点成为故事叙述的核心和归结点。

在场景的时间设计时，有一个时序，一般地讲，场景推进的过程是按照叙事的延续进行的，为了便于观众习惯性地接受思维。但也有颠倒、穿插、交错等形式的时序，故意打断或破坏故事的正常推进，这也是根据剧情的需要来设计的，如故事本身有意想不到的结局，便把结局安排在开头成为悬念等等。由于时序体现着故事的推进，我们也就往往忽略了故事发生的具体时间，情节吸引了观众的关注，观众也就不去考察时间的准确性和具体性了。

2. 叙述时间

在每个场景里，叙述时间即是指编剧将用多少时间讲述这个场景里发生的故事。

我们比较故事的时长及叙述的时长，目的在于从中发现叙述节奏的变化。

在一个场景中有四种叙事节奏：

暂停　叙事时间大大超过故事时间，这就是电影中的"描写"，长段的描写暂停延缓了主要的行动。

场面　叙事时间等于故事时间。遵守所展示行动的计时的完整性。

概述　叙事时间少于故事时间，这种时间形态常用来避免无用的细枝末节或加快行动的速度。

省略　对于故事中的某些事件，叙事文本保持沉默无语。叙事时间等于零。

上述四种叙事节奏的形成都和叙述时间相关。

五、场景和人物

场景的设置是为人物服务的，人物是场景的核心，剧本通过场景的展开不仅叙述了故事，更在于表现人物的性格和思想感情，所以在进行场景创作时必须把人物放在最主要的位置。

作为一个编剧，你有责任知道你的人物为什么要出现在一个场景中，他的行动和对话是如何推动故事向前发展的,又怎样表现自己的性格和感情?你必须知道你的人物在这个场景里要遇到什么事情,还要知道他们在这个场景里要遇到谁。你要找出场景的成分和要素:表现的是人物的职业生活、个人生活或私生活的哪些方面?其次,人物在场景中不是孤独的,他要和别人发生关系和冲撞,那么我们又必须明白,他们之间的关系会在这个场景中起什么变化,又会朝哪个方向发展?只有这样,整个场景才能活动起来,剧情也能丰富和曲折得多。从某种意义上说,故事也就是人物的行动过程和人物间关系的变化过程。事件是跟着人物走的,又由于人物间关系的错综复杂则变得跌宕多变。

第三节　场景种类

每个场景往往向观众揭示必要的故事信息的一个因素,它很少提供更多的因素,观众接受的信息是场景的核心或目的。

一般地讲,有两类场景,一类是发生某些视觉性的场景,如人物动作场景、背景呈现场景、细节展示场景等;另一类是人物对话场景。大多数是两者结合。

从剧情的展开来讲,场景的分类就变得丰富。

1. 叙述性场景

电影和电视剧的艺术形态决定了本体的叙述功能,它们是一种讲故事的工具,那么叙事性就是它们的基本职责。所以叙述性场景在任何一部影视剧作品中都是大量的和基本的。它们推动着故事的产生、发展和转变,直至结束。也许一段叙述会分成若干个场景来完成,每个场景显得破碎和不完整,这是很正常的,影视剧的叙述本来就依靠蒙太奇的剪辑和组合呈现它叙事的艺术特质,我们在写剧本时也应该遵循这一艺术表现。

尤其是电影,电影的叙述性场景往往有意追求一种不完整,保留着一定的叙述空白,这是为了诱发观众在观看时的想象和联想,以自己的生活经验予以参与补充。一部好的影片常常是由创作者和观众来共同完成的,观众参与的激情和思索越多,只能说明影片的创作者在叙述上越有出色的才华和卓越的艺术魅力。当然初学写作者难以把握故事叙事而暴露出来的捉襟见肘难圆其说,当另作别论。

2. 抒情性场景

一切艺术作品都着力于以情动人,继而在观众受感动之际传递创作者的思想和情感倾向，爱什么恨什么，倡导什么反对什么，这也就是艺术作品中重视情感形象塑造的原因。影视剧中的抒情场景也同样是塑造情感形象的重要段落，同时也在叙述节奏上予以缓解和蓄势，引出更为激烈的故事情节。

电影《魂断蓝桥》中有一个烛光酒吧的抒情场景：夜深沉，在一个小小的酒吧，罗伊和玛拉再次幽会。乐队演奏出由苏格兰民歌《过去的美好时光》改编的舞曲，罗伊和玛拉步入舞池，舞步轻盈，舞曲缠绵，情意陶醉；灯光忽然熄灭，乐手们点亮蜡烛，人影合着舞曲不时将烛光遮挡，更增加了虚化如梦的感觉。舞厅里随着舞曲优美的旋律，烛光忽明忽暗，对对舞伴忘情地偎依在一起，罗伊和玛拉成了此夜最幸福的恋人。这个场景因为烛光因为舞曲成为这部影片令观众难忘的影像，为后来悲剧的伤痛构成强烈的对比。这部发生在战争背景里的爱情惨剧听不到一声枪响，但是战争给人们带来的悲痛却分外深刻，其主要的原因就是上述的抒情性场景给观众留下了和平、自由、爱情的美好景象，而最后被破灭了。这个场景越美越抒情，最后的悲剧就更让人不能平静，抒情性场景的意义也就在此。

3.氛围性场景

氛围性场景是我们叙述一个故事时不可或缺的部分，它能使即将出现的情节和人物处在一个浓墨化了的情绪里，尤其是讲述一段历史往事，更需要还原那个时代和地域真实的景象，制造一种历史的感觉，并且为故事发生提供怀旧情绪上的期待。

例如电影《云水谣》的开场即是一个长达3分钟之久的氛围性场景。这个场景由快速流畅的一组客观的无视点镜头组成，给我们展现了上世纪四五十年代台北独特的民俗风情及政局变动后孤岛上的不安和紧张。这组镜头场面很大，由街道而民居再穿越出窗回到市井，带起许多百姓的生活画面，而在看似平和的景象里夹杂着撤退上岛的士兵的身影，暗含着略带悲凉的情绪。影片的色彩由黑白转入彩色，如果说之前的黑白影像是历史的记录，那么，继而强烈的彩色则让我们从此进入故事，进入到一个类似歌谣却令人铭记的悲剧中来，这种不疾不徐的优雅节奏，为整个故事的建起提供一种期待，使观众的情绪慢慢生发，宛如中国古典的长卷画面，看似质朴但却蕴涵着丰富的内容。

4.主观性场景

这是从某人的眼睛里看到的景象，有一个明确的视角，带有此人的个人情感色彩。当然，主观性场景不能随意出现，它不能单纯地作为整部电影客观叙述中的调节和点缀，一定是与人物的内心情绪的展示和变化有关，它起着刻画人物内心世界的重要作用。

电影《辛德勒名单》中有一场很重要的场景：辛德勒和妻子骑马登上一个

近邻犹太人居住区的山坡上,无意中目睹了德国士兵对犹太人的一次大屠杀。画面中央,辛德勒微微俯视山下,表情严肃且带有悲悯。紧接一个主观性场景:肮脏、潮湿、杂乱的街道上纳粹在驱赶犹太人群,音乐响起,一个红衣女孩从街边的房子走到画面的视觉中心,在整个黑白的画面中格外显眼。山上的辛德勒关切地伸长脖子观察小女孩。小女孩在街上蹒跚而行。周围不断有人倒下去,枪声刺耳。小女孩多次出现在画面中,这只是因为辛德勒的目光在追寻她的缘故,而在小女孩的身边,惨象迭起,辛德勒的妻子不忍再看,叫辛德勒离开,辛德勒却仍然注视着山下。他所追寻的红衣女孩再次出现在画面的背景中,红色的衣服在人群中格外鲜艳。她转身进入了街边的房子。镜头跟着红衣女孩上楼。辛德勒依然在画面左侧,回头注视镜头,表情带着悲悯。转身同女人离开。

这个场景在本片的剧作结构中很关键。无意中的经历使得辛德勒完成了内心的重要转变,他从一个唯利是图的商人开始转变成为一个人道主义的救援者,从小我走向了大我。在这一主观情绪外化和意象化的场景里,小女孩的一袭红衣成为了主观视点的中心,她是客观的又同时是辛德勒的一个内心情绪跳动和燃烧的符号。在整个黑白的叙事过程中,这个画面中唯一的一点红色象征着人类内心的所有的爱和希望,同时也象征着辛德勒对于自我内心的良知的呼唤。黑白叙事过程中的红色处理,极大地运用了色彩的表意空间,赋予了这一场面极大戏剧的张力。辛德勒夫妇站在高处目睹了这场灾难,这个安排是有深刻内涵的,导演把辛德勒放在高处,这种居高临下的视角使辛德勒获得了俯视犹太人的苦难的机会,这种俯视的视角会使人联想起上帝的视角,也预示着辛德勒将开始一场伟大的救赎。

5.意象性场景

所谓意象,就是客观物象经过创作主体独特的情感活动而创造出来的一种艺术形象。简单地说,意象就是寓"意"之"象",就是用来寄托主观情思的客观物象。客观形象与主观心灵融合成的带有某种意蕴与情调的东西。意象是比情节更小的单位,一般由描写物象的细节、象征、双关等词语构成。它的含义非常广泛,主要有4种:①心理意象,它表示过去的感觉上知觉上的经验在心中的重现或回忆,只在知觉基础上所呈现于脑际的感性形象。②内心意象,人类为实现某种目的而构想的新生超前的意象设计图像。③泛化意象,是文学作品中出现的一切艺术形象或语象的泛称,基本上相当于艺术形象。④观念意象和审美意象,这两者都是表达某种抽象观念和哲理的艺术形象。

上述《辛德勒名单》的场景中已经包含了一个意象性场景,红衣女孩是客观存在,但在辛德勒的眼睛里,她已经和他的心灵融合成一种带有某种个人情

影片有意而为,故意让观众摆脱故事的陈述,思考其内在的意思。整个场景简单明快,不失为对戏剧的良好借鉴和学习。

8.对话性场景

表现人物间的对话,语言是这个场景的主要内容,而人物在对话中的表情是丰富的潜台词。还有几种也是以语言为主要内容的场景,如演讲、辩论、特殊环境中的交谈,则是影片里精心设计的场景,创作者们为此呕心沥血又乐此不疲。

9.过渡性场景

大凡过渡性场景只是结构上的需要,如表示时间、地点的转换等,运用的方法也比较简单,老电影中喜欢用"叠化"的方法。另外,还有不一般意义上的过场,它不是为了作时间和地点的交代,它处于创作者对主题阐述的需要,有意接入一个象征化的场景来过渡。如格里菲斯的《党同伐异》,偏重讲述并行的四个故事,四个故事在切换时都穿插有一个母亲推动摇篮的场景。影片开始出现这个场景时,字幕上打出惠特曼的诗句:"今天如同昨天,循环无穷,摇篮摇动着,为人类带来同样的激情,同样的忧乐悲欢。"继而的段落间,这一场景重复出现但越来越短越来越快,不再是完整的场景,在最后的一个过渡中,摇篮都没有了。为观众提供了思考。

10.交代性场景

通常在故事或某一完整情节段落的开始,用来交代人物关系,进入事件。也有用在段落中间来交代事件的某些内容。

一般地说,在剧情建置(交代故事背景和故事发生的动因)时,所选用的场景不宜过长和详细,要能经常做到不露痕迹,避免让人感到是作者有意介绍出来的。我们倒可以在铺垫剧情时仅仅介绍素材,因为在剧本的这个时间段里,作者应该向观众提供各种进入剧情所需要的成分。然而,我们更要学会"以行动的方式进行铺垫"的创作技巧。"找到切入点","让铺垫不像铺垫",使交代和说明在不经意中巧妙地告诉了观众。如电影《克莱默夫妇》的开场,第一个场景是妻子乔安娜陪伴儿子睡觉,含蓄又伤感地暗示自己准备离家出走的信息。第二个场景即是克莱默下班了还在公司和人海阔天空地乱侃,这两个场景便是以克莱默夫妇俩各自场景中的行动不留痕迹地交代了家庭破裂的原因,做到了省俭又清晰。

在完整情节段落的进展和上升的展开阶段,使用的场景是为了展示冲突、对抗,推动情节的发展,为人物的愿望实现制造障碍。因此要写得紧凑,节奏快而跌宕起落,迂回曲折,造成紧张感。

而在剧情的高潮部分,段落内情节上升的最高点,选用的场景要激烈、从容,往往是朝着观众期待的相反方向突然出现,即出人意外又水到渠成。

最后结尾,情节回落过程中的场景,其目的是减缓冲突,可以写得舒展一些,抒情一些,留有想象的空间,让人回味无穷。

第四节　场景的联接

我们在创作场景时,必须考虑它的走向,它和上一个场景的承接是否合理,下一个场景又将是如何。法国剧作理论家皮埃尔·让在《剧作技巧》一书中说道:"只有观众才认为每一个剧情单元都由前一个所决定,但作者不能这样限定剧情的动因,因为我们在前面已经介绍了结局统领全剧的关键作用,每一个剧情单元更应由下游的内容决定……编剧应该心中有数,知道事件带来的不同时间段的后果。"[①]

其次,我们往往发现当剧本交给导演拍摄时,我们写成的场景可能被切割开来,和另一个场景交叉排列,或是这个场景被移动到别的地方,这是导演在剧情叙述的节奏和紧张度上做了新的安排,我们在写作时往往是按照生活逻辑来链接场景的,缺少在艺术逻辑上的思考。

再则,我们知道,每一个场景都具有开端、中段和结尾,它又有自己的完整性,但是在创作的过程中你需要表现场景的一部分就行了,可以只选开端、中段或结尾。一个场景很少表现全部,通常只表现出整体的一个片段,也就是说在某个场景的某个点即将结束时写作才进入。由于场景写作的这个特点,我们的链接就不可能从头说起,完全依照事件的整体发展过程予以讲述,场景的片段性导致了场景链接的跳跃性,也使场景链接成为一种很高深的艺术。

场景链接有生活和艺术逻辑的两个方面依据要求:

(1)连续性,主要体现在时空关系上。社会生活的人事总是连续性体现的。而我们每个人对社会人事的认知,多数情况下,都是通过一些片断的组合来实现。蒙太奇的原理则基于此。具体到场景连续上,即是怎样的取舍、连接能完成对影片内容的整体认知。这取决于艺术逻辑上的联系。

(2)联系性,指场景之间要有内在的符合生活逻辑的某种意义上的联系。这种联系,或客观的物理的,或主观的心理的,他们都必须使观众理解、体会事理或情理方面的关联。另一方面,场景最不好的一面,是什么事都没发生,编剧新手往往容易迷醉在自己脑中所想象的场景里,那些场景也许和他们日常

---

① 皮埃尔·让:《剧作技巧》,高虹译,中国电影出版社 2005 年,第 77 页。

生活经验极为接近,使他们错误地相信自己幻想的会和故事有关。其实对故事来说没有任何意义。

在本章的最后,我们还要重复一下场景的意义。每一场景都必须同时做到以下两件事:其一,提供给观众和故事相关但观众尚不知道的事情,不断释放但又是恰到好处恰在其时地释放故事的信息;在某个情节被厘清的同时又要带出故事进一步的发展。其二,揭露更多有关主角的事件。故事是关于主角的故事,静止不动的角色是无趣的,故事是有关主角所发生的改变,要去理解他的内在需求,这样故事的改变就会不断增强,场景会动起来,故事也就发展。另外,观众对相关角色、影响主角的角色的每个决定也都必须不断地知道更多。

我们在初学剧本创作时,往往想把发生在银幕上的事都逐字写在剧本里,这是新手们的通病。要知道场景不是地图,不应该把所有的内容都写到纸上,剧本的主要艺术魅力是要去激起观众的内心想象力,而不是去形容画面,你要写出的是有重点有感觉的动作,不是精确地记述所有发生在银幕上的大小事。导演安排某个场景的表演动作,靠的是编剧自己都还不甚清楚的状况,所以逐字写出事件的段落顺序是没有意义的,编剧应该写好有因果关系的动作,有开端、发展、高潮、结尾的每一场景,带给导演有节奏的感觉。编剧想在文字中写出的紧张刺激,必须是通过导演在银幕上的创作才能真正建立起来。

我们对场景的选择和确定也常常很轻率,误以为影视剧的空间是不受限制的,而在创作时信手拈来、不假思索,好像空间变化频繁一定能让画面丰富活泼。其实我们在本章已经叙述得很明白了,场景的确定是以其在故事中的价值为依据的,世界上没有不受限制的艺术,我们必须在服从故事意义形成和展示的条件下把场景进行筛选。场景的任意和放纵不仅有害于故事和人物的创作,而且在拍摄中也造成经费的浪费。

我们还常常为一个平淡无奇的场景苦恼,其实,不是每一场景都能令人感到兴奋,但我们至少要能做到可视化。剧本中不可避免会出现吃饭、电话对谈、开车等场景,也许带出和角色相关的信息,但是在视觉上不够戏剧化,在这样的场景中,导演和演员必须对想象力负起责任,而编剧只要提供演员表情和动作姿势作为戏剧基础,随后都可以由演员转化成可视形象,我们没有必要去做太多的场景设计。

总之,影视剧剧本的场景写作,不同于文学作品的写作,需要我们用电影化的思维和语言来完成。

【相关链接】 场景分析

世界电影一百多年,为我们呈现了许多优秀的作品,尤其是影片中那丰富的场景令我们惊叹。学习电影创作需要对众多的经典场景进行观摩、分析和默记,做必要的电影卡片,似乎所有电影学院学习编导的学生都认真地在做这样的功课,很多后来成为优秀编导的学生都深有感触地说,他们在后来的电影创作时常常得益于学校里观摩影片、分析场景的兴趣和积累。

我们确实需要从一些经典的影片中分析其中优秀的场景获得学习经验,这在影视创作的课程学习里被称为"拉片"。但对于编剧专业的学生来说,拉片有更需要思考的角度。我们进行的场景分析有两个课题,其一是阅读影视剧文学剧本,体会其中场景写作的规律和编剧的创作思考;其二是阅读完成片中某个场景,体会这个场景从文学本转化成影像后又有怎样的电影化思考和创作。

每个场景都经历这样的过程:编剧的文学剧作写作→导演的二度创作→摄影和剪辑的参与创作→后期制作和音乐的参与创作→成片。在这个过程中,编剧的最初创作果然很重要(是第一创作),但是影视剧是聚合多方艺术的集体创作,所以剧本中的某个场景到最后成为影像,会出现很多变化,尤其是经导演的二度创作,将其实施为电影化,把文字化为影像,将文学艺术化为影像艺术,是我们当编剧的都应该很好去学习的,从中吸取更多的体会,促使编剧更多地从影像考虑我们的最初写作。

我们的场景分析可以从这几个方面去进行:场景内容、场景价值、导演艺术思考、影像艺术及其他。

下面我们举例分析。

电影文学剧本《牧马人》

许灵均家小土屋内 日 内景

远处传来一声公鸡啼叫声。

秀芝醒来,她看看油灯,看看屋内四周,她的目光落在不远处……

许灵均躺在地上熟睡着。

一阵惶恐和内疚的情感使秀芝感动难过,泪水慢慢溢满眼眶。她低声地抽泣起来。

许灵均熟睡着。

秀芝低声抽泣着。

许灵均被哭声惊醒,回过头来。

秀芝抽泣着……

她控制不住地俯身在炕上继续抽泣着。

许灵均看着秀芝在伤心地哭泣着,不知如何是好。

秀芝伏在炕上抽泣着。

许灵均看着秀芝哭得那么伤心,安慰她,

许灵均:又想家了吧?

说着许灵均站起来。秀芝伏在炕上抽泣着。

许灵均走近秀芝,同情地看着她,思索着。

秀芝闻声坐起来,边哭边擦眼泪并抬头看看许灵均,没有声响地沉默着。

许灵均向炕床里角走去,上炕。

秀芝回过头去看着许灵均。

炕床上的一角。

许灵均从垫被下面翻找出一个笔记本,下炕站在秀芝面前。

他从笔记本里翻找出40块钱和20斤粮票给秀芝。

许灵均:这是我攒的40块钱,还有20斤粮票。

秀芝意外地看着许灵均。

许灵均:你带上。

他说着走近秀芝,把钱放在秀芝面前的炕上,边放边说着。

许灵均:回四川,回家去吧。

秀芝吃惊地站起来,看着许灵均。

许灵均不好意思地嗫喏着。

许灵均:我……

许灵均说着躲开秀芝走去。

秀芝半晌说不出话来。

秀芝:你是不是嫌我长得丑?

说着两滴泪从眼眶里滚出来。

许灵均手足无措地转过身来说。

许灵均:不,不……哎,郭��子,他没跟你说清楚。

许灵均边走近秀芝慌乱地。

许灵均:我……我……

许灵均转身向窗边桌子走去,低垂着头。

许灵均:我是右派。

秀芝略转身向许灵均。

秀芝：姓郭的大叔和我说了。

略停顿一下又说。

秀芝：他们说，你不是坏人。

许灵均听秀芝的话，惊异地抬头望去，一阵强烈的痛楚使他的心激烈地跳动起来，泪水从脸上流下来。

许灵均头靠在墙柱上低头痛哭着。

秀芝吃惊地。

秀芝：你怎么哭了，我……我不会说话。

说着慢慢地坐到炕床上，并向40块钱和20斤粮票看去。

许灵均对秀芝摆摆手继续哭泣着。

静场。

隔壁人家的公鸡啼鸣。

放在炕上的40块钱和20斤粮票。

秀芝侧背坐在炕床上，许灵均站在后景的窗口。

许灵均停止哭泣，慢慢地回过头来看着秀芝。

许灵均（旁白）：在我的生活中，忽然间闯进了这样一个善良的人，我好像等待多年的这一天终于来到了。

炕上许灵均的破裤子，秀芝的手拿了起来。

秀芝默默看着许灵均的破裤子。

许灵均（旁白）：她对我是那么信任，没有一点陌生的感觉。

许灵均注视着秀芝。

许灵均（旁白）：好像她也等待我……

秀芝默默地为许灵均补着破裤子。

许灵均（旁白）：……好多年。

许灵均看着秀芝，慢慢地在桌子边的凳子上坐了下来。

秀芝静静地坐在炕边。

秀芝关切地。

秀芝：你披上衣服吧。

边说边继续补着裤子。

许灵均擦了擦泪水，穿上衣服转身面向秀芝坐着。

许灵均：我忘了问你了，你叫什么名字？

秀芝：我叫李秀芝。

许灵均叹了口气说。

许灵均：秀芝，我是犯过错误的人。

秀芝：犯过错误，我们以后不犯就是了。

许灵均：我这个人注定要在这里劳动一辈子。

秀芝：一辈子有什么不好，我陪你在这儿劳动。

许灵均：那你太可怜了。

秀芝：我不可怜。

秀芝诚恳地。

秀芝：我命好。

许灵均惊异地抬头。

许灵均：为什么？

秀芝：我看出来了，我遇上了好人。

许灵均激动地站起来，走近秀芝。

秀芝看着许灵均。

许灵均看着秀芝，激动地抓住秀芝的手，坐了下来。

许灵均：是嘛？

许灵均和秀芝的手紧紧地握在一起。

秀芝闭起眼睛点点头，两行眼泪从她的眼睛里流出来……

场景分析：

【场景价值】这是一场很重要的场景，是男女主人公相识后的第一次情感交流。是全剧悲剧性剧情发展中的第二个放射出光亮的转折点（第一个转折是牧民们帮助许灵均上山牧马逃避政治批斗），而且，这次邂逅和交流创造出了一个只属于他们彼此两个人的时光，他们从认识、拒绝到接受这个情感变化过程的基础源自秀芝对许灵均的信任，秀芝的信任则出自一个善良的女性经历了短短一夜的体会及牧民对许灵均的由衷肯定，这一场景为以后许灵均依赖于秀芝的爱——体现了一种对于母亲的依恋埋下了伏笔，真切地表现了秀芝温暖的胸怀给了许灵均立足于大地般的安全感。当许灵均拒绝父亲要他跟随去美国的计划时，观众也就不会感到突然。

一个政治悲剧的结果最终被表现为一个动人的爱情故事，剧中的政治悲剧色彩消褪了，则在另一个方向呈现了政治喜剧的色彩。李秀芝及与李秀芝相联系的牧民、草原、马群等既是许灵均的道德试纸，又是他的政治试纸，对爱情的忠诚既是他对个人的过去和未来的命运选择，也是他对两个国家、两种制度、父子两代人的政治选择。

【叙事特色】编剧熟悉农村，尤其熟悉农村妇女，因此在这一场景中成功地推出了秀芝这样一个丰满的女性形象。秀芝从家乡流亡到草原寻亲不着,央求郭谝子给找个吃饭的地方。郭谝子把她带进右派许灵均的生活里,她和许灵均同是生活在底层不幸的人,于是每个观众都会期待:秀芝会给许灵均带来什么? 他们会走到一起去吗? 在这个场景里,先是许灵均为剧情中心,他被秀芝的哭声惊醒,出于同情,也不愿连累秀芝,怕她受委屈,拿出难得的钱和粮票送她离开。秀芝显然没有明白他的用意,由于两人的地位遭遇相近,很快就坦率地得到沟通,渐渐地秀芝进入这个场景的中心,尽管许灵均在内心独白,在陈述自己情感的体验,但是这些体验都是秀芝朴实善良的人性之光照亮的。观众在这个场景里受到更大感动的是秀芝的母亲般的女性襟怀。

叙述细腻,每个细节都恰到好处地表现了人物内心的情感流动,而且取交替陈述的方法把男女主人公在两人世界里的情感变化丝丝入扣地表现了出来。场景中出现两次鸡啼,很形象地把这个场景分为两个层次,由悲剧转为喜剧。对白也很细腻,没有大道理,全是朴实的生活语言,把政治的压迫冲淡了,温情和人性真实地使他们感到都在等待着对方的出现。对白也很少,前半场景几乎没有对白,显得沉重一些,后半场景对白多了,则显得轻松、光芒起来。

剧本文字镜头感强,视点明确,叙述层次感分明。

电影文学剧本《闻香识女人》

场景内容:

这一场景在剧本文字上并没有很多篇幅,但是拍摄成片后,竟有近8分钟的片长。导演舍得用这么多的时间表现这一场景,可见是精心设计的。这一场景说的是范克上校和查理在高级餐厅就餐,席间一阵香味引起了盲人上校的注意,在查理的描述下,得知是一位只身坐在餐厅的年轻貌美的女士,上校便毫不犹豫地向女士走去,查理虽然害羞犹豫,但还是跟着上校去了。短短的谈话,范克上校幽默的谈吐、风趣的语言,逐渐获得了唐娜的信任,最后上校邀请唐娜跳一段探戈,短暂的犹豫后,唐娜和上校牵手步入了舞池,就这样,一段精彩绝伦、酣畅淋漓、让人难以忘怀的探戈就这样上演了。

场景分析:

【场景价值】看似是一个可有可无的片段,却是本片寓含主题的场景。男主角范克上校失明后世界充满了黑暗,失去了生活的勇气,决定用一次体面的死亡来结束自己的一生,但在自杀之前要满足自己一生中最大的两个爱好——美女和跑车。跑车没有实现,而在一个偶然的机会,上校凭借自己闻香识美女的技能,知道临近坐着一位绝色女性,他决定实现一次浪漫之舞的

第七章　剧作语言

在一部影视剧里，我们利用不同感觉的音乐、音效、画面、对白，有效地把信息和情绪带给观众。其中，除了画面之外，声音的元素是：人声、音乐、音效，还有字幕。一般地说，人声表意，音乐表情，音效表真。而字幕既是可阅读的语言，又在画面中成为画面的一部分，是兼于音画之和的元素，随着观众在观看影视剧时习惯于对字幕的需要，字幕成为影视剧中不可缺少的内容。

我们在本章主要讲述包括人声在内的剧作语言。

一部影视剧作首先是以文字语言来呈现的，随后再转化成声画，配以音乐、音效和后期特效、字幕等等。作为编剧，他的具体工作即是在最初用文字把一个影视剧内容写出来。

剧作语言分为叙述语言和人物语言。叙述语言主要呈现为画面，人物语言主要呈现为声音，两者又常常结合在一起。某些人以为，影视剧作把故事讲述完成就是了，最后的作品不是文字是影像，文字表述差一点没多大关系。这是个很大的误解。剧作文字的表述直接影响着影像的体现。

剧作语言的价值在哪里呢？

其一，剧本，是一剧之本，它不是简单的拍摄影视剧的说明书和纲目。美国理论家约翰·加斯纳认为，"电影剧本"不仅可以看做是一种新的文学形式，而且可以看做是一个独立的极其重要的形式。[1] 法国理论家阿斯特吕克还认为，"电影如同文学作品一样，与其说它是一门特定的艺术，倒不如说它是一种能够表达任何思想范畴的语言"。[2] 因此要写好一部影视剧剧本，不是一件容易的事，它是文学，又不同于小说、舞台剧，它有着自己独特的写作艺术和方式。

---

① 引自 D. G. 温斯顿《作为文学的电影剧本》，周传基，梅文译，中国电影出版社 1983 年，第 1 页。
② 引自 D. G. 温斯顿《作为文学的电影剧本》，周传基，梅文译，中国电影出版社 1983 年，第 3 页。

其二，我们知道一部好的文学作品常常能引起读者浮想联翩，回味无穷。这是文学形象的魅力，它能唤起读者的共鸣，赢得认同、然后感动、然后牢牢印入你的记忆，甚至影响你一辈子的生活。剧作也是。俗话说："有一百个读者，就有一百个哈姆莱特。"这话的意思是说每个人都会根据自己的经历、想象和激情在心中塑造一个只属于你自己的哈姆莱特；而从另一个角度讲，莎士比亚在剧本《哈姆莱特》中塑造的哈姆莱特如果不是那么个性鲜活、栩栩如生、命运坎坷、情感跌宕，会牵动读者的思索、生发起对哈姆莱特的同情和关注，进而以自己的想象和创作来塑造一个自己心中的哈姆莱特吗？读者心中的一百个哈姆莱特，源于莎士比亚剧作中的哈姆莱特。所以，一部优秀的剧作具有诱发再创作和参与创作的基因。这基因又存在于剧作语言之中。

其三，影视剧作是最初的影视剧范本，它经过电影化创作流程最后成为一部影视剧作品，虽然有增删取舍，但是剧作里主要的东西是不会消失的。美国电影理论家温斯顿认为："一部影片决不可能超过剧本中的思想"。[①]

法国著名导演让-吕克·戈达尔把一部影片的制作分成三个工序：思考、拍摄、剪辑。思考主要是由编剧来完成。而且他指出，这三种职能往往是互相重叠的。

也就是说，编剧、导演和剪辑是互通的，如果说成功创作了一部影视剧作品，那编剧、导演和剪辑在这部作品的创作过程中对这部作品都有比较一致的认识、理解、追求和表达。而这一切源于最初剧本的创造性成果。

所以剧本文学的写作应该受到重视和尊重。

一、叙述语言

影视剧的文学语言首先在叙述故事的方面具有自己的特性，它应该是在写作时就能想象到怎么成为画面，也就是说，它应该具有画面的表述性。俄国剧作家格里戈里耶夫说："当我写作电影剧本时，在我的眼前就出现了一个小小的银幕，就像是在剪辑台上。而我感觉到了它，我在用自己的语言写作自己的影片。"[②]

其次，在叙述故事时，剧作家的任务又不应该是像小说家和舞台剧作家那样或泼墨写意、虚实相间，或描述精细、字字斟酌，而应有影像的表现力。

如小说家汪曾祺的名篇《受戒》：

① 引自 D.G.温斯顿《作为文学的电影剧本》，周传基，梅文译，中国电影出版社 1983 年，第 6 页。
② 转引自《世界电影》1990 年第 2 期，第 69 页。

明海在家叫小明子。他是从小就确定要出家的。他的家乡不叫"出家"，叫"当和尚"。他的家乡出和尚。就像有的地方出劁猪的，有的地方出织席子的，有的地方出箍桶的，有的地方出弹棉花的，有的地方出画匠，有的地方出婊子——他的家乡出和尚。人家弟兄多，就派一个出去当和尚。当和尚也要通过关系，也有帮。这地方的和尚有的走得很远。有到杭州灵隐寺的、上海静安寺的、镇江金山寺的、扬州天宁寺的。一般的就在本县的寺庙。明海家田少，老大、老二、老三，就足够种的了。他是老四。他7岁那年，他当和尚的舅舅回家，他爹、他娘就和舅舅商议，决定叫他当和尚。他当时在旁边，觉得这实在是在情在理，没有理由反对。当和尚有很多好处。一是可以吃现成饭，哪个庙里都是管饭的。二是可以攒钱，只要学会了放瑜伽焰口，拜梁皇忏，可以按例分到辛苦钱。积攒起来，将来还俗娶亲也可以；不想还俗，买几亩田也可以。当和尚也不容易，一要面如朗月，二要声如钟磬，三要聪明记性好。他舅舅给他相了相面，叫他前走几步，后走几步，又叫他喊了一声赶牛打场的号子："格当得——"说是"明子准能当个好和尚，我包了！"要当和尚，得下点本，——念几年书。哪有不认字的和尚呢！于是明子就开蒙入学，读了《三字经》、《百家姓》、《四言杂字》、《幼学琼林》，还有"上论、下论"、"上孟、下孟"，每天还写一张仿。村里都夸他字写得好，很黑。

作为小说来读，数百字的这个段落便是十分的精彩，让我们感觉到了那个年代江南农村的生存状况以及一个农家孩子去当和尚的景象。表现了作者眼里的一个独特的生存环境中奇异的人情风俗以及人群的生活方式，这个世界里的生活是世俗的，又是超功利的，率性自然的，透视着一种人性的美。

但是它的文化阐述和农村家庭介绍很难用镜头来表现。

再如剧作家曹禺的名剧《雷雨》：

一个夏天的上午，在周宅的客厅里。

壁龛的帷幔还是深掩着，里面放着艳丽的盆花。中间的门开着，隔一层铁纱门，从纱门望出去，花园的树木绿荫荫地，并且听见蝉在叫。右边的衣服柜，铺上一张黄桌布，上面放着许多小巧的摆饰，最显明的是一张旧相片，很不调和地和这些精致东西放在一起。柜前面狭长的矮几，放着华贵的烟具同一些零碎物件。右边炉上有一个钟同鲜花盆，墙上，挂一幅油画。炉前有两把围椅，背朝着墙。中间靠左的玻璃柜放满了古玩，前面的小矮桌有绿花的椅垫，左角的长沙发不旧，上面放着三四个缎制的厚垫子。沙发前的矮几排置烟具等物，台中两个小沙发同圆桌都很华丽，圆桌上放着吕宋烟盒和扇子。

所有的帷幕都是崭新的，一切都是兴旺的气象，屋里家俱非常洁净，有金属的地方都放着光彩。

屋中很气闷，郁热逼人，空气低压着。外面没有阳光，天空灰暗，是将要落暴雨的神气。

这是曹禺在《雷雨》开场前对剧中场景周公馆客厅的描述，可谓入木三分，剧情尚未开始，我们即能从上述的这段文字中感觉到这户富商人家华贵里的不协调，旧衣柜外铺着黄桌布，尘封着一段难以忘却的往事，而屋里闷郁逼人，雷雨将至，暗示着这个家庭有待出现的重大事件。

但是曹禺是为舞台而写的，他的描述受到空间的限制，不可能铺展开去提供给观众更多的视点和更多的信息，又因为戏剧艺术讲究高度集中，必须在这有限的舞台上让观众看到直接和剧情相关的物景，舞台上出现的物景都是精心挑选的，因此只能运用省俭的方法。

而影视剧对场景的描述是可以无限展开的，又可以进行跳跃和组接，便能提供很多信息，环境和氛围的营造也更能生活化、更具真实感。

所以小说和戏剧的语言不很适合影视剧的使用。

那么影视剧剧作中的语言叙述应该怎样做到有影像的表现力呢？

1. 关于场景的描述

影视剧剧本中关于场景的描述是不多的，一般地说，是影片中的故事出现在一个特定的地方一番特定的景象中，如过去了许多许多年的、对当今人们来说很陌生的历史场景，或虚拟的故事中出现的具有传奇色彩的想象性场景等等；并且在这个场景里又隐含了故事发生的原因，这才需要去描述一下。

如电影《泰坦尼克号》中关于船坞的一段描述：

南安普敦船坞　白天

当泰坦尼克号熠熠生辉的白色超级建筑像高山那样升起并超越栏杆时连续拍摄繁花似的镜头。船上油漆成浅黄色的烟囱倚天屹立像一座大庙宇的柱子，水手们走过甲板，在蒸汽机那令人敬畏的刻度表前他们显得非常矮小。

英国南安普敦，1912 年 4 月 10 日。这差不多是个吉日。数百人把泰坦尼克号停泊的码头挤得黑压压一片，仿佛是蚂蚁爬到了果冻三明治上。

前景上，一辆雷诺牌红色豪华旅游车吊在装货起重机上，摇摇晃晃进入画面，它向2号舱口降落。

码头上，马拉车、汽车和平台四轮车在密匝匝的人群中缓缓挪动，气氛兴奋热烈，使人目不暇接。人们含着泪花拥抱告别，或向上面甲板上的亲朋好友挥手并高声祝福旅途平安。

一辆白色雷诺汽车领着一辆银灰色的戴姆勒奔驰汽车把人群分开。在拥挤的人群中留下一股尾烟。在这些漂亮的汽车周围，人们络绎不绝地登船，和挤挤插插的海员、司炉、行李员、还有白星条航运公司的官员们摩肩接踵推推搡搡。

雷诺汽车停了下来，身穿号衣的司机急匆匆赶去给一位年轻女郎开门。她身穿一身极漂亮的白紫相间的套装，头戴宽大的羽毛帽。她芳龄十七，天生丽质，姿态端庄，目光敏锐。

她就是罗斯。她抬头望了望轮船，神情镇静冷淡。

在这段描述里，我们能感受到泰坦尼克号轮船的豪华和巨大，以及人们登船的拥挤和兴奋。画面热烈，运动感强，具有记录性，现场气氛扑面而来。但是剧作者不需要花许多笔墨去写，不可代替导演、摄影、美工、道具及其他电影工作人员把他们要做的事情都做了，其实也不可能做得了做得好。作为编剧，他只需要在剧本里对场景的描述做到：其一，描述出一个完整的整体感觉，尤其还原当时当地的气氛，把当时当地的环境特征点明了。如上述例子中，剧作者用泰坦尼克号上烟囱和蒸汽机刻度表表述船的豪华及反衬人的渺小，用人拥挤的景象渲染了这一场面的热烈和忙乱。其二，有意识地提示这个场景中需要凸显的核心元素，它是整个背景里的故事。上述片段中剧作者两次写到了雷诺汽车，让它出现在拥挤的人群中十分显眼，并从车里走出了一个与船板上拥挤的人群情绪完全不同的罗斯。到此，剧作者的任务完成了。至于泰坦尼克号怎么的华贵巨大，人群怎么的穿着和怎么的拥挤，罗斯是怎样的镇静冷淡，都留给了导演。

2. 关于人物的描述

剧作者在创作一部影视剧之前，都会首先对剧中人物做认真的设计，写下他们的小传，尤其写下他们各自的性格和喜好，以及性情形成的原因。当然在做了认真设计后，人物的外形容貌也有了粗粗的轮廓。但是剧作者心里有了形象，需要与导演沟通，所以在剧本中也需要对主要人物做些描述。

如电影《出租汽车司机》的剧本中出现了这样的描述，介绍了主要人物特拉维斯：

> 特拉维斯·贝克尔年约二十六七岁，他身穿牛仔裤，牛仔靴，方格衬衫，还有一件穿旧了的棕黄色军上衣。衣袖上有个部队标志"金刚连1968—1970"。他虽瘦削，但挺结实，乍看上去好像很招人喜欢，甚至还颇英俊。他的日子平静而专注，他的微笑是真诚的，这种微笑会出乎意外地使他容光焕发。不过在这种微笑的背后隐藏着的却是生活给他带来的野兽般的紧张神情，主导这种紧张神情是神秘的恐惧感和孤独感。

> 特拉维斯像一个阴郁的幽灵一样同其他幽灵一起在纽约的夜生活中游荡，他已经同这种夜生活融为一体，你甚至难以立即认出他来，何况，又有谁要认出他来呢？

> 在他身上令人感觉到有一种无处发泄的性苦闷，有一股未被发现的、不可遏制的男子汉的精力。无人知晓这种力量会把他带往何处。然而钟表的发条不可拧得过紧，就像地球必然要绕着太阳转一样，特拉维斯·贝克尔不可避免地正走向残忍和暴力。

这段描述出现在影片开头，很简练地把主人公特拉维斯的身份（越战归来的退役士兵）、经历留下的创伤（恐惧和孤独）、苦闷可能会爆发的举动（残忍和暴力）以及内心的善良（真诚的微笑）概括出来，要求导演和演员在外形和面部表情上得到显示。这个人物一出场就让人感觉到是个带着故事的人，观众会很快对他产生印象，对他的命运和遭际开始了注意。当然编剧对人物的描述也不是很多的，人物形象是依靠剧情来逐渐呈现，而不是描述出来就行了。

编剧在剧本写作中大量的叙述语言是对剧情的推进，是关于人物行为的叙述。

3. 关于人物行为的描述

影视剧的镜头必须是运动的，镜头运动就产生了叙事。而运动镜头的核心是人，是人在镜头中演绎精彩的人生。写好人物的行动举止，人物之间的矛盾冲撞，人物内心情绪的跌宕起落，成了编剧主要的写作内容。

其次是场景里空间的变化，人的运动带来了空间的延伸和拓展，空间的变化也同时使故事的叙述有了更明确的运动。

所以对人物行为的描述，必须考虑人和空间两个主要元素。

如电影《罗生门》中砍柴人进山林偶遇一件凶杀现场的片段：

山路（A）

卖柴的走上山去。

肩头扛着斧子，腰里插着柴刀。

山路（B）

扛着的斧子的刃儿，在漏过树叶射下来的夏天的阳光下，一闪一闪地发亮。

林中（A）

萋萋的长草掩径，长得差不多一人来高。

卖柴的分开深草前进。

小鸟儿被人声惊起，飞向天空。

林中（B）

各种杂草的幼林。

到处都是杂草丛生的平地和灌木丛。

夏天的阳光，透过树叶儿撒成复杂的花纹，卖柴的在这花纹中走来。

卖柴的突然停下脚步。

灌木的小枝上挂着一顶漂亮的市女笠。

卖柴的取在手里很惊奇地看着，一会儿，仍旧挂在树枝，张大眼睛东张西望地慢慢地往前走去。

卖柴的又停了下来。

脚边有一段断绳。

卖柴的低头往下看着。

他抬起头来，细心察看周围。

前面两丈远的地方，草上有个什么东西在闪闪发光。

年轻女子用的一把漂亮的木梳。

卖柴的走近木梳那边去。

他愕然惊呆了。

两条僵直的人腿，从紧靠落有木梳的草边的一片幼竹丛中硬邦邦地伸了出来。

卖柴的着了魔似地狂奔。

气喘吁吁跑得满头大汗的脸。

在这个场景里，叙述语言简短而逐渐加速，构成沉静而紧张的节奏感。卖柴人走进荒芜的山林，是一个漫长而孤独的行走，剧本多次写到阳光漏过树叶落下来的光点，多次写到杂草丛生，以及多次写到卖柴人的脚步，三者构成这个场景的主要元素，而正是令人眩晕的阳光、空寂荒芜的丛林及单调孤独的脚步营造出紧张而恐怖的气氛，为随即出现的凶杀现场作了铺垫。同时这段描述是在一个很大的荒林里进行的，也正是有这么个大的空间，才让卖柴人的行走由平静到紧张、最后惊恐万状，为一个人物情绪的变化准备了足够的时间。

我们在进行这样的描述时要注意三点：其一，以人物为线索，别让这个人物在画面中消失了，人物才是带动空间的关键。其二，要考虑场面调度，由哪儿到哪儿。在上述例子里，场面由山路——萋萋的长草掩径——杂草丛生的平地和灌木丛——一片幼竹丛，表示山林越来越深。其三，要注意细节的描写。上述场景里写到漏过树叶的阳光，他不是单独写阳光，而是写"扛着的斧子的刃儿，在漏过树叶射下来的夏天的阳光下，一闪一闪地发亮"，后来又写到"夏天的阳光，透过树叶儿撒成复杂的花纹，卖柴的在这花纹中走来"。两次阳光的不同景象暗示开始行走的路，树叶不密集，后来路上的树叶则稠密了，前面的阳光只是刺眼，后面的阳光令人眩晕了。

再看电影《蓝》剧本中的一个场景：

医院，夜

朱丽从床上爬起来，她的动作犹豫不决，拿出桌上花瓶里的花束（很漂亮的蓝色花束）掂一掂手中的花瓶，够重的，走出病房。深夜，走廊里空荡荡的，可以看得见护士值班室灯光以及隐在一道光线后面的走廊拐弯，朱丽蹒跚地走过。看见一个护士正在打盹，她伏在一只装满各色药物的托盘上，朱丽拐到屋角，走过盥洗室，那是另一条走廊，尽头是玻璃窗，她走近窗户，很费劲地（因身上缠着石膏背心）摇晃着身子，把花瓶扔到窗外，打碎玻璃的响声。

朱丽躲进盥洗室，透过虚掩的门缝看到跑向窗口的护士。她从盥洗室出来，走进护士的值班室，四处打量，找到小药柜。药柜锁着。朱丽左顾右盼，发现托盘旁的一把小钥匙，当然啦，这肯定是小药柜的钥匙，朱丽打开小药柜，拿出一小瓶安眠药，倒出一大把药片。现在她不着急了，锁上小药柜，把钥匙放回原处。她听见护士急匆匆的脚步声，她后退到门边。护士跑进屋里，显得焦急不安，但没有发现朱丽。她拿起电话听筒，拨号，谈话声比平时稍高一点。

护士：请打电话给警察局，找洛依先生，有人打碎了二层楼走廊上的窗玻璃，请立即……

朱丽趁护士焦急不安的忙乱时刻，悄悄地从半开着的门里溜了出来,回到病房,躺在床上。不时能听到从走廊里传来的脚步声和喊叫声。然后,朱丽摊开汗津津的手掌,慢慢地把手伸向嘴边。我们似乎已经感觉到朱丽马上就会把所有的药片吞下去,然而她突然攥紧了拳头,按了按铃。护士出现了。

仍在激动不安的护士站在门口。

朱丽:进来。

护士走进来,朱丽向她展示她手心里的一把药片。

朱丽:我拿的⋯⋯然而我不能,我做不到。

护士小心翼翼、一片一片地把药收起来,朱丽没有瞧她一眼。稍后她睁开了眼睛。

朱丽:我打碎了走廊上的窗玻璃。

护士:这不要紧,会换新的。

朱丽:对不起。

护士向门口走去,打开了门,转身向着朱丽。

护士:我把门开着。

朱丽点点头。但是当护士离开后,她就起来并轻轻地关上了门。朱丽回到床上,把脸埋在枕头里,她的肩膀颤抖着;我们知道她在哭泣。小桌上的电话铃响了。朱丽没有反应。电话铃声响过几次就不响了。朱丽痛苦地哭泣着。

这段人物行为的描述中,出现了两个人,便有了人和人的关系,需要在叙述中对两个人分别的行为空间进行调度。朱丽设法打碎窗户玻璃引开护士注意偷走安眠药想自杀,然而下不了决心又将安眠药还给护士,关门哭泣。朱丽的行动路线是:病房——走廊——屋角,拐过盥洗室——另一条走廊尽头(打碎玻璃窗)——躲进盥洗室——护士值班室(偷走安眠药)——病房;护士的行动路线是:值班室(打瞌睡)——跑向窗口——值班室(打电话)——病房——离开。两人是在同一个空间里的,只不过是护士在朱丽的视线里,而护士只在最后才看到朱丽,并发现朱丽有意调开自己、背着自己做了一件很可怕的事。所以在这个场景里朱丽是被叙述的主线,叙述跟着她的行为展开,护士只是被动地受朱丽的行为影响而发生动作的。其次,这段叙述中写了人物的心理变化过程。影视影像对人物的心理路程是不能外化的,只能通过对白和神情,所以写作时要努力把对白和神情表述得准确和合乎内心波动。上述描述是恰如其分的。尤其细节的描写很是生动,很细腻。

还有群体的行为描述。请看电影《西伯利亚的理发匠》中的一个场景:

士官生们笔直地站立着，拉德洛夫将军从队列前走过。雪橇在一旁行驶。柯普诺夫还在说些什么，但是珍却专注地往队伍那边望过去，她在注意士官生们或者在看那个了不起的将军。

拉德洛夫（傲慢地）：莫扎特归莫扎特，士官生先生们，我也喜欢歌剧，但是要知道，还得考虑事业……

将军的目光和士官生波里耶夫斯基的目光相遇，将军的目光变得温和了，他几乎难以察觉地向那位士官生点了点头。波里耶夫斯基向他报以难以捕捉的微笑。福金上将恭敬地听着将军的训话，同时惊觉地审视托尔斯泰。站在第二排中间的托尔斯泰被纳扎洛夫和阿里别科夫的肩膀从两边紧紧夹住，托尔斯泰的脑袋微微摇晃着，似乎在寻找平衡，而惊奇的目光在将军那张漂亮的脸庞上徘徊。

拉德洛夫（继续地）：……尊敬的阿列克赛亚历山大洛维奇亲王大人能用一颗子弹把十戈比一枚的银币射穿，你们呢？你们，士官生先生们，对不起，连靶子都找不准，这是可耻的！最终，这不是爱国行为，每一颗从标靶旁边滑过的子弹都会射中祖国的脊梁！请记住这一点！上尉先生，把连队带回家吧。

福金：是，大人。全连向左转，齐步走。

踩实了的雪地上响起了连队清晰的脚步声。

福金：齐声唱。

突然发生了一件始料不及的事。在队伍的正中间，在还没来得及运气唱歌的连队上空，响起了托尔斯泰豪放的男中音。他放声唱起了费加罗的咏叹调。将军惊讶地四下观望。男中音被雄浑的连队合唱所淹没。纳扎洛夫、布图尔林、阿里别科夫和波里耶夫斯基瞪大了眼睛大声唱着军歌，竭尽全力压下同伴的歌声。连队走远了，将军最终也没明白发生了什么事。

这是一件很小的事，托尔斯泰喜欢莫扎特遭到将军的反对和训斥，几个士官生也遏制着托尔斯泰别顶撞将军，然而托尔斯泰却倔强地还是在队列里唱起莫扎特表示对将军的鄙视和不满。这一切，又都被刚刚经过的珍看到了。这也是一个伏笔，20多年后珍和托尔斯泰的私生子也因为莫扎特遭到了惩罚。

在这个场景中人员众多，我们在叙述时很难面面俱到，也不可能让所有人都出镜一一显示，所以场面调度更为重要。

一般地说，群体场景有两种情况，一种是人员众多但每个人在场景里的作用和地位均衡,没有特别需要显现的个人;另一种则有明显的侧重,众多之中存在一个或少数需要显现的人物。他(他们)和其他人则基本上形成"述说"的和"倾听"的,"被看的"和"看"的之间的关系。

上述的场景中,看似是将军在那里滔滔不绝,其实最后是托尔斯泰的"述说",而队列里的其他人和经过的珍及客人们都成了他的"倾听者"和"观看者"。厘清了众多人员之间的关系,明确这个群体场景的作用和目的,写起来就心中有底了。

二、人物语言

人物语言是剧本写作的一个重点,它在剧中分两种类型出现。其一是叙述者的语言,其二是剧中人的语言。叙述者的语言常常是画外音,剧中人的语言则通常和人物形象同时出现在镜头内。

1.叙述者的语言

影视剧作品的基本功能是讲故事,是叙事。因此它存在一位叙述者。叙述者是剧中的第一人物,他不讲,就没有故事;他怎么讲,故事就呈现怎样的状态。所以写好叙述者的语言很重要。

叙述者的声音奠定了一部影片的基调。叙述者是男性还是女性?他(她)的口音是否容易识别?你想让叙述者听起来有多大年纪?你希望叙述者带给观众什么样的感受?你希望叙述者的声音听起来是幽默、忧郁、漠不关心还是热情洋溢?即使是看不见的叙述者也具有一定的独特性,他是我们所听到的各种声音的一个组成部分,同时还要使他们在整体上平衡。

叙述者可以不在故事里,我们称他是非角色叙述者,他通常就是影视剧的作者本人,他站在一个较为客观、或故意以一个客观的旁观者身份来讲这个故事。

这样的叙述者很少,带有很明显的记录性,如同新闻纪录片。

还有的则是让故事由故事中的某个角色来叙述,我们称是角色叙述者,这就带有很明显的主观色彩,叙述者成为我们进入这个故事的引导。

影片《我的一九一九》是这样开始叙述的:

> 一组第一次世界大战结束的纪录片镜头:
>
> 镜头:西欧战场,对峙双方丢弃手中的武器,爬出战壕,冲过开阔的阵地,互相紧紧拥抱在一起。
>
> 镜头:巴黎街头,幸存归来的士兵们与他们的母亲、妻子、情人拥抱、亲吻。鲜花、热泪。

一个老人(顾维钧)苍凉的嗓音,平缓舒展,娓娓道来。

顾维钧(旁白):"经过漫长的四年,人们终于等来了和平。只有经历过那场战争的人,才能感受和平真正的含义。"

镜头:美国总统威尔逊的一组画面:到达法国马赛。下船。受到法国人民的热烈欢迎。在国会发表演说。他有张拉长的脸,蓝灰色的眼睛,戴眼镜,棕色头发,前额很高,耳朵特长,长长的下颚。

威尔逊发表演说的声音:"(英语)和平的基本原则是:一切国家在所有涉及权力或特权的事务中,都是真正平等的!"

画外传来听众热烈的欢呼声。

顾维钧(旁白):"美国总统威尔逊发表了著名的'十四条'宣言,提出废除秘密外交,战胜国不应要求割地赔款,建立维护世界和平的国际性组织。这对饱受战争灾难的人们来说,是最好的福音书。"

画外传来悠扬、伤感的手摇风琴的旋律。叠现一组战后巴黎街头的镜头:

镜头:街头踯躅的伤兵……

镜头:购买食物的长队……

镜头:街头吞咽食物的人们……

镜头:主妇们推着木制小方车到处找寻取暖的材料……

镜头:挤在电车踏板上上下班的人们……

萧条的巴黎!

在这个片段里,顾维钧以画外音的叙述揭开了故事的序幕。叙述者顾维钧是这部影片的主角,故事是关于他在1919年代表我国参加巴黎和谈的一段屈辱的历史。编剧选择他来讲述,有以下四个艺术思考:其一,顾维钧是本故事亲历者,由他自己来叙述这段亲历的往事,具有自传的性质。而且,顾维钧是当时驻美公使、代表团成员,他是个有身份的公众人物,有公信度。其二,由他讲述,则是确定了一个叙事角度,也是编剧所希望的,借用他的叙述来确定故事的主题走向、叙述态度和叙述方式。其三,便于塑造顾维钧自己的人物形象,尤其对顾维钧在这一历史事件中强烈的内心情感变化能有清晰的脉络展现,能激扬起观众的共鸣和思考。其四,巧妙地产生本剧结构的线索,能张合自如,把握节奏。

一般地说,以主要角色为叙述者,他(她)在剧中的作用就是上述例子所分析的那四个方面。

也有以次要角色为故事的叙述者,如影片《海上钢琴师》即是以小号手马克斯为叙述者,由他来讲述 1900 的传奇又悲情的经历。这样的选择,编剧的思考是:叙述者陪同主角经历了那段日子,即是这个故事的见证,他的叙述是可信的;叙述者同时成为了主角的陪衬,有利于塑造主角这个人物形象;他在剧中可以替代编剧表达对这个故事及故事中的人物的理解和评价,也对故事所要阐述的主题进行了演绎;再则,也起到了一个连贯故事的结构的作用。

那么,对剧中人物担任叙述者所出现的旁白(画外音)有哪些要求呢?

其一,必须清晰地体现叙述者的身份,他所具有的经历阅历、文化修养、阶级地位及年龄层次对他言语的影响,也应该考虑他的情感因素对叙述的影响,越带情感色彩的叙述就越能体现叙述者的个性和叙事的艺术魅力。

其二,叙述者的语言不宜多,一般是介绍和说服,提供故事的信息,赢得观众的认同和等待。凡是画面能够展示的和表现的,不应重复叙述,那只会引起观众反感。

其三,要融入故事,要有很智慧的叙述技巧。叙述者是个讲故事的人,他平铺直叙就不能引起观众的兴趣,因此在开始选择的时候就得考虑此人来叙述,会受人注意吗?他来讲述这个故事会讲得好吗?所以编剧在选择的时候,常常考虑这个叙述的人本身有很大的悬念,观众在对故事产生兴趣的时候,也出于对叙述者的命运产生了兴趣。而且也往往会是因为故事的叙述方式让观众产生了兴趣。

由剧中人担当叙述者,是影视剧的叙述艺术,近来不少编剧对此进行探索,不断提高影视剧的叙述能力和叙述技巧。

如在电影《苏州河》中,叙述者是一位摄影师,他又是剧中女主角美美的男友,他在影片中几乎没有露出过庐山真面目,我们只能从镜头里他的视角感觉到他的存在。他先叙述了和美美交往的经历,继而从美美口中听到了马达和牡丹的名字,于是就猜想马达和牡丹会是怎样的故事。在这个猜想出来的故事叙述中,用"后来呢,当然是爱情"、"让我想想……"等画外音来过渡,直接把马达和美美故事的编制痕迹告诉给观众,让观众去理解故事出现的用意。

2. 剧中人物对话

对话是人物之间的信息交流,是和人物的欲望、情感和行动相关,是表现人物性格的一个重要方式。在一部影视剧中,对话必须把故事的信息或事实传递给观众,它必须推动故事向前发展,它必须揭示人物,展现人物之间和人内心的矛盾冲突,以及展现人物的感情状况和性格的独特之处。

在日常生活中,谈话也是人物沟通的主要方式,因此在观看影视剧时,我们会很自然地期盼剧中人和我们有相同的沟通技巧,差别在于剧中人说话的技巧要比我们都好。编剧会在剧情里,让他们在恰当的时候说出正确的话。

而且最无法形容的焦虑,却构成最佳的对白。也就是说,最好的对白是角色说不出的——就像莎士比亚的名句形容的那样,是"来自人物内心深处的情绪",存在于所说的话的表面之下,是不易处理的心境。事实上,在每个场景中,即使是传达最单调平凡的解释性的信息,也会隐藏着角色不想告诉别人的事情,或是角色所害怕的事情。这就是潜藏在内心的恐惧,会给场景带来戏剧上的张力,并提供角色的启发和情节上的发展。

电影和电视剧对人物对话的要求各有不同,先谈电影中的人物对话。

在舞台剧中,对话被称为台词,是舞台艺术的核心元素。而在电影中,人物对话是受到控制的,尽可能少,凡是影像画面能表现的,就不用对话来表现。

罗伯特·麦基在《故事》一书中这么分析道:"大段对白和电影美学是对立的。一篇稿纸从上到下的一栏对白要求镜头定在演员的脸上听他讲完一分钟。你只要定睛看着秒针在表盘上走过整整六十秒,你就会意识到一分钟其实是很长的一段时间。在十到十五秒钟之内,观众的眼睛就会吸收尽所有具有视觉表现力的东西,之后镜头就会变得累赘多余,其效果就像是卡住了的唱片在一次又一次重复同一个音符,当眼睛厌倦了之后,它就会离开银幕,当它们离开银幕,你就失去了观众。"[①]

因此他认为:"只要能够创造出一个视觉表达,就决不要写对白。"而且他提议为眼睛而写作,"当对白在必须出现的时候到来时,它就会激发兴趣,因为观众渴望听到它。凸现于大片视觉形象中的简约对白更显得具有特色和力量。"

就此对话写作就更为困难。

对话写作需达到以下要求:

其一,符合人物身份,体现人物的生存状态。

什么人该说什么话,什么话该是什么人说的。影片中的人物都生活在自己的生存环境里,他的喜怒哀乐都有他自己个人的原因。他的话也只属于他自己。

如电影《阿飞正传》中,阿飞说了这么一句话:

> "我听别人说这世界上有一种鸟是没有脚的,它只能一直飞呀飞呀,飞累了就在风里面睡觉,这种鸟一辈子只能下地一次,那一次就是它死亡的时候。"

---

① 罗伯特·麦基:《故事——材质、结构、风格和银幕艺术作品的原理》,周铁东译,中国电影出版社 2001 年,第 457 页。

这话只能是阿飞说的,他是个弃儿,他的一辈子都在寻找,他很累。

同样也是弃儿,《海上钢琴师》中 1900 说了另外一段感人肺腑的人生告白:

> "陆地?陆地对我来说是一艘太大的船,一个太漂亮的女人,一段太长的旅行,一瓶太刺鼻的香水,一种我不会创作的音乐。我永远无法放弃这艘船,不过幸好,我可以放弃我的生命。反正没人记得我存在过,而你是例外,马克斯,你是唯一一个知道我在这里的人。你是唯一一个,而且你最好习惯如此。原谅我,朋友,我不会下船的。"

两人都说到了死亡,而不同的是阿飞在寻找,寻找无果他绝望了,想到了死。1900 自小在船上长大,船是他不能离开的地方,所以他是在坚守,坚守不了只能选择放弃生命。两段对白不一样的悲情,是和他们各自的成长经历和遭遇有关。

其二,对话还要表现人物特有的个人性格。我们要寻找和写出人物的性格化语言。

人物语言是刻画人物形象、展现人物性格的重要方面。我们常常记起电影中某句对话就很快联想起某个角色,也是因为对话的性格化留给我们的印记。

在电影《家》中,懦弱的觉新说话总是那么温和顺从,不敢大声嚷嚷,甚至在话里找不着自己想说的话,只有当和瑞珏独处时他才袒露自己的心声。

《红色娘子军》里的吴琼花,骨子里不屈服于压迫和奴役,打不死就要逃,让人感到像是直立的大树。

《日落大道》中,乔的独白使用了俗语和行话,显示了他的普通出身和无礼性格。

在《彗星美人》中,马尔戈的仆人表达直率,爱开玩笑,这和她的出身有关,也和她耿直的性格有关,她经常坦率得过火。

利用对话的各种可能性,也丰富人物的性格,因此要掌握人物在有意识和无意识状态下的表达方式,使对话产生最佳效果。

其三,对话要有动作性。

对话是人物动作的一种。所有对话都是某个具体场景内的对话,每一场景都承担着推动叙事的任务。

怎么能使对话具有动作性呢?我们在为人物提供对话时必须考虑三个问题:

"说什么"、"为什么说"、"怎么说"。

"说什么"是对话的内容,和情节有关,推动着情节的发展;"为什么说"是对话的动因,是人物内心需要获得的目的所趋势的;"怎么说"是说话的状态、动作和表情,而且也表现了说话的艺术。

三者之中,编剧最要紧的是必须明白这个人物"为什么说",这个人物说这句话想告诉对方什么还是想从对方获知什么?这个目的是不是十分迫切和必需?对他来说是不是会影响和决定以后的生活?这些都和我们的剧本中叙述的故事及即将出现的结果有关,所以明白了人物所要说的话的动因是写作对话的关键。

一个人和另一个人对话,目的不仅仅是表达自己,还想影响对方,对话中的动作性,恰恰就表现在这种影响对方甚至引起冲突的地方。

史雷格尔认为:"……对话不过是形式和最初的外在基础,如果剧中人物彼此间尽管表现了思想和感情,但是互不影响对话的一方,那么即使对话的内容值得注意,也引不起戏剧的兴趣。"[1]

劳逊也说:"说话也是动作的一种形式,抽象的或淡淡一般的感受或想法的对话是没有戏剧性的,话语描绘了或表现了动作,才有价值。由话语所表现的动作可以是回想的或潜在的——也可能陪伴着话语而来。"[2]

在电影《克莱默夫妇》的结尾有这么一段对话:

> 法庭已经把对儿子比利的抚养权判给了母亲乔安娜。乔安娜一早来到丈夫的住处接孩子,此处也是她生活了8年的地方。但是她没有上楼,而是打电话让前夫克莱默下来。电梯口处,乔安娜已经哭红了双眼。
>
> 克莱默:怎么了,告诉我发生了什么事?
>
> 乔安娜:我早上起来……(哽咽,很艰难地)一直在想比利……,我在想他早上在房间里醒来,会看见房间里我画的那些云。——我应该在家里画一些云,因为……他就会觉得是在自己家里醒来(乔安娜在原来的家里也画了云)。(她舒一口气调整情绪,继续说)我来这儿接孩子回家,但是突然发现这里才是他的家。(凝视泰德,深情,一字一句的)我非常爱他!
>
> 泰德拥抱住妻子,深深地。

---

① 引自《古典文艺理论译丛》第 11 册,229 页。

② 劳逊:《戏剧和电影的创作理论与技巧》,邵牧君、齐宙译,中国电影出版社 1989 年,第 198 页。

乔安娜在他肩头继续说：但是我不带走他了。

这段对话非常简单，如果只阅读对话本，不会明白画面上能出现什么景象，但是我们看到银幕上出现他们对话的动作和表情，便会被这场戏感动。乔安娜在法庭申诉中听到了她离家后克莱默怎样艰难地照顾了比利，他已经是一个负责任的父亲，对比之下，她深深感到自己不能对比利如此尽心尽责，克莱默这边才是比利真正的家。孩子的家不只是有钱物，更应是无比温暖和有和谐的亲情。乔安娜放弃了把孩子接回去的打算，她把自己的想法告诉克莱默，每一句话都围绕着目的：让孩子生活在"家"里。

对话要避免单纯的说明和交代。对话不仅是给对方说的，也是说给观众听的，单纯的交代毫无动作性，往往导致情节的停滞。当然，对话应该有说明和交代的功能，尤其是一些无法在剧情中用人物动作来表现的人物和故事的前史。但应当在特定的情境里通过动作性的对话来完成。

其四，人物对话还要符合场景的特定情境，在什么场合说什么话，见什么人说什么话。

人物一旦处于一种强烈的局势中，片言只语都会有很大反响。如果把人物放到有意思的情形中，他说的每句话都变得有意义起来。有些对话在这个场景里出现十分有意义，换一个场景出现也许就味如嚼蜡。所以对话所处的特定场景很重要。

其五，对话要有生活情趣。

现实生活中的对话总是出现笨拙的停顿和破裂，前言不搭后语，认真检验一下，遣词造句不合规范，不合理的推论，无意义的重复，而且很少清晰地说明了一个问题或得出了什么结论。但这都无伤大雅，对方还是能听明白，还听得很有反应。这是生活现象，用心理学家的话说，对话是保持人和人渠道畅通，是发展和改变人与人关系的手段。

银幕上的对话应该生活化，让观众感觉到身临其境，遇见了左邻右舍的人，听到了家长里短的话，对话必须要有日常谈话的形式，但是其对话内容要超越寻常的对话。

银幕对话要简短，以尽可能少的词句表达更多的内容，对话的每一次交流都不要重复。

例如有这么一段对话，某人对某人介绍李想说：

"七年前从美国留学归来的李想，曾经到处求聘而一直不能为人赏识，只得向银行贷款自立门户，开办了一家建筑设计工作室。而今

这家工作室在高手如云的上海一枝独秀,在李想主持下的建筑物设
计方案参加过十二场国际性竞标而且有三项胜出,在建筑设计界令
人刮目相看。"

在日常生活中,人们不会这样议论某个人,这样的语言拿来做银幕对话,
让观众感到不真实,不正常。应该是:"你说的是李想吧? 这小子厉害,七年前
从美国回来,还没人要呢。现在可是画建筑图纸,冒尖了。"

同样的形象拆解成一系列的结果简单、通俗易懂的短句,观众于是会一点
一点吸收。

而且,我们的人物对话要有生活情趣,不能公文式地平铺直叙。这就要设
计好对话在什么场景里进行,让生活的气氛加入到对话里来,使对话不再是对
话者之间封闭的事情。

如电影《不见不散》:

咖啡馆内

李清、刘元坐在窗前,刘元的手摸到咖啡杯,又去摸糖。李清替
他加了糖,刘元摸到勺,轻轻搅动咖啡。

刘元:"我记得这家咖啡馆的桌子是深蓝色的。"

李清:"对,是深蓝色的。"

刘元:"墙壁也是深蓝色的。"

李清:"对,墙壁是深蓝色的。"

刘元:"墙上挂了很多照片,都是黑白的。"

李清:"对,是黑白的。"

刘元:"窗帘是打着褶的白纱。"

李清:"对,是白纱。"

刘元:"阳光透过白纱映进来,使坐在窗前的人变得像羽毛一样
地柔和。我看见你像天使一样坐在我对面,你的脸在深蓝色的背景
下非常的美。"

李清轻轻地把手放在刘元的手上,"刘元,你变了。"

刘元凄然地一笑,自嘲地说:"是不是变得不会说人话了?"

李清:"不,变得安静了,清澈了。"

刘元:"能评价一下原来的那个刘元吗?"

李清:"其实,我一直对你的印象挺好的,你人很乐观,而且鬼主
意也多,有点淘气,其实你是个讨女孩喜欢的人,虽然你说话很刻薄,

可你心底还是很善良的,也对我很好。只是因为几次都赶上背运的事,而且把我搞得一次比一次狼狈,我是真的怕,不知道还会发生什么,所以才离开你,躲起来不敢见你。"

刘元:"看来你是对的,我的确是个克星,把自己也克了。现在的刘元是个瞎子是个废人,"

李清安慰道:"你不应该这么想。"

刘元:"那我应该怎么想呢,难道我还能像一个正常人一样去憧憬什么,去追求什么吗?我的眼前一片漆黑,只有在梦里我才能见到光明,回到阳光灿烂的记忆里,有几次我梦见了你,你如此清晰地站在我面前,使我激动不已,一旦惊醒心如刀绞,我拼命想看见哪怕是一丝光亮,可我只能用听觉去想象。"

李清无言以对,默默地凝视着刘元,两只手摆弄着刘元的手指。

李清的声音:"你的指甲长了,待会儿我帮你剪了,以后我会经常去看你。"

刘元抽回自己的手:"不用,那样我会更痛苦,你能陪我说说话,我已经很感激了。上次分手后,我一直很不放心你,心里像忽然有了牵挂。现在知道你还栩栩如生地活着,我也就放心了。"

李清被他的话逗笑了,嗔怪地:"你是有点儿不会说人话了。"

刘元也凄然地笑了。

李清又说:"我已经拿到绿卡了,现在在一家花店做送花使者,我喜欢敲开陌生人的门时,他们看到花的那种表情,如果我挣够了钱我一定开一家自己的花店。"

刘元:"能替我送一束花给你吗?"

李清望着刘元说:"我应该送花给你,你喜欢什么花?是红色的还是蓝色的?对不起我忘了你看不见。"

刘元:"没关系,我可以闻,眼睛看不见嗅觉就发达起来。"

这时一个金发碧眼的美国女孩走过来,从他们身边走过时,刘元不自觉地朝美女的方向偏了偏头。

李清像突然感觉到了什么,说道:"咱们走吧。"忽然又说:"这是谁的钱包掉这儿了。"

刘元脱口而出:"哪儿呢哪儿呢?"他忙不迭摘下墨镜,眼睛在地上搜寻,发现自己上了李清的当,抬起头来望着李清,惊讶地:"我又能看见了。"

李清面无表情地看着他。

刘元:"是你让我看见光明,这是爱情的力量。"说完自己也不好
意思地笑了。

刘元假装失明,和心中情人李清"偶然"相遇于咖啡馆。刘元借这样的伪
装想让李清明白自己的爱情。这本是一个喜剧片段,喜剧因素就出现在对话
里。场景开始的部分,刘元利用对咖啡馆的描述,营造了一个温馨的对话环
境,随后说:"阳光透过白纱映进来,使坐在窗前的人变得像羽毛一样地柔和。
我看见你像天使一样坐在我对面,你的脸在深蓝色的背景下非常的美。"这段
话很书卷气,文雅而浪漫,本不像日常生活的对话,但是前面有了对话环境的
描述,把人物放到有意思的情形中,他说的每句话都变得有意义起来。李清果
然被感动了:把手放在刘元手上。爱情的表白很成功,就在此时,刘元露馅了,
李清再作试探,刘元被揭示,真相大白,刘元的瞎眼是故意装的,刘元最后也只
好解嘲地说:"是你让我看见光明,这是爱情的力量。"观众会会心地笑,不会对
刘元有所责怪,反而会觉得他可爱。这都因为他的话充满了情趣。

还有独白。独白也是人物语言,只是不应该出声的而出声了。

独白原是戏剧舞台上出现的一种台词,是把人物的内心感情和思想直接
倾诉给观众的一种艺术手段。往往用于人物内心活动最复杂的场面。

独白分为两类:一类是说明性的,解释性的,用来叙述曾经发生过的事情,
几乎没有动作性;另一类是"思想的形象化",或者是有声音的思考。这类独白
运用得好,有利于充分表达人物的内心活动和冲突,起到推动情节发展的
作用。

在电影中,人物独白就不能像舞台上那么表露,那会非常假。因此一般处
理成画外音,和画面里的人物构成对应。

如影片《蝴蝶梦》,片子在"我"的独白里开始:

"昨夜,我在梦里又回到了曼德利,我好像站在铁门前停了一下,
被铁门阻拦着不能过去,路被隔断了……"

画面中,镜头也同时在铁门前停下。

画外音继续着:"像所有的梦中人一样,我突然产生了一种神奇
的力量,像一个精灵似地穿越了前面的障碍。"

镜头推进,从铁门的栅栏穿进去,有光亮照着大路,昔日的大路
两旁已长满了野草……这样,随着不停息的画外音,一组摇晃镜头前
行着,如在梦中挨近了一个被烧成一堆废墟了的曼德利庄园。

这里,独白也替代了叙述者语言,有着交代说明的作用,但也因为包含着人物强烈的内心情感,是不能不说的心灵语言,这就和叙述者语言有所区别。

影片中也有表现内心活动和冲突的独白,但不多,一般的能用人物表情、动作和对话来表述的,就不用独白。

也有用出声的方式来表示内心独白,使独白借壳而出。

如《一个陌生女人的来信》中,女主人公用最后的一封信把积压心底的情感倾诉在对方面前:

> "……你从来也没有认识过我。我的儿子昨天死了,为了这条幼小的生命,我和死神搏斗了三天三夜。在他身边坐了足足四十个小时,此刻,他那双聪明的黑眼睛刚刚合上了,他的双手也合拢来,搁在他的白衬衣上面,现在在这个世界上我只有你一个人,而你一无所知。你从来也没有认识我,而我要和你谈谈,第一次把一切都告诉你。我要让你知道,我整个的一生一直是属于你的,而你对我的一生一无所知。要是我还活着,我会把这封信撕掉,继续保持沉默,就像我过去一直的沉默一样。可是如果你拿到这封信,你就会知道,这是一个已死的女人在这里向你诉说她的身世。看到我这些话,你不要害怕。一个死者别无乞求,她既不要求别人的爱,也不要求同情和慰藉,只对你有一个要求,那就是请你相信我所告诉你的一切,请你相信我所说的一切。这是我对你唯一的请求。一个人在自己独自死去的时刻,是不会说谎的。"

在影片《一一》里,奶奶去世了,——在她中风卧床的时候被要求和她说说话,他说不出口,觉得没话好说。待奶奶死了,他觉得很想跟她说话,于是他站在遗像前面把自己写的内心话说了出来:

> "婆婆,对不起,不是我不喜欢跟你讲话,只是我觉得我能跟你讲的你一定老早就知道了。不然,你就不会每次都叫我'听话'。就像他们都说你走了,你也没有告诉我你去了哪里,所以,我觉得,那一定是我们都知道的地方。婆婆,我不知道的事情太多了,所以,你知道我以后想做什么吗?我要去告诉别人他们不知道的事情,给别人看他们看不到的东西。我想,这样一定天天都很好玩。说不定,有一天,我会发现你到底去了哪里。到时候,我可不可以跟大家讲,要大

家一起过来看你呢？婆婆，我好想你，尤其是我看到那个还没有名字的小表弟，就会想起，你常跟我说：你老了。我很想跟他说，我觉得，我也老了……"

这样的独白处理也许更能让观众明白人物的内心情感，独白袒露的方式本身就具有动作性，具有感染力。

3. 非对话语言

人物的表达方式非常广泛，一个沉默、一个眼光、一个手势、一个表情，都可以比一个对白有更深的意思。一个写得好的剧情能让观众清楚地看出人物的思想活动，就像听到人物的话一样。人物说出来的，往往只是内心活动的一部分，我们设计对话，要求尽可能地让观众感知那些对话里没说出来的内容。这就是潜台词的意义和价值。譬如即将离婚的夫妇回家见面却发生了一场关于晚饭的争吵，好像和情感破裂无关，但是在争吵中我们能听出其中潜台词不是菜做咸了还是碗没摆好，而是这对夫妇遇上了情感问题——说话的语气和对争吵对象的无所谓证明了这一事实。不要直接说出彼此的感情冲突，而是更微妙些（剧作技巧更高明），把真正的含义隐藏起来，使这些时刻富有含义的不是他们谈论的东西，而是他们没有谈论的东西。

潜台词是对话的第二层次，如果用得得当，可以减少对话，从而使对话具有更强的力量。电影对话的最大特点，就是尽可能简明扼要，用最少的词说明问题。如果担心观众看不明白，把本可以用非对话语言表示的意思也用对话说了出来，势必显得罗嗦多余，也失去了影视影像的魅力。

潜台词是电影的非对话语言。潜台词是场景、段落或剧本中藏于表面之下并体现真正实质的东西。

潜台词分两个类别：

一是话中话，话中有一层意思是包含在说出来的话之中的。

还有一类是，没说出的话包含在一个眼神、一个手势、一个动作或一个沉默之中，尽在不言中。

我们要运用叙述语言、对话语言和非对话语言来表述故事、刻画人物、推动情节朝着我们的写作目标前进。三者语言要协调一致，互为补充，让每一种语言都恰到好处。

电影《日落大道》的原稿有这么一段除夕之夜的场景，这是剧中的一个重要转折：

在探戈的音乐声中，乔走下楼梯进入接待厅。独白："她为我和

第八章　影视剧的文学改编

如果意识到《祝福》、《芙蓉镇》、《卧虎藏龙》、《阿凡达》以及《潜伏》等电影或电视剧都是由小说改编的，如果在互联网上轻易看到"最佳改编电影名单"之类的信息，那么，我们便会承认，由文学作品改编的影视剧举足轻重。有一位美国影视学者曾经做过统计，"获奥斯卡最佳影片奖的影片有85％是改编的。电视台每周播放的电视影片45％是改编的。而获得艾美奖的电视影片有70％选自这些影片。83％的电视系列剧是改编的，而获得艾美奖的电视系列剧有95％选自这些作品。在任何一年里，最受注意的电影都是改编。"①中国的状况，只要去看看张艺谋和冯小刚的电影就会明白，与国外相差无几。

影视剧如此青睐或者说倚重文学作品，其中蹊跷可从艺术创作与商业运营的双重角度得到解释。

无论是生活在好莱坞奢华环境中的电影人，还是在物质上捉襟见肘的中国编剧们，其所体验的幸福与痛苦都是有限的，然而观众却需要更多。现有的影视作品的题材是如此广泛，从欧洲的十字军骑士到中国的内战英雄，从日本艺伎到美国总统，几乎涉及了人类的一切困境。这无疑是受赐于文学的宝库。杰出的文学著作感染着人类，给影视人提供源源不断的创作灵感，据此改编早已是影视创作不可或缺的门径。

对于那些满脑袋生意经的影视公司老板来说，没有什么能比成功作家的小说尤其是畅销书更有魅力，因为在据此改编成电影之前，广告效应早已形成，接下来的商业风险微乎其微，他们只需告诉观众哪部影片中的明星比作家本人更有型，就可坐收票房了。但是对于编剧导演来说，改编却不那么简单，因为影视改编绝非是比写小说或剧本原创次一等的艺术，它也是一种创作。

---

① L.西格尔：《影视艺术改编教程》，《世界电影》1996年第1期。

第一节　改编是再创造艺术

一、什么是文学改编

　　广义上的"改编",泛指由文学著作到影视剧本、导演与制作的整个改编过程。由于改编活动首先从编剧着手,剧本是改编的核心。因此,通常所谓改编,是指将一部文学作品的题材、故事和情节改编成一部电影或电视剧本。美国奥斯卡电影奖项中分设"原创剧本奖"和"改编剧本奖",其用意不言自明。本书谈改编原理,将侧重从剧作的角度。

　　从改编对象上来说,小说尤其是畅销书的改编占了绝大多数;由话剧改编成电影,数量不多,且成功者很少;根据旧作重拍(翻拍),也属于改编的范畴,但人们很少会关注二者的依存关系。本书谈文学改编,侧重于小说的改编。

　　尽管从文学到影视的改编方式五花八门,但是似乎有一个心照不宣的规约:承袭原著的题材、保留原著的形象体系。西班牙天才导演卡洛斯·绍拉的《卡门》,将梅里美的小说《卡门》与比才的歌剧《卡门》糅合在一起,放入一个经典的"套层结构"中,讲述一对异性舞者的狂恋故事,改编虽大,但仍然未完全脱离原著的形象体系,仍然是有关一个美丽、不羁的性感精灵的故事,还应该算是改编作品。而有一些影视作品能否算作改编,则难以界定。比如法国导演戈达尔的《名字:卡门》,把小说《卡门》置换成一个发生在现代大都市巴黎的爱情故事,故事中的人物已失去原著中的影子。这种只从原著中提取一个"意念",而完全脱离原著的形象体系的做法,日本的黑泽明多有尝试,在最近几年的中国电影中也有所见,比如张艺谋的《满城尽带黄金甲》(取意于曹禺的《雷雨》)以及冯小刚的《夜宴》(取意于莎士比亚的《哈姆雷特》)。有学者指出,"原著的形象体系——这是原著作为一件艺术作品的基础所在",脱离了这个基础的另样叙述,不能叫改编。我们也认为,将这样的作品称之为改编,乃是出于商业宣传的考虑。鉴于此,下文谈到改编原理时,将会避开这类非严格意义上的所谓"改编",因为它们一点也不适用于通常的改编原则。

　　在电影史上,改编作品出现得很早。1902 年,法国的梅里爱拍摄的电影《月球旅行记》就是根据儒勒·凡尔纳和威尔斯的同名小说改编的。这部被称为西方第一部改编影片距离电影诞生时间(1895 年)仅仅七年。在 1914 年的中国,第一代电影导演张石川将当时颇受观众欢迎的文明戏《黑籍冤魂》搬上了银幕,成为中国电影史上的第一部改编影片。电影人迫不及待地从小说和

1. 语言转换

许多人认同这样的说法,相比起小说,电影存在先天的局限,无法达到小说的深度与广度。诸如摄影镜头只能记录事物的表面,电影不能进行分析和隐喻,不能表达复杂的心理活动和内在关系等表述,强调了两种艺术形式的差异,无形中助长了一种无谓的优劣争执。实际上,电影艺术家们的实践已经表明,运用不断探索出来的独特的手法,电影能够弥补语言上的上述局限,表现出丰富的叙事潜力,并不逊色于文学。

由文学著作改编成一部影视作品,语言上的转换是通过摄影机镜头、表演、布景、灯光和音乐来实现的。就剧本改编而言,它需要改编者了解两种艺术语言的实质性区别,运用视觉与听觉的形象思维与蒙太奇语法,借助于造型性的具象语言进行写作。这涉及影视剧本创作的基本功。鉴于改编者都应该是掌握了基本功的人,在此无需赘言。不过,以下几位前辈艺术家的话是值得永远牢记的。

中国电影导演张骏祥在《关于电影的特殊表现手段》一书中说:"在电影里,与在小说里不同,作者也不能挺身而出,对人物的思想感情加以描绘,替观众对这个人物作出评价⋯⋯没有直接的视觉听觉感受,形象就会落空。像这样的写法在电影里可以说是犯忌的:'不平凡的道路上走着一个不平凡的人','他到处都遭到冷淡和歧视','他是一个从小被母亲的溺爱所宠坏的怯懦的人'。因为这样的语句是没有办法翻译成具体形象,出现在银幕上的。当你要使观众体会到某人是怯懦时,你必须通过这个人的一些具体活动,使观众一望而知其为怯懦;你说一个老婆子是个孤独的人,你必须能够在银幕上通过具体事件表现出她是怎样的孤独。"①

苏联电影大师普多夫金说:"必须经常记住这一事实,即他们所写的每一句话将来都要以某种视觉的造型的形式出现在银幕上。因此,他们所写的字句并不重要,重要的是他的这些描写必须能在外形上表现出来,成为造型的形象。"②

日本著名导演黑泽明也说过:"一部好的剧本,很少有说明性的东西,要知道,用种种说明来代替描写这种偷懒的办法,是写剧本时最危险的陷阱。说明某种场合的人物心理是比较容易的,但是通过动作或者对话的微妙变化来描写人物心理却要困难得多。"③

---

① 张骏祥:《关于电影的特殊表现手段》,中国电影出版社 1981 年,第 7 页。

② B. 普多夫金:《论电影的编剧导演和演员》,中国电影出版社 1980 年,第 32 页。

③ 黑泽明:《电影杂谈》,《电影艺术译丛》1981 年第 1 期,第 12 页。

　　2.意义的转换

　　意义是依附于语言而生的。电影弥补语言上的某些局限而呈现出强大的感染力,主要是通过独特的手法和表意元素。英国克莱·派克曾指出,通过来自于一个共同的文化背景中的视觉与听觉符号,希区柯克能将象征和隐喻的作用包含在电影中;约翰·福特、特吕弗、威尔斯等人借助于细节、空间、光影和音乐的手段,深入表现人物的内心状态。电影还可以建立多重视点,表现那些叙事复杂的小说中的深刻主题。

　　电影在手法上日益创新,在丰富性与灵活性方面越来越接近小说(当然电影也直接从小说中借鉴了不少叙事手法)。从这一趋势来看,文学与影视的转换途径被不断拓宽,文学改编的对象将不再像以前那样被严格限定。

第二节　改编方式

一、改编观念的变化历程

　　改编观念的讨论源自早期的电影评论家与理论家。它虽然是个学术问题,但却直接影响着创作实践。

　　改编观念的核心问题是如何处理原著与改编作品的关系。在第二次世界大战结束之前,当电影处在向文学吸取叙事艺术的初级阶段时,改编观念停留在对文学名著作图解上。将小说与戏剧中的人物与主要情节片段根据"人为安排场景"的原则,重写成剧本并拍摄成电影,这就是改编的全部。法国人梅里爱以及他的同胞卡普拉尼的文学改编活动属于此类。后来,随着格里菲斯对电影手法的探索、爱森斯坦与普多夫金对电影蒙太奇的研究,电影人虽然充分认识到电影自身的艺术属性,但在改编观念上没有大的飞跃。

　　第二次世界大战之后,电影改编的传统在延续,但在如何看待原著与改编作品的关系上,原有的观念开始松动,逐渐呈现出多元开放的趋势。匈牙利著名的电影理论家贝拉·巴拉兹提出,电影改编就是"把原著仅仅当成是未经加工的素材,从自己的艺术形式的特殊角度来对这段未经加工的现实生活进行观察,而根本不注意素材所已具有的形式。"[①]这是最早的自由改编的观念。后来西方的很多学者都采纳或发挥了他的观点。如美国的乔治·布鲁斯东(著有《从小说到电影》)、杰弗里·瓦格纳、约翰·劳逊等。瓦格纳把好莱坞早

---

　　① 《艺术形式和素材》,《电影美学》1952年伦敦版,中国电影出版社1982年版。

期电影力图再现一部小说的"移植式"改编称之为"最不能令人满意的方法"。①

法国的电影美学家安德烈·巴赞则代表着另一派观点，即崇尚把原著几乎原封不动地转现在银幕上。克拉考尔也倾向于忠实的改编，他从"电影是物质现实的复原"这一命题出发，强调了从小说到电影改编的局限性，认为只有适合于用物质现实再现的小说才能达到"电影化的改编"，而侧重内心现实的小说则容易导致"非电影化的改编"。

苏联的电影理论家在讨论改编问题时大都认为，照搬原著的外部情节不能保证改编的成功。波高热娃认为，改编不能脱离新的时代精神，而在引入新的意识形态和世界观的同时，原著的形式必然要受到改造。《这里的黎明静悄悄》原著兼电影剧本改编者的瓦西里耶夫倡导"创造性的改编"，指出改编不是复述与转述，而是一种阐释。"改编的影片并没有与原著对立，但它不可避免地要删去一些东西，同时又做一些补充，产生一些新东西。"对于那些声称将原著一丝不差地移到银幕上的人，他认为，"这种立场是真诚的、高尚的，但却是想入非非的，成效甚微，没有独创性。"②

新中国电影改编观念深受夏衍先生的影响。20世纪五六十年代，夏衍先生紧密结合电影改编实践，发表了一系列改编理论文章。他十分强调"忠实于原著"，提出改编文学名著必须"忠实于原著"、"不伤害原作的主题思想和原有风格"。同时他又提倡在忠于原著的前提下，根据时代和政治的需要，"改编者用自己的观点加以补充和提高"。此后，"忠实于原著"成为中国电影电影人信奉的首要原则。从80年代中期开始，随着"第五代导演"的崛起，改编者更加注重自己的主观感受，并勇于传达自己独特的审美观念。中国改编观念的真正分化出现在90年代以后。市场经济体制的深化，伴随着大众文化的勃兴，影视创作在艺术与商品的双重考量中前行，电影与电视面对票房与收视率的巨大压力。这一切迫使改编理论作出回应。后现代主义思潮则为改编观念的分化提供了理论依据。"忠实于原著"的准则虽然未被从根本上颠覆，但改编态度与手法更加灵活。尤其是在对待文学经典的态度上，不再像过去那样将经典视为神圣，戏说甚至有意颠覆经典的尝试也时有出现。

随着文学强势地位的式微、影像阅读时代的来临，21世纪的影视创作实践已经表明，文学改编的自由度发生了前所未有的变化，似乎以往学者们总结

---

① 《改编的三种方式》，《小说和电影》，美国大学联合出版社1975年版，转引自《世界电影》1982年第1期。

② 《作家和电影》，转引自《世界电影》1983年第3期。

的所有"清规戒律"都将面临"作茧自缚"之讥。这对于影视艺术自身的发展而言,或许是个好事。

二、改编方式

文学改编没有公式,也不存在一成不变的方法。我们只根据以往成功的改编作品进行一些总结,而不轻言原理、规则。改编是艺术创造,而艺术贵在创新。

我们在探讨改编问题时,首先是从改编作品与原著的对应程度入手的。对应有如下几个方面,即叙事的总的进程、主要人物的特征、环境气氛、中心思想以及原著的风格等。

在电影史上,改编作品的情形千差万别。依据改编作品与原著的对应程度,从中可以归纳出几种主要的做法。

1.改良法

这种最常见的做法的特点是,尽量忠实于原著的故事情节与中心思想,先把原著作为一份详细的故事梗概,然后从小说中"要人物、要情节"(巴赞语)。当改编者这样做的时候,原著中叙事的进程、主要人物的特征、环境气氛、中心思想乃至风格都被谨慎考虑,但原著的完整性并不显得特别重要。也就是说,对原著不是逐段逐篇地转现,而是有所改动。

需要说明的是,由于改编意味着两种艺术形式的转换,不可能存在文学翻译那样的对应关系,改编必然要改动原著。只是符合这一种方式的改编作品显得特别谨慎罢了。电影长度比较适应中篇小说,所以对于中篇小说的改编会较少改动。对于短篇和长篇小说的改编,则会作较多的改动。改动除了人名、地名、具体环境等细小内容,主要涉及以下具体做法:

(1)节选

节选是指从原著中选出相对完整的一部分加以改编。这一部分只涉及原著中的个别人物,或者个别人物的某一重大行动。也就是说,节选的部分在人物角色、场景、事件上较为统一集中。节选对象一般是长篇小说,在篇幅上,节选部分只占原著的较少比例。这种做法虽然放弃了原著中的很多内容,但是对于所选的部分则尽量对应原著。比如,国产电影《林冲》和电视剧《武松》是从古典文学名著《水浒》中节选的。动画片《大闹天宫》是从《西游记》中节选的。

(2)删减

作为对原著的改动,包括两方面。首先是将原著中不适合视听语言表达的文字删除,比如大量议论性、说明性的文字以及内心描写。请看谢晋编导的电影《芙蓉镇》对于古华原著的改动。

【原著】

近年来芙蓉镇上称得上生意兴隆的,不是原先远近闻名的猪行牛市,而是本镇胡玉音所开设的米豆腐摊子。胡玉音是个二十五六岁的青年女子。来她摊子前站着坐着蹲着吃碗米豆腐打点心的客人,习惯于喊她"芙蓉姐子"。也有那等好调笑的角色称她为"芙蓉仙子"。说她是仙子,当然有点子过誉。但胡玉音黑眉大眼面如满月,胸脯丰满,体态动情,却是过往客商有目共睹的。镇粮站主任谷燕山打了个比方:"芙蓉姐的肉色洁白细嫩得和她所卖的米豆腐一个样。"她待客热情,性情柔顺,手头利落,不分生熟客人,不论穿着优劣,都是笑脸迎送:"再来一碗? 添勺汤打口干?""好走好走,下一圩会面!"加上她的食具干净,米豆腐量头足,作料香辣,油水也比旁的摊子来得厚,一角钱一碗,随意添汤,所以她的摊子面前总是客来客往不断线。

"买卖买卖,和气生财。""买主买主,衣食父母。"这是胡玉音从父母那里得来的"家训"。据传她的母亲早年间曾在一个大口岸上当过花容月貌的青楼女子,后来和一个小伙计私奔到这省边地界的山镇上来,隐姓埋名,开了一家颇受过往客商欢迎的夫妻客栈。夫妇俩年过四十,烧香拜佛,才生下胡玉音一个独女。"玉音,玉音",就是大慈大悲的观音老母所赐的意思。一九五六年公私合营,也是胡玉音招郎收亲后不久,两老就双双去世了。那时还没有实行顶职补员制度,胡玉音和新郎公就参加镇上的初级社,成了农业户。逢圩赶场卖米豆腐,还是近两年的事呢。讲起来都有点不好意思启齿,胡玉音做生意是从提着竹篮筐卖糠菜粑粑起手,逐步过渡到卖蕨粉粑粑、薯粉粑粑,发展成摆米豆腐摊子的。她不是承袭了什么祖业,是饥肠辘辘的苦日子教会了她营生的本领。

"芙蓉姐子! 来两碗多放剁辣椒的!"

"好咧——,只怕会辣得你兄弟肚脐眼痛!"

"我肚脐眼痛,姐子你给治?"

"放屁。"

"女老表! 一碗米豆腐加二两白烧!"

"来,天气热,给你同志这碗宽汤的。白酒请到对面铺子里去买。"

"芙蓉姐,来碗白水米豆腐,我就喜欢你手巴子一样白嫩的,吃了好走路。"

"下锅就熟。长嘴刮舌,你媳妇大约又有两天没有喊你跪床脚、扯你的大耳朵了!"

"我倒想姐子你扯扯我的大耳朵哩!"

"缺德少教的,吃了白水豆腐舌尖起泡,舌根生疮,保佑你下一世当哑巴!"

"莫咒莫咒,米豆腐摊子要少一个老主顾,你舍得?"

就是骂人、咒人,胡玉音眼睛里也是含着温柔的微笑,嗓音也和唱歌一样的好听。对这些常到她摊上来的主顾们,她有讲有笑,亲切随和得就像待自己的本家兄弟样的。

的确,她的米豆腐摊子有几个老主顾,是每圩必到的。

首先是镇粮站主任谷燕山。老谷四十来岁,北方人,是个鳏夫,为人忠厚朴实。不晓得怎么搞的,谷燕山前年秋天忽然通知胡玉音,可以每圩从粮站打米厂卖给她碎米谷头子六十斤,成全她的小本生意! 胡玉音两口子感激得只差没有给谷主任磕头,喊恩人。从此,谷燕山每圩都要来米豆腐摊子坐上一坐,默默地打量着脚勤手快、接应四方的胡玉音,仿佛在细细品味着她的青春芳容。因他为人正派,所以就连他对"芙蓉姐子"那个颇为轻浮俗气的比喻,都没有引起什么非议。再一个是本镇大队的党支书满庚哥。满庚哥三十来岁,是个转业军人,跟胡玉音的男人是本家兄弟,玉音认了他做干哥。干哥每圩来摊子上坐一坐,赏光吃两碗不数票子的米豆腐去,是很有象征意义的,无形中印证了米豆腐摊子的合法性,告诉逢圩赶场的人们,米豆腐摊子是得到党支部准许、党支书支持的。

【剧本】

石板街"胡记"老客栈门口(春、日)

长长的石板街,"胡记"老客栈门口——胡玉音、黎桂桂的家门口,他俩正在忙碌着,许多人在吃米豆腐,人声嘈杂,非常热闹。

"芙蓉姐子! 多放点剁辣椒!"一个顾客盯着她的手看。

"好咧——,只怕会辣得你兄弟肚脐眼痛!"

胡玉音的手利索地往碗里放着红的辣椒、青的葱花,白嫩的手指,又那么灵巧。

"我肚脐眼痛,姐子给治治?"

"放屁。"胡玉音骂人的嗓音也和唱歌似的好听。

又走来几个中年男子,看着胡玉音:"女老倌,一碗米豆腐加二两白烧!"眼睛不由得向她身子看去。

胡玉音那动人的体态、丰满的胸脯。她盛上满满一碗端给客人:"同志,给你碗宽汤的。白酒请到对面铺子里去买。"

"芙蓉姐,你这白水米豆腐做得真好,像你手巴子一样白嫩。"

"长嘴刮舌的,你媳妇大约又有两天没喊你跪床脚、扯你的大耳朵了!"

"我倒想姐子扯扯我的大耳朵哩!"

"缺德少教的,吃了白水豆腐舌尖起泡,舌根生疮,保佑你下一世当哑巴!"

"莫咒莫咒,米豆腐摊子要少一个老主顾,你舍得?"

就是咒人,胡玉音眼睛里也是含着温柔的微笑,那被骂的,不但不生气,反乐呵呵的似乎浑身更舒坦了。

黎满庚、五爪辣带着两个孩子从街道一端走来。五爪辣在一个小摊上给孩子买蒜辣萝卜,黎满庚挤进米豆腐摊。

五爪辣回头不见黎满庚,也走到米豆腐摊前,见满庚一边笑着与胡玉音低声的亲切地谈话,一边帮她收钱,顿时醋意上来,将抱着的小女孩塞到黎满庚手里,牵着大女儿走了。

黎满庚抱着孩子苦笑。

可以明显看出,删减后的剧本在篇幅上大大减少,保留下来的都是适合视听造型(表演)的人物的动作描写。

其次,删减是将原著中的次要人物、次要情节舍弃,以便突出主要人物与主题。电影《芙蓉镇》删去了黎满庚与胡玉音的恋爱前史,也删去了文革"运动女将"李国香少女时代的荒唐私事。电视连续剧《红楼梦》,无论是旧版还是新版,都不可能显现原著中的所有人物。

删减不仅是舍弃原著中的某些具体文字,而且是浓缩和提炼。删减人物可能意味着人物的典型化,即把原著中许多同一类型的人物加以合并;删减情节可能意味着改善了节奏感、增强了视听冲击力,只保留了最能表现人物与主题的那一部分情节。为了适应影视剧单纯而简明的结构,对原著作删繁就简的改动是不可避免的。电影大师希区柯克曾说:"电影是把平淡无奇的片段切去后的人生。"这句话虽然不是专门谈文学改编的,但也完全适用于说明改编过程中的删减。

在这种改编方式中,节选与删减是最常用的改动做法,而很少"增加"。也就是说,它几乎不会增加原著中所没有的人物与故事情节。但可能会凸显某个人物,或将原著中的某一情节作合乎逻辑的细节扩张(短篇小说改编中常见),乃至进一步强化原著中已有的思想主题。

改编者按照这种方式创作时的主观意图是一致的,即最大程度地忠实于原著,但却不能保证最后的结果都一样。成功的作品做到了按照电影化的规范再现原著,并使电影与原著在神韵(思想、风格)上一脉相承,达到美妙的协调。比如吴贻弓的《城南旧事》、谢晋的《芙蓉镇》等。而失败的作品往往是机械地对应了原著中的人物情节,却没有把握到原著的神韵。被美国电影理论家杰·瓦格纳称为"移植式"的改编作品,应属此类。"影片被当成一本书的图解,而且影片的开头往往是翻开原书书页,这就更加强了这种效果。这种做法的最终结果是把古典小说简化成古典连环画册。"①这种被瓦格纳批为"最不能令人满意的做法",以美国好莱坞早期的大量改编电影为代表。

需要说明的是,这种改编方法的失败,不是出于创作者的主观动机,而是由于水平不够、力所不逮。至于那些在无意中歪曲了原著中的人物形象或思想主题的改编作品,亦属此因。改编者何曾想被戴上"不忠实于原著"的帽子?

2. 创新法

即保持原著叙事结构的核心,但对它进行了重新阐释,并在某种情况下进行了重新结构。这种改编方式不仅不把原著的完整性放在首位,而且会突破原著的主题框架。对于原著,既删减,又增改。如果对照原著,就会发现在前述各个对应方面都存在很明显的改动,包括故事情节与神韵,但仍保留了原著中的基本人物与情景。张艺谋早期的《红高粱》以及《活着》、姜文的《阳光灿烂的日子》、李安的《卧虎藏龙》等可算作成功的典范。吴宇森的《赤壁》、陈嘉上的《画皮》则言人人殊。

改编者对原著的改动,因了不同的个性风格而有很大差异。张艺谋的《红高粱》改变了莫言小说的故事框架,作为"先锋"小说的魔幻主义色彩也削弱殆尽,但却保留了第一人称的叙事技巧与基本的人物形象。原著中"礼赞生命与激情"的主题则以粗犷张扬的影像风格加以凸显。黑泽明的《罗生门》则是从小说家芥川龙之介的几篇小说中摘取人物与情节,合成了一部带有怀疑主义意味(为原著所无)的影片。西班牙天才导演卡洛斯·绍拉的《卡门》,在重新结构方面走得更远,他将梅里美的小说《卡门》与比才的歌剧《卡门》糅合在一起,放入一个经典的"套层结构"中,讲述一对身处现代社会的异性舞者的狂恋

---

① 《改编的三种方式》,转引自《世界电影》1982年第1期。

故事,人物与情节改动虽大,但仍然未完全脱离原著的形象体系与思想主题,仍然是有关一个美丽、不羁的性感精灵的故事。

这种改编方式从主观动机上讲,或许没有脱离"忠实于原著"的范畴,但造成的效果可能有天壤之别。成功者各有各的成功之处,不一而足;失败者虽难以定论,但有共同的一点,就是不被观众所认同。改编者充分尊重了自己对原著的主观感受,大胆地表达了自己非同一般的理解,但这些感受与理解肯定会与观众存在歧义,当改编明显改动了原著,争议就爆发了。所以,这是一种被许多具有创作个性的编导所采纳的方式,也是最容易招致非议批评的做法。

3. 因循法

即不但忠实于原著的故事情节与中心思想,而且忠实于原著的文字语言。法国导演罗贝尔·布莱松于1951年拍摄的《乡村教师日记》视为这一改编方式的代表作品。布莱松认为,一部真正伟大的小说的实质,是不能够从体现它的文字中抽离出来的,要忠实于原著就应该忠于它的文字。在影片中,牧师(主人公)在写日记的时候,画外音就把日记内容读出来。影片以风格化著称,大量画外音被作为讲述故事的主要手段。中国导演李少红的新版电视剧《红楼梦》,在改编风格上有类似之处。

这种改编方式所遭遇的主要非议是"过于文学化",但是安德烈·巴赞非常推崇该片的美学原则,认为这是完全与众不同的改编方式:在这里,改编不仅是用另一种语言对原著进行美学转换,而且是"通过影片强调小说的存在"(《乡村教师日记》与罗贝尔·布莱松的风格化,《电影是什么》),承认原著的超验性。他认为这种"非纯电影"是电影走向成熟和高级的标志。

需要指出的是,这种"极端的忠实",或者"把原著的完整性放在至高无上的地位"的做法,并不意味着对原著不加任何改动。布莱松在最初改编天主教作家乔治·贝尔纳诺思写于1936年的同名日记体小说时,表示要逐页逐篇甚至逐字逐句地表现原书内容。但这只是幌子,是对这部影片风格化的标榜而已,因为最后的影片还是采取了删减的做法。

上述三种改编方式之间的差异虽然很大,但是,它们都应算作是忠实于原著的改编方式。因为它们尊重原著,并且坚守住了一点:保留了原著的形象体系。我们还能从作品中找到原著中基本的人物形象。

有些学者认为还有一种"最不忠实于原著的改编方式"。指的是这样一种创作方法,编导从一部文学著作中得到了某种启示或者说是创作的诱因,而编写了一个近似的故事,但却完全脱离了原著的形象体系。戈达尔的《卡门》、冯小刚的《夜宴》、张艺谋的《满城尽带黄金甲》应属此类。它们是与原著几乎毫不相干的另一部艺术作品。

"最不忠实于原著的改编方式"这一表述本身是有逻辑缺陷的。因为作为一种创作方法,它不能(也不愿)遵从基本的改编规则。既然如此,也就不存在改编问题。如果作品是一个与原著的形象体系完全不相干的故事,那么它就不是严格意义上的改编作品。这样的作品可冠以向某部文学作品"致敬"的名号,但若宣称是改编作品,反倒构成对另一部艺术作品的大不敬。对于观众也是一种欺骗。

因此,本书中所谈的文学改编,只能是忠实于原著基础上的改编。

第三节　改编的具体步骤

改编活动最理想的开始,是先被一部文学作品所迷倒,然后才想着要将它改编成影视作品。原著震撼着你,让你激动不已,以至于"悠哉悠哉,辗转反侧"。要想让自己的创作感动别人,必先感动自己,这是钢铁法则。毕竟影视艺术首先要诉诸情感的力量。之所以称为"最理想的开始",是因为改编者在选择原著时,并非都是有主动权的。所以,以下步骤乃是常规。

一、吃透原著故事

深入地研究原著,将其中的主要人物与故事情节烂熟于心,同时关注环境气氛,乃至风格韵味。

即使是由原作者来改编,做到这一点也非简单,他还得去总结分析。因为并不是所有的人都对自己家里的物件了然于心。对于一般改编者而言,只有尽量做到对原著所构造的世界足够熟悉,才能便于下一步的运筹帷幄。如果你能做到合上原著,将原著的故事梗概、主要人物的关系都能说得清楚,并且保证准确无误,那么就算及格了。同时,将上述内容作为一份文字清单,放在你的案头,是大有裨益的。

二、领会原著精神

所谓精神,就是具体的人物情节背后所隐含的作家(作品)的思想。他究竟要表达什么,说明什么? 蕴涵着怎样的哲理? 小说中通过浩繁的篇幅去体现的主题思想,改编者必须在一部影片的短暂时间里迅速抓住。这被视为一种可怕的挑战。为此,改编者必须事先深思熟虑。

张艺谋的许多电影都是由小说改编的,他是一位很善于创新并表达自己个性的导演,但这并不意味着他不去领会原著精神。他的导演处女作《红高梁》改编自莫言的小说《红高粱》、《高粱酒》。在谈到当初对原著的理解时，他说："我觉得莫言笔下的这些人活得有声有色，活得简单，想干什么就干什么，想抢女人就抢女人，想到高粱地里睡觉就睡了，我喜欢他书中表达的那种生命的躁动不安、热烈、狂放、自由放纵。"这种理解远没有评论家说得那么丰富深刻，但却触到了小说中最有魅力的一面，也是最适合电影表达的部分。"我不太想拿《红高粱》说特别多的事，不太想把它弄得有各种各样的社会意识、人类意识……一个宗旨是把它拍好看了，拍得有意思，还有一个就是咱要传达出莫言小说中那种感性生命的骚动，把人对生命热烈的追求说出来，有这点小味道就差不多了。"①可以说，电影《红高粱》的成功，正在于这点"小味道"，它与小说的精神是相通的。

三、重新构思

这不仅是由于文学与影视是两种不同的艺术形式，或者是出于篇幅上的考虑。美妙的主题、新颖的风格以及迷人的结构都是改编者应该追求的。这就需要重新构思。

谢晋的电影改编一向坚持尊重原著的原则，但他又是一位极力提倡创新的艺术家。他以毕加索的名言"我讨厌抄袭自己"作为座右铭。在改编古华的小说《芙蓉镇》时，他曾组织了一次规模庞大的研讨会，并请青年作家阿城做编剧。他想感受一下不同艺术观念与表达方式的碰撞，激发自己的影片在艺术风格上有所突破。他与阿城的合作最终酿出了好酒。影片不仅对于原著的叙事结构作了调整，而且在电影风格上显现出超越以往的魅力。

一般而言，重新构思要从原著中印象最深刻的、最能感染你的部分开始。一旦新的构思成熟了，就可以对原著进行增删润色了。

四、增删润色

若非出于不得已，不要增补原著中所没有的人物或情节。删减是最需要的。不仅要删去不适合影视语言表达的部分，而且删去次要的人物和枝节的情节。删减人物不是单纯减少人数，而是要善于将相同类型的人物归并，化为一个具有代表性的人物。删减情节则要视主题的需要而定。要集中突出高潮段落，去掉重复的段落。至于润色，就是力求比原著表现得更出彩，更有视听表现力和情感力量。

---

① 张艺谋：《唱一支生命的赞歌》，《当代电影》1988 年第 2 期。

五、改写

这里指重写人物语言（对白）。必须重新设计人物对白，不能把小说中的对话直接写到剧本里。哪怕是《简爱》里那样棒的对话和内心独白，也不完全适合剧本。在上引谢晋与阿城的改编剧本《芙蓉镇》片段中，人物对白非常吻合原著，改动很少，但这种情况很少见。既然是你写的影视中的人物的话，那么原著中的对话就很少是适合你自己的人物的。意思可以是同一个，但不能是原词原句。让人物按照你心目中的形象说话吧。请对照一下金庸武侠小说的改编实例，你会发现，无论是大陆和香港版的金庸剧，都找不到跟原著一样的对白。

下面这个改编示例，体现的是美国导演大卫·里恩对狄更斯小说《远大前程》开头部分的电影化处理①。通过完成后的电影（又译《孤星血泪》）的镜头处理，我们仔细体会文学原著与电影的关系以及改编所蕴涵的意义。

【原著】

我们的家乡是一片沼泽地区。那儿有一条河流。沿河蜿蜒而下，到海不足二十英里。我领略世面最初、最生动的印象似乎得自于一个令人难以忘怀的下午，而且正是向晚时分。就在那时我才弄清楚，这一片长满荨麻的荒凉之地正是乡村的教堂墓地：已故的本教区居民菲利普·皮利普及上述者之妻乔其雅娜已死，双双埋葬于此；还有阿历克山大、巴斯奥鲁米、亚布拉罕、特比亚斯和罗吉尔，他们的五位婴儿已死，也都埋葬于此。就在那时我才弄清楚，在这坟场的前面，一片幽暗平坦的荒凉之地便是沼泽，那里沟渠纵横，小丘起伏，闸门交错，还有散布的零星牲畜，四处寻食；从沼泽地再往前的那一条低低的铅灰色水平线正是河流；而那更远的、像未开化的洞穴并刮起狂风的地方，自然就是大海。就在那时我才弄清楚，面对这片景色而越来越感到害怕，并哇地一声哭起来的小不点儿，正是我匹普。

"闭嘴！"突然响起一声令人毛骨悚然的叫喊，同时，有一个人从教堂门廊一边的墓地里蹿了出来。"不许出声，你这个小鬼精；你只要一出声我就掐断你的脖子！"

这是一个面容狰狞的人，穿了一身劣质的灰色衣服，腿上挂了一条粗大沉重的铁镣。他头上没有帽子，只用一块破布扎住头，脚上的

---

① 转引自劳逊：《电影的创作过程》第十八章，中国电影出版社 1982 年版。

鞋已经破烂。看上去他曾在水中浸泡过,在污泥中忍受过煎熬。他的腿被石头碰伤了,脚又被小石块割破,荨麻的针刺和荆棘的拉刺使得他身上出现一道道伤口。他一跛一跛地走着,全身发着抖,还瞪着双眼吼叫着。他一把抓住我的下巴,而他嘴巴里的牙齿在格格打战。

【电影镜头】

1. 外景。泰晤士河口。日落。风在尖声呼啸,宛如鬼嚎。

小男孩匹普从远景处出现,沿着河口岸边跑来。他沿着弯曲的小道跑向摄影机。摄影机用跟、摇镜头拍摄。小道旁边竖着一个绞刑架。匹普经过绞刑架时,抬头看了一眼。化入。

2. 外景。教堂墓地。匹普的中景。

他拿着一束冬青枝。他越过倒塌的石墙。摄影机用摇镜头拍摄他走过墓碑和老坟堆。他走到一块墓碑前跪下。

3. 匹普的中景。

他跪在坟前。风还在刮。匹普拔掉一株枯干的蔷薇,扔到一边,把地面拍平,再把手里的那株冬青枝放在坟前。

4. 中近景。

匹普跪在靠近墓碑的地方。风声更大了。匹普脸朝镜头,紧张地东张西望。

5. 远景。

从匹普视线摄下叶子已经掉光的树枝,就像是一些瘦骨嶙峋的手想要抓他。

6. 中近景。

匹普像镜头4中一样东张西望。

7. 中景。

从匹普视线拍摄的古树的枝干。这棵树一副凶相,就像是畸形的人体。

8. 匹普的中景。

他从坟旁跳起来,跑向石墙。摄影机用摇镜头跟着拍摄,然后突然停住:匹普这时被一个肮脏、粗鲁、样子可怕的大汉抓住了。从大汉的衣服和脚镣可以明显地看出他是一个逃犯。匹普大声呼叫。

9. 近景。

匹普张开嘴大叫,但是一只肮脏的大手捂住了他的嘴,使他无法出声。

10. 逃犯的近景。

他的脸是脏的,绷得很紧,头发剪得很短。他凶恶地朝下看着匹普。

逃犯:不许动,小鬼,要不我拧下你的脑袋!

　　我们通过比较可以发现,在小说中,第一人称叙事凸显了一种对往事的缅怀。在一个阴冷的黄昏,主人公匹普刚刚意识到自己所处的环境并感到浑身发毛时,一个可怕的人出现了。当时匹普的具体行动及其目的性是不明确的,人物的孤单感、恐惧感则来自遥远的荒原天际与眼前景物(墓碑等)的对比。

　　从电影的镜头处理来看,它比原著增加的成分包括:1.动作。匹普前往墓地的一系列动作,包括穿过竖立着绞架的小道、翻过石墙、拔掉墓前一株枯干的蔷薇、东张西望的表情、惊恐中的奔跑等。2.景物。小道与绞刑架、石墙、枯树枝等。3.道具。冬青枝。用以揭示匹普行动的目的性:冬青枝——祭奠死去的亲人。电影用这一系列动作与道具,表现小说中人物的孤单感,用绞架、枯树枝等近景的东西来表现人物的恐惧。遥远的荒原天际与眼前凄凉环境的反差,即远景与近景的对比,以及逃犯的外形对匹普的强烈刺激等,在电影中却被弱化了。

　　美国戏剧与电影理论家富尔顿对大卫·里恩的这一改编予以肯定,认为符合"真正的电影化手法"[①]。而约翰·劳逊则提出了严苛的批评。他指出:"改编者更多的是受戏剧的影响,而不是受小说的影响。他们以为影片的动作来自情节,他们采用了冬青枝、奇形怪状的树、在恐怖中奔跑、尖声叫喊等效果,这有助于使这个事件戏剧化。这是影片常用的手法。"劳逊认为这种改编没有恰到好处地表现小说的精神。这一组镜头只是表明了"影片对戏剧性动作计划得如何周密,而对于小说的心理价值却又是怎样完全加以漠视。"[②]

　　文学作品以其永恒的的魅力吸引着影视艺术工作者,而改编如同一次探险,成功并非易事。对应优秀的文学作品的叙事,视听语言的表现潜力是丰富的,但是电影化的手法应该不断改进,只要认识到这一点,那么上述两种意见孰是孰非,还有讨论的必要吗?

【相关链接】　改编示范

小说《卧虎藏龙》(节选)　作者:王度庐

第一回　一朵莲花初会玉娇龙　半封书信巧换青冥剑

《剑气珠光》以李慕白赠剑于铁小贝勒,杨小姑娘许配于德啸峰之长子文

---

① 　转引自陈犀禾选编《电影改编理论问题》,中国电影出版社 1988 年,第 233 页。
② 　约翰·劳逊:《电影的创作过程》,齐宇、齐宙译,中国电影出版社 1982 年,第 187 页。

雄,李慕白偕俞秀莲同往九华山研习点穴法而结束全书。

岁月如流,转瞬又是三年多。此时杨小姑娘已与文雄成婚,她放了足,换了旗装,实地做起德家的少奶奶了。这个瘦长脸儿、纤眉秀目的小媳妇,性极活泼,虽然她遭受了祖父被杀、胞兄惨死、姐姐远嫁的种种痛苦,但她流泪时是流泪,高兴时还是高兴,时常跳跳跃跃的,不像是个新媳妇。好在德大奶奶是个极爽快的人,把儿媳也当做亲女儿一般看待,从没有过一点儿苛责。

这时延庆的著名镖头神枪杨健堂已来到北京。他在前门煤市街开了一家"全兴"镖店,带着几个徒弟就住在北京,做买卖还在其次,主要的还是为保护他的老友德啸峰。

德啸峰此时虽然仍是在家闲居,但心中总怕那张玉瑾、苗振山之党羽前来寻衅复仇。所以除了自己不敢把铁沙掌的功夫搁下之外,也叫儿子们别把早先俞秀莲传授的刀法忘记了,并且请杨健堂每三日来一趟,就在早先俞秀莲居住的那所宅院内,教授儿子和儿媳枪法。

杨健堂的枪法虽不敢称海内第一,可也罕有敌手,有名的银枪将军邱广超的枪法就是他所传授出来的。他使的枪是真正的"梨花枪",这枪法又名曰"杨家枪"。宋朝有位名将李全,号称"李铁枪",李全的妻子杨氏,枪法尤精,收徒甚众。所以梨花枪虽然变幻莫测,为古代冲锋陷阵之利器,但是实在是一种"女枪",即柔弱女子也可以学它。

枪法既是杨家的,杨健堂又姓杨,德少奶奶也姓杨,而且又拜了杨健堂为义父,所以杨健堂就非常高兴地认真传授。不到半年,杨小姑娘就已技艺大进。至于她的丈夫文雄,却因身体柔弱,而且性子喜文不喜武,所以反倒落在她的后头。

这天,是初冬十月的天气,北京气候已经甚寒。杨健堂仍然穿着蓝布单裤褂,他双手执枪,舞的是"梨花摆头"。他向杨小姑娘、文雄二人说:

"快看!这梨花摆头所为的是护身,为的是拨开敌人的兵器,你们看!"

杨小姑娘注目去看,看不见枪杆摇动,只见枪头银光闪闪,真如同片片梨花。杨健堂又变幻枪法,练得是:拔草寻蛇法无差,灵猫捕鼠破法佳。封札沉绞将彼赚,提挪枪法现双花。诈败回身金蟾落……枪影翻飞,风声嗖嗖地响。

正练到这里,忽听有人拍手笑道:

"真高!好个神枪杨健堂,亚赛当年王彦章!"

杨健堂收住枪,笑道:

"你又来了?"杨小姑娘和文雄也齐都过来,向这人招呼道:

"刘二叔,您吃过饭了吗?"这人连连地弯腰,笑着说:"才用过!少爷跟少奶奶练武吧,别叫我给搅了!"

　　这人年有三十来岁，身材短小，可是肩膀很宽，腰腿很结实。他穿的是青缎小夹袄，青绸单裤，外罩着一件青缎大棉袄。钮子不扣，腰间却系着一条青色绣白花儿的绸巾，腰里紧紧的，领子可是敞开着。头上一条辫子，梳得松松的，白净脸，三角眼，小鼻子，脸上永远有笑容。这人是近一二年来京城有名的英雄，姓刘名泰保，外号人称"一朵莲花"。

　　他是杨健堂的表弟，延庆人，早先也跟他表兄学过梨花枪，也保过两天半的镖。可是他生性嗜嫖好赌，走入下流，还时常偷杨健堂的钱，便被杨健堂给赶走了。他走后足有十多年，杨健堂也不知他的生死，简直就把他给忘了。

　　可是去年春间他忽然出现于北京城，先拜访德啸峰，后来又谒见邱广超，自称是特意到北京来找李慕白比比武艺。因为李慕白没在北京，也没人理他，他就流浪在街头，事事与人寻殴觅斗。后来被杨健堂发现了，便把他叫到镖店里。因见他在外飘流了十多年，竟学了一身好武艺，便要叫他做个镖头。他可不愿意干，依然在街上胡混。

　　有一天，大概是故意的，他在街上单身独打十多个无赖汉，冲撞了铁小贝勒的轿子。铁小贝勒见他武艺甚好，就把他带回府内。一问，知道他是神枪杨健堂的表弟，是为会李慕白才来到北京，便笑了笑，留他在府中做教拳师傅。其实现在铁小贝勒已成了朝中显要，不再舞剑抢枪玩鹰弄马了。刘泰保也无事可做，每月又管三两银子，他就把自己打扮得阔阔的，整天茶寮酒馆去闲谈，打不平，管闲事。所以来京不足二年，京城已无人不知"一朵莲花"之名。

　　他是每逢三、六、九，就来此看看他的表兄教武，如今又来到了，杨健堂就说：

　　"要看可以，可是只许站在一边，不许多说话！"刘泰保就笑着。文雄跟杨小姑娘也都笑得闭不上嘴，因为他们都觉得刘泰保这个人很是滑稽，只要是他一来了，就能叫大家开心。

　　当时杨健堂正颜厉色，好像没瞧见他似的，又抖了两套枪法。"一朵莲花"刘泰保在旁边还不住地说："好！好！真高！"

　　杨健堂收住枪式，叫文雄夫妇去练。文雄和杨小姑娘齐都低头笑着，仿佛无力再举起枪来。杨健堂就拿枪杆子顶着刘泰保的后腰，说："走！走！你这猴儿脑袋在这里，他们都练不下去！走！"

　　刘泰保笑着说：

　　"我不说话就是了！难道还不许我在旁边看着吗？真不讲理！"后腰有枪杆顶着，他不得不走，不料才走到门前，他还没迈出门槛，忽见有几位妇女正要进这院里来。

　　杨健堂立时把枪撤回，不能再顶他了。刘泰保也吓得赶紧退步，躲到远远的墙根下。文雄和杨小姑娘正笑得肚肠子都要断了,他们立时也肃然正色,放下枪,规规矩矩地站着。原来第一个进来的旗装的中年妇人正是德啸峰之妻德大奶奶,随进来的是一位年轻小姐,身后带着两个穿得极为整齐的仆妇。杨健堂照例地是向德大奶奶深深一揖,德大奶奶也请了个"旗礼"蹲儿安,然后指指身后,说:

"这是玉大人府里的三姑娘,现在是要瞧瞧我儿媳妇练枪。"

此时靠墙根儿站着的刘泰保一听这话,他就不禁打了一个冷战,心说:爷爷! 我今天可真遇见贵客啦,原来这是玉大人的小姐! 玉大人是新任的九门提督正堂,多显赫的官呀!

当下"一朵莲花"就斜着他的三角眼向那位小姐窥了一下,他更觉得找个墙窟窿躲躲才好,因为这位小姐简直是个月里嫦娥。她年约十六七岁,细高而窈窕的身儿,身披雪青色的大斗篷,也不知道是什么缎的面儿,只觉得灿烂耀眼,大概是银鼠里儿,里面是大红色的绣花旗袍。小姐天足,穿的是旗人姑娘穿的那种厚底的、平金刺锦的鞋,上面还带着闪闪的小玻璃镜儿。头上大概是梳着辫子,辫子当然是藏在斗篷里,只露着黑亮亮的鬓云,鬓边还覆着一枝红绒做成的凤凰,凤凰的嘴里衔着一串亮晶晶的小珍珠。这位小姐的容貌更比衣饰艳丽,是瓜子脸儿,高鼻梁,大眼睛,清秀的两道眉。这种雍容华艳,只可譬作为花中的牡丹,可是牡丹也没有她秀丽;又可譬作为禽中的彩凤,可是凤凰没人看见过,也一定没有她这样富贵雍容;又如江天秋月,泰岱春云……总之是无法可譬。刘泰保的心里只想到了嫦娥,可是他也不敢再看这位嫦娥一眼。

此时杨健堂拘拘谨谨地到一旁穿上了长衣裳,扣齐了纽扣。文雄和杨小姑娘全都过来,向这位贵小姐长跪请安,都连眼皮儿也不敢抬。德大奶奶就向她的儿媳说:

"你三姑姑听说你在这儿练枪,觉得很新鲜,要叫我带她来看看。你就练几手儿熟的,请三姑姑看看吧!"又向那位贵小姐笑着说:

"请三妹妹到屋中坐,隔着玻璃瞧您的侄媳妇练就是了。外边太冷!"

那位贵小姐却摇了摇头,微笑着说:

"不必到屋里去。我不冷,我站远着点儿瞧着就是啦!"她向后退了几步,并由一个仆妇的手中接过来一个金手炉,她就暖着手,掩着斗篷,并斜瞧了刘泰保一眼。刘泰保窘得真恨不得越墙而逃,心说:我是什么样子,怎能见这么阔的小姐呢?

此时文雄也躲到了一旁,杨丽芳就立正了身,右手握枪,枪尖贴地。她此时梳的是一条长辫,身上也是短衣汉装,脚虽放了,但仍然不大.还穿着很瘦的鞋，因为练武之时必须如此才能利落，练完了回到大宅内才能换旗装。当下她拿好了姿势，低着眼皮儿，继而眼皮儿一抬，英气流露，先以金鸡独立之势，紧接着白鹤亮翅，又转步平枪，双手将枪一捺，就抖起了枪法。只见枪光乱抖，红穗翻飞，杨小姑娘的娇躯随着枪式，如风驰电掣，如鹤起蛟腾，真是好看。

靠墙根的刘泰保瞧得出来，这套枪法起势平平，但后来变成了钩挪枪法。行家有话：钩挪枪法世无匹，乌龙变化是金蟾。到收枪之时，杨小姑娘并没喘息，刘泰保却心说：这姑娘的枪法真是不错，只可惜力弱些，到底是个女人！

此时那位贵小姐却吓得变颜变色的，几乎躲在了仆妇的身后，说："哎哟！把我的眼睛都给晃乱了！"又问杨小姑娘说：

"你不觉着累吗？"杨小姑娘轻轻放下枪，走过来笑着摇摇头，说：

"我不累！"那位贵小姐又问：

"你练了有多少日子？"杨小姑娘说：

"才练了半年。"那位小姐就惊讶着说：

"真不容易！要是我，连那杆枪都许提不起来！"

德大奶奶在旁也笑着说：

"可不是，我连枪杆都不敢摸！你这侄媳妇她也是小时在娘家就练过，所以现在拿起来还不难，这武功就是非得从小时候练起才行。你还没瞧见过早先在这院子住的那位俞秀莲呢！手使双刀，会蹿房越脊，一个人骑着马走江湖，多少强盗都不是她的对手！她长得很俊秀，说话行事却一点儿也不像是个女的。"

那位贵小姐微微笑着，说："以后我也想学学。"

德大奶奶却笑着说：

"咳！你学这个干什么？我们这是没有法子，你大概也知道，是因为……不敢不学点儿武艺防身！"德大奶奶说着话，她们婆媳俩就把这位艳若天仙的贵小姐请到房中饮茶去了。

靠墙根的"一朵莲花"刘泰保这时才缩着头溜出了大门，才走了几步，就听身后有人叫道：

"泰保！"一朵莲花回头去看，见是他的表兄杨健堂也出来了。杨健堂气愤地向他说：

"我不叫你到这里来，你偏要来，你看！今天弄得多不好看！我在这里倒不要紧，我已快五十岁了，又是他家的干亲家，你二三十岁，贼头贼脑的，算是个什么人？今天这位小姐是提督正堂的闺女，有多么尊贵，你也能见？"

"一朵莲花"刘泰保赶紧说：

"哎呀我的大哥！不是我愿意见她呀！谁叫我碰上了呢？他们这儿又没

后门,我想跑也跑不了!"

杨健堂说:

"这地方以后你还是少来。别看德啸峰现在没有差事,可是跟他往来的贵人还是很多,倘若你再碰上一个,不大好。啸峰虽然嘴上不能说什么,可是心里也一定不愿意。"

刘泰保一听这话,不由有点儿愤怒,就说:"我也知道,德五认识的阔人不少,可是我一朵莲花刘泰保也不是个缺名少姓的人!"杨健堂说:

"你这算什么名? 街上的无赖汉倒都认识你,人家达官显宦的眼睛里谁有你呀?"刘泰保拍着胸脯说:

"我是贝勒府的教拳师傅!"杨健堂便也带着气说:

"我告诉你的都是好话,你爱听不听! 还有,你别自己觉着了不得,教拳的师傅也不过是个底下人,其实,你在贝勒府连得禄都比不了,你还想跟大官员平起平坐吗? 见了大门户的小姐你还不知回避,我看你早晚要闹出事儿来!"二人说着话,已出了三条胡同的西口,杨健堂就顺着大街扬长而去。

这里刘泰保生着气,怔了半天,骂了声:

"他妈的!"随转身往北就走。他心中非常烦闷,暗想:人家怎么就那么阔? 我怎么就这么不走运? 像刚才的那个什么小姐,除了她的模样比我好看,还有什么? 论起拳脚来,我一个人能打她那样的一百个。可是他妈的见了人,我就应当钻地缝。人家那双鞋都许比我的命还值钱,他妈的真不公道! 又想:反正那丫头早晚要嫁人,当然她是不能嫁给我。只要她嫁了人,我就把她的女婿杀了,叫她一辈子当小寡妇,永远不能穿红戴绿!

他受了表兄的气,却把气都加在那位贵小姐的身上了,然而他又无可奈何。人家是提督正堂的女儿,只要人家的爸爸说一句话,我一朵莲花的脑瓜儿就许跟脖子分家! 死了倒不怕,只是活到今年三十二了,还没个媳妇呢! 一想到媳妇的问题,刘泰保就很是伤心,心说:我还不如李慕白,李慕白还姘了个会使双刀的俞秀莲,我却连个会使切菜刀,能做饭温菜的黄脸老婆也没有呀!

他脑子里胡思乱想,信步走着,大概都快走到北新桥了。忽听"铛铛铛"一阵锣声,刘泰保心中的烦恼立时被打断了。他蓦然抬头一看,就见眼前围着密密的一圈子人,个个都伸着脖子瞪着眼,张着嘴,呆呆地往圈里去看,人群里是锣声急敲,仿佛正在表演什么好玩艺儿。刘泰保心说:可能是耍猴儿的,没多大看头儿! 遂也就不打算往人堆中去挤。

可是才走了几步,忽然见这些瞧热闹的人齐都仰着脸叫好,他也不禁止步回头。就见由众人的头上飞起了一对铁球,都有苹果大小,一上一下,非常好玩。刘泰保认识这是"流星",这种家伙可以当作兵器使用,江湖卖艺的人若没有点儿真功夫，绝不敢耍它。他便分开了众人，往里硬挤。

卖艺的是个年有四十多岁，身材很雄健的人，他光着膀子，正在场中舞着流星。这种流星锤是系在一条鹿筋上，鹿筋很长，手握在中间，抖了起来，两个铁锤就在空中飞舞。这人可以在背后耍，在周身上下耍，耍得人眼乱，简直看不见鹿筋和铁锤，就像眼前有一个风车在疾转似的。刘泰保不由赞了一声："好！"

刘泰保一扭头，看到了在旁边敲锣的那个人，却使他更惊愕了。原来敲锣的是个姑娘，身材又瘦又小，简直像是棵小柳树儿似的。这姑娘年纪不过十五六，黑黑的脸儿，模样颇不难看。头上梳着两个抓髻，可是发上落了不少尘土。她穿的是红布小棉袄，青布夹裤，当然不大干净，可是脚上的一双红鞋却是又瘦又小又端正，不过鞋头已磨破了。这姑娘"铛铛"地有节奏地敲着铜锣，给那卖艺的人助威。那卖艺的人好像是她的爸爸。

流星锤舞了半天，那卖艺的就收锤敛步，那姑娘也按住了铜锣，两人就向围观的人求钱。那卖艺的抱拳转了一个圈子，说：

"诸位九城的老爷们，各地来的行家师傅们！我们父女到此求钱，是万般无奈！"旁边的女儿也娇滴滴地帮着说了一句：

"万般无奈！"那父亲又说：

"因为家乡闹水灾，孩子她娘被水淹死了，我这才带孩子漂流四方！"他女儿又帮着说了一句：

"漂流四方！"那父亲又说：

"耍这点土玩艺儿来求钱，跟讨饭一样！"女儿又帮着说了一句："跟讨饭一样！"刘泰保觉着这姑娘怪可怜的，就掏出几个铜钱来掷在地下。姑娘就说了声："谢谢老爷！"刘泰保却转身挤出了人群。他一边走一边想：这姑娘怪不错的，怎会跟着她爸爸卖艺呢？

行走不远，忽听一阵咕噜咕噜的骡车响声。刘泰保转头去看，就见由南边驰来了两辆簇新的大鞍车，全是高大的菊花青的骡子拉着。前面那辆车放着帘子，后面那辆车上坐着两个仆妇。刘泰保不由又直了眼，原来这两个仆妇正是刚才在德家遇到的那位正堂家小姐的仆妇，不用说，那第一辆车帘里一定就坐着那位贵小姐了。刘泰保发着怔，直把两辆车目送远了，才又迈步走去。身后还能听得见锣声铛铛。他心里就又骂了起来：他妈的！

当下一朵莲花刘泰保一路暗骂着，就回到了安定门内铁贝勒府。可是他生了一阵气，喝了一点儿酒，舞了一趟刀，又睡了一个觉。过后也就把这些事都忘了，只是他从此不再到德家去了，也没再去看他的表兄杨健堂，因为上回的事，他觉得太难为情了。

转瞬过了十多天,天气更冷了。这日是十一月二十八,铁小贝勒的四十整寿。府门前的轿舆车马云集,来了许多贵胄、显官,及一些福晋命妇、公子小姐。府内唱着大戏,因为院落太深,外面连锣鼓声都听不见。外面只是各府的仆人,拥挤在暖屋子里喝酒谈天,轿夫、赶车的人都蹲在门外地下赌钱押宝。本府的仆人也都身穿新做的衣裳高高兴兴地出来进去。

只有一朵莲花刘泰保是最为苦恼无聊,因为他不是主也不算仆,更不是宾客。里院他不能进去,大戏他听不着,赏钱也一文得不到,并且因为那很宽敞的马圈已被马匹占满,连他舞刀打拳的地方都没有了。他进了班房,各府的仆人都在这里高谈畅饮,没有人理他,而且每个人都比他穿得讲究。他就披着一件老羊皮袄,到门外跟那些轿夫押了几宝,又都输了。他心里真丧气,又暗骂道:他妈的!你们谁都打不过我!

这时忽听远远传来"哧哧"的驱人净街之声,立时那些赌钱的轿夫们就抄起了宝盒子,跑到稍远之处去躲避,门前有几个仆人也都往门里去跑。刘泰保很觉惊讶,向西一望,就见有五匹高头大马驮着五位官人来了。刘泰保心说:这是什么官儿,这样大的气派?身后就有两个贝勒府的仆人拉着他,悄声说:

"刘师傅!快进来!快进来!"

刘泰保惊讶着被拉进了班房,就听旁边有人悄声说:

"玉大人来了!"刘泰保这才蓦然想起,玉大人就是新任的九门提督正堂,他遂就撇了撇嘴说:

"玉大人也不过是个正堂就完了!难道他还有贝子贝勒的爵位大?还比内阁大学士的品级高?"旁边立刻有人反驳他说:

"喂!你可别这样说!现官不如现管,就是当朝一品大臣抓了人,也得交给他办。提督正堂的爵位不算顶高,可是权大无比!"

这时有许多仆人都扒着窗纸上的小窟窿向外去看,刘泰保又撇嘴说:

"你们这些人都太不开眼了!提督正堂也不过是个老头子,有什么可看的?他又不是你爸爸!"刘泰保这样骂着,别人全都像是没听见,仍然相争相挤着去扒纸窗窟窿,仿佛是在等着看什么新奇事情似的。刘泰保也觉得有些奇怪。

这时旁边有个本府的仆人,名叫李长寿,是个矮小的个子,平日最喜欢跟刘泰保开玩笑。当下他就过来拍了拍刘泰保的肩膀,笑着悄声说:

"喂!一朵莲花!你不想瞧瞧美人吗?"刘泰保撇嘴说:

"哪儿来的美人儿?你这小子别冤我!"李长寿说:

"真不冤你!你会没听说过?北京城第一位美人,也可以说是天下第一,玉大人的三小姐!"

刘泰保吃了一惊,就又撇了撇嘴,说:

"她呀? 我早就瞧得都不爱瞧了!"虽然这样说着,他可连忙推开了两个人,抢了个地方,拿手指往窗纸上戳了一个大窟窿,就把一只眼睛贴在窟窿上往外去看。只见外面还没来什么人,只是平坦的甬路上,站着四个穿官衣、戴官帽、足登薄底靴子、挂着腰刀的官人。一瞧这威风,就知道是提督正堂带来的。大概是玉大人已下马进内去给铁小贝勒拜寿,可是夫人和小姐的车随后才到,所以这四个官人还得在这里站班。此时旁边的一些仆人都互相挤着、压着,吁吁地喘气,刘泰保就又暗骂道:妈的,怎么还不来? 再叫我瞧瞧呀!

待了半天,才见两个衣着整齐的仆妇挽进来一位老夫人。老夫人年纪约有五十多岁,梳着两把头,穿着紫缎子的氅衣。旁边另有一个仆妇,捧着个银痰盂。这老夫人一定就是正堂的夫人了。随后进来的就是那位玉三小姐,立时,仿佛嫦娥降临到了凡世,偷着看的人全都屏息闭气,连一点儿声音也不敢作。刘泰保这时也直了眼,只可惜旁边有人一挤他,没叫他看见那位小姐的正脸。但是他已看见了小姐今天是换了一件大红绣花的斗篷,真如彩凤一般。

玉三小姐带着仆妇,随着她的母亲,翩然进了里院,里院的锣鼓之声立时传到了外面。这可见里院早先是有许多人正谈笑,所以锣鼓声反被扰得模糊不清,现在里院的人也一定都直了眼,都止住了谈笑,所以锣鼓声反倒觉得清亮了。当下这里的人个个都转身松了口气,都点头啧啧地说:

"真漂亮! 画也画不了这么好的美人,简直是天仙!"

刘泰保这时也像失了魂,他呆呆地问道:

"那位姑娘是玉夫人的亲女儿吗?"

旁边有个也不知是哪府的仆人,就说:

"不但是嫡亲女儿,还就是这独一个。姑娘有两位哥哥,一位在安徽,一位在四川,都做知府。这位姑娘才回到北京不过三个月,早先随她父亲在新疆任上,一来到北京,就把北京各府中的小姐少奶奶全都盖过去了,不单模样好,听说还知书识字,才学顶高!"

刘泰保说:

"这家伙! 哪个状元才配娶她呀?"那个人又说:

"状元? 状元再升了大学士,也娶她不起呀!"刘泰保听了一吐舌头。这时外面那四个站班的官人进来喝茶,这屋中的人也就不敢再提这件事了。

此时里院也十分地热闹,台上的戏是一出比一出好。台下,那华贵的大厅之内还有一位最惹人注目的来宾,就是那位玉三小姐。谁都知道,这位小姐今年才十八岁,是属龙的,所以名字就叫做玉娇龙。这位小姐在老年人的眼中是端娴、安静,在中年人的眼中是秀丽、温柔,而一般与她年纪差不多的人,又都羡慕她举止大方。她真如娇龙彩凤一般,为这富丽堂皇的大寿筵,增了无限光华,添了不尽彩泽。

约莫有下午四点多钟,玉娇龙就侍奉她母亲先辞席归去。临走的时候,当然又是万目睽睽,直把这一片锦云、一只锦凤给送走。席间众人仿佛全都像是失掉了什么似的,只留下了一种印象,仿佛有袅袅余香,飘飘瑞霭,尚未消散。

到了六点钟,台上煞了戏,宾客们聚毕了晚筵,便都先后辞去。立时冠带裙钗走出了府门,府门外舆起车驰,又是一阵纷乱。内院华灯四照,十几名仆役在这里收拾残肴剩酒,福晋夫人们就都归到暖阁去休息了。

还有几位宾客未散,这就是几位显宦和九门提督正堂玉大人。西房中燃着几支红烛,桌上摆着几碗清茶,靠着楠木隔扇有两架炭盆,为室中散出春天一般的暖气。铁小贝勒坐在主位,先与几位官员计议了一两件朝中的事情,然后就谈起闲话。先谈京城的闲事,后来又谈到前门外那些镖行人,时常互相比武或聚众殴斗之事。那位玉正堂就非常愤恨,他捻着胡子说:

"那些东西真可恶!他们多半是盗贼出身;虽然保了镖,走了正路,可是依然素行不改。我一定要督饬人时时监守他们,只要他们有了坏事,便一定抓来严办!"

铁小贝勒却笑道:

"也不能说镖行尽是坏人,其中真有身负奇技,行为磊落的英雄。果若朝廷能用他们,他们也很可以建功立业!"说到这里,他突然想起了李慕白,心中不由涌起一阵故人之思。默坐了一会,铁小贝勒忽然说:

"我有一个物件,大概你们诸位还没看见过。"随转首向身旁侍立的得禄说:"你把那口宝剑取来!"

铁小贝勒所藏的名剑虽多,可是如今得禄一听,就晓得他要的是那口三年前突然在书房之内发现的斩铜断铁的宝剑。当下他答应了一声,就走出屋去了。书房是在第三重院落内的西廊下,早先铁小贝勒接待李慕白便是在这屋内,现在却锁得很严。屋里面只藏着许多铁小贝勒所喜爱的古玩、瓷器、书籍等等,宝剑就在那墙上挂着。

得禄身边带着钥匙,他叫一个小厮拿着灯,就开锁进屋,由壁上摘下来宝剑。出了屋,他就把剑先交给小厮抱着,又去锁门。正在锁门之际。忽然由廊子的南边跑来一人,很急地说:

"什么东西?是宝剑吗?来!给咱看看!"说着便由小厮的手中将剑夺了过去。

得禄一看是一朵莲花刘泰保,就赶紧说:

"贝勒爷等着叫客看呢!快拿来!"

刘泰保已将剑抽出了半截,只觉得寒光逼目,他就非常地惊讶,心说:这一定是一口真正的宝剑!他刚要仔细把玩,却被得禄给抢过去,拿到里院去了。

铁小贝勒将剑接到手中,先仔细地看了一番,便不禁露出笑意,随命得禄捧剑轮流着送到几位客人的眼前去观阅。几位客人多半是文官,本来对于宝剑这种东西没有眼光,也没有爱好,他们只是用手摸摸剑柄.都赞叹道:"好!这一定是宝物!"

传到那位正堂玉大人的眼前,玉大人便接过来用手掂了一掂,又以指弹那剑锋,只听嘡嘡地响,如鼓琴之声。玉大人就面露惊讶之色,他就近灯烛,持剑反复地看了半天,就说:

"啊呀!这口剑可以削铜断铁吧?"

铁小贝勒微笑着离了座,转头一望,见红木的架格上摆着一只古铜的香炉,不太大,可是铜质又红又亮。铁小贝勒命得禄将香炉拿过来,放在几上,下面垫上棉椅垫。这时众官员一见小贝勒要试他的宝剑,就齐都立起身来。小贝勒由玉大人的手中接过宝剑,将白绫的袖头挽起。举起剑来向下一挥,只听锵然一声,立时将一只很坚硬的古铜香炉劈成了两半,下面的棉椅垫也被割了一条大口子。看的人齐都惊讶变色,啧啧地说:

"剑真锐利!"铁小贝勒却微微露笑,又把剑交给玉大人.令他看剑锋上有无一点儿损伤。

玉大人就近灯烛仔细地看,他喘着气,把红烛的火焰吹得乱动。看了半天,他才说:

"毫无损伤,这真是世间罕有的名器!不知此剑有什么名称,是'湛卢'?还是'巨阙'?"

铁小贝勒摇头说:

"我也不知此剑的名称。不过据我看,此剑铸成之时,至少也在三百年以上。我是在无意之中得来的,在我手中已有三年,因为终日无暇,所以也不时常把玩此剑。"旁边有官员就说:

"此时若再有个剑法好的人,让他拿着这口剑到院中舞一舞,那才好看呢!"铁小贝勒不由又想起了李慕白,暗想:似那样剑法高强、明书知礼、慷慨好义的少年,真是罕见!可惜他因为杀死了黄骥北,身负重案,竟永远也不能出头见人了。莽莽江湖,不知他现在漂流于何地?因此,铁小贝勒又面带愁容,感叹不止。

旁边的几位宾客因见主人不欢,便先后辞去。只留下那位提督正堂玉大人,他仍然就着烛光,仔细地把玩那口宝剑,苍白胡子都要被灯烛烧焦了。铁小贝勒坐在远处喝着茶,又打了个哈欠,他这里还没放下宝剑。待了半天,他才恋恋不舍地将剑放在桌上，又向铁小贝勒说：

"卑职家中有剑谱二卷，书上把古来名剑的尺寸及辨别之点，全都说得很详细。明天卑职就把那两卷书送来，请贝勒爷按剑对证一下，必可知此剑的名称和铸造的年代。据卑职观察，此剑多半是'青冥'，为三国时东吴孙权之故物。"铁小贝勒点头说：

"好！玉大人明天就把那两本剑谱带来，咱们考据一下！"玉大人连声应是，告辞走了，铁小贝勒便也回寝去休息。

这里得禄已令小厮将那削成了两半的古铜炉拿出屋去了。他又叫小厮执着灯，自己双手托着宝剑，走回书房。两人走到书房的门前，就见那里黑糊糊地站着一个人，用灯一照，才看出又是一朵莲花刘泰保，原来他还在这儿等候着，并没走开。刘泰保迎面笑着说：

"禄爷！现在可以叫我看看宝剑了吧？我在这儿等了半天啦！"说着，他就要伸手去拿。

得禄却向后退了一步，说：

"刘师傅，你怎么不知道规矩？贝勒爷的东西，咱们怎么能随便乱动？"

刘泰保一听这话，却大大地不悦，他把嘴一撇，说：

"看看又算什么？又看不下一块铁来，你也太不知道交情！"得禄说：

"这不在乎什么交情不交情。贝勒爷的东西，他叫收起来，我就赶紧收起来，不能叫别人胡瞧乱瞧！"说着，他就开了锁，进屋又把宝剑挂在壁间。一朵莲花刘泰保在廊下气哼哼地骂道：

"奴才骨头！"一顿脚转身就走，嘴里还叽里咕噜地骂着。

刘泰保住的是在马圈旁边的两间小屋，李长寿跟他在一铺炕上睡。李长寿今天忙了一天，得了许多赏钱，又喝了不少的酒，心中很是舒服，人也有点儿醉醺醺的，所以此时天才过了二鼓，他已然躺在炕上沉沉睡去。他打着鼾声，给屋中喷散出一股恶臭的酒气。刘泰保又忿忿地骂了一声，便也躺在炕上，掩上棉被。可是他才躺了一会儿，忽然又滚身下了炕，他拍拍胸脯，自言自语地说：

"他们把那口剑宝贝似的藏了起来。不许我看？我一朵莲花倒要看一看，非看不可，拼出了脑袋我也要看！"

他开了屋门，就站在窗外，只见满天的星斗眨着眼睛，都跟小贼是一样。北风呼呼地吹着，天气十分冷。墙外的更鼓敲了两下便不敲了，仿佛是那打更的人也被冻死了。这么大的府邸，白昼是那样的繁华热闹，现在却是萧条凄清。刘泰保在窗外站立了半天，屋里的一盏油灯都自己烧灭了。他急忙进到屋内，将身上的那件老羊皮袄脱下来，往炕上一扔，正盖在了李长寿的头上，李长寿却还打着鼾声没醒。

刘泰保挽了挽袖头,把两只鞋脱下来,开门往屋外就走。一出屋子,他的脚步可就轻了。他慢慢地走着,转过了前院,才一探头,却见那班房里灯光辉煌,屋里有许多人在压着嗓子说话,大概是正在那里赌钱。刘泰保赶紧缩头回来,靠墙立着,心说:不行! 这些人还都没睡,西廊下也一定还有人出来进去地走。我跑到书房里偷偷去看宝剑,要被人看见了,拿贼办我,那个罪过还了得? 真要把我交到提督衙门,那个嫦娥的爸爸喊一声"砍头",那我一朵莲花吃饭的家伙可就没有啦! 当下刘泰保只得回屋,又披上老羊皮袄,等待时间。

三更已然敲过,大概都快打四更了,刘泰保这才又推开皮袄出屋,悄悄往外走去。就见那下房的灯光已熄,大概那些赌钱的人赌兴已尽,全都睡去了。刘泰保放开了胆,一直往里院去走,心说:把宝剑取到手中,先拿回屋里看个够。如若是个平常的玩艺儿,我就还他,人不知鬼不觉;要真是一口好剑,真能断铁截铜,那我一朵莲花就远走高飞,拿着宝剑找李慕白斗一斗去!

当下他顺着西廊一直走到书房前,伸着双手去摸锁头。不料手一触到门上,他就吓得几乎惊叫起来,原来锁头已没有了,一定是早就被人拧开了,一定是有人进了屋。刘泰保立时飞身上房,毫无声响。他本想要喊声拿贼,可是又觉得那太泄气,我刘泰保在铁府教拳就是护院,护院就管拿贼,单骑捕盗,独建奇功,我用得着毛嚷嚷吗? 于是他就从房上掀下两片瓦,心想:先将贼人激出来,趁他不备,我一瓦就打昏他的头,一瓦就叫他半死!

于是刘泰保就在房上站了个骑马式,右手高高举起瓦,低着头向下面说:"屋里的朋友,出来见见面,别羞羞怯怯的! 刘太爷不难为你.顶多打你几个脖儿拐,叫你以后认得我一朵……"他的话还未说完。忽然觉得屁股上挨了二脚,他就咕咚一声整个摔下房去。手中的瓦也碎了,脸也摔得生疼。他气得挺身立起,一顿脚又蹿上了房,喊了声:"好小子!"可是却四顾无人。刘泰保也不敢再喊了,就蹿房越脊往各处寻找了一番,依然没有贼人的踪影。他便走回屋,穿上鞋,抄起了钢刀,这才又跑到前院,大喊道:

"有贼! 有贼!"

立时下房里的人全都惊醒。打更的人也听见了喊声,"铛铛"敲起锣来。刘泰保又提刀上了房。少时各房里的仆人全都出来了,刘泰保就在房上大喊道:

"刚才我出来撒尿,看见房上趴着个贼人,我回去取刀的工夫,他就跑了! 你们快查看查看,哪间房里短少了东西?"

他这一嚷嚷,仆人就都在院中纷纷乱找,并点上了十几只气死风灯。有的人手中还提着腰刀,拿着铁尺。这时街上的更夫也听见了府内的警锣之声,乱敲起梆子来了。一霎时巡街的官人便带着十几名捕役赶到。府里却出来了两位值班的侍卫，吩咐大家不要乱嚷，以免惊了贝勒爷。说话时得禄也由里院走了出来，说：

"别嚷嚷！别嚷嚷！爷已然惊醒了，问是什么事儿。快查查！哪间屋子的门开了？"

于是，谁也不敢再大声说话，就由巡街的官人在前，两个侍卫和得禄带领仆众，在后跟随，刘泰保也手提单刀搀在里面，把各个院落、房屋，甚至每一个墙角全都查到。结果是没看见一个人影，没丢一点东西，没寻到一点痕迹，就单单是书房的锁头被人拧落，室中单单就少了那口"青冥"宝剑！

立时得禄就皱了眉，转头一看刘泰保，就见刘泰保的那张脸儿又青又肿，真似一朵莲花，脑门子上也都碰破了，流了血。得禄就着急地说：

"这可怎么办？贝勒爷最喜爱那口宝剑，削铜截铁！刚才贝勒爷还拿着叫几位客看呢，提督正堂玉大人明天还要送剑谱来，考查那宝剑的名字呢！现在被贼偷去了，谁的命赔得起？"说话时又用眼盯着刘泰保。

刘泰保也觉出来了，这件事自己的嫌疑实在不小，随就愁愁地说："禄爷！你光着急也不顶用。你去回复贝勒爷，就说宝剑被贼偷去了，我刘某自告奋勇，愿意去拿贼寻剑。给我十天的限，如果拿不到贼人，寻不回来宝剑，我一朵莲花愿意割脑袋！"

他说毕了这话，旁边的人齐都向他来看，那两个侍卫也全都面现怒色。本来，说话的要是个仆人，早就要受申斥了，可是他究竟算是个教拳的师傅，侍卫不好意思说他什么，就只恶狠狠地瞪了他一眼。刘泰保手提钢刀愤恨着，仿佛丢失了那口宝剑，他的心里比谁都难过。

当下侍卫先请官人们到外面去等候，他们就进到里面向贝勒爷去请示。这间失盗的书房里支着一只气死风灯，两个仆人在此看守。刘泰保告了会子奋勇，也没人答言，侍卫、官人，甚至于仆人们，都只怀疑地看着他，却没有一个人跟他谈句话。他就非常闷闷不乐，出了书房，提着刀气忿忿、懒洋洋地往外走去。

走到前院，见官人都进东边班房里喝茶去了，刘泰保就走到窗前，侧耳向屋中去听，就听屋中人谈话的声音都是既低微又含糊。他不由越发起疑、生气，心说：不用说了，这群忘八蛋一定都疑惑宝剑是被我偷去了！他妈的，今天我拼出命去了，非得弄得水落石出，诬赖我一点儿都不行！他提着刀在窗外站着，竟忘了天黑风寒，时间已至四鼓。

待了一会儿，见得禄又带领一个提着灯的小厮走出，刘泰保就迎上去，问说：

"禄爷！怎么样？我的话你替我回上去了没有？要叫我办，明天我就着手访查，不必再通知什么提督衙门。"得禄却不耐烦听，摆摆手说：

"你别说啦！你就睡觉去吧！"说着就走进班房去了。

刘泰保冷笑了笑，站在窗外，又侧耳向屋中去听，就听是得禄的声音，说：

"诸位请回去吧！贝勒爷说，失了一口剑是小事情，不愿意深究！"

刘泰保一听，心中非常敬佩，暗想：铁小贝勒这个人也太宽宏大量了！一口断铁截铜的宝剑硬被贼人盗走，他不但不心痛、不气愤，反倒不愿深究，这真是少有！早先他待李慕白不定是多么好了。我来到这里，他却没大理我，如今趁着这件事，我倒要显一显我的才能，把贼人抓获，把他的宝剑追回，一来叫他赏识赏识；二来我也不能便宜了那个贼，让他白盗走一口宝剑，又白踹了我一脚；三来我把宝剑追回来，小贝勒一高兴就许赏给了我；四来我得赌这口气，别叫得禄那些人永远疑惑是叫我偷去了；五来……他越想越兴奋，越想越紧张，便决定明天就着手访查。刘泰保回到屋中，那李长寿还打着沉重的鼾声没有醒，他便倒在炕上拉过被，盖上皮袄，单刀就放在身畔，睡了一觉。

（节选自王度庐《卧虎藏龙》，长江文艺出版社 2006 年 1 月王芹修订版）

电影剧本《卧虎藏龙》(节选)　编剧：王蕙玲、詹姆士·沙姆斯

1. 外　城外的十字路口
雄远镖局。
镖局院外大门上悬挂着"雄远镖局"的幌子。

2. 外　雄远镖局
镖师和趟子手们正在给车队装货。
一位骑士背剑骑马，背对镜头，走进大门。
干活的人们放下手里的活，满眼疑惑地抬头向骑马人望去。
其中一人认出了来者。
趟子手甲：啊！李爷！
立刻，人们有的冲李慕白微笑，有的拱手。
李慕白，三十多岁，美俊而强悍，环顾四周下马。
在背景，吴妈看见李慕白，扔下手里的包袱，高兴地跑进内院。

3. 内　雄远镖局院内
吴妈匆忙跑过厅堂。
吴妈：秀莲！秀莲呀！

4.内 俞秀莲房

俞秀莲是一位二十八九岁的貌美女子。正在屋内收拾上路的物品。她将几件细物放在一块亚麻包袱皮上。听到吴妈的喊声,迅速从墙上摘下刀。

这时吴妈叩门,之后进来。

吴妈:秀莲！李慕白来啦,你看你还不信,真的！

俞秀莲的瞳上掠过一丝喜悦,但很快又转为严厉而烦恼的表情。将刀挂回墙上。

俞秀莲:吴妈,稳重。请他到练功堂,我马上就过去。

吴妈:快些啊！

吴妈跑出去了。

俞秀莲立刻慌慌忙忙地开始整理衣装。

5.内 镖局大厅

李慕白坐着与吴妈说话,俞秀莲进入,李慕白站起。双方一拱手。

吴妈疾步离开。

俞秀莲(微笑着注视李慕白):慕白兄,好久不见。

李慕白:是啊,(李对俞的目光有些经不住,环顾室内四周)生意还好吧?

俞秀莲:还好。你还好吧?

李慕白:蛮好的。

二人有些局促不安,停顿一下。

俞秀莲:请坐。(李入座)

李慕白:我来是有件事。你要跑一趟镖到北京?

俞秀莲:正收拾呢,马上就得走了,要不今天就赶不上住店了。

李慕白:我想请你——(李开始解开包袱皮)烦劳交给贝勒爷一件东西。

俞秀莲:慕白,你不能自己去交吗?

李慕白已经打开包袱,将物件呈给俞秀莲。一把宝剑。

俞秀莲:青冥剑！把它送给贝勒爷?

李慕白:是。

俞秀莲:你什么意思?

李慕白:这把剑,跟随我很久了,你知道。这把剑上,有多少江湖恩怨,看着干干净净,是因为它杀人不沾血。

俞秀莲:又不是你惹事,能死在青冥剑下,也是他们的福气呢。

李慕白:我——我想过了,该是离开这些恩怨的时候了。

俞秀莲：离开了之后呢？

李慕白只是仔细地察看剑身。

俞秀莲：干脆和我一起去北京，你亲手把剑送给贝勒爷。

我们从前不是常一起去北京吗？

李慕白：（微笑着）唉！我得去武当山，为恩师扫墓。恩师遭碧眼狐狸暗算，这么多年了，我也没找到仇家，说起来，在江湖上是很没面子的一件事。

俞秀莲：仇没报，剑倒要送人了。一个男人，做事总要做完。不过这样也好，剑放到贝勒爷那里，你也清静了。一辈子打打杀杀，凶气太重。我们都不年轻了，有些事也该从长计议了。

6. 外　镇远镖局

李慕白骑在马上冲俞秀莲微微点头，向俞秀莲道别后，飞奔离去。

俞秀莲望着李慕白远去的背影出神。

这时，吴妈从俞秀莲身后走出，打断了俞秀莲的冥想。

吴妈：怎么样？这回他提了吗？

俞秀莲甩了吴妈一眼，然后巡看车队，发出号令。

俞秀莲：启镖！

吴妈：（目送俞秀莲走远的背影，忧心地）慕白到底是提了没有？唉，就差一层窗户纸，谁也不捅破。

7. 外　城门要塞

官兵查看车上的货。

戍守城门的官兵把入京许可官文还给俞秀莲，并对这位女镖师投以侧目，俞秀莲嫣然一笑。

俞秀莲：各位爷，谢了！

她轻身上马，招呼车队。

俞秀莲：进城！交了货早歇着。

8. 外　京城天桥。街道。

人车杂混。

几撮江湖卖艺人群。在一个角落，有一对父女正在卖艺。

卖艺人：城墙不是垒的，槽船不是推的。各位都听清楚了，说天下第一枪——

卖艺人女：还是杨家枪！

卖艺人:说当今第一枪——

卖艺人女:还是我亲爹您哪!

卖艺人:既这么说,咱杨二就不能含糊,今天给各位爷使上一趟"断魂梨花枪"。

说这梨花,是咱杨二枪刺如花,说这断魂,是让各位爷看好了自己的魂灵儿,使到好处喝声彩,捧个人场;赏两钱儿,捧个钱场——

俞秀莲高踞马上,看着京城的风貌。

9.外　街边货栈

趟子手忙着卸货,镖师把马牵到一旁去喝水、笼食草料。

货主焦大爷清点着货物,货物是药材。

焦大爷:谢天谢地,俞姑娘辛苦了。

俞秀莲:哪儿的话!人货平安是咱们跑镖应该的。

焦大爷:雄远镖局的招牌打俞师父起从来就没砸过,您押的这几趟,俞师父在天之灵应该安心了。

俞秀莲:那可不敢说。

焦大爷:是怎么回事,就是怎么回事。(同时将备好的酬金交给俞秀莲)——不急着走吧?

俞秀莲:还有点私事要办!

焦大爷:今儿我给大家伙接接风,瑞珍厚,怎么样?

俞秀莲:(拱手)您客气!

10.外　北京城全貌

天光衬着一片灰色瓦檐,千家万户如棋盘一般的京城全貌。

11.外　玉府门口

刘泰保乐乐呵呵,身材魁梧,从马上下来,把衣襟拉平整,遮住胸前肉疤结合刺青——举世无双的"一朵莲花",把肩上鞋上的尘土掸一掸,把原本盘在脖子上的辫子往后一甩。

他的马也学他使劲甩着尾巴,一耙子扫到他脸上。

刘泰保回头看他的马,马也回头看他。

刘泰保:(对马)嘿,我摇头,你摆屁股,这可是裤裆里放屁——两叉着了。

刘泰保说罢,沾了些口水往两道浓眉上一抹,把它捋顺了。

玉府前停放着一列车队,还有几个等候的车夫。

大门两边站着几个守门的侍卫。

刘泰保朝侍卫长走去。

刘泰保：（拱手抱拳）在下"一朵莲花"刘泰保，是铁小贝勒的护院，特来迎玉大人、玉夫人还有贵府的千金一同到贝勒府赏菊。

侍卫长：（拱手）劳驾了！刘师傅！

刘泰保：呃……听说府上小姐……

他想再多问，但是看玉府家规甚严，车夫都严肃站立不攀谈，就把话咽回去。

他张望两辆停靠的空马车，好整以暇，等待惊艳出现。

锣声响起。

12.外　玉府外广场空地

蔡九四十多岁，貌不惊人，带着俊俏的女儿蔡湘妹，在玉府外不远处的一棵大树下，解开红布包袱，铺好练家兵器就敲锣卖起艺来。

蔡　九：诸位，在下蔡九，务农为生，闲时学学拳脚，无非是怕年景不好，卖艺防身，今天求各位父老捧个场，是万般无奈！

蔡湘妹：（敲响锣）万般无奈！

蔡　九：家乡大旱，饥荒不说，孩儿她娘又撒了手。求口饭吃，这才带着闺女闯荡四方！

蔡湘妹：（敲响锣）闯荡四方！

蔡　九：给各位叫甜的！

蔡湘妹：各位叔叔、大爷！

蔡　九：捧场的都是衣食父母！

蔡湘妹：衣食父母！

蔡　九：好，有钱的捧个钱场，没钱的捧个人场。丫头，我先问你，这刀是什么刀？

蔡湘妹：青龙偃月刀。

蔡　九：早年何人所用？

蔡湘妹：关羽所用！

蔡　九：今儿个何人所使？

蔡湘妹：我亲爹所使！

蔡　九：好丫头！咱们走起来！

蔡九说罢，就抄起一把重有百斤的关刀，才拉开架势，就被一群疾步从玉府走出来的侍卫喝住。

侍卫长：大胆，竟然敢带着兵器到九门提督门外造反！

蔡　九：官爷言重！蔡九混口饭吃！

侍卫长：九门提督府外能由你混饭，那我们还混什么饭？滚！

蔡九被推倒在地上，蔡湘妹丢下锣赶紧去扶他，父女俩是仓皇又狼狈。

蔡湘妹：咱外乡人，初来乍到，哪知道哪儿是哪儿啊？

有一只手过来帮蔡湘妹扶蔡九，同时捡起地上的锣。

刘泰保：唉呀！拿官门当庙门，两位也真是——（替两人对侍卫说话）我看这爷儿俩也是饿疯啦！

玉府门口似有人出入，侍卫急于撤回。

从蔡湘妹的眼中可以看出她也在张望。

侍卫长：快走啊！

刘泰保：（好意）你们还真是——九门提督是什么官？说白了，天子脚下都归他管，京畿重地！——行了行了！把吃饭的家伙收拾收拾赶快走吧！

刘泰保帮他们捡拾兵器，蔡九立刻上前自己拾起兵器。

刘泰保一握那把关刀才知道有多沉，诧然看着蔡九。

蔡　九：多谢这位爷！不敢劳您大驾！丫头，把家伙收拾好。

刘泰保：（好奇）听口音两位是西边来的？

蔡湘妹刚要回话，蔡九抢一句在先。

蔡　九：得罪得罪！丫头！快走！

蔡湘妹：（指一指刘泰保的手上）锣！

刘泰保才发现捡起来的锣还一直夹在腋下，赶紧还给蔡湘妹，近看一眼这小妞儿还真俏，看得出她眼里对刘泰保还有几分感激。

刘泰保张望两人身影，看见蔡湘妹还回了一次头。

13.外　玉府大门口

刘泰保回到玉府门前。

侍卫长：刘师傅！劳驾您前头引路。

刘泰保：人都上车啦？贵府千金——还有玉大人——

侍卫长：车内恭候多时了！

刘泰保没能看见玉府千金，咬牙叹气，上马走到车队的前面。

骑马的侍卫甩动长鞭，发出清脆而尖锐的声响。

14.外　贝勒府花园

得禄四处指挥下人布置赏菊的花园，下人们抱着盆栽菊花忙碌。

得禄：快！这边换盆黄的！

15.外　京城街道

玉府的车队经过大街，前导的两名侍卫骑在马上，不时甩动长鞭，发出声响。

刘泰保狐假虎威地走在开道侍卫的后面。

街上的人听到甩鞭声都急忙回避。

有一个装束鲜艳、一看即知是边疆人的壮汉（罗小虎）站在人群中，留心观望官轿经过。一个过路人挤到罗小虎的胳膊时，挤起罗的袖子，露出前臂系着一支小弓弩。罗小虎飞快拉上袖子，把武器藏起来。

隐约见到女眷的官轿窗帘竟然掀开，刘泰保惊诧，连忙揉眼，还没睁亮眼睛，那轿帘刹时又放下了。

刘泰保扼腕至极。

16.内　马车内

玉娇龙放下窗帘。

玉夫人：就要嫁人的人了，少抛头露面的。

玉娇龙：看看怎么了，嫁了人，眼睛还不是要看东西。

玉娇龙说着又掀开窗帘的一角朝外窥看，最后又意兴阑珊地放下窗帘。

玉夫人：不是不让你看东西，是别让人看见你 。

玉娇龙：那还是不嫁人的好。

玉夫人：还说！——你参这十年放官到新疆，可把我放老了，也把你给放野了！京城里一切讲规矩，你现在连蹲安都不会，花盆底鞋也踩不稳。

玉夫人一面说，一面正女儿的衣领。

玉娇龙：我不想来，硬要我来！

玉夫人：（兴致地）倒是今儿说不定见得到鲁翰林！——你可得回避着点儿，人家已经放了聘，按说是不方便见面的——你瞧他那肥耳垂儿！那可是主富贵啊！

玉娇龙：你喜欢大耳朵，干脆把我嫁给象，要不嫁给猪也行！

玉夫人瞪着玉娇龙，又怜爱地扑哧一乐。

17.内　贝勒府大厅内偏间

桌上摆着的剑匣，铁贝勒有欣喜更有不安。

铁贝勒：——这是慕白的贴身配剑啊！宝剑配英雄，当今天下论剑法论武德,只有慕白才配用这把剑——! 礼太重,我不能收!

俞秀莲:贝勒爷,这把剑惹了无数江湖恩怨,慕白说,他要从此离开这些恩怨。您不收下,恩怨不了。

铁贝勒:(沉思)嗯,也是。算我替他管着吧,这样一来,大清的天下,也少掉不少麻烦。慕白是明白人。

此时得禄进来。

得　禄:九门提督府玉大人到!

铁贝勒:更衣。

俞秀莲:(起身)不多打扰,告辞了!

铁贝勒:别急着走,你今儿就在这儿住下了。慕白把剑放我这儿,以后就该张罗着过日子了。我看你们的事儿,也该办办了。

俞秀莲:我看慕白也有这个意思,可他就是不明说。您说哪儿有让女人说这种事的?

铁贝勒:他不说我说。下回见着他,我就明讲了。其实慕白虽说是江湖上一条好汉,我看来看去,只有你能降住他。他不明说,也是跟你调皮呢。

俞秀莲:贝勒爷说的是。

18. 外　贝勒府花园

玉大人穿过二门直入中堂,背景中后头有人扛着礼匣向偏房去。

铁贝勒拱手出厅。

铁贝勒:玉大人光临 有失远迎!

玉大人:岂敢! 多谢贝勒爷相邀,卑职有些在新疆任上时的收藏,不成敬意。贝勒爷笑纳!

铁贝勒:客气了! —— 宽衣 。

19. 外　下院班房

上面的人忙着应酬,下面的人忙着赌钱。

下院班房里,骡马车辆占据外院,各家的轿夫马弁聚集在廊檐下赌钱。

刘泰保有点沮丧,进了院子,铁家杂役一见他就围上来。

杂　役:保爷! 见着了?

刘泰保:(含混)那还用说!

杂　役:长什么样?

刘泰保:(愣)长什么样儿? 那水漾漾儿的,脸儿是黑里透红。还有——

刘泰保敷衍着说着走进去,屁股后面跟着一堆杂役。

杂　　役：官家千金怎么是黑里透红呢？

众人喃喃附和。刘泰保停步怔住。

刘泰保：可不黑里透红！玉府千金人家是从新疆来，哪儿像你们，在北京憋得白里透白，还算个男人样儿吗？

20.内　花园大厅

此时铁府花园大厅已是高朋满座，玉大人与铁贝勒隔桌而座，厅里左右皆是一些穿着华而不贵的江湖中人。

铁贝勒：这位是周本才周总舵，掌管冀州潜帮，运河两岸都有他的堂口，——这位是李文汉李大师！——这位是江南俞秀莲俞总镖头，雄远镖局，旗号响亮！

俞秀莲：不敢当！玉大人！

铁贝勒：这位是金刀张德功张爷，一手好刀，开武馆又开医馆，还精通易经八卦，论命也有一套。

玉大人觉得铁贝勒介绍这些江湖人士给他，令他尴尬，相对拱手有失身份，不答礼又不给铁贝勒面子，只能让一让手，眼睛里多的是怀疑。

铁贝勒：这些朋友都是我的至交，玉大人以后有任何事，尽管吩咐他们。

玉大人：官不扰民，何况是贝勒爷的至交好友。久闻贝勒爷广纳豪杰，有小孟尝之名，果然名不虚传。

铁贝勒：我交朋友不讲身分地位，只讲个义字！

玉大人：（虚应）贝勒爷胸襟开阔。

铁贝勒：（笑着）今儿个请诸位来赏菊，菊，也是个聚的意思。

周　　爷：铁爷高兴，待会儿咱就舞一趟刀助兴！

21.外　内院花园

几个孩子缠着俞秀莲要耍刀练拳，俞秀莲和贝勒爷的孩子相熟，比划两招，逗着他们玩。院子里有暖阳。

玉娇龙远观。

22.外　贝勒府花园

鲁夫人、玉夫人正在赏花。

鲁夫人：（点数菊花的名）这是"御带飘香"，皇上亲赐的名；这是"蜜西施"；这盆——对了，叫"紫霞觞"，是紫菊。

玉夫人叫不出只字片名，甚是懊恼。

玉夫人：我小时候还知道，这么些年了又到新疆，真是记不得了。

鲁夫人：靠记可记不了多少，京城里新鲜热闹的事多着哪，咱们结了亲家，我带你到处见识见识！

鲁夫人那种占上风的姿态多少让玉夫人不太舒服。她看见，在花园的另一边，一个年轻人——鲁君佩，身后跟着一个家仆，也在观花。

玉夫人：君佩比上次见到时发福了！

鲁夫人：他最近刚升到顺天府任知事，肥缺，事儿忙，一天到晚都是各路人马来疏通巴结，我叫他少应酬，吃成个脑满肠肥的样子，你家龙姑娘可就看不上了！

玉夫人：那倒不是！

亭台处，福晋和几个女眷出来迎客。

鲁夫人：是福晋！——我来替你引见！

玉夫人：不忙！福晋是我远房的表姐，虽然多年不见，但亲还是亲！走吧！

玉夫人在这里终于扳回一城，煞是得意。官家之间算计的就是这些。

23. 内　贝勒府书斋

得禄引俞秀莲走来，一路走一路说。俞拿着剑，入门。

得　禄：贝勒爷说，就搁在这屋！

得禄推开书斋门，吓了一跳，一个女子正在看墙上的字，而且徐徐不惊地转身，仿佛突然来人她并不惊吓。

得　禄：您——

玉娇龙：我是府上今儿的客。

得　禄：这是贝勒爷的书斋，姑娘您——

玉娇龙：外头人多，我头昏，想找个清静的地方透透气！

得　禄：小的是铁府管事得禄，（指俞）这位也是贝勒爷的客。

俞秀莲施礼，玉娇龙却没有还礼，只顾着对得禄说话，脸上一派喜气。

玉娇龙：（指着墙上的字画）我觉得这幅不像真的。

俞秀莲看着面前这位率真、说话略带娇憨的女子。

说明：该剧本节选自中国对外翻译出版公司 2000 年 7 月第 1 版原著，在文字格式上稍有改动。

【改编分析】

2001 年，台湾导演李安的华语影片《卧虎藏龙》取得了 10 项奥斯卡提名、

4 项奥斯卡奖的骄人成绩。它是根据王度庐的原著小说改编的。

王度庐原名王葆祥,字霄羽,1909 年出生于一个北京的贫困旗人家庭。在战乱频仍的年代,他迫于生计,从 1938 年开始使用"王度庐"的笔名,连续创作武侠小说。他的武侠作品,把"侠"的阳刚之美和"情"的阴柔之美结合起来,营造出既慷慨又旖旎、既壮烈又缠绵、既苍凉又温柔的审美意境,开"侠情"小说的先河,其中的代表作"鹤—铁五部曲"风行全国。

"鹤—铁五部曲"由系列故事组成,故事之间情节前后相接、人物关系错综。按故事的时间顺序排列,分别是《鹤惊昆仑》、《宝剑金钗》、《剑气珠光》、《卧虎藏龙》和《铁骑银瓶》。

《鹤惊昆仑》写的是一个复仇的故事,男主人公是江小鹤(退隐江湖后方称江南鹤)。在童年时,其父因犯"淫戒"而被师父鲍昆仑"清理门户"、残酷杀害。小鹤立志报仇,历经漂泊、凌辱之苦,学得武林绝技,十年后下山,寻找杀父之仇。鲍昆仑的孙女阿鸾与小鹤青梅竹马、两小无猜,相爱甚深,但祖父却做主将其嫁给了大侠纪广杰。两人之间展开一系列爱恨情仇的冲突。最后,鲍昆仑自杀,江小鹤手刃了直接杀害父亲的凶手,并与广杰化敌为友,而阿鸾却因伤重不治而香消玉殒。

《宝剑金钗》主要讲述的是侠士李慕白和侠女俞秀莲的爱情故事。二人先由比武而结识,继而暗中相慕相爱。但当李慕白得知秀莲已经许配孟思昭之后,便认为自己不应充当"第三者",决心割断痴情。在京城,李慕白结识了一位名叫"小俞"(即孟思昭)的神秘侠士,相谈甚欢,结为生死之交;京城恶霸黄骥北召集高手前来寻衅,孟思昭孤剑出击,终因寡不敌众,壮烈牺牲。此时,李慕白与俞秀莲方知"小俞"的真实身份,二人被这位挚友的义气深深感动,觉得双方结合就是对孟思昭高义的亵渎,决定终身不论嫁娶。最终,李慕白为保护恩人德啸峰入狱,后被盟伯江南鹤救走。而在德府做护院的俞秀莲发现枕旁放着李慕白的宝剑一柄,又有纸柬一张,上写"斯人已随江南鹤,宝剑留结他日缘"。

《剑气珠光》从李慕白被江南鹤解救到北京郊区并遵命前往江南避案写起,继续表现李慕白、俞秀莲在江湖争斗中的情感生活。核心情节是江湖豪客围绕朝廷大内遗失的宝珠和镇江江心寺的一份"点穴秘图"而展开的纷争恶斗。李慕白和俞秀莲以正派侠者的身份卷入这场斗争,最终李、俞二人得到宝珠,夜入大内,留柬还珠,然后退隐九华山。

《卧虎藏龙》是第四部,讲述了男女主人公罗小虎与玉娇龙的爱情悲剧。前者是一位沙漠大盗,也是《剑气珠光》中杨豹之兄,女主人公则是京城九门提督的女儿、豪门千金。玉娇龙幼得名师暗中传授九华派高超武功,在新疆大漠偶遇罗小虎，相互爱慕。回到京城之后，玉娇龙因盗青冥剑而遭到铁贝勒府护院拳师刘泰保的监视、追踪，又受到李慕白、俞秀莲等"白道"侠客施加的压力，还受制于身边的"黑道"人物师娘耿六娘。不久她顺从父命，下嫁鲁府鲁君佩。罗小虎潜入玉府，大闹玉、鲁婚礼。玉娇龙则于入洞房后神秘失踪，再盗青冥剑，女扮男装，闯荡江湖。后得知母亲病重，返京探母，被鲁君佩暗中勾结玉府仇家扣留。罗小虎兄妹得刘泰保、德啸峰等人协助，查明当年杀父仇人，终于诛仇雪恨。玉娇龙在为母亲办完丧事之后，一直深居简出。后逢妙峰山庙会，她为保佑父亲病愈而上山还愿，舍身跳崖，下落不明。故事结尾，在京郊僻地，玉娇龙和罗小虎一夜鸳鸯，却又于清晨孤剑单骑，飘然而去。

《铁骑银瓶》是最后一部，讲述了玉娇龙与罗小虎之死，以及儿子韩铁芳的爱恨故事。雪夜野店，玉娇龙产下她与罗小虎的儿子，却被住店的方二太太用自己的女孩掉了包，只留下一只银瓶为记。继而方二太太被祁连山匪徒劫去，男孩也不知去向。玉娇龙将女孩抚养成人，取名春雪瓶。玉娇龙的儿子则被退隐江湖的山匪韩文佩收养，取名韩铁芳。二十年后，韩文佩死去，铁芳为寻母而闯荡江湖，途中遇女扮男装、身患重病的玉娇龙，结为忘年交。几经试探，玉娇龙知晓铁芳确系自己的骨肉，但不便相认，只让铁芳先到天山寻找一位自己最亲近的人帮助他，并嘱二人结为"终身伴侣"。后遇狂风沙暴，玉娇龙死在来不及相认的儿子怀中。铁芳到达新疆伊犁，在赛马会上初会春雪瓶，却被射伤，落荒而走。春雪瓶寻找母亲玉娇龙，并欲拜见奉旨来疆的钦差玉大人即"舅舅"。途中得知玉娇龙死讯，见韩铁芳带伤料理母亲后事，十分惭愧。春雪瓶夜探玉钦差的府第，失手杀死护府之镖头。官府搜凶，逮捕了客店的罗小虎。罗小虎始终认为春雪瓶是自己和玉娇龙的亲生女，慨然为之顶罪，被押解伊犁，受私刑折磨，后得铁芳、雪瓶相救。罗小虎至死不知铁芳是其亲生骨肉，唯敦促女儿春雪瓶与铁芳结缘。韩铁芳与春雪瓶亲眼目睹了祁连山匪帮和方二太太的可悲下场，二人携手归隐，退出恩怨江湖。

"鹤—铁五部曲"描写了四代武林豪侠的爱情悲剧，总计280万字，是王度庐的成名之作，一直广受好评。

电影剧作《卧虎藏龙》是根据其中的第四部同名小说改编的，但是在结构与人物关系上却突破了原著。它将第二部《宝剑金钗》讲述的侠士李慕白和侠女俞秀莲的爱情故事糅入其中，使得故事更加曲折迷离，人物关系更加复杂。虎龙（罗小虎与玉娇龙）恋情之外，李俞二人与玉娇龙之间建构起在类型电影故事中常见的三角恋情关系。电影里对玉娇龙性格的刻画以及对虎龙恋情悲剧内涵的阐释，基本符合原著小说。李慕白与俞秀莲的情爱关系得以彰显放大，虽然最后电影故事仍然收束于虎龙爱情悲剧，但是由于人物关系的重新建构,人物的性格内涵乃至电影的思想主题都超越了原著。当代社会的伦理困境投射于影片之中,情欲与爱情、秩序与自由之间的关系更趋紧张,女性主义的魅影若隐若现。玉娇龙飞身一跃而下的最后一景,虽然是李安最初读小说时为之神迷的地方,即就是他创作的出发点,但在电影中,其思想内涵已经有了变化,涉及人性欲望困境,更关乎绝对自由。

小说中比较重要的市井侠义人物刘泰保的形象在剧本中被弱化,也属电影改编所需。

小说《潜伏》(节选)　作者:龙一

第一章

余则成是个老实的知识青年。

因为老实、年轻,而且有知识,上司便喜欢他,将许多机密的公事和机密的私事都交给他办,他也确实能够办得妥妥当当,于是上司越发地喜欢他,便把一些更机密的公事和私事也交给了他,他还是能够办得妥妥当当。一来二去,上司便将他当作子侄一般看待,命令他回乡把太太接过来团圆,并命令庶务科替他准备了新房和一切应用物品。

然而,余则成在家乡并没有太太。

因为老实和组织上严格的纪律,余则成这些年甚至连个恋人也没有,不过,在他的档案里,他却是个有太太的男人。6年前他在重庆投考国民政府军事委员会调查统计局干部训练班的时候,中共党组织曾为他准备了一份详细的自传材料,其中特别提到了他的太太还留在华北沦陷区,这是因为,只有这种有家室的男人才容易赢得国民党人的信任,特别是年轻的知识分子。

我们的党善于挖掘对手的弱点,当时余则成对党组织的睿智佩服得五体投地。

如今,日本人被打败了,他跟随上司来到天津建立军统局天津站,上司任少将站长,他是少校副官兼机要室主任。光复之后的财源广进和对美好生活的憧憬,让站长一连娶了三个女人,建了三处外宅,并且联想到他的心腹余则成已经离家6年,便动了恻隐之心,这才有了这次接家眷的事。

因为余则成近几年的身份、职位过于重要,组织上考虑到他的安全,甚至连与他的单线联系也掐断了,现在他只能通过秘密联络点把这个新情况向党组织汇报。他与组织上的同志们已经一年多没见过面,虽然心中时时思念,但他知道必须得抑制住这份感情,革命毕竟是一项有纪律的事业。很快,组织上回信说需要他的一张旧照片和5天的准备时间。到了第6天,他在联络点拿到了一个大信封,里边有一张已略显破旧的大红婚帖,另外一张是印着"百年好合"金字的结婚证，角上贴着贰元陆角的印花税，下边盖着当年日伪县政府的大印和县长的私章。结婚证中间贴着照片，男的是他的那张旧照片翻印的，女的粗眉大眼的不难看。一番检查过后，他发现这个证件制作得极其精致，联银券的印花税票是真品，县政府公章的雕工无可挑剔，照片的翻印和修版也做得非常地道，不会被任何人看出破绽。他很感激组织上为他的安全费尽心力，因为，他们一定知道军统局的那班技术人员相当厉害，如果留下一丝破绽，他连逃跑的机会也没有。

到了第7天，站长说要给余则成派个司机，让他见面后踏踏实实地与太太说说话，边开车边说话毕竟危险。不想，特勤队的队长老马听见了这话，立刻自告奋勇，说是往日没机会巴结小余，今日总算逮着个茬口，不可放过。然而，余则成平日里防范最严密的就是这个老马，他是出了名的鹰犬，站里跟踪、搜查、抓捕、刑讯、暗杀等所有可怕的工作都归他负责，而且他是中校军衔，没有替余则成当司机的道理。站长见老马这样表示却挺高兴，说你们俩都是我的心腹，正应该多亲多近。

于是，一个特务头子和一个中共地下党员便一同上路了，去接那个原本并不存在的女人。

车到宝坻县临亭口，他们看到路边停着辆马车，车夫抱着鞭子蹲在车后打盹儿，车上坐着一老一少两个女人，年轻女人怀里抱着包袱，粗眉大眼，但比照片上要难看一些。余则成下车冲着老太太叫了声妈，这才给老马介绍说这是我的岳母这是我的同事。老太太攥着烟袋向老马拱了拱手，老马中规中矩地鞠躬，说您老人家可好，又从车里提出两匣子点心四瓶酒放到马车上，说这是小辈孝敬您的。

车夫从后边转过来，卸下行李往吉普车上装。余则成在他走过自己身边时，伸手拉住车夫的后襟，说你一切要当心，其实他是为了把车夫翘起的后衣角拉平。方才车夫躲在马车后边，手一定是未曾松开过插在后腰上的手枪。

回程的路上，余则成告诉老马他太太叫翠平，翠平也跟着叫了一声大哥。老马问，你婆家人怎么没来送？余则成说家中已经没有人啦。老马骂了一声日本小鬼子真他妈的不是东西，便不再开口。

在后座上，余则成伸手去握翠平的手，翠平瑟缩了一下，便任由他握着。于是，余则成在她的手掌中摸到了一大片粗硬的老茧，也发现她的头发虽然仔细洗过，而且抹了刨花水，但并不洁净；脸上的皮肤很黑，是那种被阳光反复烧灼过后的痕迹；新衣服也不合身，窝窝囊囊的不像是量体裁衣。除此之外，她身上还有一股味道，火烧火燎地焦臭，但绝不是烧柴做饭的味道。汽车开出去20里之后，他才弄明白，这是烟袋油子的味道，于是，他便热切地盼望着这股味道仅只是他那位"岳母大人"给熏染上的而已。

平日里，余则成的嗜好只有一样，便是收藏文房四宝，而他最厌恶的东西也只有一样，就是吸烟的味道。他对吸烟的厌恶名声极大，即使是站长召见他也常会很体贴地把那根粗大的雪茄烟暂时放在烟灰缸里，而像老马这种出了名的老烟枪居然一路上一根香烟也没吸。但是，他与组织上分手的时间太久了，也许新接手的领导并不知道他的这个毛病。

虽说领导可能不了解他的生活习惯，但还不至于不了解他的其他情况。翠平很明显没有文化，只是一名可敬的农村劳动妇女，这样的同志应该有许多适合她的工作，而送她到大城市里给一个特务头子当太太就很不适宜了。他转过头来看翠平，发现她也在偷偷地看他，黑眼珠晶亮，但眼神却很执拗。于是他问你饿了吗？她却立刻从包袱里摸出两只熟鸡蛋放在他的手中，显然她很紧张。这时老马在前边打趣道，我这抬轿子的可还没吃东西啊！老马从后视镜中可以看到他们的一切，这也是余则成不得不做戏的原因。

当天晚上，站长亲自出面给翠平接风，酒席订在贵得吓人的利顺德大饭店西餐厅。同事们要巴结站长和他的心腹，便给翠平买了一大堆礼物。反正光复后接收工作的尾声还没有过去，钱来得容易，大家伙儿花起来都不吝惜。

余则成很担心翠平会像老舍的小说《离婚》里边那位乡下太太一样，被这个阵势给吓住，或是有什么不得体的举止，如果他的"太太"应酬不下来这个场面，便应该算是他的工作没做好。任何一件小小的失误都会给革命事业带来损失，他坚信这一点。不想，等站长演讲、祝酒完毕，开始上菜的时候，翠平突然点手把留着金黄色小胡子的白俄领班叫了过来。众人的目光一下子都集中到她身上，只听她大大方方地说道，有面条吗？给我煮一碗，顺便带双筷子过来。站长听罢不禁哈哈大笑起来，说我就喜欢你这样的孩子，好孩子，够爽快，我至今生了6个浑蛋儿子，就是没有个女儿，你做我的干女儿吧！过几天还是这些人，去我家，我这姑娘那天正式行礼改称呼，你们都得带礼物，可别小气啦。众人哄然响应。余则成发现，翠平的目光在这一阵哄闹中接连向他盯了好几眼，既像是观察他的反应，又像是朝他放枪。他向她点点头，传达了鼓励之意。他猜想，翠平在这个时候最需要的应该就是鼓励。

晚上回到家中，余则成说你累了一天，早些睡吧，便下楼去工作。他们住的房子在旧英租界的爱丁堡道，是原比商仪品公司高级职员的公寓，楼上有一间大卧房和卫生间，楼下只有一间客厅兼书房的大房间，另外就是厨房兼餐厅了。这所住房并不大，但对于他来讲已经很不错了，接收工作开始之后，接收大员们首先争夺的就是好房子，这个时候能在几天之内就弄出个像样的家来，大约也只有军统特务能够办得到。

余则成知道自己必须得睡到楼上卧室中去，这是工作需要。军统局对属下考察得非常细致，万万马虎不得，往日里他若是有过一丝一毫的疏忽，必定活不到今天。钟敲过12点，他这才上楼。洗漱完毕，他将卫生间的窗子拉开插销虚掩上，又打开了从走廊通向阳台那扇门的门锁，也把门虚掩上。这样以来，他就有了两条退路。任何时候都要保证自己有两条退路，这是军统局干训班教官的耳提面命，他记得牢牢的，并用在了正义事业上。

卧室里翠平还没有睡，她将带来的行李铺在地板上，人抱着包袱坐在上面打盹。他说你到床上去睡，我睡地下。翠平说我睡地下，这是我的任务。他问什么任务。她说保护你的安全。说着话，她挪开包袱，露出怀里的手雷。余则成一见手雷不禁吃惊得想笑，那东西可不是八路军或日军使用的手榴弹，也不是普通的美式步兵手雷，而是美国政府刚刚援助的攻坚手雷，粗粗的一个圆筒，炸开来楼上楼下不会留下一个活口。看来组织上想得很周到，余则成放心了，睡得也比平日里安稳许多。到凌晨醒来时，他发现翠平没在房中，便走到门口，这才看到翠平正蹲在二楼的阳台上，嘴里咬着一杆短烟袋，喷出来的浓烟好似火车头，脚边被用来当烟缸使的是他刚买回来的一方端砚，据说是文徵明的遗物。如果此刻被时常考察属下的军统局发现他太太蹲在阳台上抽烟，不论从哪方面讲都不是好事，但是，他还是悄悄地退了回来，他希望来监视他的人只会认为是他们夫妻不合而已。

第二章

果然，早上站长召见他，并且当着他的面点燃了一根粗若擀面杖的雪茄烟，笑道：没想到我那干女儿居然是个抽烟袋的呀！然后又安慰他，说那孩子在沦陷区一定吃了许多苦，你就让让她吧。随后又开导他道：你是个男人，可不能婆婆妈妈的，要是家中没意思你可以出去玩嘛，但不许遗弃我这干女儿，这样的孩子看着她就让人心疼，更别说欺负。余则成对此只有唯唯而已，心想这位上司不知道动了哪股心肠，居然如此维护翠平。

余则成的日常工作是汇总、分析军统局天津站在华北各个组织送来的情报，其中多数是中共方面的，也有许多是关于政府军和国民党军政大员的，五花八门，数量极大，他必须得把这些情报分类存档，并将经过站长核准的情报送往刚刚迁回南京的军统局总部。除此之外，他还必须要将这些情报中对中共有用的部分抄录一份，通过联络点送出去。

他的另一项主要工作是替站长处理私人财务，这也是个十分复杂的任务。天津光复后，军统局是最先赶回来接收的机构之一，为了这件大事，局长也曾亲自飞来布置接收策略，并满载了整整一架飞机的财物飞回南京。站长在这期间的收获也极大，但他毕竟是个有知识有修养的人，不喜欢那种抢劫式的方法,便主要对银行业、保险业和盐、碱等大企业下手,但对企业进行改组、重新分配股权等工作极为复杂,很费精力和时间,他便把这些事都交给了余则成,而他自己则一心一意地去深挖潜藏在市内的共产党人,而且不分良莠,手段冷酷无情。余则成曾几次提请组织上,要求让他对站长执行清除任务,不想却受到了组织上的严厉批评,说他现在的价值远远超过杀死站长数百倍,不能因小失大。

由于他的工作量极大,很劳累,胃也不好,身体在不知不觉间便越来越差。翠平看着他一天比一天瘦,便提出来由她去送情报,给他分担一点负担。他问,组织上当初是怎么给你交代的?她说组织上知道你一个人忙不过来,就想重新建立单线联系,让你写,让我送。他又问:你知道为什么会选中你吗?她说知道,组织上说,一来是因为女学生们都到延安去了,一时找不到合适的人;二来是因为我不识字。余则成听罢深深地点了点头,第二条理由最重要,组织上考虑的比他要周全得多。但是,他仍然不同意由翠平代替他去送情报,因为这项工作太危险,如果被抓,他的军统身份可以暂时抵挡一阵,能够争取到撤退的机会,但翠平却没有这机会,而是只有一条死路。

翠平许是看出了他的心意,便有些生硬地说,我被抓住也不会连累你,我的衣领里缝着砒霜哪。他只好笑道:你是我太太,站长的干女儿,抓住你必定会连累我。翠平当即怒道:你这样婆婆妈妈的,是对革命同志的不信任,依我看,你根本就不像他们说的那么英雄。从此后,一连几天翠平不再与他讲话,每日无聊地楼上楼下转悠,但抽烟还是到阳台上去,用那块文徵明的端砚当烟缸。

余则成心想,这便是他第一次望着她时,在她眼神中发现的那股子执拗。她是个单纯,不会变通,甚至有些鲁莽的女人,但是,他相信她一定很勇敢,会毫不犹豫地吞下衣领上的毒药或拉响那只攻坚手雷,为此,他对她又有了几分敬意。

然而,此后不久发生了一件事,让他发现,对于他的安全来讲,翠平的存在甚至比老马还要危险。

1946 年 8 月 10 日,马歇尔和司徒雷登宣布对国共双方的"调处"失败,内战即将全面爆发。在这个时候,军统局天津站的工作一下子忙碌起来,余则成一连半个多月没有回家,到了 9 月 2 日,国民政府军事委员会的《国军在华北及东北地区作战计划书》终于下达了,与此文件一同送来的还有晋升他为中校的委任状。余则成这几年的工作确实非常出色,不论是对于中共党组织,还是对于军统局,所以,得到晋升是意料之中的事。

他将文件替党组织拍照了复本之后,便将原件给站长送了过去。站长一见挺高兴,说工作终于告一段落,咱们总算可以松一口气了,晚上带你太太来我家,让那孩子认认义母,你也顺便给大家伙儿亮一亮你的新肩章。

于是,他急忙给家里打电话,是老妈子接的,翠平虽然来此已经几个月了,但仍然不习惯电话、抽水马桶和烧煤球的炉子。他让老妈子转告太太,说晚上有应酬,让她将新做的衣服准备好。他还想叮嘱一下让翠平弄弄头发,但最后还是决定回去接她时再说。这些琐事都是他们日积月累的矛盾,不是一时半会儿可以解决得了的。

果然,等他回到家中,翠平还蹲在阳台上抽烟袋,他安排的事一样也没做。老妈子在一边打拱作揖地赔不是,说太太这些日子心情不好,先生您要好好说话。他不愿意被佣人看到他们的争吵,不管老妈子是受命于军统局还是中共党组织,这些事被传出去都只会有害无益。

他努力让自己平静下来,对翠平说,晚上站长请你去见他太太,需要穿得正式一些才好。

站长虽然在本地安了好几处家,但始终与原配太太住在旧英租界常德道1号那所大宅子里,所以他对世俗的礼节非常重视,经常对手下讲,纲常就是一切,乱了纲常,一切也就都乱了。

翠平听见他讲话,便收拾起烟袋和"烟灰缸",回到卧室,这才说,我不想去见那些人,他们明明是些杀人魔鬼,坐在一起却装得好像是一群小学校里斯文的先生,让我越想越恨,总忍不住要拉响手雷把他们都炸死。

余则成只好说,我跟你解释过许多次了,这是工作需要,是革命事业的需要。

他必须得说服翠平,这种应酬是无法推托的。军统局对属下的内部团结有着极其严格的要求,所以,不论是站长一级,还是侦探、办事员之类的下级人员,各种联谊活动以及私人之间的往来非常稠密,然而,翠平每一次参加这类活动,总是会给别人带来不快。当然了,她倒也没有什么特别的举动或言语,只是一到地方她便把那对粗眉拧得紧紧的,脸上被太阳灼伤的皮肤因为神色阴郁而越发地晦暗,有人与她讲话,她也只是牵一牵嘴角,既没有一丝和气的神色,也没有一句言语。这与军统局所谓的"大家庭"气氛格格不入,特别是让那些因为丈夫参与接收而一夜之间浑身珠光宝气的家眷们大为恼火,便忍不住回到家中大发牢骚,而这些牢骚的作用也已经对余则成的工作造成了极其不利的影响。

于是,他亲自动手替翠平拿出新做的印度绸旗袍、美国玻璃丝袜和英国产的白色高跟拷花皮鞋,又从首饰匣中挑出一串长长的珍珠。余则成不怕危险,也不怕牺牲,然而,做这些事却让他感到极度的屈辱。他虽然从来也没有在心底埋怨过组织上对他不理解,但他有些埋怨组织上没有把翠平教育好。他正在从事的是一项极其危险的工作,在这个环境中翠平显然没有给他帮上任何一点小忙。

在他拿衣物时,翠平一直深深地低着头,坐在床边生闷气,这时她突然说道:你整天把我关在家中,根本就没有把我当作革命同志,更没有给我任何革命工作。

余则成只能好言相劝,你住进这所房子本身就是革命工作,另外,如果你想散心,可以出去玩嘛,抽屉里有钱,站里边有车,到哪去都行,干什么都行。

你是想让我跟你们站里那些阔太太一样混日子吗?我可是堂堂正正的游击队员。翠平抬眼盯住他,黑眼珠在燃烧。

对于女人的反抗,余则成无计可施,因为他是个老实人,只好说道:那么你看该怎么办才好呢?

给我工作,正式的革命工作。翠平表现出当仁不让的勇气。

你又不识字,而且……余则成猛地咬断口里不中听的话语,转口道:现在正是党的事业最关键的时期,党要求你潜伏在这里,你应该很高兴地服从才是,因为,潜伏也是革命工作之一呀!

从他进入军统局干训班开始,曾经有两年多的时间与党组织没有任何联系。那是一段痛苦不堪的回忆,要求他一边学习并实践对共产党人的搜捕、刑讯和暗杀,一边等待为党组织做工作的机会。因为经历过那么艰难的考验,所以他对翠平轻视潜伏工作的态度很不满意。他觉得,翠平之所以不能理解组织上的用意,主要是因为她不是知识分子的缘故。他这样想丝毫没有轻视农工阶级的用意,只是这种无知无识的状态,让翠平对党的革命理想和斗争策略无法进行深入的理解。然而,他又确实不擅长教导翠平这样的学生,无法将党的真实用意清楚地传达给她,因为他是个老实人,只会讲些干巴巴的道理,而翠平脾气硬,性格执拗,最不擅长的便是听取道理。所以,虽然他们是革命同志,但却无法沟通他们的革命思想。为此,余则成心中非常痛苦,而且是那种老老实实、刻骨铭心的自责。

无奈之下,他只好再一次对翠平妥协,表示今晚应酬过后,他一定提请组织上给她安排任务。翠平却说,组织上早已安排过了,协助你工作就是我的任务。

第三章

那么好吧。余则成只得又退了一步。不过,这次让步总算是给他带来了一点工作成绩——翠平终于同意用香皂洗头了。

许是因为余则成答应了她的要求,翠平今晚还算合作,将清洁的长发在脑后挽了个光润的发髻,但看上去却有些显老,与时髦的衣饰也不般配。余则成止住了她往脸上扑粉的动作,只让她擦了一点润肤油和唇膏,因为,她的皮肤黑得确实不宜扑粉。

站长见到妆扮一新的翠平,笑得非常开心,说这才好嘛,打扮起来真是好看。又对余则成下命令说,你可不许苛待我的干女儿,要尽可能地给她买些好衣服。余则成咔地一声碰响鞋跟表示从命,却没有留意到站长的话只是玩笑。

站长夫人是位身材高大、性格粗豪的老太太,50多岁,据说是北洋时期一位督军的女儿,那位督军是行伍出身,于是女儿便继承了家风,双手能打盒子炮。翠平向老太太行大礼认亲,老太太也为她准备了非常贵重的首饰和衣料作为见面礼。前来观礼的都是军统局的同事,老马紧跟在余则成身边,一个劲地恭维他有大运气,日后必定会升官发财,妻贤子孝、姬妾香艳,姻亲满朝。

余则成不即不离地应酬着老马,希望没有得罪他。这个家伙既有可能是杀他的刽子手,也会是他在军统局里的竞争对头。天津站在不久的将来会出现一个副站长的空缺,老马巴结这个位置已经许久了,而余则成这次被及时地晋升,便很自然地让他成为了这个位置的候选者之一。成为副站长之后,他便可以看到通过照相电报传来的蒋介石的亲笔手令等最高级的机密。这也是他必须要完成的任务,在军统局里职位越高,他对党组织做出的贡献就越大,因此,他与老马的关系便不得不势如水火。

老马今天的话很多,巴结得站长和站长太太都很高兴。他对翠平的话也很多,甚至主动带领她楼上楼下参观了站长豪华的住宅,而且是半弯着腰在前边引路,像个旅馆里的门僮。这让余则成很是后悔没有事先提醒翠平,因为,老马的前任便是被老马这样给恭维死的。那人是组织上给余则成安排在军统局中的搭档,他死后,余则成便常常感到孤单。

这一晚,翠平在聚会的后半段突然高兴起来,与老太太有说有笑的,她的宝坻口音与老太太的安徽口音相映成趣,却让余则成看着担心,因为,他猜不透翠平这份高兴的缘由。

内战在即,所以聚会散得很早,众人纷纷告辞。翠平挽着老太太的手臂落在后边往外送客,余则成也跟在她身后唯恐她出错。突然,他发现翠平乘着众人不注意,朝他使了个得意的眼色,并提起旗袍的开衩处向他一抖,而他一见之下,立时便被惊得险些坐到地上。他看到,在翠平的旗袍下,美国玻璃丝袜子里面,插着一份文件,字面朝外,正是那份《国军在华北及东北地区作战计划书》。他立刻抬头向门外望去,发现早已告辞的老马还留在院中,身后散落着他的七八个手下,不住地拿眼盯着走出来的客人。此时聚在门边等候与主人告辞的客人已经不多了,无奈之下,余则成从老太太身边抢过翠平说,你不是要上厕所嘛？然后拉起她便跑上二楼。

站长的书房也在二楼，翠平一定是中了老马的奸计了。虽然老马并不一定知道翠平的真实身份，但圈套他是一定要下的，"有枣没枣打三杆子"，这是军统局传统的工作方法。

翠平却一边跑一边问，走出去就安全了，你干啥要回来？余则成只好吓唬她说你偷文件的事已经被发现了，他们正在门外等着抓你。跑进书房，他问你在哪拿的？翠平一指书桌上已被打开的公文包，那是站长的公文包。他迅速从翠平衣下拉出那份文件，又放在书桌上用10根手指弹琴一般按了个遍，好用他的指纹盖住翠平的指纹。当他刚刚将文件塞进公文包时，门外便响起了脚步声。翠平这时黑眼睛一闪，咬紧嘴唇，一下子扑到他的怀中，用头像一只小动物一般在他的胸前拱来拱去。但余则成知道这样解决不了问题，便猛地将翠平的旗袍撩到腰际，然后将她抱到书桌上，一只手搬起她的一条腿，另一只手迅速将站长的公文包锁好。同时他也留意到，翠平的脸已经红到了脖子和耳朵上。

冲进来的是老马和他的一班手下，见情形立刻愣在门口，笑道，小余，想不到你这个老实人也会干这调调儿！

为了翠平的这次无组织无纪律的冒险行为，余则成只能强压住心中怒火，在向站长告辞时故作随意地提起要请一天假，说是家中来信，老岳母身体不好，需要女儿回去伺候，明天他想出城把太太送回去。他这是在冒违抗组织命令的风险，因为，翠平毕竟是组织上派来的同志，他没有权力将她调离工作岗位。

站长听了他这话，当即将翠平留给他太太，把余则成拉到一边严肃地说，我好不容易给我太太找了这么一个玩伴儿，而且她们两个也很投缘，你不能带她走。余则成说家中长辈有话来，不能不听。站长说长辈有病可以花钱治嘛，多给他们些钱就是了，你若是把我干女儿带走了，我太太没人陪，还不得照旧每天缠住我不放。

原来站长并非真心喜欢翠平的鲁莽，而是他正在给太太物色一个能绊住她的女友，却恰好被翠平撞上了。于是，余则成为了避免翠平再犯错误的意图便被站长的私心给无形地化解了。为此，余则成在心底有一点可怜这个大特务头子的不幸，他娶了那么多房太太，却又要做出道德君子的样子，真的很难。

通过事后的争吵余则成发现，翠平的鲁莽与大胆绝不是批评教育可以解决的，而他又无法将她送走。只是，把这样一个女游击队员长期放在身边，还得带着她参加特务组织各种各样的活动，当真是危险得很。无奈之下，他通过联络点给组织上写了份申请，请求组织批准让翠平在他的指挥下，不要参与任何有危险的工作。

组织上很快回信同意了,他便将这个决定传达给了翠平。翠平说你说话不算话,前几天还说要给我任务,结果却在背后捣鬼,想要把我关在家里或者支走。余则成说现在你想走也走不成了。翠平说我拔脚就能走。余则成说你若是丢下站长太太一走了之,便是对革命工作的不负责任……很快,他们的讨论便又被演变成一场惯常的争吵。

他们的这场争吵是在卧室中发生的,一个坐在床上,一个坐在地上,翠平一生气居然点起了烟袋,浓烟把卧室熏得像座庙。余则成张了几次嘴,却又把禁止吸烟的话咽了下去。与革命工作有关的事再小也是大事,与个人相关的事再大也是小事,他不能因为个人好恶,而让他们的协作关系进一步恶化。

倒是翠平猛然醒悟过来,拎着烟袋光着脚跑到阳台上。余则成也跟着她来到阳台,本打算劝解她几句,缓和一下气氛,不想他却突然发现,在街对面停着一辆小汽车,里边有两只香烟的火头在一闪一闪。他又向街的两边望去,果然发现远处还停着一辆汽车,但里边的人看不清楚。这是军统局典型的监视方法。于是,他伸出双臂,从后边搂住翠平,口中哈哈大笑了一阵,然后在她耳边低声道,你也笑。

翠平显然很紧张,笑声一点也不好听。他又将翠平的身子转过来,一手搂住她的腰,另一只手搂住她的头,将嘴唇贴在她的嘴角边上,做出热吻的样子。翠平口中没有喷净的烟气,熏得他泪流满面。

你看一眼街对面,现在知道什么是危险了吧!他悄悄地说。知道了。翠平仅止点首而已。他接着说我希望你能听从我的安排。翠平把头摇得坚决,不行。为什么?翠平这才小声说她必须得有正经的革命工作才行。他说你这是不服从领导。翠平说领导也得听取群众意见。他说非常时期得有非常措施。翠平说放弃革命不行。他说你做工作的方法不适合现在的环境。翠平说你可以教我怎么做但不能不做。他说我交给你的任务就是陪好站长太太。翠平说那个老妖婆让我恶心。他说你要跟站长太太学的东西还多着哪。翠平说打死我也不学当妖怪……

(原作发表在《人民文学》杂志 2006 年第 7 期)

电视剧《潜伏》(30 集)　编剧:姜伟

剧情简介:

抗日战争胜利前夕,军统特务余则成不满国民党腐败,被发展为中共地下组织成员,潜伏在军统天津站,代号"峨眉峰"。因工作需要他和女游击队长出身的翠平做起假夫妻。翠平不适应做官太太,险象环生。余则成的恋人左蓝的牺牲,让翠平理解了地下斗争的残酷性,她和余则成的配合也更加默契。——天津解放前夕,余则成千方百计拿到了国民党潜伏特务名单,却苦于无法送出。在前往机场时,他发现了失散已久的翠平,并将特务名单交给她。二人从此分别。余则成跟随站长飞往台湾,继续执行潜伏任务。

分集剧情梗概(第1~5集)

第一集

在抗日战争结束前夕的重庆,军统外勤余则成与进步女学生左蓝相恋。此时,国、共、日三方关系错综复杂。被称为军统特务"密码宝典"的李海丰由重庆投靠南京日伪政权,军统高层震怒,誓要除掉此人。在一次抓捕亲共人员的行动中,负责监听的余则成竟发现左蓝与亲共激进人士来往。余则成没有及时发出信号,致使抓捕任务落空。但这一切却被他的顶头上司吕宗方识破。不久,余则成与吕宗方一起被秘密派往南京,刺杀叛徒李海丰。抵达南京后,余则成化名劳文池,被安插在李海丰的身边。但就在余则成摸清了李的行踪,要跟吕宗方接头的时候,吕却被枪杀了。

第二集

枪杀吕宗方的人是马奎,据他供认,除掉吕宗方是军统的密令,因为吕是中共的人。余则成震惊至极。吕宗方死后,刺杀李海丰的行动暴露了,余则成陷入了孤军奋战的尴尬境地,但真心抗日的他最终还是单枪匹马锄掉了汉奸李海丰。余则成被转移到了军统南京站,受到嘉奖。不久,暗杀李海丰的行动为他招来杀身之祸,幸好被中共地下党救回。余则成看透了国民党的卑鄙行径,决心投身革命,跟心爱的人左蓝一起为共产党工作。

第三集

党组织没有把余则成派往延安,而是安排他返回重庆军统,卧底潜伏,代号"峨眉峰"。余则成以功臣的身份回到重庆,获得了嘉奖和晋升,被局长戴笠派往军统天津站,协助站长吴敬中工作。吴敬中是余则成在青浦特务训练班时的老师,他命令刚到天津不久的余则成把妻子从老家接来。余则成没有太太,只有一个恋人左蓝。只不过他当年填写档案时编造了已婚的材料。他面对一个大难题,只好主动联络在天津的地下党接头人——秋掌柜。抗战胜利在望,军统高层忙于敛财,吴敬中视自己当年的学生余则成为亲信,派他到汉奸穆连成的家里施压,索取文玩珠宝。

第四集

组织上派给余则成的冒牌夫人终于有了眉目,却又中途出事了。当年刺杀吕宗方的马奎也在军统天津站任职,他很怀疑余则成的真实身份,开始暗中调查。为了消除敌人对余则成的怀疑,组织上决定火速重新指派一位女同志前往天津。余则成奉命敲诈穆连成,结识了穆连成的侄女,一个新潮女学生——晚秋。晚秋对余则成相当迷恋。穆连成为了保命,愿意拿出酒厂来贿赂吴敬中,更希望利用侄女晚秋,攀附余则成,通过与军统特务的联姻,来保住自己的家产,吴敬中似乎也愿意促成此事。而此时组织上派给余则成的"夫人"终于到达天津,一见到这个叫翠平的女人,余则成不禁暗中叫苦。

第五集

翠平之前是太行山区的女游击队长,对都市生活一无所知,根本没有接受过专业的地下潜伏训练。而且脾气火爆、口无遮拦、烟袋不离手。马奎在余则成身边安放了眼线,情报处长陆桥山质疑翠平的身份。站长也发现余则成在重庆的时候与左蓝关系密切。性格刚烈而又十分单纯的翠平闹出许多让余则成哭笑不得的事情,让余则成的神经时刻紧绷着,生怕她暴露了身份。好在吴敬中的太太以前也是乡下人,她一心拉拢翠平。翠平难以完成从游击队长到地下工作者的身份转变。余则成守着这个定时炸弹,陷入尴尬的困境。

【改编分析】

电视剧《潜伏》是谍战类型剧的典范,根据作家龙一的同名小说改编而成。从一部一万多字的小说改编成长达30集的长剧,在文学改编领域属于比较鲜见的个案,却又具有成功的典型意义。

龙一,河北盐山县人,现为天津市作协专业作家。

短篇小说《潜伏》最初发表于2006年《人民文学》第7期,仅有1.4万多字。小说里的人物只有余则成、翠平、站长、站长太太、行动队队长老马等。小说以中共地下党员余则成与翠平充满对抗和误解的"假夫妻"关系为叙事主线,涉及一个全新的人物关系领域和特殊的伦理氛围,包含着一个趣味盎然的戏剧结构。由于是短篇小说,情节冲突集中在这对"假夫妻"之间。

相比小说,电视剧增加了大量人物角色,有革命信念坚定的左蓝、秋掌柜,有思想新潮的晚秋,还有反面角色陆桥山、李涯等人。这些鲜活人物形象的塑造,不仅丰富了剧情、扩展了戏剧冲突的范围,而且更加衬托出主人公的人格魅力。革命信仰的力量被曲折迷离的剧情和生动的人物角色充分释放出来,产生了巨大的感染力,深化了原著的思想主题。

从剧作结构上来分析,电视剧通过增加人物角色、设置冲突事件,有力地强化了前景的谍战故事即动作线,而这在原著小说中是较弱的。电视剧需要一条外部冲突激烈的动作线作为支撑,只有这样,主人公才会"有事做",演员才会"有戏演"。相比而言,小说中由"假夫妻"关系构成的精彩的戏剧内核,转化为另一条偏重内在冲突、展示主人公内心情感的情节线。应该说,革命志士的高尚情操、性格魅力、人性的温情,更多是靠这条演绎细腻的线索呈现出来。全剧所蕴含的信仰的主题,通过两条线的互补才得以升华。这样双线交织,一文一武,阴阳刚柔相济,达到完美的结合,满足了观众不同层面的情感需求。两条情节线都精彩,内在和外在冲突皆丰富,这样的剧作岂能不成功!

电视剧为了面向当代受众,有必要唤起集体记忆,或者说要吻合大众的集体无意识。因此,电视剧在改编小说的时候,不仅拓展了原著的叙事结构、增加了人物角色类型,而且适当地弥补了"宏大叙事"的成分,改变了原著的个人化叙事的风格。

作家龙一认为,电视剧的再创作非常成功,他称赞电视剧《潜伏》的水平很高,有很深的思想内涵和文化内涵。编剧(兼导演)姜伟"发挥了巨大的创造力和想象力,不但保留住小说中所有可珍视的内容,而且独自进行了充分的发挥和再创造"。

电视剧《潜伏》获第 27 届电视剧"飞天奖"最佳长篇电视剧一等奖,姜伟获得优秀编剧奖,并获第 8 届电视金鹰奖最佳编剧奖。

限于篇幅,本书仅提供一部分剧情梗概,能够帮助我们了解剧本改编对原著的大胆拓展。由短篇小说改编成长篇连续剧,在叙事结构、人物设置上势必要有许多增补与变化,但是这一切又都围绕并强化了原著中提供的核心艺术形象。小说中开头就写余则成面临"太太"难题,随后翠平就出现了,而剧本中翠平的出现则被推延到第四集。

第九章　剧本的体例、基本规范及常见失误

第一节　精彩创意及其文本表达

　　剧本写作从创意开始。"创意"这个词眼下很流行,如果不想把它弄得过于玄虚高妙的话,它可以被理解为一种创作意图或意念,也就是最初的想法。作为影视作品创作过程中的最初阶段,创意颇受重视。据说在美国好莱坞,创意经常由单独的职能部门负责,由一帮既不写剧本、也不参与拍摄与制作的人提供。他们是智囊,凭借渊博的知识、敏捷的思维、丰富的想象力担当创意的重任。本章阐述创意的构成要素,并介绍一个完整创意的文字表达形式。

一、创意的元素

　　创意是用来迅速征服别人尤其是制片人的利器。它用语言表达起来很简单、寥寥数语,可是却蕴涵着复杂的内涵和深刻的思想。一部完整剧作的其他所有元素,如人物动作、情节、结构等等,都是由它发展而出。它是作品的基础,犹如一粒种子可以长成一棵参天大树。因此,创意是剧本创作中极为重要的环节。

　　很难通过一个定义来界定"创意"的内涵。人们总是在一个特定的层面使用这个名词概念。事实上,它是包含了多种元素的综合体。

　　1. 对论题的选择。创意首先涉及一个论题,即某个中心事件。我们无论是独自思考,还是与同事搭档交流创意,总会提出这样的问句:写什么? 拍个关于什么的片子?"关于什么"就是中心事件。好比烹调的创意,首先是对于菜肴的物质范围有个明确的选择,想吃什么? 是肉类、海鲜,还是豆制品、蔬菜?

创意中的事件，当然包括人与事，但还尚未具体到某个人物角色、某个时间与地点、某个动作，只是一个范围。好比烹调，总是先确定：我想吃（烹制）一道与牛肉有关的菜肴。至于具体怎么烧，那是下一步的事。

陈凯歌在拍完《无极》之后，想的最多的也许是，接下来再拍一部关于什么的影片？关于某个民国时期人物命运的片子好不好？这创意不错，以前拍过一部《霸王别姬》，挺成功的。哪个人物好呢？梅兰芳？对，就拍一部关于梅兰芳的戏！在这个创意阶段，"梅兰芳"虽然是一个人名，但还不是剧作意义上的具体角色。他还只是代表一个创作范围。

2.论题的魅力。论题或曰中心事件在确定的同时，就要回答这样一个问题：为什么要写这部片子？如果你给出的回答是：它太棒了，我别无选择！那么，或许一个好的创意就产生了。

显然，这样的回答包含了创意者的激情，而激情是创作成功的基础。那么，激发创意者的兴奋点是什么？当然是论题的魅力。

论题的魅力，其实就是与作品的主题相关的东西。主题是指那些涉及人类生存的有意义、典型性和具有感染力的事和人。主题总是既与中心事件有关（事件主题）、也与事件蕴涵的思想、情绪、意念有关（思想主题）。有时候，事件本身就很有魅力，但既然是创意者选择的事件，那么主题总是创意者赋予的。它让你感兴趣，甚至是着了迷、茶饭不思。你迫切想倾诉出来，如骨鲠在喉、不吐不快。

论题的魅力有时候来自一种独特的艺术手法或风格。当张艺谋想到陈源斌的小说《万家诉讼》适合用"纯纪实的方法"或曰纪录片的风格去表现时，他深信他找到了打开成功之门的钥匙。

3.市场潜力或成果形式。影视作品是艺术品，也是商品，而且处于最烧钱的生产领域。除了某些乐于赞助文化事业的基金会，没有人愿意拍一部赔钱的影片。一个好的创意，应该说明其中对应的受众兴奋点和市场卖点。至于产品的形式，则是与市场卖点相契合的独特面貌。当然，如果一部影视作品的终极目标是指向电影节奖项而不是票房，那另当别论。

创意所包含的三个元素也可以理解为三个层次。具体而言，创意往往是一个能抓住人的想象力的故事。故事是一个有时间顺序的事件组合。在你的脑子里，它总是正在发生。这个现在时态的故事虽然还没有用情节详细展开，但已经非常富于想象力，引人入胜。比如，一位王子要为神秘死去的父王复仇，而继位的新王是他的叔叔。这是莎士比亚戏剧《哈姆雷特》的故事，也是后来多部改编电影的故事。一个富于想象力的故事必然包含一个戏剧性前提。好莱坞剧作家悉德·菲尔德指出："戏剧性前提，就是这个电影剧本所讲的是什么,它提供一种戏剧性冲动,而且促使故事直向最后的解决。"在他看来,戏剧性前提是一部影片前 10 分钟内必须交代的东西。布鲁姆则指出,具有市场价值的"优质的前提",要创造出"人物的驱动力",即"为人物提供有待克服的冲突和苦恼"。①

在美国影视界号称"点子大王"的罗伯特·柯斯伯格非常强调创意中的"戏剧性前提",他提醒编剧,"真正伟大的精彩创意一听便知,因为你立刻就能感受到一幕又一幕的场景从你眼前滚滚而过,栩栩如生。"他还指出,精彩创意往往"就是《电视导读》里面那几句概括大意的提纲挈领的话——例如,电影《美人鱼》讲的是一个男人和一个女人邂逅,最后那个女人竟然是条美人鱼。这就是所谓的精彩创意,因为影片所有的情节都是在这样的一个创意中推动发展着"。②

创意有时候不是一个故事,而是某个表现作品的新形式、新手法。影视作品是语言和造型的统一体。如果它没有一个"有想象力的故事",那么它一定有一个新颖的形式。"形式就是内容",就影视艺术而言,是讲得通的。

对于一些家喻户晓的老故事以及在现实生活中随时发生的故事而言,如果你想把它转化为一部影视作品,采用新颖的形式尤其重要。

二、精彩创意的来源

电影在其诞生初期的努力目标似乎很简单:再现生活。只需对眼前发生的现实生活景象用镜头加以记录就行了。稍后电影便追求有趣,记录那些有吸引力的东西。当电影人意识到现实生活中有趣的事情少(或许不是数量少,而是现成的可供即时记录的东西少),便开始转向虚构。电影工业化的发展以及对商业利益诉求的扩张,更促使电影从戏剧等其他叙事艺术中学习虚构。在这种情况下,创意便显得越来越重要。

创意源自虚构,但并不意味着创意与现实生活脱节。

创意有时候似乎是突发奇想的灵感,有时候是在相互打趣逗乐中产生的。但它总是与创意者的生活体验与生活素材积累密不可分。霍华德·劳逊在《戏剧与电影的剧作理论与技巧》中说:"一出戏可以以任何一件事情作为出发点。"台湾导演侯孝贤在一次拍片途中,偶遇一群打弹子的年轻人。这是在街头巷尾常能见到的景象,但却让他联想到"男青年在服兵役之前那种无所事事的怅然情绪",并很受触动。于是他把这个想法(意念)告诉了编剧朱天文,最

---

① 理查德·A.布鲁姆:《电视与银幕写作》,徐璞译,华夏出版社 2003 年,第 9 页。
② 理查德·A.布鲁姆:《电视与银幕写作》,徐璞译,华夏出版社 2003 年,第 10 页。

后他们创作完成了一部电影《风柜来的人》；美国著名导演维姆·文德斯在一本散文集《汽车旅馆纪实》中读到一句话——"有一个人离开了公路，一直向着沙漠步行而去"，他马上被这句话给迷住了，从中找到了一种奇妙的感觉，激发起他的创作冲动。于是，他找到这本书的著名作家萨姆·谢帕德，让他从这句话出发写一个电影剧本。这样就诞生了一部获得 1984 年戛纳电影节"金棕榈"大奖的《德克萨斯州的巴黎》。

可见，创意虽然是一种虚构，但仍是来源于现实的方方面面。它可以源于自己儿时的经历，也可以来自于报纸或电视上的报道。总之，是对直接与间接经验的选择，是对生活的提炼。选择的是个别事件，却寄寓了普遍的人生经验、能在个别中见出一般；提炼的是主题，是对复杂人生的概括。

三、创意的文字表达

上引罗伯特·柯斯伯格所言——精彩创意往往"就是《电视导读》里面那几句概括大意的提纲挈领的话"，涉及创意的文字表达。

最初的创意也许是雪泥鸿爪式的惊鸿一瞥，或者是一个不够清晰的意念，但一旦确定，你就必须借助于口头语言和文字语言加以清楚地表达。创意是一个理性的东西，它把一个模糊的想法转变为一部成熟剧本的发动机，是整个作品创作过程中的动力。你应该尝试将这个创意写成简要的语句，越简单越好。如果你难以说清楚，或者只能用一篇数百字的短文才能解释清楚，那你肯定是出了问题。

结合国内的做法，我们对影视作品创意的文字表达方式提出一些建议。

1. 创意梗概：

创意考虑成熟后，先确定一个标题，然后用精炼的一两句话加以概括。要揭示出作品的戏剧性前提，引发读者的想象力和兴趣。如：

创意之一：伟大的爱

这是一部关于一位母亲帮助智障儿子学会生活自立的影片。

或：一位母亲放弃了自己的事业，将全部精力用来帮助智障儿子学会生活自立。

创意之二：生活的烦恼

本片反映一个人遭遇的爱情困境，他深爱着一位姑娘，但最终姑娘决定嫁给别人。

或：该剧讲述一个男子经历的爱情波折，他的女友因为误会而决定嫁给别人，他想挽回局面。作品充满喜剧色彩。

接下来再看看国外几部成功影片的创意表述：

之一:《女巫布莱尔》

在这部骇人的伪纪录片中,三个电影专业的学生在调查马里兰一个女巫的传说时莫名其妙消失了。

之二:《小鬼当家》

凯文,一个年仅8岁的小鬼精灵,被匆匆赶往巴黎度假的家人忘在了家里。

之三:《侏罗纪公园》

两个古生物学家、两个孩子、一个嬉皮士风格的数学家和一位年迈的有亿万家产的开发商,身陷于一个高科技打造的主题公园内。此地离最近的哥斯达黎加还有120英里,还有成群饥饿的史前恐龙在四处横行。

2.补充说明:

或许你觉得短短几句话的创意梗概还不足以表现出创意的精彩亮点,你可以做一些简明扼要的补充。当然还是紧紧围绕着戏剧性前提来展开。比如,说明主要人物角色的特点,他身处的特殊环境或遭遇的对手,因这些障碍而引发的主要冲突,巧妙的结局,以及作品的风格,等等。

如果作品中不是突出再现一个引人入胜的故事,而是侧重表现一种情绪、思想等比较抽象的东西,那就需要说明作品的表现手法、形式感乃至影片结构上的特色。比如:《莉莉的生日》。

莉莉在生日这一天空空荡荡,连一点遭遇都没有。

该片表现一种现代人的孤独感,借助于生活细节的呈现,并在影像风格上追求前卫。大量采用意识流的幻觉的表达方法,还设计了两套光线(色彩)系统。

补充说明也要简练,切忌长篇大论。它不是影评论文。

最后要说的是,创意属于"发明专利"、涉及"知识产权"。在国外,创意本身就是用来买卖的,好的创意能够卖个好价钱,几万甚至是百万美元。因此,你要注意透露的对象范围。

第二节 剧本的体例格式

任何艺术作品,都要用一定的格式来表现。格式是个形式上的东西,就是将语言要素加以组合的方式。比如,文学的语言要素是词汇、句子、段落和章节等,将这些要素组合起来的格式有多种,小说格式是其中之一。

一、剧本的语言要素

许多人至今没有掌握剧本写作的技能，很可能是因为他们没有意识到剧本语言构造的特殊性。剧本语言虽然基础于文字，是文学的，但它需要对应影视艺术的视听语言规则，因此，在划分和表述上既有别于文学语言，又有别于视听语言。

1. 镜头：剧本中的镜头有别于拍摄意义上的"镜头"，它是指用文字描述的隐含有景别的画面。画面是可视的，因此，镜头的文字语言必须是具有形象造型性的语言。"恋爱"是与"爱情"近似的抽象语言，不能构成画面或镜头；而"一个男孩正在亲吻一个女孩"，就是具象（造型性）语言，构成了一个镜头。写作一个数万字的爱情题材的电影剧本，"爱情"这个词是无关紧要的。

影视艺术是一种用镜头讲故事的艺术，其基本语言要素是镜头。尽管编剧是用文字写作而不是用摄像机，但事实上他还是一个镜头一个镜头地写。比如，电影《开国大典》的剧本语言片段：

> 毛泽东在窗前奋笔疾书。
> 字幕：1948 年 12 月 30 日
> 　　　　河北省平山县西柏坡村
> 　　　　中共中央主席、中央军委主席毛泽东
> 毛泽东在竖格的信笺上写着他那龙飞凤舞的毛笔字。文章的题目为《将革命进行到底》。
> 案头已积累了一叠原稿。文章已接近尾声。
> 香烟只剩下烟屁股，毛泽东贪婪地猛吸。洋洋洒洒的文字信笔流泻，偶尔圈掉一行半行，改动几个字。
> 一盏马灯。

从中可以看出，剧本中一个完整的句子相当于一个镜头，镜头中的人物和动作构成一个细节画面。

拍摄制作意义上的镜头的差别，主要体现为，它在处理剧本镜头所提供的一个细节画面时更加灵活多变。比如：香烟只剩下烟屁股，毛泽东贪婪地猛吸。这一个表现吸烟的细节画面，可以用一个镜头，也可以先用一个表现烟屁股的特写镜头，再接一个或多个表现毛泽东吸烟的镜头。如果把多个细节画面连续不断地保留在同一个镜头里，就是通常所谓的"长镜头"。如果画面中没有人物而只有景物，我们通常称之为"空镜头"。

2.场景:场景是比镜头更大的叙事单位。剧本中的一个场景又称"一场戏"。它是空间、时间与情节概念的综合体,是指在同一个空间范围、同一个时间段内所发生的情节。一般来说,这个空间范围是遵从人的视线(镜头)所能看到的范围。它是相对独立的空间,在这个空间内出现的人物和景物,都能遵从人的一般视觉习惯而清晰可见。如果出现了视觉障碍或空间阻隔(比如墙壁、门、窗),那就意味着另一个场景的存在。如果时间发生了变化,那么既使是同一个空间,也应区分为不同的场景。从摄像机的角度说,一个场景是镜头在不做跨越障碍物的移动的情况下所能捕捉到的空间范围,它由一个或多个镜头构成。在每个镜头中包含的是细节画面(局部场景),而由一系列情节关系紧密的镜头组成的部分则是一个完整场景。上述毛泽东吸烟边写作的细节情景便构成一个场景,地点是在西柏坡办公室。场景是比镜头更大的叙事单位。

由于空镜头中只有景物,情节叙事力度弱,因此,文学剧本中不要滥用由空镜头构成的独立场景。

3.段落:它是一个情节概念,又叫"叙事段落"。一系列在情节上有紧密关联的场景组合起来,就形成一个段落。它作为一个叙事单位,比场景更大。

由镜头组成场景、由场景组成段落、由段落组成完整的剧本。这就是影视剧本的构造。

二、主场景剧本的体例格式

影视编剧所要完成的任务通常叫文学剧本,国外有一个更为准确的称谓——主场景剧本。它是与由导演所做的"分镜头剧本"相对而言的。文学剧本的格式化不甚严格,尤其是在影视艺术产业化刚刚起步的中国,专业影视编剧较少,许多编剧都是由小说家兼任,因此,剧本格式显示出较大的随意性,以至于让初学者感到无所适从。本书结合美国好莱坞专业编剧的规范与"国情",倡导一种比较实用的主场景剧本格式,它不仅适合电影剧本,而且适合电视艺术作品。

主场景剧本按照场景顺序写作,也就是逐场逐场地写。因此编剧们习惯上把场景作为剧本最基本的构成单位(多少场戏),而不是镜头。它对每个场景中的人物动作和景物作详细生动的描述,这些描述是由不同的剧本镜头完成的。在格式上,一个完整的句子(最好占一段)对应一个剧本镜头,比如:一盏马灯。这个句子作为一个镜头,表现的是马灯。如果接续一个表现人物动作的镜头描写,就要另起一行写。写人物语言(对白、独白)时,不要采用小说式,即去掉双引号(""),却不能省略说话者的姓名称谓。

剧本中对与摄影机相关的技术问题(如镜头的景别、角度等)无需作具体的要求,而把这些问题留给导演。

通过以下剧本片段,我们总结主场景剧本的具体格式。

5. 内　日式客厅　夜

北野正伏在桌子前,认真地审视一幅吴昌硕的花鸟画。

一个助手笔直地站在北野身后。

北野:(直起腰,痴迷地)妖西! 这才是我想要的中国画。(忽然抬起头)那颗印,他为什么不卖给我?

此时走进来一个助手,双手递上一张银票。

助手:先生,拍卖行的人请您谅解,这是违约金 。

北野一把夺过银票,撕碎,摔到助手脸上。

北野:你去告诉吴,他必须把那颗印卖给我!

助手鞠躬,转身欲走。

北野:站住! (平静地)——带我去找那个商人。

——电影剧本《明月前身》

主场景剧本关键是对每个场景的处理。具体的场景写作格式是:

1. 场景标头。每一场戏第一行是场景标头,或称场景提纲。它一般包括三项内容:外景/内景、具体的地点、时间。至于天气状况比如晴、阴、雨、雪、大雾等,可以不必写,因为在接下来的场景描写中,若遇下雨下雪等特殊天气,都会加以交代的。国内的剧本习惯在场景标头前面加一个序号(用阿拉伯数字),国外也有不用序号的。场景标头的打印字体最好与其他内容的字体区分开来,一般用黑体字。

2. 环境、氛围以及人物描写。场景标头接下来是对这场戏中出现的具体地点加以交代。一般按照远景至近景的顺序加以描写。比如街道是什么样子,街上的交通状况等。对于画面中出现的主要人物,要交代出人物的行为状态。如果是第一次出场,则必须写出他(她)的性别、年龄、长相、职业特征等。

3. 人物语言(台词)。台词在场景写作中往往占很大分量。要说明人物是在怎样的情境中进行对话(或独白)的。对于人物对话过程中的神态,可以作简洁的描写。但这种提示性的描写尽量少用,只在需要特别强调的情况下才用,因为它涉及表演细节,拍摄时导演和演员是会作相应的处理的,写得多了,会让他们反感。

为了显得更清楚,场景与场景之间,可以空一行。

第三节　剧本语言的基本规范与常见失误

上一节谈到的剧本语言构成,诸如镜头、场景、段落等,乃是对应影视艺术作品的视听结构而言的。而这里所说的剧本语言,专指文学(文字)语言。剧本中的语言分为两大类,一是将要在影片中转化为视觉画面的语言,包括人物肖像描写、景物描写、行为动作描写等,即叙述性语言;一是未来影片中的有声语言,包括对白、旁白、独白。关于有声语言,本书另有专章讲述。这里只就叙述性语言这一类,讨论剧本语言规范。

剧本的规范首先体现为语言的规范。剧本语言的最根本规范(也是特征),就是它必须具有视听的造型性。苏联电影艺术大师普多夫金对此曾说过一段著名的话。他说:"小说家用文字描写来表述他的作品的基点,戏剧家所用的则是一些尚未加工的对话,而电影编剧在进行这一工作时,则要运用造型的(能从外形来表现的)形象思维。他必须锻炼自己的想象力,必须养成这样一种习惯,使他所想到的任何东西,都能像表现在银幕上的那一系列形象那样地浮现在他的脑海。"[1]从这一根本规范出发,有几个方面的问题是初学者需要注意的。

一、避免不具备视听造型性的语言

1. 分析概括性的语言。比如:

他看起来性格内向,不怎么爱说话;

城市里,人们尽情地享受着节日的快乐;

开学的第一天,她来到了一个新的充满活力的班集体;

在第一个句子里,"性格内向"不具备可视性。我们能看到正在说话或沉默的人,但"不怎么爱说话"概括性强而可视性弱。第二个与第三个句子里,也都缺乏造型性。

改正的办法是,只写具象的、个别性的东西,用"具体而微"的事物来呈现分析概括性的东西,比如在第二个句子里,应写出哪些人在怎样享受快乐。电影作品本身就像寓言,以偶然表现必然,以个别表现普遍。剧本文字语言也要善于通过可见的个体呈现事物的整体。

2. 描写事物内在状态的语言。人物的内心世界(感情),以及思想性的东

---

① B.普多夫金:《论电影的编剧导演和演员》,中国电影出版社1980年,第22页。

西,比如深刻的道理、抽象的内涵,都不能在剧本中直接描写,而要隐含在影像世界描写的背后,即用动作(造型)性的描写。在这一点上,其方法接近绘画:以形写意,而不是得意忘形。

如果有必要写人物的内心活动即所想所思,就要用独立的插入镜头语言,如闪回、闪前。要避免出现类似的句型:

他心里想——

他意识到——

他十分疑惑,为什么——

至于事物的性质、思想性的东西,一般要依赖说明性的语言(包括上述分析概括性语言),因为是抽象的,所以也不能出现在剧本中。日本著名导演黑泽明说过:"一部好的剧本,很少有说明性的东西,要知道,用种种说明来代替描写这种偷懒的办法,是写剧本时最危险的陷阱。说明某种场合的人物心理是比较容易的。但是通过动作或者对话的微妙变化来描写人物心理却要困难得多。"

与上述的"用个别写一般"一样,用事物的外部描写表现内在,都是编剧的语言基本功。

3. 比喻。一般文学语言的比喻(借喻),是用以突出事物的相似之点的特殊方法。"从千差万别的事物中,挑出它们相似的性质,来对抗那一眼看上去杂乱无章的生活。"①比喻所创造的形象,包含多维的含义和丰富的韵味,是具象的,但又超越具体形象。比如民歌《阿拉木汗》中的比喻:

阿拉木汗住在哪里,吐鲁番西三百六。

她的眉毛像弯月,她的腰身像绵柳。

这些语言所指涉的审美对象,让人浮想联翩。

电影视像是单一的。如果把一个女人的娥眉和弯弯的月亮这两个镜头画面并置,是可笑的。因此,比喻不能直接转化为镜头语言。这是文学语言与电影语言的重要差别。剧本语言中不需要比喻。

此外,大量用作状语的形容词能够增加文采,但往往包含比喻性质,或者具象模糊,这些过于文学化而非电影化的语言在剧本中也要尽量少用。

在中国,有许多编剧是小说家,他们的剧本中往往夹杂着一些非电影化语

---

① 普鲁斯东:《小说的界限与电影的界限》,《从小说到电影》。转引自陈犀禾:《电影改编理论问题》,中国电影出版社 1988 年,第 181 页。

言,值得初学者注意。比如:

> 隆起的肌块,笔直的脊椎,浑圆的肩膀,看上去像一排肌肉组成的长城。(后半句)
> 九儿眼前晃过那个紧张地盯视了三天三夜的像窖藏的腐烂萝卜一样的男人,突然感到一阵恶心。

二、剧本语言的时态

影视作品用镜头叙事,镜头中呈现的人物动作、事物状态永远具有"在场感",即是眼前正在进行的。因此,剧本语言在时态选择上,一定是现在进行时。比如:范世荣穿着的衣服料子还好,就是脏,邋遢。正坐在街口小摊上吃老豆腐。而下面句子中的时态都是错误的:

> 他以前曾经见过小爱;
> 他从小就爱好足球;
> 她是妈妈生下的最后一个孩子;
> 爸爸妈妈离婚以后,妈妈经常带陌生男人回家;
> 她总是很胆小;
> 他肯定会去采取报复行动;
> 他打算在暑假里去一趟云南……

对于尚未产生的动作的描写,属于将来时态的语言,不要把它与现在时态的句子并置。比如:

> 他把枪藏在衣袋里,去刺杀那个恶棍;
> 他关上门,往楼下走去。他要去学校图书馆。

三、剧本语言的人称

除了有声语言(包括对白、画外音的旁白、独白),剧本中的叙述性语言,一律用第三人称,他(她)、他(她)们。小说叙事中常用第一人称"我(们)",人们习以为常,但在剧本中不要用。

有的编剧在写剧本时,喜欢从自身观察的角度描写景物,用到第一人称

"我们"。比如：

> 远处有一堆篝火。我们可以看见有一群人正在围着篝火跳舞。

在这里，"我们"不是剧中的角色，也不产生动作。它只是摄像机镜头的代用词。这种写法含有提醒导演或摄影师注意景别的意思。如果从追求剧本语言简练的角度立论，这种第一人称的表述是不足取的。

第四节　剧本修改：常见的问题

历经磨难，终于完成了正式剧本的初稿，对于每一位编剧而言，都是令人欣慰的美好时刻，值得一次小小的庆贺以便放松身心。但是，你接下来就要做一次深呼吸，迎接更大的挑战：反复修改。剧本创作毫无例外地需要重复修改，两遍甚至几十遍。促使你修改的意见来自多方面：导演、制片人、经纪人、专业圈里的朋友。你要认真地审查每一个字、每一个场景与对话。修改是一项费时耗神的事情，但会使你的剧本更加专业、更适合拍摄、更具市场竞争力。有时候你会反感甚至陷入痛苦不堪的境地，但是只要想想，你的剧本投拍的可能性在逐步加大，所有的辛苦都值得。

剧本的问题会出现在剧作元素的各个方面，比如场景、人物、情节、台词等。你的剧本中可能会犯很低级的错误，也会存在不易觉察的致命症结。美国好莱坞著名剧作家悉德·菲尔德写有专著《电影剧作者疑难问题解决指南》，教人如何去认识鉴别电影剧本写作中的问题，可供参考。

下面概括一些比较常见的问题。

(1)剧本格式不规范。在中国当下，与整个影视的产业化起点较低相对应，许多人不注重剧本的格式规范。尽管在世界范围内，剧本格式的确存在差异，但是绝不意味着它可以随心所欲、漫无限制。一个包含精彩戏剧性内核或情绪感染力的剧本，如果以一种很业余的格式呈现出来时，就会严重影响阅读者的欣赏接受，难逃被丢弃的厄运。

(2)剧本的视听造型性太弱。这样的剧本往往无法拍摄。这与剧本的叙述性语言谬误有关，更与电影蒙太奇思维薄弱有关。就剧本语言来说，要避免用抽象性词句。一个最基本的要求是，你写的每一句话都能用镜头画面直接呈现出来。当你读剧本时，你能看见场景一幕接一幕地在你面前展开。有一些剧本文学性太强，反倒影响了可视性、造型性。如果你太过追求语言之诗意、辞藻华丽，那就预示着你还没有摆脱文学思维，在犯一个编剧不应该犯的错误。

（3）剧情进展太顺利，缺乏转折。情节中仅仅包含冲突对抗还不够，不能只是往前进展，而要螺旋式上升，经常峰回路转、柳暗花明。

（4）剧本中主要人物（主角）有问题。比如，主角不突出、不活跃。如果接连四五场都见不到主角，那一定是剧本有毛病；主角的欲望目标不明确，动机含糊，缺乏引导主角前进的驱动力；一般来讲，主角都应该是积极主动的人物。如果你笔下的人物是消极被动型的，那么，剧本必须相应具备强大的补偿：特别有魅力的配角，或者是台词很有光彩。否则，就不会是成功的剧本。

（5）不注重视觉造型设计，缺乏人物动作、空间环境描写，每场戏一开场就是人物对白，剧本充斥大量的台词。电影应该多用视觉性的画面去讲故事，通过人物的动作（行为）推进剧情，而不是让人物说剧情。电视剧与电影的艺术源头有差异，它更多源于舞台剧，所以电视剧比较依赖台词，剧本中的对白篇幅很大。这是作为编剧应该理解的。

（6）台词的问题。常见的是，无聊乏味的话，诸如"今天天气不错"、"你还好吗"之类；再有就是缺乏性格特点，每人同一个腔调，人物说的话不能很好地表露其独特性格；还有就是对白没有使用日常生活语言，有"舞台腔"，或者句子太长，啰嗦，过分追求语句完整性。关于最后一点，有的人始终搞不清舞台剧与影视剧的台词差异及其理由。舞台剧的叙事空间具有高度的虚拟和假定性，"舞台腔"是与此对应的；而影视剧的场景是日常生活环境，在此叙事空间中，人物说出的话如果不是日常用语，而是非常书面化、文学化的语言，岂不是很不搭调？

（7）故事不紧凑，节奏感差，不吸引人。导致这一毛病的因素可能是多方面的。你要检查场景的安排、对白的效果，如果剧中每个场景都能通过戏剧逻辑排列下来，冲突被巧妙地安排起来，紧迫感又非常强烈，那么观众就会被剧中人物所吸引。

（8）剧本的可操作性欠缺。剧本投拍受制于预算资金，写剧本时要切实考虑拍摄条件、场景及对演员的要求。难以实施拍摄的场面以及太烧钱的镜头，在剧本中尽量不要出现。

图书在版编目（CIP）数据

影视剧创作 / 沈贻炜等著. —杭州：浙江大学出版社，2012.7（2025.1 重印）
ISBN 978-7-308-10193-6

Ⅰ.①影… Ⅱ.①沈… Ⅲ.①电影文学剧本－文学创作－高等学校－教材②电视文学剧本－文学创作－高等学校－教材 Ⅳ.①I053.5

中国版本图书馆 CIP 数据核字（2012）第 144905 号

影视剧创作

沈贻炜　俞春放　高　华　刘连开　向　宇 著

丛书策划	李海燕	
责任编辑	李海燕	
装帧设计	俞亚彤	
出版发行	浙江大学出版社	
	（杭州市天目山路 148 号　邮政编码 310007）	
	（网址：http://www.zjupress.com）	
排　　版	杭州青翊图文设计有限公司	
印　　刷	广东虎彩云印刷有限公司绍兴分公司	
开　　本	787mm×960mm　1/16	
印　　张	18	
彩　　插	2	
字　　数	328 千	
版 印 次	2012 年 7 月第 1 版　2025 年 1 月第 8 次印刷	
书　　号	ISBN 978-7-308-10193-6	
定　　价	48.00 元	